D1875471

DUMONT

Sarah ist Bücherjägerin, Kartensammlerin und Restauratorin, sie liebt Manuskripte und alte Landkarten und kann generell besser mit Büchern als mit Menschen umgehen. Seit dem Tod ihrer Tante Amalia, die sie und ihre Schwester aufgezogen hat, lebt Sarah zurückgezogen in deren Kölner Villa mit dem wild sprießenden Garten. Ihre einzige Gesellschaft: die Schildkröten Bonnie und Clyde. Das ändert sich, als Benjamin, ein junger Bibliothekar aus London, vor der Tür steht. Er bittet Sarah, ihm beim Finden einer alten römischen Straßenkarte zu helfen – ein Auftrag, den Amalia kurz vor ihrem Tod angenommen hatte. Sarah zögert, dann tut sie es doch und fährt mit Ben in seinem alten Auto los, im Gepäck zwei Schildkröten, einige Atlanten und viele Fragen. So machen sie sich auf eine Reise, die sie nach Frankreich und England führt, in die Welt der Bücher und Karten, in Amalias Vergangenheit – eine Reise, die ihr Leben verändern wird.

Elisabeth Beer, geboren 1989 in Westfalen, wuchs auf dem Land in der Nähe von Köln auf. Sie studierte Komparatistik in Berlin, wo sie inzwischen lebt und arbeitet. Wenn sie nicht in der ein oder anderen Form mit Büchern beschäftigt ist, befindet sie sich am liebsten auf Reisen. ›Die Bücherjägerin‹ ist ihr erster Roman, der beide Leidenschaften verbindet.

Elisabeth Beer

Die Bücherjägerin

Roman

DUMONT

FSC
www.fsc.org
MIX
Papier | Fördert gute Waldnutzung
FSC® C083411

Das bei der Produktion dieses Buches entstandene CO_2 wurde durch die Finanzierung von Klimaschutzprojekten kompensiert:
climate-id.com/17531-2110-1001/de

August 2024
Dieses Werk wurde vermittelt durch
die Literarische Agentur Michael Gaeb.
DuMont Buchverlag, Köln
Alle Rechte vorbehalten
© 2023 DuMont Buchverlag, Köln
Umschlaggestaltung: Lübbeke Naumann Thoben, Köln
Umschlagabbildung: saemilee/iStockphoto
und 19th era 2/Alamy Stockfoto
Karte: Rüdiger Trebels
Satz: Fagott, Ffm
Gesetzt aus der Aldus nova Pro
Druck und Verarbeitung: CPI books GmbH, Leck
Gedruckt auf säurefreiem und chlorfrei gebleichtem Papier
Printed in Germany
ISBN 978-3-7558-0506-9
www.dumont-buchverlag.de

PROLOG

Die Sache mit der Tabula Peutingeriana

Im Nachhinein ist völlig klar, dass es von Anfang an eine Schnapsidee war, mich auf die Suche nach dem verlorenen ersten Teil der Tabula Peutingeriana zu machen. Die Sache mit alten Landkarten ist, dass sie einen in die Irre führen. Die Sache mit der Kartografie insgesamt ist, dass sie die Dinge in einem Maßstab darstellt, der natürlich nicht der Realität entspricht. Das führt zu ungeahnten Problemen, die man unmöglich vorhersehen kann.

Ich habe einmal eine Geschichte gehört, ein Märchen eigentlich, in dem ein chinesischer Kaiser seinen Kartografen den Auftrag gab, eine möglichst detailgetreue Karte seines Kaiserreichs anzufertigen. Die Kartografen sprachen mit allen Reisenden und Feldherren, mit den fahrenden Händlerinnen und den Eremiten aus den Bergen und zeichneten in wochenlanger Arbeit eine Karte, die das damals bekannte Reich so genau wie nie zuvor erfasste. Der Kaiser betrachtete die riesige Karte, die aus zahlreichen Bogen Papier bestand, und war nicht zufrieden. Noch genauer, befahl er, und so machten sich seine Gelehrten an die Arbeit, eine noch größere, noch genauere Karte zu erstellen. Diesmal bestand sie aus einem riesigen Garten, in dem alle Straßen, Städte, Dörfer und Bergzüge, alle Flüsse und Seen in Miniatur nachgeahmt waren. Der Kaiser schritt durch sein Reich in Miniatur und war nicht zufrieden. Noch genauer, befahl er, und so, wie die Welt wirklich ist. Also begannen seine Kartografen, das ganze Land mit Papier zu bedecken, auf dem das dargestellt war, auf dem es ruhte, bis das ganze Reich von der Karte bedeckt war und Karte und Reich eins wurden.

So genau kann ich nicht sagen, was die Geschichte eigentlich bedeutet. Aber ich habe das Gefühl, dass es um Verhältnisse geht, Verhältnisse und Maßstäbe. Denn so ist das, wenn man das Verhältnis verliert und den Maßstab einer Karte mit dem der Realität verwechselt, plötzlich werden Karte und Welt eins und man ist blind für das, was wirklich da ist. Oder so ähnlich.

Jedenfalls ging mir diese Geschichte nie ganz aus dem Kopf. Vielleicht liegt es auch daran, dass ich so lange in meinem Haus allein war, versunken in meine Bücher und Karten, immer nur in der Welt unterwegs auf der Jagd nach dem nächsten Faksimile, dem nächsten uralten Manuskript, in das ich mich vergraben konnte. Als bestünde die Welt aus Papier. Und auch wenn die Suche nach der alten römischen Straßenkarte mein Leben auf den Kopf stellen sollte, hat sie mich eins gelehrt: Man muss den vorgezeichneten Weg verlassen, um das zu entdecken, was wirklich zählt. Oder zumindest, um mit beiden Füßen darüber zu stolpern.

Und manchmal ist eine kleine Irrfahrt dabei eben nicht zu vermeiden.

In jedem Fall sollte man dann besser eine wetterfeste Jacke dabeihaben und ein paar Kekse, die man mit jemandem teilen kann. Auch das kann zu ungeahnten Problemen führen, aber es lohnt sich. Pfadfinder-Ehrenwort.

beiliegend den folgenden Aufzeichnungen,
unterzeichnet S.R., 15. Juni 20xx

PARS III

Colonia, Treveri, Argentorate (Segmente II, III)

»Until I feared I would lose it, I never loved to read.
One does not love breathing.«

Harper Lee, *To Kill a Mockingbird*

»Bis ich befürchtete, ich würde es verlieren,
habe ich das Lesen nie geliebt. Man liebt das Atmen nicht.«

Harper Lee, *Wer die Nachtigall stört*

1

Prinzessin im Papierpalast

Es klingelte an der Tür. Meine behandschuhten Finger fuhren gerade über den Rücken eines alten Ritterromans. Sein Ledereinband musste ersetzt werden, bevor ich ihn an den Sammler weiterverkaufen konnte, der ihn bei mir bestellt hatte. Das unbarmherzige Klingeln der Glocke schallte durchs Haus bis hier in die Bibliothek und Werkstatt und unterbrach meinen Gedankenfluss, der um den unangenehmen Mann kreiste, der bald dieses schöne Buch in Händen halten würde. Mir ist nie so richtig klar geworden, warum Tante Amalia eine Türglocke mit dem Läuten von Big Ben installiert hatte, ein unseliges Gebimmel, wenn man es mehrmals die Woche hören muss. Ich hielt in meiner Bewegung inne und wartete darauf, dass der Eindringling wieder verschwand. Wenn es der Paketbote war, dann würde er sicher gleich gehen. Er kannte mich schon und hatte wohl ein bisschen Angst vor mir, seinem hektischen Rückzug nach zu schließen, wenn er mich zur Tür kommen hörte. Aber es läutete erneut.

Ich seufzte und legte das alte Buch vorsichtig auf meine Arbeitsfläche, zog die Handschuhe aus und machte mich auf den Weg zur Haustür. Das ist nicht so einfach, wie es sich anhört. Die ganze Bibliothek sowie das Wohnzimmer, der Salon, der Flur und die angrenzenden Räume sind mit Bücherstapeln und aufgerollten Karten gefüllt, die kleine und mittlere Türme auf dem Boden bilden, Möbel und Regale bedecken und manchmal auch umfallen. Das sind natürlich nicht die alten und wertvollen Manuskripte, sondern die Bibliothek von Amalias Großmutter, Romane und Erstdrucke oder einfach das, was ich oder Amalia zuletzt gelesen hatten oder woran wir nicht vorbeigehen konnten, ohne es zu kaufen. Ich bahnte mir einen Weg durch die Stapel und dachte wieder einmal daran, dass ich Amalias Sammlung ordnen, vielleicht ein paar Bücher weggeben, vielleicht einige verkaufen und spenden sollte. Aber allein bei dem Gedanken daran verkrampfte sich mein Magen.

Die Villa ist ein Labyrinth, aber keines von der Sorte, die Spaß macht. Das Haus meiner Tante steht in Marienburg, es ist eine jener alten Kölner Villen, die ein bisschen außerhalb des Zentrums liegen und einen eigenen Garten haben, weil sie früher einer wichtigen Person gehörten, die sich beim Promenieren nicht die Füße in der Stadt schmutzig machen wollte. Das zumindest erzählte mir meine Tante, als ich mit zehn Jahren zusammen mit meiner Schwester bei ihr einzog, eine Woche nachdem unsere Eltern tödlich verunglückt waren.

Das Haus besteht aus mehreren Teilen, die alle miteinander verbunden, aber ungleich groß sind und verschiedene Formen haben. Es gibt diesen Hauptteil im Fachwerkstil, dann eine Art Türmchen aus rosaroten Steinen, einen Anbau, der wahrscheinlich früher mal der Stall war und der jetzt als Garage genutzt wird. Das Haus hat unten eine Steinfassade mit einem Erker, auf dem der Balkon im ersten Stock liegt. Der Rest der Fassade ist weiß verputzt. Die langen, schlanken Fenster erinnern an die von Fachwerkhäusern, sind aber größer. Außen am Haus sind mehrere Balken zu sehen, die aber eher der Dekoration als der Statik dienen. Die Dachgiebel sind verziert, und das Dach selbst ist schwarz wie Schiefer. Keine Ahnung, welcher architektonische Banause sich das hier ausgedacht hat. Der Großteil der Fassade ist inzwischen von Efeu und Brombeeren bewachsen, deshalb ist es nicht so schlimm anzusehen.

Am besten ist eigentlich der Garten, fast so groß wie ein Park, von einer hohen Steinmauer umgeben. Hier stehen ein Kirschbaum, Apfel-, Mandel- und Zwetschgenbäume, eine Himalaja-Kiefer, eine Hängebuche und eine weiße Magnolie, auf die Amalia immer sehr stolz war, obwohl der Baum geradezu entgegen ihren Bemühungen überleben musste; Amalia hatte das Gegenteil eines grünen Daumens. Es gibt einen Schilfteich, in dem ihre zwei Schildkröten leben, und einen verwilderten Kräutergarten, Blumen nur wenige, dafür Brombeerranken und Blaubeersträucher, sodass man eigentlich rund ums Jahr aus irgendetwas Marmelade kochen muss. Zwetschgenmus mit Zimt, Apfel-Brombeer-Marmelade oder Kirsch-Schokoladen-Gelee. Auf dem Kompost wuchern riesige Kürbisse, die aus unerklärlichen Gründen die Krähen anziehen. Früher sind Milena und ich auf die Mauer geklettert, haben die Beine baumeln lassen und die Straße beobachtet. Oder wir haben unter den Ästen des Apfelbaums geschaukelt und Weitspringen auf den Rasen geübt. Die Blaubeeren musste man sofort vom Strauch in den Mund stecken, bevor die Armada an Amseln und anderen Vögeln sie entdecken konnte und sie morgens vor unserem Aufstehen bereits vertilgt hatte.

Die Villa selbst hat viele verschieden große Zimmer, von denen die, die Amalia und ich am meisten genutzt haben, im Zentrum des Hauses liegen und fensterlos sind. Denn alte Bücher und Landkarten sollten besser nicht von Sonnenlicht beschädigt werden, und heutzutage braucht man die Sonne nicht mehr zum Lesen. Im ersten Stock hatten Milena und ich unsere Zimmer, Amalia bewohnte einen ganzen Flügel.

Jetzt bin nur noch ich übrig, die ich mich im Innersten des Hauses verkrieche. Dort restauriere ich die alten Handschriften, Manuskripte und Karten, die ich im Internet oder auf meinen Jagden durch Altbestände, Haushaltsauflösungen, Antiquariate und Nachlässe ausfindig mache. Ich bin Bücherjägerin und Kartensammlerin, so wie meine Tante es war, und mein Reich ist aus staubigem Papier.

Wenn ich restauriere, versenke ich mich ganz in meine Arbeit, den Rhythmus der Finger, den leicht modrigen Geruch alten Papiers, das Rascheln der Seiten. Es braucht Konzentration, eine Bindung zu lösen, die Papieranfaserung aufzusetzen, ein handumstochenes Kapitalband zu erneuern oder die Initialen einer Inkunabel behutsam nachzukolorieren. Konzentration und Ruhe und keine Unterbrechungen durch hartnäckige Postboten.

Meine Füße führten mich nun zielstrebig zum Hauseingang, ohne dass ich über einen einzigen Bücherstapel stolperte. Unwillig öffnete ich die Tür.

Auf der Schwelle stand ein mir unbekannter Mann in einem beige gestreiften Anzug, der einen schönen Kontrast zu seiner dunklen Haut bildete. Ich sah in sein kantiges Gesicht, meine Augen wanderten über seinen Kopf mit kurz geschorenem schwarzen Haar, seine runde Brille mit Metallrahmen bis zu seinem markanten Kinn und fixierten schließlich seine Augen. Braune Augen, stellte ich fest, groß und von dunklen Wimpern gerahmt, Augen, die mich ansahen, während er mit dem Zeigefinger seine Brille zurechtschob.

Der Anzug ließ darauf schließen, dass dies nicht der Paketbote war.

»Ja?«, fragte ich unwirsch. Dann schob ich mit einer Hand meine Haare aus der Stirn, die ich aus Gewohnheit beim Arbeiten durcheinanderbrachte, wenn ich in Gedanken mit meinen behandschuhten Fingern hindurchfuhr und sie sich aus dem Zopf lösten. Ich mochte keine Unterbrechungen, die meine Konzentration störten, und vor allem mochte ich keine Überraschungen. Dieser Mann roch nach Überraschungen, und das allein irritierte mich. Vielleicht lag es auch daran, dass er so schön war, dass er mich durcheinanderbrachte. Das mochte ich am allerwenigsten.

Er blinzelte.

»Sind Sie Amalia von Richtershofen?«, fragte er mich, die Worte elegant und ungewohnt aus seinem Mund. Das war ein britischer Akzent, dachte ich, und dass es noch schöner klang als im Fernsehen.

»Nein«, sagte ich.

Er starrte mich an. Dann schien er sich zu sammeln. »Aber das hier ist ihre Adresse, wo kann ich sie denn dann finden?«

»Auf dem Friedhof«, sagte ich und wollte gerade die Tür schließen, als er eine Hand auf den Türrahmen legte.

»Wie bitte? Amalia ist verstorben? Das tut mir schrecklich leid«, sagte er, als ich die Tür wieder ein Stück öffnete.

Ich versuchte, den Ausdruck auf seinem Gesicht zu lesen. Es schien offen und ernst, passend zu seiner Beileidsbekundung. Ich bin nicht besonders gut mit Menschen, besonders nicht darin, ihre Gefühle zu lesen. Milena hat immer gespottet, dass ich die ältesten Karten und Handschriften lesen könne, Gesichter aber ein Buch mit sieben Siegeln für mich seien. Amalia meinte, ich solle mir einfach Zeit nehmen und mich nicht verunsichern lassen, wenn ich mit Leuten rede, irgendwann würden sie schon sagen, was sie wollen. Ich meine, dass Menschen zu kompliziert sind, und wenn alle einfach sagen würden, was sie meinen, anstatt alles immer so kompliziert wie möglich zu machen, hätte ich gar keine Probleme damit.

Jedenfalls schien der Mann vor mir seine Worte aufrichtig zu meinen, auch wenn sie natürlich nicht stimmen konnten.

»Danke«, sagte ich, »aber Sie sind ja nicht schuld daran.«

Ich wollte die Tür wieder schließen, aber seine Hand lag noch dazwischen. Also warf ich einen vielsagenden Blick auf seine Finger, die ich gleich im Türrahmen einquetschen würde. Er zog sie schnell weg.

»Bitte warten Sie einen Moment«, sagte er. »Ich hatte mit Amalia beruflich zu tun. Vor etwa neun Monaten. Das erklärt natürlich, warum ich seitdem nichts von ihr gehört habe … Ach, entschuldigen Sie, ich habe mich gar nicht vorgestellt. Mein Name ist Ballantyne. Ich komme von der Britischen Bibliothek, hier haben Sie meine Karte.«

Er zog eine Visitenkarte aus der Brusttasche seines Anzugs und reichte sie mir. Ich ließ die Tür los, um die Karte zu nehmen, und las:

Benjamin Ballantyne, Ph. D., Research & Acquisition

»Hören Sie, Dr. Ballantyne, meine Tante ist vor sechs Monaten verstorben. Ich arbeite mich immer noch durch ihre letzten Aufträge. Wenn es um eine Restaurierung geht, dann kommen Sie in ein paar Monaten wieder. Wenn sie Ihnen Geld schuldet, dann kann ich Ihnen leider nicht weiterhelfen, denn sie hat mir nur Schulden vererbt. Einen schönen Tag noch.«

Damit gab ich ihm seine Karte zurück, die er etwas perplex wieder entgegennahm. Er sah mich mit großen Augen an. Ich nutzte die Gelegenheit, dass seine Hand nicht mehr im Türrahmen lag, und ließ die Tür ins Schloss fallen.

Das war meine erste Begegnung mit Benjamin Ballantyne, Wissenschaftler und Bibliothekar der Britischen Bibliothek. Natürlich würde es nicht die letzte sein, denn die Dinge, in die Amalia sich verwickelte, hatten eine Art, sie wieder einzuholen. Und weil sie nicht mehr da war, holten sie jetzt mich ein. Der Tod ist nur das Ende für die Person, die sich davongemacht hat. Für alle anderen folgt danach eine endlose Verwicklung in schmerzhafte und unangenehme Prozesse, die mit dem Loch zu tun haben, das ein Mensch durch seinen Tod hinterlassen kann. Man kann zwar bei einer alten Karte einen Riss nicht einfach mit neuem Papier unterfüttern und neu beschriften, nein, aber man kann vorsichtig, ganz vorsichtig in Wasser verteilte Papierfasern sich durch ein feines Sieb an der beschädigten Stelle ansetzen lassen, das Wasser durch das Sieb entziehen und die Fasern mit dem Original verfilzen lassen. Das geht bei Papier, auch wenn es nie mehr genau so sein wird wie zuvor. Mit dem Leben ist das anders. Der Riss, den das Verschwinden von jemandem reißt, wird nur durch die Zeit abgeschliffen an den Rändern, aber das Loch bleibt und lässt sich nicht wieder auffüllen.

So fühlte es sich an, als ich mit der Hand auf dem Türgriff stehen blieb und dem erneuten Läuten des Big Ben lauschte, ohne die Tür zu öffnen. Amalia war weg und hatte mich zurückgelassen, um mit allem allein zurechtzukommen, was wir gemeinsam begonnen hatten. Aber es fühlte sich nicht so an, als würde ich zurechtkommen, im Gegenteil, es war ein bisschen so, als hätte ich mich ohne Bindfaden in einem Labyrinth verirrt und hörte das Atmen des Minotaurus in meinem Nacken. Okay, das klingt vielleicht etwas dramatischer, als es war, aber Amalia hatte mich mit klassischer Literatur großgezogen, und das hatten wir jetzt davon.

Ich ließ die Türklinke los und wanderte zurück in das Labyrinth, das ich kannte. Der Ritterroman würde sich nicht von allein neu binden. Als ich im Wohnzimmer leicht gegen einen Bücherstapel stieß, fiel dieser mit dem Geräusch einer Papierlawine um und verteilte sich auf dem gesamten freien Dielenboden. Ich fluchte und starrte einen Moment auf die unzähligen Seiten Papier, die in vergilbte oder haarsträubend bunte Einbände gehüllt waren. Einen Moment lang dachte ich: Wenn jetzt noch eine weitere Sache passiert, ein weiteres Buch zu Boden geht, ein weiterer Auftrag abgesagt wird, eine weitere Rechnung ins Haus flattert, dann lege ich mich neben diese Paperbackausgabe von *Moby Dick* und stehe nie wieder auf. Nicht dass ich normalerweise zur Dramatik neige, eigentlich bin ich eine pragmatisch veranlagte Person. Aber es war einer von diesen Tagen. Dann rutschte eines der gefallenen Bücher in den nächsten Stapel hinein, der gefährlich schwankte und schließlich mit einem *Rums* zu Boden krachte.

Ich sah auf eine geblümte Sonderausgabe von *Stolz und Vorurteil,* die aus irgendeinem Grund direkt vor meinen Füßen landete, und fühlte mich vom Universum nicht ernst genommen.

Seufzend machte ich mich auf den Rückweg in meine Werkstatt und hatte den Besucher von der Britischen Bibliothek bereits wieder vergessen, als ich dort ankam.

2

Liste zum Überleben

Niemand sagt einem, was passiert, wenn jemand stirbt. Dabei ist das ja im Grunde ein wiederkehrendes Ereignis im Leben der meisten Menschen – also der Tod von jemand anderem, versteht sich. Ich meine, klar, ich wusste, dann kommt die Beerdigung et cetera, und eigentlich sollte ich auch schon Erfahrung damit haben, nachdem meine Eltern gestorben waren, als ich zehn war. Das ist aber alles recht schwammig in meiner Erinnerung, außerdem musste ich mich damals um nichts kümmern. Diesmal war es anders, und ich hätte wirklich ein paar Hinweise dazu gebrauchen können, wie das eigentlich geht. Eine hilfreiche Liste, auf der zum Beispiel steht:

- Die Augenblicke, in denen deine Tante auf den letzten Stufen der Treppe zu Boden geht, du den Krankenwagen rufst und ihre Hand hältst, bis die Sanitäter eintreffen, du nicht mit ihr in die Notaufnahme fahren darfst und sie das Bewusstsein verloren hat, wenn du im Krankenhaus ankommst, sind Momente, die du immer und immer wieder im Kopf abspielen wirst.
- Die Hand einer nahen Person im Krankenhaus zu halten, die langsam verschwindet, ist in dem Moment wichtig und schmerzhaft und später wichtig und wesentlich. Es fühlt sich an, als würde nur deine Hand sie im Leben halten, und du weißt, du darfst nie, niemals loslassen.
- Tod = Schock. Er kommt immer unerwartet, und selbst wenn man ihn erwartet hat, ist es ein Schock. Plane 1,5 Tage ein, in denen du nicht denken kannst.

– Die Welt hört nicht auf, sich zu drehen, weil deine Tante tot ist, Überraschung! Du bekommst trotzdem Anrufe, du musst trotzdem mit dem Krankenhaus und dem Bestatter sprechen und mit deiner Schwester, die am Telefon einen Heulkrampf bekommt, während im Hintergrund ihre Kinder kreischen.
– Auch wenn du dich eigentlich selbst in ein Erdloch legen willst, musst du die Sterbeurkunde beantragen und herausfinden, wer im Staate Deutschland eigentlich vom Tod deiner Tante erfahren muss, von den Versicherungen bis hin zum Zeitungsabo-Dienst. Merke: Nicht die Strom- und Gasanbieter informieren, bevor man die Verträge übertragen kann, sonst wird es kalt.
– Zeitungsabos – wer hat eigentlich noch so was?
– Erkenntnis: Egal, wie gut man einen Menschen zu kennen glaubt, man weiß nicht, wie viele Abos er oder sie hatte.
– Es wäre hilfreich, wenn du die Handschrift der verstorbenen Person lesen könntest.
– Es wäre hilfreich, nicht im Nachhinein zu erfahren, dass deine Tante Krebs hatte, den sie nicht behandeln lassen wollte, wovon sie dir nichts erzählt hat, obwohl du bei ihr gelebt hast.
– Immer eine Rücklage für Beerdigungskosten bereithalten. Der Tod ist teuer.
– Auf der Beerdigung genug Kekse für die Kinder mitbringen, um einen Moment Ruhe zu haben, wenn sie untereinander darum streiten.
– Darauf vorbereitet sein, dass niemand darauf wartet, dass man wieder denken kann.
– Die Situation vermeiden, das Testament nicht lesen zu können (siehe auch: die Sache mit der Handschrift).
– Einkalkulieren, dass man auch Schulden erben kann. (Wer hätte das gedacht?)
– Einplanen, dass jeder Gang durchs Haus, jedes Papierrascheln, die grüne Teekanne und die Kaktuspalme, die weiter eintru-

delnden Zeitungen, das Läuten der Türglocke, die Werkstatt, eine Zeile in ihrer Sauklaue auf einem Post-it am Kühlschrank, der Geruch von Kardamom und der ganze verdammte Garten dich an deine Tante erinnern werden, wenn du es am wenigsten erwartest, und sich die ganze Welt einen Augenblick zusammenzieht und es dauert, bis du wieder atmen kannst.

3

Schätze, Ritterinnen und Walrösser

Die warmen Strahlen der Sommersonne warfen ein Muster auf den orientalischen Teppich im Flur, als ich am nächsten Morgen die Treppe herunterkam. Einen Moment beäugte ich das Chaos im Wohnzimmer, dann ging ich in die Küche und stellte die Kaffeemaschine an. Ich betrachtete den Holztisch und Amalias Sitzplatz, der immer noch nicht wie jede andere ungenutzte Fläche im Haus mit Büchern bedeckt war. Dann wandte ich den Blick ab. Die Tür zum Kräutergarten öffnete wie immer mit einem Knarzen, und ich streckte den Kopf hinaus und atmete die frische Morgenluft ein. Mein Blick fiel auf die Elster, die auf dem Kompost zwischen den riesigen Kürbisblättern herumhüpfte. Sie hob den Kopf, legte ihn schief und starrte mich mit einem schwarzen Knopfauge an. Ich musterte den schwarz-weißen Vogel missmutig, der sich nicht beirren ließ und weiter in den Resten meines letzten Kochversuchs herumpickte.

Fürs Wochenende hatte ich eine Annonce geschaltet und eine partielle Haushaltsauflösung angekündigt. Das hieß, ich hatte viel zu tun.

Mit der Kaffeetasse in der Hand ging ich ins Wohnzimmer und machte mich daran, die Bücherstapel in ordentlichere Türme zu schichten, ich befreite Sessel und Sofas von Manuskriptseiten, fand eine alte Karte von Polen wieder, die ich in der Werkstatt in Sicherheit brachte, und versteckte ein paar Schundromane in den hinteren Regalreihen. Ich verteilte Silberbesteckkästen, antike Vasen (so sahen sie zumindest aus, ich bin Restauratorin, keine Archäologin) und allerlei Dinge, die Amalia und ich bei Haushaltsauflösungen neben Büchern und Karten erstanden hatten, auf dem großen Esstisch und anderen Flächen, sodass sie gut sichtbar waren.

Die Schulden, die Amalia mir vermacht hatte, waren durch die Beerdigungskosten noch vermehrt worden. Die Kosten hatte ich mir nicht mit Milena teilen können, da ihr Mann Thomas der Meinung war, sie bräuchten das Geld für den Hausumbau und die Kinder, und Milena verfügte über kein eigenes Einkommen.

Dafür hatten wir beide jetzt Amalias Haus geerbt und ich einen Berg Schulden durch das Restaurationsgeschäft, das ich übernommen hatte. Ein paar Sessel und Bücher weniger zu besitzen, dafür aber neues Material für die Fadenheftung von Manuskriptseiten kaufen und ein paar Rechnungen begleichen zu können, hielt ich daher für eine gute Idee. Das Haus zu verlieren war keine Option.

Amalia und ich hatten zahlreiche Bestandsauflösungen und Versteigerungen besucht, ich wusste also, wie das ablief. Und zwar so: Amalia fand eine Anzeige in einer ihrer abonnierten Zeitungen. Meistens morgens, wenn wir gemeinsam am Küchentisch saßen, sie ihre Grapefruit löffelte und ihren starken Kaffee mit Kardamom trank, während mir der Honig vom Schwarzbrot auf die Finger tropfte und ich versuchte, langsam aufzuwachen. Amalia versah ihre Zeitungslektüre mit einem laufenden Kommentar. »Ha!«, rief sie in etwa. »Das war doch schon immer klar, dass der korrupt ist, mit dem Bubigesicht. Die spinnen, die Österreicher.« Oder: »Also bevor wir den Wein aus der Zeitung bestellen, trinke ich lieber keinen einzigen Tropfen mehr, nie wieder! Willi würde sich im Grab umdrehen, ich meine: Merlot aus Jütland! Da ist doch etwas faul im Staate Dänemark.« Willi war der Weinhändler ihres Vertrauens gewesen. Meine Tante hatte ein breites Netzwerk von Menschen, die sie kannte, und für alles, was sie brauchte, die passende Beziehung. Es würde mir erst nach ihrem Tod auffallen, wie sehr ich auf ihre Kontakte angewiesen war und dass ich mir nie selbst die Mühe gemacht hatte, welche zu pflegen. Wie gesagt, ich bin nicht so gut mit Menschen, aber Amalia machte es mir leicht.

In diesen Morgenstunden, in denen ich, bis ich meine zwei Tassen Filterkaffee getrunken hatte, alles, was Amalia sagte, mit einem Brummen quittierte, war es friedlich im Haus. Die Morgensonne drang durch die großen Küchenfenster und die Tür zum Kräutergarten hinein, die im Sommer immer offen stand, sodass wir das Summen der Bienen hören und den Lavendel riechen konnten. Der alte Holztisch, übersät mit dunklen Ringen von zu heiß darauf abgestellten Getränken, Wein- und anderen Flecken, war zur Hälfte mit Büchern und Magazinen, zur anderen mit Frühstücksgeschirr bedeckt. Neben Amalias Stimme waren die tickende Wanduhr, die leisen Vogelrufe und das Rascheln der Zeitung die einzigen Geräusche im Haus. Das war jeden Morgen so, im Sommer wie im Winter. Ich mochte Routine, und auch wenn Amalia eher der Typ für Abwechslung und Aufregung war, hatte es immer dieses gemeinsame Frühstück gegeben, unser kleines Ritual. Nachdem Milena und ich als Kinder nach dem Tod unserer Eltern zu ihr gekommen waren, hatte Amalia es so eingeführt. Sie weckte uns, schickte uns ins Bad und wartete in der Küche mit Honigbroten und Tee auf uns, mit sanften Augen und ruhigen Händen und einer Stimme, die die Stille füllte, die das Verschwinden unserer Eltern hinterlassen hatte.

So war es auch in den Jahren geblieben, als ich nach dem Studium in Amalias Haus zurückkehrte, um ihr Handwerk zu lernen und in das Restaurationsgeschäft einzusteigen. Milena war da schon längst verheiratet und wohnte in Buchheim. Der Name des Vororts war das Einzige, was Amalia und ich daran gut fanden, denn ihren Mann Thomas hielten wir für einen Fehlgriff, genauso wie das Leben in der Vorstadt mit 1,5 Kindern. Natürlich hatten wir nichts gegen die Kinder, nur gegen den Lebensstil: Typ unglückliche Hausfrau mit unsensiblem Ehemann. Milena war da selbstverständlich anderer Meinung, sie fand es komisch, dass ich mit Anfang zwanzig nach dem Studium in das Haus meiner Tante zurückgezogen und in ihr erratisches Business eingestiegen war. Aber ich mochte es so. Ich mochte dieses wunderschöne alte Haus, in dem es überall nach Papier roch, ich mochte die Arbeit mit Folianten und alten Sternkarten und die Jagd nach Büchern auf Dachböden, in Truhen, Sammlungen, Bibliotheken, Ramschkisten und einmal sogar in einem ausgestopften Bären. Für jemanden wie mich, der eigentlich Routinen mag, klingt das nach viel Aufregung. Änderungen mochte ich nur bedingt, im Rahmen meiner gewohnten Bahnen, denn Routine konnte einen nicht überraschen, und wenn einen etwas nicht überraschte, konnte es einem auch nichts anhaben. Anderen gegenüber ist es schwer zu erklären, aber Amalias und mein Leben, bestehend aus Schatzsuchen, Internetauktionen, Schnäppchenjagden und langen Stunden in der Werkstatt mit der Arbeit an alten Büchern, Karten, Drucken und Handschriften, war für mich gewohnt, komfortabel. Nur weil man Routinen mag, muss das noch lange nicht heißen, dass die Routinen selbst so öde und traurig sein müssen wie ein Job beim Finanzamt.

Amalias und mein Frühstücksritual war jedenfalls im Großen und Ganzen gleich geblieben, bis vor sechs Monaten. Amalia ging morgens die Seiten mit den Annoncen und den Todesanzeigen durch, und manchmal war etwas Interessantes für uns dabei, vor allem in den Lokalblättern. Antiquariatsmenschen, Sammlerinnen und Restaurator*innen wie wir sind eben ein komisches Völkchen. Natürlich gibt es auch einen ganzen Internet-Parallelmarkt, aber viele von uns sind etwas altmodisch, so wie meine Tante. Amalia hasste Handys, Einkaufszentren, »Twittergram«, Bücher mit Klebebindung, Nazis und Verschwörungstheoretiker, Theodor Fontane und eingeschweißten Käse. Die Sache mit Fontane habe ich nie so recht verstanden.

Sie liebte bunte Kleidung und farbenfrohe Schals, die sie sich um ihre rot gefärbten Haare band. Sie liebte Schnäppchen, gepresste

Blumen und vergessene Schätze, mich und Milena, und sie liebte es, Ankündigungen von Haushaltsauflösungen in der Zeitung zu finden. »Aha«, rief sie dann, »Jackpot, mein Mädchen! Los gehts.« Ein Funkeln trat in ihre Augen, und sie erinnerte mich ein wenig an eine Elster, wenn sie mit ihren weiten Kleidern, die wie Federn hinter ihr herflatterten, vom Tisch aufstand. Zu diesem Zeitpunkt hatte ich meistens schon eine Tasse Kaffee getrunken und war zumindest zur Hälfte wach.

Dann fuhren wir mit ihrem alten Armeejeep, der nur mit einer Plane abgedeckt war, zur angegebenen Adresse. Amalia saß am Steuer und bretterte durch die Straßen, beschimpfte dabei Autofahrer, die ihr nicht schnell genug auswichen, und stellte allgemein eine ziemliche Verkehrsgefahr dar. Oft hatte ich ihr schon gesagt, was ich von ihrem Fahrstil hielt, aber da war sie unverbesserlich. »Papperlapapp«, sagte sie dann, »so schlimm ist es nicht.« Ich saß auf dem Beifahrersitz und versuchte zu recherchieren, was es über die Haushaltsauflösung der jetzigen oder ehemaligen Eigentümerinnen der Gegenstände, die wir bald begutachten würden, im Internet zu finden gab. Das half dabei, eine Ahnung davon zu bekommen, ob wir erst mal stöbern oder gleich versuchen sollten, den ganzen Kram auf einmal für einen Abschlagspreis zu kaufen und später alles in Ruhe durchzugehen, ohne die Konkurrenz. Und es half dabei, ein realistisches Preisangebot einschätzen zu können: Waren die Besitzer Erben, die keine Ahnung hatten, auf welchen Schätzen sie vielleicht saßen? Handelte es sich um eine Sammlerin, die einen gut geordneten Bestand auflösen musste und selbst genau wusste, was der wert war? War es eine genervte Witwe, die Erhards Briefmarkensammlung endlich loswerden wollte? Im Auto las ich Amalia die Infos vor, die ich gefunden hatte, und wir erstellten einen Schlachtplan. Bei der Bücherjagd kam es nämlich vor allem auf die Geschwindigkeit an. Wir mussten vor unseren Konkurrenten die besten Stücke ausfindig und den Deal klarmachen, sodass sie keine Chance hatten, uns zu überbieten. Denn unser Budget war begrenzt.

»Du nimmst dir die obere Etage vor, ich hänge mich an Dengelmann dran und verhindere, dass das Wiesel uns wieder die besten Folianten wegschnappt«, sagte Amalia etwa. Dengelmann, ein kleiner, untersetzter Sammler und Antiquar mit akkurat gescheiteltem grauen Haar und schlecht sitzenden, ebenso grauen Anzügen, war so etwas wie Amalias Erzfeind. Immer wenn wir ihn bei einer Auktion oder einer Bestandsauflösung trafen, verwickelten sich die beiden in einen Wettkampf, der oft damit endete, dass wir viel mehr für eine Erstausgabe von *Wilhelm Tell* ausgaben, als man für ein Stück über jemanden, der auf seinen eigenen Sohn schießt, ausgeben sollte, Kupferstiche hin oder her.

Unsere Arbeitsaufteilung war jedenfalls klar: Ich würde mich um die Begutachtung und Schätzung der für uns relevanten Gegenstände kümmern und Amalia sich ums Verhandeln, Vergraulen der Konkurrenz und Knüpfen von Kontakten. So war es uns beiden am liebsten, ich kümmerte mich um die Dinge, sie kümmerte sich um die Menschen. Amalia rückte dann ihre roten Haare in einem ihrer bunten Tücher zurecht und bereitete sich so auf den Kampf vor wie eine Ritterin auf die Schlacht. Bevor wir uns ins Getümmel stürzten, schenkte sie mir einen Blick und lächelte, dankbar, dass ich dabei war, und aufmunternd, um meine Nerven zu stärken.

Jetzt würde ich mit allem allein umgehen müssen. Und diesmal war ich auch nicht als Schnäppchenjägerin im Haus eines anderen unterwegs, sondern musste den Dengelmanns dieser Welt selbst die Türe in mein Refugium öffnen.

Am Morgen der teilweisen Bestandsauflösung öffnete ich früh Haustür und Gartentor, um eine Horde Menschen hineinzulassen, die durch die Villa trampeln, alles anfassen und gelegentlich etwas in ihren Hosentaschen verschwinden lassen würden. Die Türen zur Werkstatt und die zu den oberen Zimmern hatte ich abgesperrt. Wenig später war das Haus voll, die vielen Menschen, ihre Lautstärke und die ständigen Bewegungen in meinen Augenwinkeln waren fast zu viel für mich. Schnell wurde ich in unangenehme Verkaufsgespräche verwickelt.

»Was kostet das?«, fragte eine Dame in einem dunklen Kostüm und zeigte mit einer abschätzigen Handbewegung auf die Kuckucksuhr an der Wand.

»Ist nicht zu verkaufen, die gehörte meiner Tante«, sagte ich.

»Doch, natürlich, das hier ist doch eine Haushaltsauflösung, oder nicht?«

Ich rollte mit den Augen. »Fünfhunderttausend«, sagte ich.

»Sind Sie noch zu retten?«, fragte die Dame indigniert.

»Ich hoffe, schon«, sagte ich.

»Sagen Sie doch gleich, dass Sie nicht verkaufen wollen!«

»Habe ich ja.«

»Ich dachte, das sei Teil des Verkaufsgesprächs!«

»War es doch auch.«

Die Dame zeigte mir einen Vogel, packte einen älteren Herrn am Arm und machte sich laut schimpfend davon. Ich seufzte.

Gerade war ich dabei, mit einem jungen japanischen Pärchen über eine Wilhelm-Busch-Gesamtausgabe zu verhandeln, als ich aus den Augenwinkeln eine grau gekleidete Gestalt hereinschleichen sah. Ein kleiner, untersetzter Mann, der versuchte, sich an mir vorbei in die Bibliothek zu stehlen. Dengelmann. Meine inneren Alarmglocken läuteten, ich drückte dem verblüfften Pärchen vor mir das Buch in ihre vier Hände, ließ die beiden stehen und folgte unserem Kontrahenten. Das hatte mir gerade noch gefehlt, dass der hier auftauchte.

Dengelmann war gerade im Begriff, die Hand nach einer Emily-Brontë-Schmuckausgabe auszustrecken, als ich ihm auf die Schulter tippte. Er war einen Kopf kleiner als ich und fuhr nun mit einem erschrockenen Gesichtsausdruck zu mir herum.

»Fräulein von Richtershofen!«, quiekte er.

»Herr Dengelmann«, sagte ich und zog die Brauen zusammen. Nichts Gutes kam jemals von Leuten, die einen Fräulein nannten.

»Sie haben mich aber erschreckt«, sagte er und griff sich theatralisch an die Brust.

»Offensichtlich«, sagte ich.

Dengelmann musterte mich mit einem Ausdruck, den ich nicht deuten konnte, aber da ich ihm sowieso nicht über den Weg traute, war das auch egal. Er schluckte sichtbar, und ich kniff die Augen zusammen. Ein Taschentuch kam zum Vorschein, mit dem er seine hohe Stirn unter den Geheimratsecken abtupfte.

»Ich wollte Ihnen noch mein Beileid aussprechen, Fräulein von Richtershofen«, sagte er.

Ich wartete. Es entstand eine Pause.

»Generell sagt man dann Danke«, sagte er schließlich.

»Generell haben Sie mir noch gar kein Beileid ausgesprochen, sondern es nur angekündigt«, sagte ich.

Dengelmann seufzte und trocknete sich etwas hektischer die Stirn.

»Fräulein von Richtershofen«, sagte er.

»Herr Dengelmann«, sagte ich.

Er sah sich Hilfe suchend um und beugte sich dann zu mir vor, was den Effekt hatte, dass er meiner Armbeuge recht nahe kam.

»Wissen Sie, ich habe Ihre Tante immer sehr respektiert. Sie war eine Koryphäe auf ihrem Gebiet. Eine tolle Frau und eine tolle Konkurrentin. Wäre da nicht die Sache mit dem Gedichtband gewesen, wir hätten sogar Partner werden können«, sagte er.

Meine Augen verengten sich. »Sie meinen, als Amalia die Droste-Hülshoff-Ausgabe rerestaurieren musste, die Sie fast ruiniert hätten? Oder als Sie die Emily-Dickinson-Fälschung verkauft haben?«

Dengelmann zog den Kopf zurück, was ihm einen Augenblick lang das Aussehen einer Schildkröte verlieh, und blinzelte.

»So war es nicht! Hat Ihre Tante Ihnen das erzählt? Aber ich bitte Sie!« Dengelmann war lauter geworden, und neben mir räusperte sich plötzlich jemand. Mein Blick wanderte zur Seite, bevor ich etwas erwidern konnte.

Neben uns war der Mann aufgetaucht, der vor ein paar Tagen geklingelt hatte, der schöne Bibliothekar mit dem hellen Anzug, der diesmal ein beiges Jackett und ein schwarzes Hemd dazu trug. Mein Blick wanderte zu seinen dunklen Augen hinter der Brille, und ich stockte einen Moment, als im gleichen Augenblick Amalias alte Kuckucksuhr, die schon lange nicht mehr richtig funktionierte, zu rufen begann.

»Gibt es hier ein Problem?«, fragte Benjamin Ballantyne, wissenschaftlicher Mitarbeiter der Britischen Bibliothek, sanft an mich gewandt.

Ich blinzelte. »Kein Problem. Der Herr wollte gerade gehen.«

Dengelmann schnappte nach Luft. »Wollte ich nicht! Sie haben doch Ihr Haus geöffnet, da können Sie mich nicht einfach so wieder zur Tür rausschmeißen!«

»Kann ich schon, es ist ja meine Tür«, sagte ich und begann, ihn mit scheuchenden Handbewegungen zwischen den anderen Schatzjägern und den Bücherstapeln hindurch Richtung Haustür zu manövrieren.

»Aber … Sarah, ich bitte Sie!«, protestierte Dengelmann.

»Um was bitten Sie mich denn eigentlich?«, fragte ich, langsam von der Situation genervt. Dengelmann musste fort. Er war ein Eindringling, und er erinnerte mich zu sehr an Amalia, beides Dinge, die ich jetzt schlecht vertragen konnte.

Dengelmann blieb stehen, unwillig schaute ich ihm ins Gesicht, und er bedachte mich mit einem Hundeblick, den ich noch nie zuvor an ihm gesehen hatte.

»Ich … Ich …«, stotterte er, und seine Augen füllten sich zu meinem Entsetzen mit Tränen. Hilfe suchend sah ich mich um und wechselte einen Blick mit Benjamin Ballantyne, Bibliothekar der Britischen Nationalbibliothek, dessen Augen weit geworden waren.

»Herr Dengelmann, was ist denn los?«, fragte ich den kleinen Mann vor mir.

Einen Moment schwieg er, seine Unterlippe zitterte, dann flüsterte er. »Ich vermisse sie, wissen Sie? Amalia. Ich meine, sie war im Grunde eine unmögliche Dilettantin und skrupellose Halsabschneiderin, aber sie hat Farbe ins Leben gebracht. Die Auktionen mit ihr waren immer die besten, und niemand war so geschickt wie Amalia darin, einem die wirklich guten Funde vor der Nase wegzuschnappen.«

»Sie hat gerne bunte Kleider getragen, ja«, sagte ich und ballte unwillkürlich eine Hand zur Faust, als könnte ich damit die Erinnerungen zurückhalten. »Sie hat immer gesagt, dass alle Farben zusammenpassen. Dass sie noch nie eine Farbe getroffen habe, die nicht zu einer anderen passe, sodass, genau genommen, am Ende alle zusammenpassen. Das stimmt so natürlich nicht.«

Dengelmann und der britische Bibliothekar sahen mich an.

Dengelmann nickte schließlich bedächtig. »So war sie, Ihre Tante, nicht wahr? Voller Überzeugungen, mit denen sie einen überzeugen konnte.«

Benjamin Ballantyne ließ seinen Blick zwischen mir und Dengelmann hin- und herspringen.

»Kann ich nicht wenigstens … wenigstens eine klitzekleine Brontë-Ausgabe mitnehmen?«, fragte Dengelmann. Er versuchte noch mal die Sache mit dem Hundeblick. »Zur Erinnerung, wissen Sie?«

Darum ging es also. »Finger weg von den Brontë-Schwestern, ich weiß genau, was Sie damit vorhaben«, zischte ich. »Ich helfe Ihnen ganz sicher nicht dabei, eine weitere falsche Sonderausgabe unter unwissende SammlerInnen zu bringen!«

Dengelmanns Augen weiteten sich, als ich ihn am Ärmel packte und, ohne weiter auf sein Gestotter zu hören, zur Haustür und über die Schwelle zog. Ich ließ die Tür vor seinem Gesicht mit dem offen stehenden Mund ins Schloss fallen.

»So«, sagte ich, »das wäre erledigt.«

Neben mir im Hauseingang stand immer noch der schöne britische Archivar und sah mich mit einem Ausdruck an, der mir mal wieder nichts sagte.

»Was ist?«, fragte ich daher etwas unwirsch.

Benjamin Ballantyne schien kurz zusammenzufahren, sich dann aber wieder zu sammeln.

»Sie waren ganz schön hart zu dem armen Mann«, sagte er. Seine Stimme leise und dunkel, genau wie seine kastanienfarbenen Augen.

»Sie kennen Dengelmann nicht«, sagte ich. »Ihn einen Moment unbeaufsichtigt zu lassen hat gefährliche Konsequenzen. Wie ein Walross im Porzellanladen.«

Der Mann der Britischen Bibliothek musterte mich und lächelte dann plötzlich. Einen Moment lang konnte ich die Augen nicht von ihm abwenden, von der überraschten Freude auf seinen Zügen, die sein schönes Gesicht noch schöner machte, was gar nicht hätte möglich sein sollen.

»Sie erinnern mich ein bisschen an meine Schwester«, sagte er.

»Aha«, sagte ich. »Was machen Sie eigentlich wieder hier?«

Der Mann blinzelte. »Entschuldigen Sie die Störung … Sie kommen ziemlich direkt zur Sache.«

»Ja«, sagte ich, »das spart im Allgemeinen Zeit.«

Die schlanken Finger seiner linken Hand spielten mit dem Manschettenknopf an seinem rechten Ärmel.

»Ich weiß, das ist jetzt wahrscheinlich der ungünstigste Zeitpunkt, aber es gibt eine Sache, die ich mit Ihnen besprechen möchte. Besprechen muss, gewissermaßen. Und da unsere Unterhaltung vor ein paar Tagen so abrupt endete, wusste ich mir nicht anders zu helfen, als es noch mal bei Ihnen zu versuchen, da Ihre Tür offen stand.«

Seine Wortwahl wirkte ein wenig altmodisch, aber nicht so aufgesetzt wie bei Dengelmann, sondern so, als hätte er Deutsch mit Goethe und Schiller gelernt und nicht in einem Sprachkurs an der Uni. Ohnehin war sein Deutsch perfekt, nur der britische Akzent und die manchmal ungewöhnlichen Formulierungen verrieten ihn als jemanden, der wahrscheinlich kein Muttersprachler war.

Sein Gesicht mit den starken Zügen, der glatten dunklen Haut, die Brille und das kurz geschorene schwarze Haar ließen mich sein Alter auf Ende zwanzig schätzen, während Sprach- und Kleidungsstil zu einem älteren Mann gepasst hätten. Benjamin Ballantyne erschien mir auf den ersten Blick wie ein Rätsel.

»Frau von Richtershofen?«, fragte er, nachdem ich eine Weile nichts gesagt hatte.

»Äh, ja.« Ich räusperte mich. »Wir können uns im Wohnzimmer unterhalten, während ich darauf aufpasse, dass nicht wieder jemand den Louis-XIV.-Sessel zu stehlen versucht.«

»So etwas machen die Leute?«, fragte er.

»Aber natürlich. Eigentlich stehlen sie gern alles, was nicht festgenagelt ist. Außer hässliche Paperbackausgaben, die will aus irgendeinem Grund nie jemand.«

Benjamin lachte überrascht auf, was mir das Gefühl gab, dass er genau verstand, was ich meinte; er arbeitete ja auch für eine Bibliothek. Sein Gesicht leuchtete auf, seine Züge sahen jünger, entspannter aus. Seine dunklen Augen blitzten mich an, als hätten wir schon unzählige Male einen Witz geteilt. Automatisch verzogen sich meine Mundwinkel zu einem antwortenden Lächeln. Als ich mich umdrehte, hatte ich das Gefühl, seinen warmen Blick in meinem Rücken zu spüren, auf dem ganzen Weg durch die Bücherstapel zurück ins Wohnzimmer.

4

Der Rhythmus der Dinge

Ich erinnere mich noch ganz genau an den Tag, als wir zu meiner Tante kamen. Ich war damals neun, fast zehn, und Milena war sieben Jahre alt. Die Zeit davor ist ein bisschen verschwommen, der endlose Sommer bei den Pfadfindern im Nachhinein eine ausgeblichene Erinnerung an den Geruch nach Hitze und Sonnencreme, dunkles Seewasser und Eulenrufe in der Nacht. Diese Sommer waren Milenas und meine Ausbrüche aus der strengen Ordnung des Alltags, die unsere Eltern uns auferlegten: Morgengymnastik, Frühstück, Schule, Mittagessen, Hausaufgaben, Spielen, Abendessen, Zähneputzen, Vorlesen und Schlafen; jeder Programmpunkt, immer zur selben Uhrzeit und mit vorgegebener Start- und Endzeit, wurde im Planungsheft meiner Mutter eingetragen und abgehakt. Bei uns musste alles nach einem geordneten Rhythmus gehen. Nicht dass die Pfadfinder gerade chaotisch sind, aber im Vergleich zur militärischen Tagesorganisation meiner Mutter sind sie ein Saftladen.

Doch in diesem Sommer sollte alles aus dem Takt geraten. Es war der Sommer, der damit endete, dass wir ins Büro der Campingplatzleitung gerufen wurden, Milena und ich, wo uns ein überforderter Sozialarbeiter eröffnete, dass unsere Eltern mit dem Flugzeug über dem Amazonas abgestürzt seien. Der Mann trug ein helles Hemd und graue Haare in einem Pferdeschwanz, das weiß ich noch, da mein Blick an seinem wippenden Zopf hängen blieb, während er sprach. Ich wartete darauf, dass er seine Erklärung ausführte, dass er sagte, wo sie jetzt seien, ob sie sich nun, wie die AbenteurerInnen aus unseren Kinderbüchern, durch den Dschungel schlagen mussten mit Macheten, bis ein dort lebendes Volk sie kopfschüttelnd vor ihrer europäischen Unfähigkeit rettete. Aber der Mann sah uns nur erwartungsvoll an. Milena griff nach meiner Hand.

Es dauerte noch ein paar Tage, bis das Jugendamt die einzige lebende Verwandte meiner Eltern ausfindig gemacht hatte, denn sie war gerade in Frankreich. Diese Tage im Zeltlager waren die unangenehmsten, die ich je irgendwo verbracht habe. Niemand wusste, wie mit mir und Milena umzugehen war. Trauer und Verlust scheinen andere abzuschrecken wie der Geruch des Todes die Tiere einer Herde.

Schließlich fuhr uns der Mann mit dem Pferdeschwanz in einem grauen Sedan eine endlose Strecke über Autobahnen und durch Landstriche, die von der Sonne ausgeblichen waren. Er hatte uns erklärt, dass wir nun zu unserer Tante Amalia nach Köln fahren würden und sie uns erwartete. Tante Amalia, die Schwester meiner Mutter, bei deren Namen, wenn er bei uns zur Sprache kam, meine Mutter seufzte und mein Vater ihr einen Seitenblick zuwarf. Es war nicht so, dass meine Mutter und Amalia sich schlecht verstanden, vielmehr war es so, dass meine Mutter Amalia verantwortungslos fand. »Sie übernimmt keine Verantwortung«, sagte meine Mutter mit einer steilen Falte auf der Stirn, während sie gerade eine Zucchini in winzige Teile schnitt. Wofür Amalia keine Verantwortung übernahm, das kam nicht zur Sprache. Stattdessen schaute mein Vater von der studentischen Hausarbeit auf, die er gerade am Esstisch korrigierte, und sagte: »Nicht vor den Kindern.«

»Nicht vor den Kindern« war einer seiner Lieblingssätze, eine weitere Konstante in unserem Leben. Wenn meine Mutter morgens nach der Dusche im Bademantel die Treppe herunterkam, ihr erdbeerblondes Haar zurückband und meinem Vater, der mit

Kaffee und einer Zeitung am Küchentisch saß, einen Kuss gab und dann noch einen und schließlich sein Gesicht in ihre Hände nahm, um den Kuss zu vertiefen, sagte er: »Nicht vor den Kindern.«

Wenn beide abends auf der Terrasse saßen, bei ihrem zweiten Glas Wein, und meine Mutter eine Schachtel Zigaretten hervorholte, die sie meinem Vater anbot, sagte er: »Nicht vor den Kindern.«

Wenn er uns morgens die Frühstücksschalen mit dem Müsli und ein Glas Orangensaft hinstellte und meine Mutter ihm einen Ausschnitt aus einem ihrer Artikel für ein Fachjournal vorlas, den er schlecht fand, worüber sie dann anfingen zu streiten, machte er den Mund auf, und meine Mutter sagte im gleichen Moment wie er: »Nicht vor den Kindern!«, und warf ihre ausgedruckten Seiten auf den Tisch, bevor sie in ihr Arbeitszimmer stürmte und die Tür zuknallen ließ.

Für meine Eltern waren Milena und ich eine Art nachträglicher Einfall gewesen. Beide waren Vollblutakademiker, beide waren renommiert in ihren Fachgebieten, die pflanzliche Pharmakologie bei meiner Mutter, bei meinem Vater die Botanik. Mein Vater extrahierte Enzyme aus Pflanzen, und meine Mutter vergiftete Frösche. Man würde meinen, das seien verschiedene Fachgebiete, aber so, wie meine Eltern an die Sache herangingen, war es symbiotisch: Ihre Laborforschung baute aufeinander auf und ergänzte sich. Genauso, wie ihre Beziehung symbiotisch war, wie die beiden aufeinander aufbauten und einander ergänzten. Man würde meinen, mit Eltern aufzuwachsen, die sich so sehr lieben, dass sie alles teilen, deren Leidenschaft für ihre Forschung genauso groß ist wie die füreinander, müsste eine wunderbare Erfahrung sein. Und ich will mich nicht beklagen, die beiden waren wunderbare Vorbilder in Fragen des Forschergeists, der Partnerschaftlichkeit, akademischer Leidenschaft und Leistungsbereitschaft. Was sie nicht waren, waren aufmerksame Eltern. Eine Liebe, die so in sich geschlossen war wie ihre, lässt kaum Platz für andere.

Bevor wir zu ihr kamen, kannten Milena und ich Amalia nur von den wenigen Malen, die sie an Weihnachten bei uns zu Besuch gewesen war. Meistens gab es dann gefüllten Truthahn, und wir saßen um den großen Esszimmertisch. Ich spielte mit den Erbsen auf meinem Teller, Milena versuchte, die Aufmerksamkeit unserer Mutter auf sich zu lenken, indem sie sie unablässig an ihrem Ärmel zupfte. Amalia trug auch im Winter weite bunte Kleider, dazu Strumpfhosen und geringelte Socken. Als sie mich und Milena einmal fragte, was der Weihnachtsmann uns denn gebracht habe, schüttelten wir verständnislos den Kopf. Unsere Eltern hielten nichts davon, uns »irgendwelche Lügen zu erzählen«, über die man uns später ohnehin würde aufklären müssen. Amalia sah sich um. Es gab auch keinen Weihnachtsbaum, keine Dekoration mit Engeln oder formtechnisch falschen Schneekristallen und keine Berge von Geschenken. Geschenke bekamen wir trotzdem, aber sie waren eher praktischer Natur, wie Schulbücher, Stifte und ergonomische Rucksäcke. Amalia verzog den Mund und meinte: »Wenn man nicht früh lernt zu glauben, dass es noch Wunder gibt, dann lernt man es später gar nicht mehr.« Woraufhin meine Mutter und mein Vater sich einen Blick zuwarfen und mein Vater einen großen Schluck Rotwein trank.

Amalia galt als schwierig in unserer Familie: »Sie ist schwierig«, sagte meine Mutter, während sie mit einem Rotstift Zahlen in einer ausgedruckten Tabelle markierte. »Sie wird sich schon noch einkriegen«, sagte mein Vater, legte meiner Mutter eine Hand auf die Schulter und stellte ihr ein Glas Grüntee neben die Arbeit.

An dem Tag, als wir zu Amalia gebracht wurden, schien die Sonne unerbittlich durch die Autofenster, und Milena hatte schon seit Stunden nichts mehr gesagt. Das war ungewöhnlich, normalerweise plapperte sie ununterbrochen. Auf dem Rücksitz des Sedans spielte sie mit ihrer Puppe mit dem erdbeerblonden Haar und sah erst auf, als wir in einer ruhigen, von Bäumen gesäumten Straße parkten. Der Sozialarbeiter mit dem Pferdeschwanz stieg aus, öffnete uns die Autotüren und nahm Milena und mich an die Hand, mich an die linke, Milena an die rechte. Wir gingen ein paar Meter auf dem Bürgersteig, vorbei an großen altmodischen Häusern. Schließlich blieben wir vor einem Tor stehen, das der Mann aufschob. Ein gepflasterter Pfad führte auf eine Villa zu. Als Erstes fielen mir die Fachwerkbalken und die geschmückten Giebel auf, die rote Farbe, in der sie gestrichen waren, der Erker und das rosafarbene Türmchen. Das Gras rechts und links des Pfades war hoch gewachsen, Milena konnte gerade so mit dem Kopf darüberschauen. Der Garten sah verwildert aus, der Rasen ungemäht, überquellende Ranken und Pflanzen schienen sich umeinander zu winden, die Bäume wuchernd und nicht zurückgeschnitten, die grüne Vielfalt ein organisches Chaos. Das schien dem Mitarbeiter des Jugendamtes zu denken zu geben, er blieb auf dem Steinpfad stehen und sah sich suchend um, als gäbe es irgendwo eine Hinweistafel über den Zustand des Gartens. Dann seufzte er und ging mit uns die drei Stufen bis zur überdachten Haustür empor. Er ließ meine Hand los und drückte die Klingel, die ein seltsames Läuten von sich gab. Nichts geschah. Er versuchte es erneut, drückte diesmal länger, klopfte an der Tür und spähte durch die Butzenglasscheibe hinein.

Schließlich saßen Milena und ich auf den Stufen vor der Haustür, Milena spielte wieder mit ihrer Puppe, und ich versuchte, in dem ausufernden Grün des Gartens die Pflanzenarten aufzuzählen, die ich kannte: ein Apfelbaum, *Malus domestica,* die Brombeere an der Hauswand mit dem Namen *Rubus* aus der Gattung der Rosenpflanzen, der Gemeine Löwenzahn namens *Taraxacum,* der in der Wiese wucherte, und die verschiedenen Grassorten, die ich mir bei aller Liebe und obwohl mein Vater sie immer wieder Sorte für Sorte aufgezählt hatte, nie richtig merken konnte.

Der Sozialarbeiter lief den Pflasterweg auf und ab und sprach ins Telefon. Gerade als er mit dem Rücken zur Straße stand und aufgeregt etwas in sein Handy sagte, wurde die Pforte zum Garten aufgeschoben und Amalia trat ein. Sie hielt in jeder Hand einen Koffer, einen roten und einen blauen, ihr Kleid an diesem Tag war weinrot, mit weiten Taschen und einem gelben, breiten Gürtel mit großer Schnalle. Sie trug eine Reihe von Halsketten aus gelb gefärbten Muscheln, eine riesige Sonnenbrille mit gelbem Rahmen und braune Handschuhe, Stiefel und ein weiß geblümtes Tuch, das ihr feuerrotes Haar zurückband. Sie blieb hinter der Pforte auf dem Pfad stehen, schob ihre Brille in die Haare zurück und musterte mich und Milena, während der Mann ihr noch den Rücken zugewandt hatte. Ihr Blick sprang zwischen uns hin und her, dann verhärtete sich der Zug um ihren Kiefer. Sie ließ ihre Koffer stehen und tippte dem Sozialarbeiter auf die Schulter, der erschrocken herumfuhr. Als er sie sah, ließ er sein Handy sinken.

»Entschuldigt die Verspätung, aber jetzt bin ich ja hier«, sagte Amalia an Milena und mich gewandt. Sie nahm uns nicht in die Arme, sie streichelte uns nicht über die Köpfe, sie schloss einfach nur die Haustür auf und führte uns durch ein Labyrinth aus Bücherstapeln, Möbeln und Regalen. In der Küche räumte sie wortlos vier Stühle frei, riss die Tür zum überwucherten Kräutergarten auf und stellte den Wasserkocher an. Milena und ich hielten uns an den Händen, wir standen im Türrahmen, der Sozialarbeiter hinter uns. Amalia stützte sich mit dem Rücken zu uns mit beiden Händen an der Spüle auf, ihre Schultern hoben und senkten sich ein paarmal, der Mann hinter uns räusperte sich. Sie blieb noch einen Moment regungslos, dann wandte sie sich zu uns um, fand zielsicher meinen Blick.

»Kommt, setzt euch«, sagte sie, holte Honig aus dem Schrank und einen Apfel aus ihrer Handtasche, den sie in Schnitze teilte und mit dem Honig übergossen vor uns hinstellte.

Dann hörte sie dem Mann mit dem Pferdeschwanz eine Weile schweigend zu, unterschrieb einige Zettel und begleitete ihn zur Tür. Als sie zurückkam, setzte sie sich zu uns an den Tisch, an dem Milena wortlos mit ihrer Puppe spielte und nicht aufsah, auf dem ich etwas Tee verschüttet hatte und mit klebrigen Honighänden in die Pfütze Gesichter malte.

»Jetzt sind es also nur noch wir drei«, sagte Amalia, nahm ihre Brille aus dem Haar, legte ein Magazin auf den Tisch und seufzte.

Bis zu diesem Zeitpunkt hatte ich nicht geglaubt, dass Milenas und meine Eltern wirklich gestorben waren. Ich dachte, es müsse sich um einen Fehler handeln, dass die Leute vom Jugendamt bestimmt andere Kinder meinten und eine Verwechslung vorlag, dass sich alles aufklären würde und meine Eltern braun gebrannt und mit lachenden Gesichtern und strahlenden Augen jeden Moment von ihrer Forschungsreise zurückkehren würden.

»Wo sind Mama und Papa?«, fragte ich also.

Amalia holte tief Luft. »Tot, mein Kind, von ihrer Chartermaschine sind nur noch geschmolzene Metallteile und Asche übrig. Niemand überlebt einen Absturz dieser Art. Es tut mir leid«, sagte sie.

Milena sah von ihrer Puppe auf und starrte Amalia an.

»Du lügst«, sagte sie leise.

»Ich wünschte, es wäre so. Aber mit einem hatten eure Eltern recht, auch wenn sie sonst wenig Sinn für Erziehung hatten: Es bringt nichts, euch anzulügen, wenn man die Lüge später sowieso aufklären muss«, sagte Amalia.

Milena sah zurück auf ihre Puppe.

Es würde noch einige Tage dauern, bis die neue Realität wirklich in unsere Köpfe eingesickert war. Es fühlte sich an wie ein böser Traum, aus dem Kneifen nicht als Aufwachhilfe nützte, ein Traum, der sich über unsere Normalität gestülpt hatte und nicht enden wollte.

Später an dem Tag, Amalia hatte uns im zweiten Wohnzimmer vor den Fernseher gesetzt und eine Kinderserie angemacht, folgte ich ihr in den Garten. Ich folgte der Spur aus niedergetretenen Gräsern von der Küchentür bis zu einer halb überwachsenen Holzbank unter dem Apfelbaum, auf der Amalia saß und rauchte.

Ich blieb vor ihr stehen. »Was machst du?«, fragte ich.

»Ich rauche«, sagte sie und blies eine Wolke in die Zweige des Baumes über uns.

»Papa sagt, rauchen ist ungesund«, sagte ich.

»Papa ist nicht hier, mein Kind, das ist ja der Schlamassel. Sonst würde ich auch gar nicht rauchen. Komm, setz dich einen Moment zu mir. Wo ist denn deine Schwester?«, fragte Amalia.

Ich setzte mich neben sie auf die Holzbank und spielte mit den Fingern am Saum meines Hemdes. »Vor dem Fernseher«, sagte ich und fügte hinzu: »Das ist auch ungesund«, und Amalia lachte hustend.

»Keine Sorge«, sagte sie, »das wird nicht zum Dauerzustand. Ich brauchte nur ein Momentchen zum Nachdenken, weißt du?«

Ich nickte, und Amalia blies eine weitere Qualmwolke in den Himmel.

»Sarah, willst du den Tropenhelm nicht abnehmen, mh?«

»Nein«, sagte ich. Das Forscherinnenkostüm mit den Kakihosen, dem hellen Hemd und dem Tropenhelm hatte ich nicht mehr ausgezogen, seit Milena und ich vom Absturz über dem Amazonas gehört hatten.

»Mich hat das schon immer gewundert«, sagte Amalia, »wenn die Rede davon ist, was Forscher alles entdeckt haben. Ich meine, Tropenforscherinnen und so. Dann heißt es, sie haben eine Pyramide im Dschungel gefunden oder eine neue unbekannte Tierart, und ich denke immer: Aber da wohnen ja Leute drumherum, die wussten, dass es diese Ruinen gab und das Dschungeltier mit Streifen. Was heißt hier also eigentlich Entdeckung? Hätte man mal nachgefragt, hätte man sich mal die Mühe gemacht, die Leute vor Ort zu verstehen, hätten die einem das sicher sagen können. Muss man denn immer mit dem Flugzeug in die sogenannte Wildnis raus, auf die Gefahr hin, dass man abstürzt und seine Verwandten ohne irgendeine Vorwarnung zurücklässt, um was Neues zu finden, auch wenn das Neue eigentlich den Menschen dort schon längst bekannt ist?«, sagte Amalia. Ihre Stimme war immer lauter geworden, und sie blies ihren Rauch in kürzeren Abständen in die Luft.

Über ihre Worte dachte ich einen Moment nach.

»Wir müssen jetzt zusammenhalten, wir drei, Sarah. Du, Milena und ich. Das wird nicht einfach, aber gemeinsam kriegen wir das schon hin. Es würde ja mit dem Teufel zugehen, wenn nicht«, fügte Amalia schließlich hinzu.

Meine Finger verharrten in ihrer Bewegung, der Saum meines Hemdes fransig unter meinen Fingerkuppen.

»Den Teufel gibt es nicht«, sagte ich.

»Stimmt«, sagte Amalia, »stimmt. Aber Jugendämter gibt es, und deshalb müssen wir jetzt ein bisschen Ordnung schaffen. Das kriegen wir schon hin.«

Dann drückte sie ihre Zigarette aus und stopfte sie in ein halb mit Stummeln gefülltes Einmachglas, das unter der Holzbank stand.

»Komm jetzt«, sagte sie, »lass uns mal nach deiner Schwester gucken, bevor das Fernsehen zu ungesund wird.«

Und dann waren es nur noch wir drei.

An dem Abend und in den folgenden paar Nächten schliefen Milena und ich in Amalias Zimmer, in ihrem großen Bett mit den schmiedeeisernen Löwenfüßen, in einem Raum mit Regalen voller Bücher und unheimlicher Masken, einem ausgestopften Raben, Muscheln und gerahmten Fotografien. Irgendwann in der ersten Nacht wachte Milena auf und fing an zu schluchzen, und Amalia nahm sie in den einen Arm, mich in den anderen und flüsterte beruhigende Worte und sanfte Sätze, bis wir alle drei aneinandergekuschelt wieder einschliefen.

In den ersten Tagen nahm sie uns mit auf den Dachboden, den sie ausräumte, mit Lichterketten dekorierte und in dem sie, nach mühseliger Säuberungsaktion, zwei Holzbetten unter den gegenüberliegenden Dachschrägen aufbaute. Wenn bei einem der Betten ein paar Schrauben fehlten oder Milena sich beim Spielen mit dem

Hammer auf den Finger schlug, sagte Amalia: »Das kriegen wir schon hin.« In diesen Tagen gingen wir einkaufen. Wir kauften Lebensmittel, Süßigkeiten, Pyjamas und Hosen für uns beide und ein neues Forscherinnenkostüm für mich, damit Amalia mein altes waschen konnte, bis wir den Rest unserer Kleidung aus dem Haus unserer Eltern holen konnten. Als ich mich weigerte, meinen Tropenhelm in der neuen Schule auszuziehen, und Amalia mit mir im Zimmer der Rektorin saß, sagte sie: »Wir kriegen das schon hin.«

Wenn der Honig ausging und Milena einen Schreikrampf bekam, der nahtlos in Weinen überging, streichelte sie Milena durchs Haar und seufzte. »Das wird schon wieder, meine Kleine, wir kriegen das schon hin.«

Wenn ich aus der Schule kam mit einem blauen Auge und mich im hintersten Winkel des Gartens versteckte und Milena Amalia die ganze Geschichte, wie ich mich geprügelt hatte, weil die anderen Kinder über mein Forschungsheft gelacht hatten, brühwarm aufgetischt hatte, fand Amalia mich unter einem Oleanderstrauch und legte sich neben mich auf den Rücken in die Halme des zu hohen Grases.

Ich drehte einen Halm in meinen Händen.

»Amalia, bin ich ein Psychopath?«, fragte ich.

Sie wandte den Kopf zu mir. »Wie kommst du denn darauf?«

»Weil ich so gut mit Zahlen bin und mir alles merken kann, aber nie weiß, was die anderen denken. Weil ich nicht die ganze Zeit weine wie Milena, obwohl Mama und Papa tot sind, und weil das alles Anzeichen für einen Psychopathen sind, sagt Martin«, zählte ich die Indizien auf.

»Unsinn«, sagte Amalia. »Dieser Martin hat offensichtlich zu viel Fernsehen geschaut, du weißt ja, wie ungesund das ist, vor allem fürs Nachdenken. Du bist nur einfach anders als Milena, und überhaupt, Trauer ist für jeden anders. Siehst du mich die ganze Zeit weinen?«

»Nein«, gab ich zu.

»Na also«, sagte Amalia. »Wir kriegen das schon hin.«

Was genau wir wieder hinkriegen mussten, hat sie nie so genau erklärt, aber es wurde zum neuen Takt unserer Kindheit, die Antwort auf alle Fragen, die Lösung für alle Probleme und in den ersten Jahren nach dem Tod meiner Eltern die einzige Konstante, an der ich mich festhalten konnte.

5

Hier sind Drachen

Meine nackten Füße ruhten im kühlen Gras. Ich saß auf der Bank unter dem Apfelbaum im Garten. Wenn ich nach oben schaute, flirrte die Sonne durch die Äste und grünen Blätter und wärmte mein Gesicht. Der Wind fuhr auf, das Rascheln des Laubes beruhigte meine Nerven, die seit gestern angespannt waren. Es war Sonntag, der Andrang und das Getümmel und die flohmarktartige Situation der teilweisen Bestandsauflösung lagen zum Glück hinter mir. Das Ganze hatte meine Sinne überfordert, mir Kopfschmerzen bereitet und mich fast außer Gefecht gesetzt.

Die Einnahmen hatte ich bereits gezählt und die Verkäufe katalogisiert, leider war nicht so viel dabei herumgekommen, wie ich mir gewünscht hätte. Dafür war ein Chaos hinterlassen worden, das ich den ganzen Morgen über aufgeräumt hatte. Man würde meinen, dass es bei Bücherstapeln nicht viel aufzuräumen gab, aber es war eine innere Ordnung, die es wiederherzustellen galt. Ich fühlte mich erst wieder wohl in meinen eigenen vier Wänden, nachdem ich mit der Hand über die Buchrücken der meisten verbliebenen Bücher gestrichen und ich mich versichert hatte, dass es sie noch gab, den Boden gewischt, die Fenster geputzt und die Sammlung in Amalias Zimmer kontrolliert hatte. Und nachdem ich eine leise Entschuldigung im Geiste an meine Tante gerichtet hatte für das Sakrileg, unser Haus für die Schatzjäger geöffnet zu haben. Aber auch das hatte mein schlechtes Gewissen nur halb beruhigen können.

Über mir saß eine Elster in den Zweigen und beobachtete mich mit ihren schwarzen Knopfaugen. In der Ferne hörte ich das Läuten einer Kirchturmglocke. Es war bereits Nachmittag, ich konnte den Anruf nicht länger vor mir herschieben.

Ich griff zu meinem Handy. Das Telefon an meinem Ohr tutete. Ich legte auf, bevor die Mailbox drangehen konnte, und wählte Milenas Nummer erneut. Es klickte, als sie endlich dranging.

»Sarah! Wie schön, dass du dich meldest. Aber ich bin grad *ziemlich* im Stress, Lukas hat vielleicht ein Lego-Männchen verschluckt, und Florian ist gerade in seiner *Trotz*phase …« Im Hintergrund hörte ich ein Kind kreischen.

»Milena«, unterbrach ich meine Schwester, bevor sie auflegen konnte, »ich fahre nächstes Wochenende nach Frankreich. Könntest du vielleicht so lange nach Amalias Haus schauen? Und nach den Schildkröten?«

»Wie bitte?« Es klang, als hätte sie das Handy ans andere Ohr gewechselt, bevor sie fortfuhr: »Was soll das denn heißen, Frankreich? Machst du *Urlaub*? Ich dachte, du fliegst nicht gern. Und ist das *jetzt* der richtige Zeitpunkt, wo du gerade erst Amalias Geschäft übernommen hast …«

Ich knirschte mit den Zähnen, was Milena in ihrem Redeschwall zum Glück nicht hörte. Obwohl ich wusste, dass man im Flugzeug rein statistisch sicherer unterwegs war als im Straßenverkehr, hasste ich es in der Tat zu fliegen. Der Lärm, die vielen Menschen auf so engem Raum, das Fehlen von Kontrolle, der Tod meiner Eltern, all das waren Gründe genug, von der Umweltbelastung ganz zu schweigen.

»Wir fahren mit dem Auto«, sagte ich.

»Wir? Wer *wir*? Wovon *redest* du, Sarah? Amalias Jeep ist doch in der Werkstatt, und seit wann setzt du dich überhaupt hinters Steuer?« Abermals ertönte das Kreischen eines Kindes. »Nein, Florian, du sollst deinem Bruder nicht mit dem Holzauto auf den Rücken schlagen!«

Der letzte Kommentar verschaffte mir Zeit, ihren Schwall von Fragen in meinem Kopf zu sortieren.

»Mit Ben, und er fährt. Er sagte, dass er ein Auto hier hat.«

Stille.

Im Hintergrund schwoll das Geschrei wieder an, und dann schien meine Schwester den Raum zu wechseln, denn ich hörte das Zuschlagen einer Tür, und plötzlich herrschte Ruhe.

»Moment mal, wer ist Ben?«, fragte Milena, ihre Stimme alarmierend ruhig. Jetzt schenkte sie mir ihre volle Aufmerksamkeit, die ich geradezu durch den Hörer spüren konnte.

»Ben ist Forscher und Einkäufer der Britischen Bibliothek. Ich soll eine alte Karte für ihn finden, authentifizieren und restaurieren. Es geht um das verlorene erste Segment der Tabula Peutingeriana; sie wurde in elf Teile zerlegt, und ein zwölftes gilt als verschollen. Kannst du dir das vorstellen?« Mein Puls beschleunigte sich, wenn ich darüber nachdachte, einen solchen Schatz in Händen zu halten.

»Moment, Moment! Tabula *was*? Und wer ist dieser Ben? Ist das ein Bekannter von Amalia? Du weißt doch, dass du kein gutes Gespür für Menschen hast, du kannst jetzt nicht einfach mit irgendeinem dahergelaufenen Typen zusammen nach Frankreich fahren!«

Kurz hielt sie inne.

»Und überhaupt, wer kümmert sich in der Zwischenzeit um Amalias Haus?«, fuhr Milena fort.

Und da waren wir bei der Krux der Sache angekommen.

»Wie du sehr wohl weißt, hat uns Amalia einen Berg Schulden hinterlassen. Wenn ich nicht bald etwas abbezahle, verlieren wir das Haus. Mit der Provision, die ich für den Verkauf des fehlenden Teils der Tabula Peutingeriana bekomme, könnte ich es retten, Milena!«

Schweigen.

»Sarah, ich weiß überhaupt nicht, wovon du redest. Warum erzählst du mir nicht alles von Anfang an?«, fragte Milena schließlich mit ihrer betont geduldigen Stimme.

Ich seufzte. »Also, Amalia war vor ihrem Tod einem verlorenen Teil des einzigen mittelalterlichen Originals der Tabula Peutingeriana auf der Spur …«

*

Einen Tag zuvor hatte ich die Tür zu meiner Werkstatt aufgeschlossen und Benjamin Ballantyne in mein Allerheiligstes geführt. Das war gut, denn das Chaos im Rest des Hauses hatte ohnehin angefangen, mich zu überfordern. Ich brauchte dringend Ruhe.

Benjamin zeigte sich angemessen beeindruckt, konnte den Blick kaum von den wandhohen Regalen mit Büchern abwenden, sah in jede temperaturgesteuerte Vitrine und ließ die Augen über meine und Amalias Arbeitsflächen unter den gelblichen Neonröhren in der Mitte der Bibliothek wandern. Ich beobachtete ihn dabei, wie er die Werkstatt betrachtete. Das Wunder stand ihm ins Gesicht geschrieben, selbst ich konnte den Ausdruck kindlicher Freude darin lesen, als er eine Erstausgabe von *Alice in Wonderland* entdeckte. Er sah mich an, als hätte ich ihm höchstpersönlich die Wandschranktür nach Narnia aufgestoßen.

»Sie sind Sammlerin und Restauratorin, ja?«, fragte er mich mit leuchtenden Augen.

Ich nickte.

»Vor allem war meine Tante die Sammlerin«, sagte ich und fühlte den inzwischen so vertrauten stechenden Schmerz in der Brust, als ich von ihr in der Vergangenheitsform sprach.

Benjamin wartete, schwieg, und das war genau die richtige Reaktion. In seine Stille hinein hatte ich das Bedürfnis, ihm von Amalia zu erzählen. Damit sie nicht nur irgendeine Person blieb, mit der er sich geschrieben hatte, nicht nur irgendein Mensch von den sieben Milliarden auf diesem Planeten, der jetzt tot war und ihm nichts bedeutete. Es tat weh, auch nur zu denken, dass Amalia für ihn bloß irgendjemand war, ein Mensch unter vielen, dessen Leben er noch nicht einmal richtig gestreift hatte. Nicht die exzentrische, wunderbare, warmherzige und etwas verrückte, direkte und unnachahmliche Amalia, die sie für mich gewesen war.

»Amalia liebte Kinderbücher«, sagte ich, und ein Kloß in meinem Hals ließ mich verstummen, obwohl das allein wohl kaum das Beste war, was man über meine Tante zu einem Fremden sagen konnte.

Er nickte und lächelte mich an, und für einen kurzen Moment rumorte es in meinem Magen, bevor er den Blick senkte und sagte: »Es tut mir wirklich leid, dass sie verstorben ist.«

Das hatte er bereits einmal gesagt, aber jetzt war ich eher bereit, ihm die Beileidsbekundung abzunehmen. Ich nickte stumm.

Wir schwiegen einen Augenblick, während er die Fingerspitzen über dem Ritterroman schweben ließ, der auf meiner Arbeitsfläche lag, ohne die alten Seiten zu berühren.

Er sah zu mir auf und fragte: »Und Sie führen das Geschäft Ihrer Tante weiter?«

Ich nickte, schluckte und sagte: »Seit Kurzem, ja. Aber ich bin noch nicht dazu gekommen, all ihre Unterlagen durchzugehen …«

Ich sah zum Schreibtisch, der an eines der Bücherregale angelehnt stand und überquoll vor Dokumenten und Papierstapeln. Benjamins Augen folgten meinem Blick und weiteten sich dann auf geradezu komische Weise.

»Die Buchführung meiner Tante war ein wenig … nun ja, unkonventionell«, sagte ich.

»Das kann ich mir vorstellen«, sagte er schwach.

Ich betrachtete Benjamins gebügelten Anzug und die Hose mit den Bundfalten und konnte mir nicht vorstellen, dass etwas in seinem Leben so aus dem Ruder lief wie die Geschäftsführung meiner Tante. Mit der Hand schob ich mir irritiert ein paar verirrte Strähnen aus der Stirn, die sofort zurückfielen.

»Was genau hat Sie denn hierhergeführt?«, fragte ich.

Benjamin wandte sich zu mir und schob seine Brille zurecht. »Ihre Tante hat unserer Bibliothek ein sehr interessantes Angebot gemacht. Eigentlich ein ziemlich unmögliches Angebot. Sie sagte, sie wisse etwas über den Verbleib des fehlenden Segments des mittelalterlichen Originals der Tabula Peutingeriana. Dass sie möglicherweise seinen Verkauf an die Britische Bibliothek vermitteln könne. Dieser verlorene erste Teil, auf dem Westengland verzeichnet sein soll, ist eine Sensation. Das wäre ein Fund von historischem Ausmaß! Dieser Teil der Karte gilt seit Jahrhunderten als verschollen.«

Ich stutzte. Vieles an dieser Aussage erstaunte mich. »Warum hat Amalia sich gerade an die Britische Bibliothek gewandt?«, fragte ich als Erstes.

»Das haben wir uns auch gefragt«, sagte Benjamin, während er mit der Fingerspitze über die Schreibtischoberfläche fuhr. »Wir denken, es hatte damit zu tun, dass Ihre Tante wusste, dass der Britischen Bibliothek für solche Ankäufe ein beträchtliches Budget zur Verfügung steht. Und natürlich, dass bei dieser Karte ein Teil von Britannia abgebildet ist, der auf den späteren Drucken fehlt. Wir könnten ein ganz neues Forschungsteam aufstellen, um diesen bedeutenden Fund angemessen für die Nachwelt aufzubereiten.«

Bei den letzten Worten sah Benjamin auf und mich direkt an. Mein Herz, dessen Schlag sich bei seinen vorherigen Worten beschleunigt hatte, machte einen Hüpfer.

Was er über meine Tante implizit gesagt hatte, war ganz und gar nicht schmeichelhaft, aber seine Augen enthielten keinen Vorwurf. Und es konnte gut sein, dass es Amalia um Geld gegangen war, immerhin sah es um unsere Finanzen nie rosig aus. Und nun sah es um meine Finanzen ohne Amalia noch um einiges schlechter aus. Aber Benjamin hatte einen Grund gefunden, das ganze Unterfangen in ein gutes Licht zu rücken.

Die Sache schockierte mich jedoch wegen etwas anderem: Warum hatte mir Amalia nie davon erzählt, dass sie einen so lukrativen Deal an Land gezogen hatte? Es fühlte sich wie ein Verrat an mir an und schnürte mir die Brust zusammen.

Ich holte tief Luft. »Sie wollte also den Verkauf eines verlorenen Teils der letzten mittelalterlichen Version einer berühmten römischen Straßenkarte an Ihre Bibliothek vermitteln. Was hat Sie Ihnen denn ansonsten dazu gesagt?«

Benjamin musterte mich. »Sie schickte uns Fotos, mit Zeit- und Datumsstempel, sodass wir nach Analyse der Bilder davon ausgehen, dass Ihre Tante tatsächlich Zugang zu dem verlorenen Teil der Karte hatte – mit der historischen Darstellung von Westengland, Spanien und Portugal.«

Ich musste mich kurz auf einer der Arbeitsflächen abstützen. »Tatsächlich, ja?«

Benjamin nickte und musterte mich weiter. »Und Sie wissen nichts davon?«, fragte er leise.

Ich schüttelte den Kopf und machte eine Handbewegung in Richtung Papierstapel. »Sie sehen ja, ich kam nicht hinterher …« Ich hörte selbst, wie schwach meine Stimme klang.

Benjamin betrachtete den Papierstapel mit einem sichtbaren Schaudern.

»Mh«, machte er nur. Dann schien er sich zu sammeln und wandte sich zu mir. »Und wenn Sie jetzt nachschauen? Wenn Sie wollen, können wir Ihre Dokumente auch zusammen durchgehen«, schlug er vor. »Ich will mich wirklich nicht aufdrängen, aber dieser verlorene Teil der Karte würde eine substanzielle Erweiterung unserer Bibliothek bedeuten und einen ganzen Forschungszweig nach sich ziehen, der auch mein persönliches Fachgebiet ist. Wenn es irgendeine Möglichkeit gäbe …« Er verstummte, machte ein kompliziertes Gesicht und wiederholte: »Verzeihen Sie, ich möchte nicht aufdringlich sein.«

Das Unbehagen, das sich in mir breitgemacht hatte bei der Vorstellung, Amalias Dokumente durchzugehen, sickerte durch meinen ganzen Körper. Das hatte ich jetzt schon seit Monaten vor mir hergeschoben. Immer wenn ich ihre unordentliche Handschrift, ihre Randnotizen auf Rechnungen oder ihre Kommentare zu Käufern auf ein Blatt gekritzelt las oder zu lesen versuchte, schien sich mein Hals zu verschließen, und ich spürte einen Druck hinter meiner Stirn, der sich erst wieder legte, wenn ich den Raum fluchtartig verlassen hatte. Das hatte der Situation mit den ausstehenden Rechnungen nicht gerade weitergeholfen.

Ich musterte den britischen Bibliothekar. Seine Bundfaltenhose und sein Jackett saßen so passgenau wie seine Brille, alles an Benjamin machte einen geordneten Eindruck, von seinem kurz geschorenen Haar bis zu seinen polierten Schuhen. Seine kantigen Gesichtszüge und braunen Augen, die mich nun ansahen mit einem Ausdruck, den ich nicht zu deuten wusste. Vielleicht wäre es tatsächlich nicht so schlimm, durch Amalias Unterlagen zu gehen mit jemandem, der etwas davon verstand, Ordnung ins Chaos der menschlichen Existenz zu bringen.

Ich wägte einen Moment ab; es fiel mir nicht leicht, einem Unbekannten genug zu vertrauen, um ihn in meine Angelegenheiten einzuweihen. Manchmal ließen mich Begegnungen mit anderen Menschen mit einem vagen Gefühl von Verrat zurück, dass sie etwas anderes dachten oder meinten, als sie sagten, und ich die Einzige war, die es nicht verstand, während sie hinter meinem Rücken über mich lachten.

Benjamin schob ein Buch auf Amalias Schreibtisch so zurecht, dass es genau parallel zur Tischkante ausgerichtet lag. Dann schien er hochzufahren.

»Verzeihung«, murmelte er, »ich wollte nicht … Ich mache das automatisch, wenn ich nervös bin.«

Er sah mich an und wartete ab, seine Hand ruhte auf dem Buchrücken, und es war diese Geste, das Buch als Anker, die mich dazu brachte, mir einen Ruck zu geben.

»Wenn Sie so lange warten, bis die Geier in meinem Wohnzimmer wieder gegangen sind, können wir die Zettel zusammen durchgehen«, sagte ich etwas schroffer als beabsichtigt zu ihm.

Benjamin blinzelte erstaunt. »Ehrlich? Ich meine: sehr gerne! Das würde mich wirklich sehr freuen!« Sein Lächeln ließ seine kantigen, akkuraten Gesichtszüge weicher werden.

Gerade wollte ich noch etwas hinzufügen, als ich plötzlich ein Geräusch hörte. Ich fuhr herum und sah, wie ein grauer Anzugärmel hinter dem offenen Türausschnitt der Werkstatt verschwand. Dengelmann. War er etwa zurückgekehrt und hatte uns belauscht?

»Kommen Sie«, sagte ich grimmig zu Benjamin. »Sie können mir beim Rausschmeißen von unerwünschten Walrössern helfen.«

Benjamin machte den Mund auf und wieder zu, schließlich nickte er. Und so sollten wir uns schon wenige Stunden später über die kryptischen Aufzeichnungen meiner Tante beugen und die größte Schatzsuche beginnen, die ich je angetreten hatte.

6

Keine Zeichen, keine Wunder

Mit fünfzehn wusste ich, dass ich niemals jemanden lieben oder geliebt werden würde, ergo für immer allein bleiben würde.

Anfangs waren es die kleinen Dinge, das Flirten der anderen Mädchen, die Fragen, wen ich gut fände, wer schon mit wem gegangen sei, wie sich Sex anfühlte (meistens erst mal komisch), die bei mir das unbestimmte Unbehagen auslösten, ich könnte in solchen Belangen anders empfinden als die anderen.

Davor hatte ich gedacht, ich sei vielleicht einfach eine Spätzünderin, und *davor* hatte ich über solche Sachen einfach gar nicht nachgedacht. Aber dann, mit fünfzehn, ließ sich das Thema nicht mehr vermeiden, es schien das zu sein, worüber alle sprachen, es war in jeder Mädchenzeitschrift, es war im Fernsehen, und es war Milenas Lieblingsthema: die Liebe. Oder das, was man in dem Alter eben dafür hielt, also wahrscheinlich eine diffuse Mischung aus Hormonen, schlechten Vorbildern und Hollywood-Romanzen.

Es ist schwierig festzustellen, ob man wirklich anders ist, besonders wenn alle Teenager in ihrer Vorstellung von Einsamkeit und Einzigartigkeit feststecken und jeder und jede sich für eine kleine einsame Monade im weiten Universum hält, der Radiohead-Song *Creep* der Rhythmus des Herzschlags jedes einzelnen verdammten Individuums.

Der Moment, in dem mir klar wurde, dass ich tatsächlich anders war, war schon lange gekommen und gegangen, das hatte mit der Liebe erst mal nichts zu tun. Die Frage, ob ich mich genauso verlieben konnte wie die anderen oder nicht, gesellte sich einfach mit der Zeit noch hinzu. Niemand sagt einem im Voraus, dass man sich diese Frage überhaupt stellen muss. Als Kind klingt es immer so, als wäre Liebe eine Sache, die jede*r könnte, ganz gleich, wie jemand zusammengesetzt ist.

Die Erkenntnis, dass es bei mir anders sein könnte, kam schleichend in einer Mathestunde der zehnten Klasse. Ich saß neben meiner damaligen besten Freundin Jamila. Die Sonne zeichnete ein Schattengitter durch die Jalousien auf die Holztische am rechten Rand des Klassenzimmers und auf die Gesichter der gelangweilt in ihren Stühlen hängenden Schülerinnen. Mathe war für mich kein Problem, aber der von seinen eigenen monoton vorgetragenen Worten verwirrt wirkende Lehrer war eines. Sein einziges charakterliches Attribut neben der Fähigkeit, Menschen zu Tode langweilen zu können, war seine Vorliebe für bunte Krawatten mit Tiermotiven darauf. Mit ihm war Mathe eine einzige Quälerei, selbst für Leute wie mich, die eine Affinität zu Zahlen hatten.

Mein Blick wanderte und fiel auf den Hinterkopf schräg vor mir. Die dunklen, verstrubbelten Haare gehörten Daniel, den seine Freunde aus mir unerfindlichen Gründen Dex nannten. In meinem Bauch breitete sich ein Kribbeln aus. Er war schön, mit grünen Augen, geraden Gesichtszügen, mit seinen schlanken und doch angenehm muskulösen Unterarmen und lässigen T-Shirts, den zerschlissenen Lederarmbändern an den Handgelenken. Er war ein Klassenschwarm, mit seiner Lederjacke und den Band-Shirts aus den 80ern, seiner Gitarre, die neben ihm auf dem Boden in ihrem Kasten auf die letzte Schulglocke wartete. Den langen Wimpern über schläfrig wirkenden Augen. Er zog meinen Blick an, ich konnte nicht wegsehen.

Ich hatte schon eine Weile überlegt, wie ich ihn ansprechen könnte, und mich gestern endlich getraut, als wir nebeneinander auf den Bus warteten: Zwei Tage waren verstrichen, seit ich den Entschluss gefasst hatte, am dritten Tag hatte ich ihn angesprochen. Drei ist meine Glückszahl, und in jedem Märchen gibt es drei Versuche, bevor etwas klappt. Außerdem hatten zwei Elstern am Morgen auf den Kürbissen gesessen, ein glückliches Zeichen. So hatte ich Dex gefragt, ob er heute nach der Schule den Weg zurück mit mir zusammen gehen wollte. Einen Moment glaubte ich, Verwirrung in seinem Blick zu erkennen, dann hatte er genickt, und ich hatte mich gefühlt, als könnte ich die Welt erobern. Wir würden fünfzehn Minuten zu zweit verbringen, fünfzehn Minuten, in denen wir miteinander reden und lachen und uns wunderbar verstehen würden, und dann würde Dex mich fragen, ob wir das von nun an jeden Tag machen würden, ich war mir sicher. So geschah das in den Geschichten, die ich las, und darauf folgte die große, unsterbliche Liebe.

Während ich nun seinen schlanken, gebräunten Nacken mit den wilden Haaren und die hochgezogenen Schultern beobachtete, steckte meine Klassenkameradin Rebecca ihm verstohlen einen Zettel zu. Wir waren zu alt für das Spiel von heimlich hin und her geschobenen Nachrichten, die potenziell von Lehrenden abgefangen und peinlicherweise vorgelesen werden konnten. Das schien Rebecca nichts auszumachen. Sie warf Dex einen Blick zu, als er ihre Zeilen las, zu ihr herübersah und dann mit den Schultern zuckte.

Ich zog meine Stirn kraus. Ich verstand nicht, was hier vor meinen Augen abgelaufen war. Was hatte Rebecca ihn gefragt, das mit einem Achselzucken zu beantworten war? Rebecca sah selbstbewusst nach vorn, den Rücken durchgedrückt. Dex hing weit zurückgelehnt in seinem Stuhl, wie immer.

Nach dem Unterricht, ich packte gerade meine Sachen zusammen, kam Rebecca zu ihm herüber.

»Weißt du, ich verstehe diese Aufgabe einfach nicht, es würde mir wirklich helfen, wenn du sie mir noch mal erklärst«, sagte sie.

Einen Moment erwiderte er nichts, sah sie nur an, und Rebecca redete einfach weiter: »Nach der Schule, bei dir zu Hause?«

Sie lachte, machte eine Bewegung, bei der sie ihn streifte, ließ ihre Hand auf seiner Schulter liegen. Dex lächelte zurück, schließlich nickte er.

Einen Augenblick lang packte mich die Eifersucht, er hatte mich einfach vergessen! Und ich begriff nicht, was Rebecca meinte. Sie war gut in Mathe, besser als Dex, und ich konnte mir kaum vorstellen, dass er ihr etwas erklären konnte, das sie nicht verstand. Dann fiel es mir wie Schuppen von den Augen: Darum ging es gar nicht. Sie wusste einfach nur, wie man flirtete.

Und während die beiden das Klassenzimmer gemeinsam verließen, wurde mir heiß und kalt, und ich war wie festgefroren auf meinem Stuhl.

Ich hätte nie so mit Dex reden können, wie Rebecca mit ihm redete. Sicher hatte weder Dex noch irgendein anderer Interesse an jemandem, die nicht flirten konnte, Witze nicht verstand und so oft nicht wusste, was er sagen sollte.

Auf dem Nachhauseweg, den Blick auf meine Füße gerichtet, während unter meinen Schuhen Kies, Kopfsteinpflaster und Betonplatten abwechselten, ging mir die Szene mit den beiden wieder und wieder durch den Kopf.

Ich hatte viele meiner losen Freundinnen und Freunde dabei beobachtet, wie sie sich verliebten. Wie sie jemanden ansahen, der oder die diesen Blick auffing, erwiderte. Wie sie miteinander scherzten, Serien und Filme besprachen, Musik austauschten, sich zum Eisessen oder Tanzengehen verabredeten. Wie sie alle diese Dinge taten, die mir fremd waren, während sie nichts von meiner Welt aus polyglotten Kodexen, wertvollen Handschriften und restaurierten Fibeln verstanden. Von der Magie, die ich in Zahlen sah, in alten Geschichten und Märchen. Während ich mich in meinen Büchern vergrub und die Welt in Erzählungen und Zeichen zu lesen versuchte, stürzten sie sich ins Leben. Und zum ersten Mal fragte ich mich, ob der Grund, warum ich das Ganze nie verstanden hatte, war, dass mir etwas fehlte.

Wenn ich Dex sah, dann meldete sich eine leise Angst in mir. Nicht vor ihm, sondern davor, dass er mich nicht verstand. Dass er mich übersehen oder vergessen würde, dass ich ihm nichts bedeutete und er mich verlassen würde, irgendwo im Verlauf des Weges, so wie er es ja auch getan hatte. Bevor wir gemeinsam losgelaufen waren sogar. Also, dachte ich, brauchte man zum Verlieben mehr Mut, als ich ihn hatte.

Und ich dachte an jenem Herbstnachmittag auf dem Rückweg durch die Stadt, meine Füße im Lauf und meine Nase rot von der kühlen Herbstluft: Ich schaffe das nicht. Jemanden zu finden, für den man die wichtigste Person auf der Welt ist. Jemanden, mit dem man alles teilt, so wie meine Eltern alles geteilt hatten.

Aber vielleicht, dachte ich, würde ich das auch gar nicht brauchen, weil ich mich gar nicht erst verlieben konnte, falls man dazu furchtlos sein musste, so furchtlos wie Rebecca.

7

Karte und Welt

Es ist eigentlich nicht meine Art, mich spontan für irgendwelche tollkühnen Abenteuer zu verpflichten. Immerhin bin ich keine Abenteuerreisende oder Forscherin, sondern Restauratorin, und meine Toleranz gegenüber Aufregung und Überraschung ist auch nicht gerade die größte. Außerdem weiß ich ja seit meiner Kindheit, was mit Forschenden in Chartermaschinen über dem Amazonas passieren kann. Aber etwas geschah mit mir, als ich mit Benjamin zusammen über die Dokumente meiner Tante gebeugt dasaß und wir über die Bedeutung der in ihrer unleserlichen Sauklaue geschriebenen Worte diskutierten wie über die in einem antiquarischen Manuskript. Es war seltsam, mit Benjamin zu reden. Immer wieder gab es Missverständnisse, aber dann fragte er einfach nach. Es war nicht so unangenehm wie mit den meisten anderen fremden Personen. Vielleicht weil wir ein gemeinsames Thema hatten und die Euphorie, einem sagenumwobenen fehlenden Teil der römischen Straßenkarte auf die Spur zu kommen, uns gleichermaßen ansteckte.

Apropos: Vielleicht sollte ich an dieser Stelle noch etwas zu dieser Karte sagen, der Tabula Peutingeriana, bevor ich von Benjamins und meiner Odyssee erzähle. Wer sich darunter nämlich eine moderne Straßenkarte vorstellt, vielleicht etwas ausgeblichen, vielleicht auf Pergament, vielleicht wie sie in einem Fantasyroman à la *Herr der Ringe* auf einem Tisch liegen könnte, der liegt weit daneben. Die Tabula Peutingeriana ist benannt nach einem Mann namens Konrad Peutinger, der die Karte 1507 von einem Freund geschenkt bekam. Es gibt nur ein einziges bis heute erhaltenes mittelalterliches Exemplar der Karte. Nach Peutingers Tod sollen von einem Verwandten seiner Familie 1225 Drucke, also neuzeitliche Faksimiles, davon hergestellt worden sein, das war Ende des 16. Jahrhunderts, wovon noch viele erhalten und in verschiedenen Bibliotheken ausgestellt sind. Peutingers mittelalterliches Original selbst ist eine Kopie aus dem 12. Jahrhundert und basiert wahrscheinlich auf viel älteren Straßenkarten aus der Spätantike. Diese noch älteren Versionen sind verschollen und auch Peutingers Original war dann erst mal für über hundert Jahre verschwunden und liegt nun, nachdem es wieder aufgetaucht war, in der Österreichischen Nationalbibliothek in Wien. Es besteht aus einer breiten Pergamentrolle, die zum besseren Erhalt im Laufe der Zeit in elf Segmente zerlegt wurde. Da auf dem heute ersten, wahrscheinlich ursprünglich jedoch zweiten Segment der Karte nur ein Teil der Britischen Inseln und anderer westeuropäischer Länder dargestellt ist, wird vermutet, dass es ursprünglich ein erstes, heute verlorenes Segment der Karte gegeben hat. Auf diesem müssten Teile Spaniens und Portugals und ein Teil Westenglands verzeichnet gewesen sein. Diesem verlorenen Segment der Karte war Benjamin Ballantyne, Bibliothekar der Britischen Bibliothek, auf der Spur.

Wer sich nun eine große rechteckige Karte vorstellt, wie sie in Filmen und Serien auf den Tischen von Feldherren ausgebreitet zu sehen ist, mit weißen Rändern, auf denen »Hier gibt es Drachen« steht, liegt immer noch daneben.

Denn die Tabula Peutingeriana ist eine Rollkarte. Damit ist sie im Prinzip schon rechteckig, aber sie ist über sechs Meter lang und nur etwas über 34 Zentimeter hoch. Man muss sich die Karte also als lange Bahn vorstellen, die von einer oder beiden Seiten aufgerollt war, sodass man nach Belieben ein Stück Straßennetz dazwischen anschauen konnte. Denn das ist es, was auf der Karte abgebildet ist, der Verlauf des römischen Straßennetzes in so gut wie der ganzen damals den Römern bekannten Welt.

Auf der Karte sind Flüsse, Städte, Straßen und Handelswege dargestellt, und das auf dem gesamten Gebiet von Britannien bis Indien. Städte sind mit Gebäudesymbolen verzeichnet, und je größer das Symbol, desto wichtiger die Stadt zum Zeitpunkt der Entstehung der ersten Vorläufer dieser Karte.

Die Karte ist ziemlich genau und vermittelt einem Reisenden die wichtigsten Routen in der damaligen Welt, inklusive der Anzahl der Tagesetappen zwischen Punkten auf den Hauptrouten oder Städten sowie der Lage von Pferdewechselstationen im gesamten römischen Reich. Trotzdem bin ich sicher, dass die ganze Generation Google Maps keine einzige Wanderung mit dieser Karte überstehen würde, denn die Darstellung der Landmassen ist in Form von waagerechten Streifen durch das Format der Karte so verzerrt, dass die geografischen Gegebenheiten auf der Karte wirklich alles andere als originalgetreu wiedergegeben sind. Man muss sich die Tabula Peutingeriana wie eine seltsame, endlos wirkende Wurst vorstellen, auf der die Welt wie ein lang gezogenes Gedärm aufgespannt ist. Okay, vielleicht ist das nicht der beste Vergleich. Aber es ist auf den ersten Blick aus unserer Perspektive eine höchst seltsame Karte, mit der ein Heer aus *Game of Thrones* die gegnerische Armee gar nicht erst gefunden hätte.

Im Grunde müsste ich hier eine kleine Ausführung zur Kartografie anschließen, von deren realen Gefahren und Schwierigkeiten sowie den Ängsten davor, vom Rand der Welt zu fallen. Aber das ist wirklich eine andere Geschichte.

Bleibt zu sagen, dass die Tabula Peutingeriana ein faszinierendes historisches Artefakt darstellt, das bis heute eines der Hauptdokumente zur Zuordnung von antiken Ortsbezeichnungen ist. Außerdem, von Wert und akademischer Relevanz einmal abgesehen: Die Karte sieht einfach großartig aus. Kleine Bäume mit Buchstaben dazwischen bilden ganze Wälder ab. Mittelmeer und Adria sind zwei lange, gewellte Blaustreifen, die wie geriffelte Flüsse aussehen, Bergketten ähneln braunen Würstchen, und manche Städte sehen aus wie kleine Finger mit rot lackierten Nägeln, die alle in einer Reihe stehen. Rom, wenn auch nicht ganz im Zentrum der Rollkarte abgebildet, wird symbolisiert von einem Mann in einem goldenen Kreis mit Zepter und Kugel in der Hand – von ihm scheinen wirklich alle Wege auszugehen. Der kleine Mann sitzt mit einem Schild neben sich auf einem Thron, und seinem Gesichtsausdruck und dem Blick, mit dem er auf die Kugel in seiner Hand schaut, nach zu urteilen, ist das eher eine Aufgabe, die ihm Sorgen bereitet. In Konstantinopel wiederum sitzt ein Mann, dessen Kopf etwas wie zwei goldene Ziegenhörner zieren, auf dem Thron. Er zeigt, genau wie die kleine Statue auf einem hohen Turm neben ihm, Richtung Rom, wenn ich mich nicht irre. Dabei sieht er wiederum eher überrascht aus, als würde er gerade »oh« sagen, oder vielleicht auch ein bisschen streng, wegen des erhobenen Zeigefingers, so ganz genau ist das nicht auszumachen. Um ihn herum finden die Meere wie blaue Flussschlangen zusammen, kleine, regelmäßig verstreute Quadrate bilden ganz in der Nähe die griechischen Inseln ab. Aber auch Urlaubsflieger würden mit dieser Karte wohl kaum ihr Reiseziel ausfindig machen.

Und Antiochia, heute Antakya ganz am Rande der Türkei und damals, als die ersten Vorläufer dieser Karte erstellt wurden, wahrscheinlich die drittgrößte Stadt der Welt, wird durch einen rothaarigen kleinen Mann mit Helm auf einem Thron dargestellt, der eine Hand um einen Speer geschlungen und die andere auf dem Kopf eines noch kleineren Mannes liegen hat. Dieser kleinere Mann, der zu seinen Füßen sitzt, ist splitterfasernackt und lässt wiederum eine Hand strategisch im Gewand des thronenden Mannes verschwinden. Das Ganze hat definitiv homoerotische Anklänge, was einige interessante Fragen über Antiochia aufwirft. Wofür der Tischtennisschläger in der Hand des kleineren Mannes da ist, wird wohl ein Rätsel für die Nachwelt bleiben.

Es ist eine Karte, in der die Wunder und Attraktionen der damaligen Welt für den unerschrockenen Reisenden dargelegt sind, der es auch ohne Schiff von einem Ende der Welt zum anderen schaffen wollte.

Eine Karte also voller Abenteuer und Geschichten, deren verlorener erster Teil definitiv einige Umstände und eine plötzliche Reise wert ist.

8

In dem Ben und Sarah einen Plan schmieden

Benjamin und ich hatten die Unterlagen meiner Tante in mehrere Stapel sortiert: Rechnungen, getrennt in bezahlte und unbezahlte, nach Datum geordnet; erledigte und offene Aufgaben; Quittungen; Notizbücher; nicht zuordenbare Zettel, Post-its (davon gab es erstaunlich viele) und »kryptische Hinweise«. Unter »kryptische Hinweise« sammelten wir alles Weitere, was von meiner Tante handschriftlich verfasst worden war: auf Zeitungsrändern, Papierservietten und Briefumschlägen. Unter den zahlreichen Stapeln kam schließlich das TAN-Gerät für Überweisungen zum Vorschein, das ich schon lange gesucht hatte und nun triumphierend in die Höhe hielt, woraufhin Benjamin nur den Kopf schüttelte.

Es war nicht einfach gewesen, ihn in meine und die Welt meiner Tante einzulassen, doch ich hatte seinem Hilfsangebot auch aus Verzweiflung zugestimmt. Ich wusste, dass ich mich dieser Aufgabe allein wohl nie angenommen hätte. Es tat einfach zu weh. Und so hatte ich in den sauren Apfel gebissen und Benjamins Liebe für Ordnung, die allein in seinem Kleidungsstil offensichtlich wurde, für meine Zwecke genutzt. Ich war pragmatisch, und wenn ich ehrlich zu mir selbst war, so mochte ich zwar Routinen, Zahlen und Struktur, war aber nicht gut darin, sie herzustellen. Die Dinge wuchsen mir meistens über den Kopf, bevor ich sie ordnen konnte. Und natürlich war da die Tatsache, dass Benjamin Bibliothekar war und es kaum jemanden gab, der geeigneter dafür war, Handschriften zu entziffern und Ordnung in dieses papierne Chaos zu bringen.

Benjamins schlanke Hände blätterten durch die Stapel, die wir bereits vorsortiert hatten.

»Ich verstehe einfach nicht, wie Ihre Tante so den Überblick behalten konnte«, murmelte er, und er klang wirklich unglücklich über den Zustand von Amalias Geschäftsführung, fast als sei dies ein persönlicher Affront. Als wir das Ausmaß des Chaos zu verstehen begannen, war in seinem Gesicht ein Entsetzen zu sehen, das selbst ich hatte lesen können. Auf seine höfliche britische Art hatte er sich zurückgehalten, mehr dazu zu sagen, aber ein heißer Schauer der Scham war meinen Rücken hinabgelaufen, und ich hätte ihm fast gesagt, dass er besser gehen sollte. Nur die Art, wie seine Finger in dem Moment einen kleinen zerknitterten Zettelfetzen glattstrichen, den er dann sorgfältig auf den Stapel mit den kryptischen Dingen legte, hielt mich zurück.

Jetzt hielt ich beim Durchblättern eines der Notizbücher inne. »Ich finde, angesichts der Tatsache, dass wir gemeinsam seit Stunden in den papiernen Eingeweiden des Unternehmens meiner Tante wühlen, können wir uns auch duzen«, sagte ich.

Benjamin sah auf und blinzelte mich an. Dann breitete sich langsam ein Lächeln auf seinen Zügen aus.

»Sehr gerne. Meine Freunde sagen Ben zu mir.«

»Sarah«, erwiderte ich.

Er streckte mir die Rechte entgegen, und über die Papierstapel hinweg schüttelten wir uns die Hände, als hätten wir uns gerade erst getroffen. Seine Haut war warm und weich, und als wir einander losließen, lächelten wir beide.

Es dauerte noch drei weitere Stunden, bis Benjamin den Rechnungsstapel ordentlich sortiert und ich schließlich in einem alten Moleskine-Notizbuch meiner Tante einen Hinweis auf die Tabula Peutingeriana gefunden hatte. Dort stand:

Peutingers Karte intakt 1498? Jean fragen, was fhkjsfk <öskhjfkj.erstes Segment verkaufen will; immer besser, eine Sache zu versuchen, als sie zu lassen. Matthieu kontaktieren??

So las es sich zumindest. Ich zeigte Benjamin den Auszug, und sofort richtete er sich kerzengerade in seinem Stuhl auf. Seine Augen weiteten sich.

»Das ist es!« Er wirkte aufgeregt. »Deine Tante war wirklich dem verlorenen Teil auf der Spur! Wer ist dieser Jean oder Matthieu, kennst du die?« Er sah mich an.

Ich ließ das Notizbuch sinken. Ich war mir nicht sicher, was er in dem kryptischen Vermerk sah.

»Matthieu sagt mir nichts, aber Jean kenne ich«, erwiderte ich langsam.

Benjamin ballte siegessicher die Faust. »Hervorragend! Dann können wir ja Jean fragen, ob er uns mehr dazu sagen kann.«

Meine Hände legten automatisch einen der Zettel vom obskursten Stapel als Lesezeichen ins Notizbuch, bevor ich es zuschlug, was mir einen Blick Benjamins einbrachte, den ich nicht deuten konnte.

»Das wird gar nicht so einfach, fürchte ich. Jean ist ein alter Freund von Amalia aus Frankreich. Ein Sammler, der irgendwo in der Champagne in der Nähe von Reims auf einem Weingut lebt.«

»Bestimmt können wir zusammen genug Französisch, um Jean ein paar Fragen zu stellen!« Benjamins Augen leuchteten im Licht der Halogenlampen.

»Mh, das ist nicht nötig, er spricht Deutsch. Aber um mit ihm zu sprechen, müssten wir erst mal nach Frankreich fahren«, erwiderte ich.

Benjamin zog die Augenbrauen hoch. »Nach Frankreich fahren? Dieser Jean hat doch sicher eine Telefonnummer, die im Handy deiner Tante eingespeichert ist oder sich irgendwo in ihren Aufzeichnungen finden lässt.«

Er gestikulierte in Richtung des Stapels, der gut ein Dutzend Notiz- und Adressbücher enthielt.

Ich schloss kurz die Augen und dachte zurück an unsere Besuche bei Jean. An den Geruch von frisch gemähtem Rasen, den

Duft von Lavendelbüschen, den Blick über die Rebstöcke in der Abendsonne und den Geschmack von Rosmarinkartoffeln und Rotwein.

»Weißt du, meine Tante hat sich bis zuletzt geweigert, sich ein Handy anzuschaffen. Und Jean hat das Ganze noch ein bisschen weiter getrieben. Man könnte sagen, dass Jean ein ... nun ja, ein etwas spezieller Mensch ist. Er hat Angst vor Handystrahlung und Mikrowellen. Festnetz hat er auch nicht, geschweige denn Internet, einen Fernseher oder Computer. Jean ist wahrscheinlich die Art von Mensch, die in den USA einen eigenen Bunker hätte; in Frankreich hat er stattdessen ein Weingut und jede Menge Bücher. Aber wir könnten ihm vielleicht einen Brief schreiben«, sagte ich.

Benjamin verzog den Mund. »Einen Brief?«

»Ja, eine Postanschrift hat er – wenn er den Briefträger auch manchmal mit einem Gewehr aus dem Ersten Weltkrieg bedroht, weil er ihn für einen Nazi-Spion hält.«

In Benjamins Gesicht stand pures Entsetzen, das erkannte selbst ich.

»Das ... Das ist eher ungewöhnlich«, sagte er schließlich und fuhr sich mit einer Hand über die Stirn.

»Wir könnten es trotzdem mit einem Brief versuchen«, sagte ich. »Es kann aber sein, dass er ein paar Wochen lang nicht antwortet. Oder ein paar Monate.«

Der Gedanke daran, dass ich Jean eine Karte geschickte hatte, um ihn zu Amalias Beerdigung einzuladen, versetzte mir einen Stich in der Brust. Ich hatte nie eine Antwort darauf erhalten, ich wusste also nicht einmal, ob er überhaupt von ihrem Tod erfahren hatte.

Jean war einer der wenigen engen Freunde von Amalia gewesen, auch wenn seine Paranoia es manchmal schwierig machte, ihn zu erreichen. Aber der Franzose mit den wirren grauen Haaren, den blitzenden grünen Augen, seinem selbst hergestellten Biowein und seiner Unfähigkeit, irgendeiner Kreatur etwas anzutun, war eine der Konstanten meines Aufwachsens gewesen. Und Jean war erstaunlich gut vernetzt und informiert für einen Mann, der das Internet für die private Spielbank von Jeff Bezos hielt.

Amalia und ich hatten den ein oder anderen Sommer bei Jean verbracht, in seiner Villa in den sanften Hügeln der Champagne, wo es zwar keinen Swimmingpool, dafür aber eine Terrasse mit Blick auf die Weinhänge und unzählige Bücher gab. Jean und Amalia gerieten ungefähr alle zwei Tage wegen irgendeines Themas aneinander und stritten laut miteinander auf Französisch, während ich auf einer Decke auf dem Rasen lag und Alexandre Dumas oder Annie Ernaux zu lesen versuchte. Amalia stürmte dann nach draußen und warf ihren Schal mit einer dramatischen Handbewegung hinter sich, setzte ihre Sonnenbrille auf und machte sich auf einen Spaziergang durch die Weinstöcke, während Jean ihr hinterherlief und verzweifelt auf sie einredete. Abends versöhnten sie sich wieder, und wir tranken Jeans selbst gekelterten Wein. Eigentlich ist die Champagne ja berühmt für Champagner, aber Jean stellte aus seinen eigenen, für die Region typischen Pinot-Noir-Trauben aus Trotz lieber Rotwein her. Als ich verstand, dass man aus den eigentlich dunklen Trauben, wenn man sie nur früh genug erntete, einen weißen Schaumwein herstellen konnte, fühlte ich mich fast ein bisschen betrogen. Jean, der sich natürlich nie an irgendetwas anpassen wollte, was alle anderen um ihn herum machten, ließ seine Trauben länger reifen und stellte einen mittelmäßigen Rotwein her, den Amalia mit Verve kritisierte, aber literweise trank. Jean sah sie dann mit seinem Hundeblick an und schenkte ihr vor der Rückfahrt immer ein oder zwei Flaschen, die er für besonders gelungen hielt, mit der Bitte, ihm doch zu schreiben, wie sie ihr zu Hause in Köln geschmeckt hätten.

Jean war nicht zu Amalias Beerdigung gekommen, er hatte auch keine Kondolenzkarte geschrieben, und ich hatte ihn wie alles andere, was mich zu sehr an Amalia und unsere gemeinsame Zeit erinnerte, in den hintersten Winkel meines Herzens verbannt.

Ich schreckte aus meinen Erinnerungen hoch, als Benjamin leicht meine Hand berührte.

»Sarah, was würdest du davon halten, wenn wir eine kleine Reise unternehmen würden?«, fragte er mich mit diesem seltsamen Leuchten in den Augen, das mich nicht wegsehen ließ.

»Was meinst du damit?«, fragte ich misstrauisch.

»Wir beide fahren nach Frankreich zu diesem Weingut, um Jean nach dem verlorenen Segment der Karte zu fragen, von dem deine Tante ganz offensichtlich dachte, dass er etwas darüber wüsste.«

»Ich kann nicht einfach so nach Frankreich reisen und das alles hier« – ich machte eine ausladende Handbewegung – »zurücklassen. Das Haus, die Schildkröten, das Restaurationsgeschäft. Tut mir leid, Benjamin, aber das geht wirklich zu weit. Was auch immer dir meine Tante versprochen hat, ich kann es nicht einlösen.« Ich schüttelte den Kopf.

»Schildkröten?«, fragte Benjamin und zog die Stirn kraus. »Ich verstehe natürlich, dass du nicht einfach so loskannst, ohne dir das gut zu überlegen. Aber wie weit ist Reims von hier, vier, fünf Stunden? Im Grunde ist das ein Tagesausflug mit dem Auto, und ich muss ohnehin über Frankreich mit der Fähre von Calais nach Dover zurück. Ich zahle dir die Rückfahrt mit dem TGV. Jean klingt nicht nach einem Mann, der mir einfach so etwas über die Tabula erzählen würde, ohne mich zu kennen. Das Ganze würde dich maximal ein Wochenende kosten, und denk doch mal an die Provision, die du für den Verkauf des verlorenen Teils der Karte bekommen würdest! Wenn ich mir die vielen offenen Rechnungen so ansehe, kannst du die dringend gebrauchen.« Benjamin sprach schnell, und meine Augenbrauen flogen in die Höhe.

»Moment, du kannst jetzt nicht gegen mich verwenden, dass ich dich bei der Suche nach Hinweisen habe helfen lassen und du die ganzen Rechnungen gesehen hast! Außerdem bekomme ich nichts, wenn wir die Karte nicht finden oder ich ihren Verkauf nicht vermitteln kann. Und manche Sammler wollen einfach nicht verkaufen.«

Einen Augenblick lang huschte etwas über seine Züge, das sofort wieder verschwunden war.

»Ich habs! Ich werde dich als Expertin und Unterhändlerin engagieren. Ich kann dir sicher einen guten Tagessatz bezahlen. Das Ausgabenbudget in dieser Sache ist wirklich gut. Das kommt noch zur Provision hinzu, sodass du so oder so bezahlt wirst.«

Benjamin grinste. Ich zeigte ihm den Vogel.

»Ich soll wegen eines einzigen kryptischen Hinweises im Journal meiner Tante mit dir nach Frankreich fahren? Das ist doch nicht genug, um sich auf eine Reise zu begeben, geschweige denn mit jemandem, den ich gar nicht kenne!«

Ich schlug ein weiteres von Amalias Notizbüchern zu, das auf meinem Schoß lag. Unwillkürlich musste ich an Philip denken, meinen Exfreund, der mir immer vorgeworfen hatte, ich sei nicht spontan genug.

Ben musterte mich. »Als Antiquitätenhändlerin machst du dich sicher öfter auf die Jagd nach einem Schatz, ob du ihn am Ende findest oder nicht. Aber die Suche zählt doch. Und ich könnte wirklich deine Hilfe in dieser Sache gebrauchen. Davon mal abgesehen, stell dir vor, was für einen Wert dieser verlorene Teil der Karte für die Forschung hätte, wie großartig es wäre, ihn der Öffentlichkeit zugänglich zu machen! Und deine Tante hat recht, wenn sie schreibt: ›Es ist immer besser, eine Sache zu versuchen, als sie zu lassen.‹«

Benjamin sah mich aus seinen großen Augen an. Irritiert wandte ich meinen Blick ab. Die Worte meiner Tante aus seinem Mund bereiteten mir ein seltsames Gefühl im Bauch. War es unfair, dass Ben sie nutzte, um mich zu überzeugen? Wenn die Zeit mit Philip mich eines gelehrt hatte, dann schönen Worten nicht blind zu vertrauen.

»Wie viel kann deine Bibliothek denn für meine Hilfe bei der Suche zahlen?«, fragte ich misstrauisch.

Ben nannte eine Zahl. Ich schluckte.

»Und du bist mit dem Auto hier?«, fragte ich etwas barsch. »Ich fliege nämlich nicht gerne.«

Ein Grinsen breitete sich auf Bens Gesicht aus.

»Das trifft sich sehr gut, meine liebe Sarah, denn ich fliege auch nicht gerne und fahre darüber hinaus wie ein alter Mann, wie mir schon zahlreiche Mitglieder meiner Familie versichert haben. Ich kann also eine aufmerksame Mitfahrerin mehr als gut gebrauchen.«

Meine Gedanken schwirrten. Ich brauchte wirklich dringend Geld. Sogar mein eigenes Haus hatte ich der Leichenfledderei ausgesetzt, fremden Händen, die in meinen Dingen gruben, eine Verzweiflungstat, wenn ich je eine begangen hatte. Meine Augen kartografierten Benjamins Gesichtszüge, den Kontrast, den die goldenen Brillenränder zu seiner Haut bildeten, seine dunklen Augen, sein markantes Kinn. Seine Hände mit den schlanken Fingern und kurz geschnittenen Nägeln, die auf einem der Papierstapel ruhten, als könnte seine Berührung das Chaos darin zusammenhalten, bevor es überquoll.

Nichts im Gesicht oder an der Haltung eines anderen Menschen hatte mir je wirklich sagen können, ob ich ihm vertrauen konnte. Jedes Mal war es ein Sprung ins kalte Wasser, ein Vertrauensvorschuss, der mich verletzlich machte. Mir fehlte etwas, das andere instinktiv wussten: wie man einen anderen ansah und hinter das blickte, was er sagte, und das verstand, was er wirklich meinte. Die Worte anderer waren wie gedruckte Sätze in einem Buch für mich; sie konnten mit neuen Informationen ihren Kontext ändern, aber ihre Bedeutung war zuallererst immer genau das, was sie sagten. Wenn jemand mir sagen würde, er oder sie meine es gut mit mir, würde ich es so lange glauben, bis mir die Person ins Gesicht schlug. Während meines Studiums und meiner Beziehung mit Philip hatte ich mich durch die schönen Worte über das hinwegtrügen lassen, was ich eigentlich gefühlt hatte. Nicht dass er mich geschlagen hätte, aber manchmal frage ich mich, was ich gemacht hätte, wenn er es getan und mir danach versprochen hätte, es nie wieder zu tun. Wäre ich auch dann bei ihm geblieben? Amalia hatte den Kopf geschüttelt, sie hatte Philip von Anfang an nicht ausstehen können, aber ich hatte Zeit gebraucht, um zu verstehen, warum. Nun hatte ich keine Amalia mehr, die geduldig darauf wartete, dass ich mir Fehler in meiner Einschätzung anderer eingestand, und mich tröstete, wenn ich deswegen in ihre Arme kroch. Es ist schwierig, den Menschen zu vertrauen, wenn alles, was du als Verbindung zu ihnen hast, ein Glaube in ihre Worte ist, als wäre die Welt aus Sprache gemacht.

Und gleichzeitig machte sich ein Kribbeln in meinem Magen breit, wie ich es seit der letzten Bestandsauflösung vor neun Monaten, der letzten, auf der ich zusammen mit Amalia gewesen war, nicht mehr gespürt hatte. Es war, als hätte Amalia ihre Hände auf meine Schultern gelegt, als hätte sie eine Spur hinterlassen, ein Rätsel erschaffen, das ich lösen musste. Mir eine Chance gegeben, ihr Haus zu retten und ihrer Erinnerung gerecht zu werden. Das Letzte, was ich wollte, war, sie zu enttäuschen.

Idiotie und Mut liegen nah beieinander, hatte Amalia immer gesagt, aber wenn man nie etwas wagt, dann findet man auch nie heraus, welche Eigenschaft einem näherliegt. Dann hatte sie gezwinkert und manchmal die Melodie der französischen Nationalhymne zu summen begonnen. Aus welchem Grund auch immer.

Ich sah Ben direkt ins Gesicht. »Also schön. Schick mir einen Honorarvorschlag, wenn du mit deiner Bibliothek gesprochen hast, dann überlege ich mir, ob ich es machen will.« Mir fiel noch etwas ein. »Aber nur unter einer Bedingung: Bonnie und Clyde kommen mit.«

9

Tante Amalias Hausrezept für ein glückliches Zusammenleben

Als Milena zum ersten Mal die braune Kiste im Kühlschrank öffnete und zwei Schildkröten darin fand, fing sie an zu schreien. Das war zu Beginn des ersten Winters, den wir bei Amalia verbrachten. Amalia und ich kamen beide aus verschiedenen Räumen in die Küche gerannt, in der Milena wie am Spieß schrie und auf die Kreaturen zeigte, die sie aus dem Sand gebuddelt hatte. Amalia seufzte, während ich verunsichert in der Tür stehen blieb.

»Meine Güte, Milena, mit deiner Stimme kannst du wirklich Tote wecken«, sagte Amalia, strich den Sand in der Kiste zurecht und schob sie zurück in den Kühlschrank. Dann ließ sie die Tür zufallen.

Milena fragte mit bebender Stimme und überquellenden Augen: »Müssen … Müssen wir die beiden jetzt essen? Sind sie tot?«

Mir wurde ein bisschen schlecht. Wir hatten Amalias Schildkröten den ganzen Sommer lang an ihrem Teich im Garten gesehen, wo sie sich bis vor ein paar Tagen auf flachen Steinen in der letzten Herbstsonne gesonnt hatten. Hatte Amalia sie umgebracht? Ich schluckte. Meine Eltern hatten ja immer gesagt, Amalia übernehme keine Verantwortung. Ob sie so etwas damit meinten?

Amalia lehnte sich mit dem Rücken an die Kühlschranktür und schloss für einen kurzen Moment die Augen. Schließlich öffnete sie sie wieder und sah Milena an, die inzwischen vollkommen in Tränen aufgelöst war.

»Nein. Nein, so ist es nicht, Milena. Es tut mir leid, ich hätte das mit deiner Stimme nicht sagen sollen. Bonnie und Clyde geht es gut, versprochen. Komm her, meine Kleine.«

Damit breitete sie die Arme aus, in die Milena sich fallen ließ, um herzerweichend auf Bauchhöhe in Amalias grünen Pulli zu schniefen. Amalia sah mich an.

»Und du auch, Sarah.«

Sie winkte mich mit dem freien Arm, den sie nicht um Milena geschlossen hatte, heran, und ich kam zögerlich in die Küche, um an der Umarmung teilzunehmen. Ich legte einen Arm um Milena und meinen Kopf an Amalias rechte Brust, sodass sie den anderen Arm um mich schließen konnte.

Amalia hatte eine Regel: Wenn eine von uns weinte, mussten wir uns alle umarmen, bis es wieder gut war. Für mich war die Aussicht darauf, von meiner kleinen Schwester mit klebrigen Händen umarmt zu werden, Grund genug, so wenig wie möglich zu heulen. Milena hingegen kamen bei so gut wie jeder Gelegenheit, die sie an den Tod erinnerte, die Tränen, und das kam oft vor. Und wenn ich ganz ehrlich war, störte es mich nicht, dass wir uns dann alle aneinander festhielten, bis es vorbei war, denn es war warm und weich in Amalias Armen, und sie roch gut, nach Lavendelwaschpulver und Zitronengrasseife und nach Kaffee und Kardamom und Buchseiten.

»Hört mal, ihr beiden, ihr habt doch schon mal von Tieren gehört, die Winterschlaf halten, oder?«, fragte Amalia schließlich, als Milena irgendwann nur noch leise hickste.

»Winterschlaf?« Milena zog die Nase kraus. »Aber machen das nicht nur Bären?«

»Ein Bär würde nicht in den Kühlschrank passen«, sagte ich.

»Genau«, sagte Amalia und warf mir einen Seitenblick zu. »Bären halten Winterschlaf, aber andere Tiere machen so was Ähnliches auch. Und Schildkröten schlafen sogar so tief, dass man es Winterstarre nennt und sie jetzt für ein paar Monate lang einfach nicht mehr aufwachen und ganz fest träumen, bis es Frühling wird. Und weil es hier im Winter entweder nicht mehr so kalt ist, dass die Schildkröten von selbst müde werden, oder zu kalt, kommen sie eben in den Kühlschrank.«

Milenas Augen wurden groß. »Und das tut ihnen ganz sicher nicht weh? Sie wachen im Frühling wirklich wieder auf?«, fragte sie mit zittriger Stimme.

»Das verspreche ich dir. Es ist für bestimmte Schildkröten sogar viel gefährlicher, wenn sie keinen Winterschlaf halten können, dann sind sie nämlich permanent so müde und unausgeschlafen, dass sie viel zu jung sterben.«

Letzteres hätte sie vielleicht nicht sagen sollen, denn das Wort »sterben« aus Amalias Mund löste einen weiteren Weinkrampf bei Milena aus.

Amalia seufzte. »Entschuldige, meine Kleine«, sagte sie und küsste erst Milena auf den Kopf und dann mich, obwohl ich gar nicht weinte. »Ich vergesse manchmal, wie sensibel du bist. Bonnie und Clyde werden jedenfalls ganz lange leben. Da musst du dir keine Sorgen machen, Milena.«

»Wie alt werden Schildkröten denn?«, fragte ich.

»Das hängt von der Art der Schildkröte ab«, sagte Amalia mit einem Lächeln. »Manche können über hundert Jahre alt werden. Und Bonnie und Clyde gehören zu einer Sorte, die zwar nicht Hunderte Jahre, aber sehr lange leben kann, wenn man gut auf sie aufpasst.«

Milena zog geräuschvoll die Nase hoch und sah Amalia zweifelnd an.

»Versprochen?«

»Versprochen.« Sie lächelte. »Ihr werdet sehen, wenn wir sie im Frühjahr aufwecken, dann sind die beiden bald wieder topfit. Bis dahin müsst ihr sie aber in ihrer Kiste im Gemüsefach in Ruhe lassen, damit sie nicht ständig aufschrecken und schlechte Laune kriegen, okay?«

Milena und ich nickten ernst. Wir kannten zumindest die Gefahren davon, Amalia zu früh zu wecken, dann hielt ihre schlechte Laune nämlich so lange an, bis sie mehrere Tassen Kaffee mit Kardamom getrunken hatte. Amalia mit schlechter Laune war etwas, was man beim besten Willen nicht allzu oft erleben wollte.

»In Ordnung, ihr zwei. Dann machen Milena und ich jetzt Pfannkuchen, das ist genau das Richtige nach den ganzen Tränen. Und du, Sarah, liest uns den Eintrag aus dem Tierlexikon zu Schildkröten dabei vor, ja?«

Das war noch so eine der Regeln von Amalia: Es gab keine Krise, die sich nicht mit ein paar süßen Apfelpfannkuchen und einem Buch zumindest ansatzweise bekämpfen ließ.

Bis heute erinnert mich der Geschmack von Pfannkuchen an den mit Flecken übersäten Küchentisch, an das befreiende Gefühl, das auf viele Tränen folgt, und an das gemeinsame Lachen von drei Menschen, die einem von Amalias Rezepten zum Zusammenleben folgen.

10

Es ist gefährlich, einen Fuß vor die Tür zu setzen

Es war früh am Freitagmorgen, die Vögel sangen leise, und ich stand auf dem Bürgersteig vor meinem Haus in der Sonne und fragte mich, ob ich die richtige Entscheidung getroffen hatte und ob ich das ohne Koffein überhaupt beurteilen konnte. Benjamin hatte zwei Tage nach unserem Gespräch einen von seiner Chefin unterzeichneten Honorarvorschlag mit Tagessätzen sowie einer prozentualen Akquiseprovision bei erfolgreicher Transaktion und dem möglichen Budget für den Ankauf des verlorenen Segments der Tabula Peutingeriana geschickt. Ich war fast vom Stuhl gefallen. Am nächsten Morgen hatte ich zugesagt und meinen anderen Auftraggebern kurze E-Mails geschrieben, dass sich meine Arbeit etwas verzögern würde. Dann hatte ich mich in eine fast manische Recherche vergraben und alles zur Tabula Peutingeriana gelesen, was ich finden konnte. Gestern war ich mit dem Kopf auf der Sofalehne aufgewacht, mit einem staubigen Geschmack im Mund, auf dem Boden eine umgestoßene Kaffeetasse und daneben eine umgefallene Zimmerlinde *(Sparrmannia africana)*, keine Ahnung, wie das passiert war.

An diesem Morgen, fast eine Woche nach Benjamins und meinem Gespräch in der Werkstatt, hatte ich meine Sachen in einen von Amalias alten Koffern, Bonnie und Clyde in ihr Reiseterrarium und meine Sorgen und Zweifel in den hintersten Winkel meines Bewusstseins gepackt. Natürlich ärgert sich jetzt jeder Reptilienfreund über mich, denn es ist völlig klar, dass die beiden Schildkröten normalerweise auch gut ohne mich ein paar Tage im Garten hätten verbringen können: Es war Sommer, es gab genug zu essen für sie und eine hohe Mauer, die verhinderte, dass die beiden auf die Straße spazierten. Doch ich war keine Tierquälerin, die dachte, dass die Schildkröten lieber Hunderte Kilometer im Auto mit mir fahren wollten, als gemütlich auf ihren Sonnensteinen zu liegen, nur weil ich mich nicht von ihnen trennen konnte. Nein, das war es nicht.

Ich glaube, die beiden hatten eine Depression, seit Amalia verstorben war. Und dann hatte Bonnie auch noch eine Erkältung und brauchte Antibiotika, damit daraus keine Lungenentzündung wurde, und meine Schwester hatte sich geweigert, die Tiere in meiner Abwesenheit zu versorgen – wieder einmal. Das wiederum lag an Thomas, der fürchtete, er und die Kinder könnten von den Tieren Salmonellen und eine Magen-Darm-Infektion bekommen. Obwohl weder Amalia noch Milena und ich je so was von den zwei Schildkröten bekommen hatten und ich Thomas sagte, er solle sich einfach die Hände waschen, nachdem er die Tiere angefasst hatte, anstatt sie sich gleich in den Mund zu stecken, dann könne auch nichts passieren. Thomas verzog das Gesicht und erteilte Bonnie und Clyde Hausverbot in Buchheim, sodass ich nun keine andere Wahl hatte, als die beiden mit auf die Reise zu nehmen. Bonnie und Clyde sind übrigens zwei Weibchen. Die griechischen Landschildkröten sind meiner Tante zusammen zugelaufen, und sie war überzeugt, dass es sich nur um eine unsterbliche Liebesgeschichte zwischen den beiden handeln konnte, wahrscheinlich auf der Flucht vor den Autoritäten. Clyde musste also auch mit, denn ich war mir nicht sicher, ob Bonnie oder sie eine Trennung überlebt hätten – selbst eine für nur ein paar Tage.

Als ich in diesem Frühling die Schildkröten aus dem Kühlschrank holte, war es das erste Jahr, in dem sie ohne Amalias sanfte Worte und schwieligen Hände in den Garten entlassen wurden. Das erste Jahr, in dem meine Tante das Frühjahr nicht einleitete mit den Worten: »Ah, Bonnie und Clyde haben sich ausgegraben, der Winter muss wohl vorbei sein!«

Und dann hatten die Schildkröten ihre ersten Runden im Teich zurückgelegt, sie hatten sich auf ihren Lieblingssteinen gesonnt und mehrere Gänge durch den Garten unternommen, sie hatten mich mit ihren schwarzen Reptilienaugen angesehen, die so langsam blinzeln, und dann hatte sich eine Unruhe in den beiden breitgemacht, die ich nie zuvor gesehen hatte. Schildkröten sind ja allgemein an Land nicht die schnellsten Tiere. Sie sind auch eher entspannt, normalerweise, man könnte auch sagen: lethargisch. Aber nachdem Bonnie und Clyde sich wieder mit jedem Zentimeter ihres Reviers vertraut gemacht hatten und in keinem davon Amalia zu finden gewesen war, waren beide auf ihre Art irritiert gewesen. Erst hatten sie mich angefaucht, wenn ich ihnen ihren Löwenzahn oder ihren Wegerich hingelegt hatte. Für Tiere, die den Großteil ihres Lebens stumm verbringen, wirkte das geradezu aktionistisch. Dann hatten sie begonnen, wieder und wieder ihr Revier abzuschreiten, anstatt in der Sonne zu liegen, und sie fraßen schlecht. Erst dachte ich, sie seien krank, was die Tierärztin jedoch nicht bestätigte (und nur eine Rechnung mehr produzierte, die ich nicht zahlen konnte). Und vielleicht war es keine physische Krankheit, aber etwas hatte sich verändert, war ins Wanken geraten. Bonnie und Clyde begannen, auf verschiedenen Seiten des Teiches zu schlafen, was sie noch nie zuvor getan hatten, und setzten sich auf Sonnensteine, die so weit wie möglich voneinander entfernt waren. Sie schienen schlecht aufeinander und auf mich zu sprechen zu sein. Die beiden fingen an, mir im Garten aufzulauern, um mich vorwurfsvoll anzusehen und gelegentlich anzufauchen, auch wenn ich sie gar nicht fütterte.

Ich war mir sicher, dass die beiden Amalia genauso sehr vermissten wie ich. Seit es Amalia nicht mehr gab, gab es auch ihr kehliges Lachen, ihre ruhigen Hände und ihre warme Stimme nicht mehr, und ich konnte mir niemanden vorstellen, der sie gekannt hatte und nicht vermisste.

Und nun war Bonnie erkältet, und es wäre ein letzter, unverzeihlicher Verrat an Amalia gewesen, Bonnie nicht die Pflege zuteilwerden zu lassen, die sie brauchte.

Also wartete ich mit dem Reiseterrarium auf der einen Seite und einem von Amalias Koffern auf der anderen Seite neben mir auf dem Bürgersteig auf Benjamin, der mich mit dem Auto abholen wollte.

Womit er schließlich vorfuhr, war ein kleiner silberner Wagen, der auf den ersten Blick aussah wie das Auto unseres Nachbarn – hässlich. Doch als ich die Beifahrertür öffnete, stellte ich fest, dass es einen gravierenden Unterschied gab.

»Was ist das denn?«, fragte ich verdattert, als mir Benjamin entgegenlächelte.

Ich blieb in der offenen Tür stehen, die eigentlich die Beifahrertür hätte sein sollen.

»Was meinst du?«, fragte er zurück.

»Na, das Lenkrad ist auf der falschen Seite!«

Benjamin, heute in einem Nadelstreifenanzug, die langen Beine in das kleine Auto gefaltet, bekam eine steile Falte auf der Stirn.

»Das ist nicht die ›falsche‹ Seite für ein Lenkrad, es ist die richtige für einen britischen Vauxhall!«, sagte er ein wenig empört.

»Einen was?«

»Einen Vauxhall!« Er machte eine Handbewegung, die den Innenraum des Wagens umfasste, und ich verstand, dass er über die Automarke sprechen musste. Als würde mir das irgendetwas sagen.

»Das ist ja schön und gut«, erwiderte ich, »aber wir können nicht durch Deutschland, Belgien und Frankreich mit einem Auto fahren, bei dem das Lenkrad auf der falschen Seite ist!«

»Aber es ist doch gar nicht auf der falschen Seite! Es ist auf der richtigen Seite für Großbritannien. Und außer beim Überholen klappt es mit dem Fahren auf dem Festland auch prima«, behauptete Benjamin.

Ich starrte ihn an.

»Na ja, es ist schon einfacher mit einem Beifahrer oder einer Beifahrerin«, gab er zu und sah mich mit seinen ernsten braunen Augen durch die Brille mit Goldrand an. »Aber auf dem Hinweg hatte ich auch niemanden dabei, und es hat alles prima geklappt.«

Ich seufzte. Jetzt war es ohnehin zu spät für einen Rückzieher. Milena hatte schon häufiger gesagt, dass, wenn ich mich einmal entschieden hatte, Himmel und Hölle mich nicht dazu bewegen konnten, mich umzuentscheiden. Mag sein. Ich hatte jedenfalls die Schildkröten und meine Sachen gepackt, und jetzt würde ich mich mit dem schönen britischen Bibliothekar auf eine Schatzsuche begeben und meine Finanzen aufbessern, wenn es sein musste auch in dieser Verkehrsgefahr auf vier Rädern.

»Na schön«, sagte ich. »Aber wenn wir damit einen Unfall bauen, dann werde ich sehr laut sagen, dass ich das ja gewusst habe.«

Benjamin lächelte mich aus seinem Sitz an, das Funkeln in seinen Augen so irritierend wie immer. »Abgemacht«, sagte er.

Ich trat zur Seite, um die Schildkröten auf der Rückbank zu verstauen. Benjamin, der ausgestiegen war, blieb neben mir stehen.

»Ich dachte, das sei ein Scherz gewesen mit den Schildkröten«, sagte er.

»Nein«, sagte ich und entschied, dass ich das Terrarium angesichts der Fahrsituation doch lieber auf dem Schoß behalten wollte.

Er fuhr sich mit einer Hand über sein kurz geschorenes Haar und schien etwas sagen zu wollen.

»Was?«, fragte ich.

Er sah mich einen Moment lang an, dann sagte er: »Ich habe das Gefühl, ich muss erst noch lernen, wie ich deine Aussagen zu lesen habe, Sarah.«

»Wir kennen uns ja auch noch überhaupt nicht«, meinte ich.

»Stimmt«, sagte er.

Dann hob er meinen Koffer hoch, und bevor er etwas sagen konnte, kam ich ihm zuvor: »Nein, ich brauche für ein Wochenende nicht meinen ganzen Kleiderschrank, aber Amalias Notizbücher und ein bis zwei Reiseatlanten und ein paar Erstausgaben, mit denen wir Jean bestechen können, müssen in jedem Fall mit.«

»Ich habe kein Wort gesagt«, murmelte Benjamin. Und dann: »Reiseatlanten?«

»Natürlich! Was, wenn wir uns verfahren?«

»Auf dem vierstündigen Weg nach Reims?« Er schüttelte leicht den Kopf. »Hast du schon mal von Google Maps gehört?«

»Und was, wenn der Empfang verschwindet? Da ist es doch besser, man ist vorbereitet. Nichts schlägt einen Straßenatlas, wenn man eine Reise antritt.«

Benjamins Augenbrauen schossen in die Höhe. »Hast du auch einen Kompass dabei?«, fragte er.

Ich schenkte ihm mein breitestes Lächeln. »Selbstverständlich«, sagte ich. »›Es ist eine gefährliche Sache, aus deiner Tür hinauszugehen. Du betrittst die Straße, und wenn du nicht auf deine Füße aufpasst, kann man nicht wissen, wohin sie dich tragen.‹«

Benjamins antwortendes Lächeln hätte der Grinsekatze gut zu Gesicht gestanden.

11

Ein paar Regeln, das Reisen betreffend

Amalia hatte einige Regeln für das Verreisen aufgestellt, was wohl daran lag, dass sie, bevor Milena und ich zu ihr gezogen waren, sehr viel gereist war. Das hatte zwangsläufig aufgehört, als wir kamen, zumindest was die längeren Reisen anging. Auf Bücherjagd waren wir, anfangs mit Milena, später nur noch zu zweit, natürlich weiterhin gegangen. Nur eben meist in der Region und nicht auf der ganzen Welt, wie Amalia es zuvor getan hatte.

Ihre Regeln für Fernreisen lauteten etwa wie folgt:

1 Nimm nie mehr mit, als du allein tragen kannst.
2 Im Auto darf der oder die Fahrer*in die Musik aussuchen (aber nur, wenn er oder sie kein Fan von Death Metal ist, dann muss abgewechselt werden).
3 Wenn du ein Mensch mit hohen Erwartungen bist, mach dir besser kein Bild vom Reiseziel, dann wird es dich in jedem Fall positiv überraschen.
4 Wer verreist, sollte immer eine Nagelfeile mitnehmen (auch zum Ausbruch aus dem Gefängnis geeignet, wenn dein Leben sich plötzlich in eine *Tim-&-Struppi*-Episode verwandelt).
5 Sei immer höflich zu Leuten, die ein Gefährt steuern, in dem du sitzt. Sie haben dein Leben in der Hand – und selbst wenn sie Death Metal hören, solltest du sie nicht verärgern.
6 Der Beifahrer oder die Beifahrerin ist diejenige, die die Landkarte und den Kompass dabeihat und für die Navigation verantwortlich ist.

7 Wenn man Kleidung rollt, statt sie zu falten, passt mehr in den Koffer.

8 Man sollte mindestens drei Bücher mitnehmen, am besten solche von Autor*innen aus dem Ort, an den man fährt – mindestens eines der Bücher sollte dort spielen.

9 Sich genug Zeit nehmen, um einen Park, ein verlassenes Gebäude oder einen Friedhof vor Ort aufzusuchen. Die Orte, wo Natur und Mensch interagieren oder die Natur sich ihr Reich zurückerobert, sind die aufschlussreichsten.

10 Versuche, entspannt zu bleiben, wenn etwas schiefgeht, denn es geht immer etwas schief auf Reisen. Ruhe bewahren, Kaffee/Wein/Zigarette/Wasser konsumieren, lächeln und improvisieren.

11 Wichtig: Nur mit Leuten verreisen, die Kellner*innen und Stadtmusikant*innen Trinkgeld geben.

12 Im Flugzeug sollte man eine Bloody Mary bestellen, denn sie schmeckt niemals so gut wie in dem Moment, in dem man sich an ihr festklammert und um sein Leben bangt.

13 Normalerweise brauchst du nicht alles, was du eingepackt hast. Aber ein Schal, ein Regenschirm und ein Paar Schuhe, mit dem du im Zweifelsfall einen Berg besteigen oder 24 Stunden durch Rom wandern kannst, sind immer gut.

14 Atme die Luft eines fremden Landes in der Nacht ein, wenn sich der Staub des Tages gelegt hat, die Nachtblüten in der Hitze ihren Duft verströmen oder der Regen die Erde gekühlt hat, wenn der Frost in der Nase sticht oder die Wolkendecke den Raum zwischen Himmel und Erde zusammenpresst, wenn die Nachttiere rufen, die Grillen zirpen oder ein paar Hunde in der Nachbarschaft kläffen, wenn das Lachen der Nachtschwärmer durch die Straßen schallt und der Verkehr sich zur Ruhe gelegt hat. Wenn der Mond auf die Erde hinabscheint und ein weicheres Bild der Welt zeichnet; dann wirst du wissen, wo du dich befindest.

12

Hoffnung ist eine gefährliche Sache, wenn man tödlich verwundet ist

Ich erinnere mich noch gut an eine Reise, die Amalia, Milena und ich in dem Jahr nach dem Tod meiner Eltern unternommen haben. Die Reise führte uns auch nach Frankreich, in die Provence.

Ich erinnere mich vor allem an das hellere Licht, das weiße Steinhäuschen mit den Lavendelbüschen davor, in denen die Bienen summten und die Tag und Nacht betörend dufteten. An die Lavendelfelder auf dem Weg dorthin. An den sattgrünen Rasen, die leuchtend bunten Blumen im Garten und das Rauschen des Windes in den Baumkronen. An die Grillen, die so laut zirpten, dass ich anfangs nicht einschlafen konnte in dem fremden Haus, das bedrohlich und ungewohnt ächzte und knarrte, bis ich zu Milena ins Bett kroch. Am nächsten Abend erzählte Amalia uns eine Geschichte von den Tieren der Nacht und den Geräuschen, die sie machen, den liebeskranken Zikaden, die einander suchen und nie finden, von den Eulen und Käuzchen mit ihren großen Augen und melancholischen Rufen, von den stillen Schildkröten, die Hunderte Kilometer im Meer zurücklegen auf der Suche nach denen, die sie einst verloren haben, um zusammen nach Hause zurückzukehren.

Im Nachhinein ist relativ klar, dass Amalia Liebeskummer hatte. Aber damals als Kind in dem weißen Häuschen zwischen den duftenden Lavendelfeldern am Rande des kleinen Dorfes, in dem es einen Markt gab und so viele Farben und Menschen, die ich nicht verstehen konnte, habe ich das bei all der Aufregung und Neuheit der Dinge nicht bemerkt.

In unserem von einem Holzzaun begrenzten Garten spielten Milena und ich Fangen oder suchten nach den Grillen, die immer zu zirpen aufhörten, wenn wir ihnen nahe kamen. Amalia deckte den weißen Tisch aus geschwungenem Metall auf der Veranda, und wir aßen Baguette und Stinkekäse, den Amalia uns als Delikatesse verkaufen wollte, frisches Obst und Gemüse, das eine Geschmacksexplosion im Mund auslöste. Die erste Tomate aus Frankreich habe ich nie vergessen, den Geschmack der Sonne im Mund.

Amalia cremte uns morgens mit Sonnenmilch ein und schickte uns spielen, während sie am Gartentisch saß und arbeitete oder ein Buch las. Am Nachmittag ging sie mit uns die Umgebung erkunden, das an den Hängen eines Hügels gelegene Örtchen, in dem wir wohnten. Das Meer, so weit und schimmernd blau, in das wir lachend und schreiend sprangen, während Amalia uns hinterherrief, nicht so tief hineinzulaufen, dass die Wellen uns erfassten.

Die Sonne schien, und Milena lachte wieder, wenn eine Welle sie umriss, ein Krebs über ihren Fuß lief oder sie eine Muschel fand, die sie unbedingt unserer Tante zeigen wollte. Aber Amalia nickte und lächelte bloß, ihr Blick abwesend, wenn Milena ihr ihre Schätze hinhielt.

Und dann, an einem Morgen, bat sie eine Nachbarin, auf uns aufzupassen, eine nette ältere, rundliche Frau in einer blauen Schürze, die uns mit in ihre Küche nahm, uns selbst gemachte Limonade gab und einen Kuchen mit uns backen wollte. Sie zeigte uns mit den Händen, was wir zu tun hatten, und wurde auch nicht wütend, als ich aus Versehen eine Schale mit Mehl umstieß und Milena es prompt in die Luft warf, um es lachend auf uns hinabrieseln zu lassen. Sie schickte mich einfach mit einem Zettel, etwas Geld und jeder Menge Gesten, die ich erst nach einer Weile verstand, zu dem kleinen Lebensmittelladen im Ort, um neues Mehl zu besorgen.

Ich zog also los, während Milena bei der Nachbarin in der Küche blieb.

Die krummen Sträßchen des Ortes entlang lief ich im Häuserschatten durch die Mittagshitze, die Straßen leer gefegt unter der Sommersonne, das Tappen meiner Schuhe auf den Pflastersteinen und die Geräusche von Fernsehern oder Gesprächen aus den von Jalousien verdunkelten Häusern, das Klappern von Besteck oder das Bellen eines Hundes meine einzigen Begleiter.

Der Laden, der einzige, der während der Mittagspause noch offen hatte, lag an dem kleinen Platz, auf dem sonst der Markt war. Es gab dort auch ein Café. Die hellen Sonnenschirme davor warfen ihre Schatten auf die voll besetzten Tische, an denen zwei ältere Herren Schach spielten und ein paar Frauen ihren Kaffee tranken und in ihrer melodischen Sprache miteinander plauderten.

Erst auf den zweiten Blick erkannte ich Amalia. Sie saß an einem Tisch in der Ecke im Schatten einer Kastanie, ihr buntes Kleid und ihre roten Haare waren jedoch unverkennbar, auch von Weitem. Sie hatte die Ellenbogen auf dem weißen Metalltischchen aufgestützt und hielt sich die Hände vors Gesicht. Ihre Schultern bebten.

Ich blieb neben dem Brunnen in der Mitte des Platzes stehen. Ich brauchte einen Moment, um zu verstehen, dass sie weinte. Ich hatte Amalia noch nie weinen gesehen.

Nur so kann ich es mir erklären, dass ich den Mann, der neben ihr am Tisch saß, erst bemerkte, als er aufstand und sich vor Amalia hinhockte. Ich sah nur einen kurzen Moment sein Gesicht mit den schönen geraden Zügen. Er hatte dunkle, grau melierte Haare. Er hockte sich direkt vor Amalia hin und nahm sanft ihre Hände in seine. Wie gebannt starrte ich von der Seite auf ihr tränenverschmiertes Antlitz. Er ließ ihre Finger los und nahm ihr Gesicht in seine Hände, strich ihr mit den Daumen die Tränen von den Wangen. Dann reckte er sich zu ihr nach oben und gab ihr einen Kuss auf die Stirn. Als er sich zurückzog, sah ich, dass Amalia die Augen geschlossen hatte.

Etwas in mir begann zu zittern. Ich wollte nicht, dass Amalia weinte. Sie war die Einzige, die Milena und ich jetzt noch hatten.

Was war, wenn sie so unglücklich mit uns war, dass sie uns abgeben würde, in ein Waisenheim oder zu Zieheltern, die uns behandeln würden wie Fremde? Die nicht verstanden, wie wichtig mein Forschungsheft mit den gepressten Pflanzen war, das ich mit meinem Vater begonnen hatte, oder wie sehr ich es hasste, wenn man mir die Schuhe band oder mir etwas aus den Händen nahm, das ich nicht sofort selbst schaffte. Oder wie schnell Milena zu weinen anfing, wenn sie ein verletztes Tier sah oder wenn man ihr die Puppe mit dem erdbeerfarbenen Haar wegnahm, obwohl sie selbst so gemein sein konnte.

Dann öffnete Amalia die Augen und schaute auf, fand meinen Blick zielsicher über den Platz hinweg und sah mich direkt an. Ich fuhr herum und rannte davon, ihr tränenverschmiertes Gesicht hatte sich in mich eingebrannt.

Der Nachbarin gab ich zu verstehen, dass ich kein Mehl gefunden hatte, und sie zuckte mit den Schultern und wir buken stattdessen eine Apfeltarte, die kaum Mehl brauchte. Als Amalia uns später abholte, schwieg ich; als wir gemeinsam zu Abend aßen und Milena fröhlich unser Backabenteuer zusammenfasste, sagte ich nichts. Amalia lächelte und nickte und wirkte wie immer, keine Spur war von ihren Tränen geblieben.

Als sie uns schließlich ins Bett brachte, drehte sich alles in meinem Kopf. Was, wenn sie dem Mann gesagt hatte, dass sie uns nicht wollte? Dass wir sie unglücklich machten oder Unglück brachten, und was, wenn wir wieder fortmussten? Milena hatte gerade erst wieder zu lachen begonnen.

Amalia erzählte uns wie gewohnt eine Gutenachtgeschichte, und als Milena eingeschlafen war, setzte sie sich auf meine Bettkante und strich mir übers Haar. Sie sagte nichts und fragte nichts und wartete einfach ab, ihr Blick auf mein Gesicht gerichtet, während ich ihr nicht in die Augen sehen konnte, meine Hände fest um den Rand meiner dünnen Decke geklammert.

Amalia wartete so lange, bis ich es nicht mehr aushielt.

»Müssen Milena und ich jetzt wieder gehen?«, sprudelte es aus mir heraus. Ängstlich sah ich sie an.

Sie legte die Stirn in Falten, dann schüttelte sie den Kopf. »Wie meinst du das, Sarah? Wir sind noch eine ganze Woche hier. Natürlich müssen wir nicht vorher abfahren, warum denkst du das?«

»Nein, ich meine, wieder weg von dir. Weil du … Weil du unglücklich mit uns bist.« Meine Stimme brach.

Amalias Gesichtsausdruck veränderte sich, und ich hasste es, dass ich nicht wusste, was das hieß. »Nein, mein Schatz, ihr müsst nie wieder von mir fort.«

»Aber …«

Ich schwieg wieder und ordnete die Gedanken in meinem Kopf, während Amalia mich ließ und mir weiter über das Haar strich.

»Weil du vorhin mit dem Mann so traurig warst. Ist es wegen uns, wegen Milena und mir? Ich verspreche, dass ich jetzt immer sofort die Spülmaschine ausräume, wenn du es sagst. Und meine Klamotten wegräume. Aber Milena und ich, wir können nicht ins Waisenhaus. Was ist, wenn uns dort niemand mag?«

Jetzt liefen die Tränen über mein Gesicht, und Amalias Augen waren voll einer Regung, die ich nicht verstehen konnte. Sie nahm meine Hände und zog mich hoch, nahm mich in ihre Arme und hielt mich ganz fest.

»Ich verspreche dir, Sarah, solange ich lebe, müsst du und Milena niemals wieder fort. Wir sind eine Familie, du und ich und Milena, wir gehören zusammen. Wo ich bin, werdet auch ihr beide sein, bis ihr erwachsen seid und es nicht erwarten könnt, eure seltsame Tante loszuwerden.«

»Du bist nicht seltsam«, schniefte ich an ihrem Hals. Amalias Arme waren weich und stark zugleich, und sie roch nach Waschmittel und Lavendel und einfach vertraut.

Sie strich mir weiter über das Haar, bis ich mich beruhigt hatte.

»Und was ist mit dem Mann?«, fragte ich, als mir die Szene vom Mittag wieder einfiel.

Amalia schwieg einen Moment. »Matthieu, er … Ich hatte eine Weile gehofft, er könne auch Teil unserer Familie sein. Aber er … er hat sich anders entschieden. Egal, darüber musst du dir keine Gedanken machen. Wichtig ist nur, dass niemand, kein Matthieu, kein anderer und vor allem nicht das Jugendamt uns je wieder auseinanderreißen wird. Okay, Sarah? Vertraust du mir, wenn ich dir das sage?«

Ich ließ ihre Worte in mir sacken. »Und du lügst mich auch nicht an?«

»Nein, ich sage die Wahrheit und werde dich auch in Zukunft niemals anlügen, wenn es wichtig ist.«

»Versprochen?«, fragte ich.

»Versprochen«, sagte Amalia.

13

Der Weg bringt uns ans Ziel (mehr oder weniger)

Als ich mich mit Ben auf die Reise machte, auf die Suche nach der alten Straßenkarte, die schon so viele Römer in die Irre geleitet hatte, geisterte mir der Name Matthieu im Kopf herum. Ich hatte ihn zuletzt in Amalias Notizbuch neben der Stelle über die Tabula Peutingeriana gelesen. Davor hatte ich den Namen jahrelang nicht gehört und auch nicht mehr an ihn gedacht. Nun stand mir die Szene in dem französischen Café vor Augen, und ich erinnerte mich an das, was Amalia über Matthieu gesagt hatte. Zum ersten Mal fragte ich mich, was zwischen ihnen gewesen war. Ob sie sich schon lange gekannt hatten, ob sie ineinander verliebt gewesen waren, was sie auseinandergebracht hatte. Ich hatte Amalia nie danach gefragt. Mit einem sinkenden Gefühl im Magen fragte ich mich jetzt, während die Straßen und Häuser von Köln an mir vorbeizogen, die breite blaue Ausdehnung des Rheins, ob es wohl Amalias Plan gewesen war, nach Frankreich zu ziehen, und sie diesen hatte aufgeben müssen, als Milena und ich zu ihr kamen, weil sie uns nicht schon wieder aus unserem Umfeld entwurzeln wollte.

Ein lautes Hupen riss mich aus den Gedanken. Der Wagen hinter uns überholte uns mit quietschenden Reifen, und der Fahrer gestikulierte wild, als er vorbeifuhr.

Ben machte einen Schwenker, und ich klammerte mich mit einer Hand am Türgriff fest. Er fädelte sich langsam, aber zielstrebig durch den Verkehr und ließ sich weder vom Hupen der Autos hinter uns noch von meinen panischen Blicken, wenn er mal wieder fast in die falsche Seite einer Straße abbog, ablenken.

In diesem Moment wusste ich nicht, ob meine Mitfahrt eine gute Idee gewesen war – um Ben mit meinen warnenden Achtung-Rufen das Leben zu retten – oder eine fürchterliche, weil wir unweigerlich mit diesem britischen Kleinwagen eine tödliche Massenkollision auslösen würden.

Auf meinem Schoß hielt ich das Reiseterrarium, und während Bonnie mich ignorierte, sah Clyde mich wegen der Schaukelei vorwurfsvoll an.

Dass wir überhaupt am Rhein entlangfuhren, war natürlich ein Fehler, aber Ben hatte auf Google Maps bestanden, und Google hatte uns wenige Meter nach meiner Haustür in die Irre geführt – vielleicht nicht ganz in die Irre, aber zumindest auf einen Umweg. Gerne hätte ich den Atlas hervorgeholt und Ben besser geleitet, aber die Fahrt nahm meine volle Aufmerksamkeit in Anspruch. Wir passierten eine Rheinbrücke, und der breite Strom unter uns glitzerte und funkelte in der Sonne.

Schließlich fädelte Ben sich mit einer schneidigen Kurve auf die Autobahn ein, und wir fuhren dank Google in die Richtung zurück, aus der wir gekommen waren, und noch mal über die blaue Ausdehnung des Flusses. Ben ordnete sich links ein und hielt mit seinem Schneckentempo gekonnt den Kölner Stadtverkehr auf. Trotzdem begann ich, langsam ruhiger zu atmen und meine weiß gepressten Finger vom Türgriff zu lösen. Wir waren nach circa zwanzig Minuten noch nicht gestorben, und ich fing an, Hoffnung für das Überleben des Rests der Reise zu schöpfen.

»Du bist so still«, sagte Ben. »Ist alles in Ordnung mit dir?«

Er warf mir einen Seitenblick zu, was mich sofort wieder den Türgriff umklammern ließ.

»Schau lieber auf die Straße«, sagte ich mit einer etwas zu hohen Stimme.

Ben hob eine Augenbraue, was ich nur aus den Augenwinkeln sehen konnte, denn ich konnte den Blick nicht von der Windschutzscheibe lösen und den möglichen tausend Toden, die auf uns zu oder an uns vorbeirasten – auf der rechten Spur.

»Wie wäre es mit Musik?«, fragte Ben und drehte an den Knöpfen seines Autoradios herum.

Aus den Lautsprechern erklang plötzlich sehr laut ein Stück klassischer Musik, das Ben hektisch leiser drehte, bevor er schnell mehrfach auf den Radioknopf drückte, sodass statt der CD nun Popgedudel zu hören war. Auch wenn es nur ein kurzer Ausschnitt gewesen war, hatte ich das Stück sofort erkannt.

»Du hörst Beethoven im Auto?«, fragte ich.

Ben kratzte sich mit einer Hand verlegen am Kopf, was meine Schultern kurz verkrampfen ließ, dann nahm er die Hand aber zum Glück schnell wieder ans Steuer.

»Ja«, sagte er. »Im Stadtverkehr finde ich Klassik immer am beruhigendsten.«

»Beethovens Siebte erscheint mir kaum wie ein beruhigender Soundtrack zur Rushhour«, sagte ich.

Ben grinste. »Eine Klassikkennerin.«

Ich wiegte den Kopf. »Kennerin wider Willen. Amalia hat bei besonders schwierigen Restaurationsarbeiten immer ganz laut Klassik in unserer Werkstatt angemacht. Sie liebte Klassik, außer Wiener Walzer. Aber versuch mal, eine alte Landkarte mit neuen Papierfasern zu versehen, während Wagners Ritt der Walküren durch den Raum donnert.«

Ben lachte. »Amalia klingt wirklich nach einer Persönlichkeit.«

Ein Stich durchfuhr mich, ich blickte auf die zwei Schildkröten auf meinem Schoß hinunter.

»Das war sie«, sagte ich kaum hörbar.

Eine Weile fuhren wir schweigend weiter. Dann ging mir irgendwann der aktuelle Popsong auf die Nerven, der leise aus dem Autoradio dudelte.

»Du kannst gerne deine CD wieder anmachen«, sagte ich. »Lieber Beethoven als diese Kopfschmerzgarantie.«

Ben warf mir wieder einen Seitenblick zu. »Wir müssen nicht Klassik hören, du kannst ruhig einen anderen Sender aussuchen, der dir besser gefällt. Was hörst du denn für Musik?«

Er drehte am Suchknopf des Radios, was meine Schultern wieder nach oben wandern ließ.

»Ich mag eigentlich so gut wie alles. Wenig Musik auf Deutsch. Wenn ich die Sprache verstehe, kann ich mich bei der Arbeit schlechter konzentrieren. Wo kommt denn deine Klassikvorliebe her?«, fragte ich.

Ben ließ den Radioknopf los. »Von meinem Vater. Er liebt klassische Musik über alles. Irgendwie verbinde ich diese Musik damit, wie er sonntags durchs Haus läuft und mitdirigiert, wenn eine Stelle kommt, die er besonders gerne mag. Von meinem Opa habe ich dafür einiges über Jazz gelernt, er hat mich schon als kleiner Junge mit zu Jazzabenden genommen. Damals konnte ich aber nicht viel mit den ungewöhnlichen Klängen und verrauchten Kaschemmen anfangen, in die er mich schleppte.«

Ben lächelte, aber irgendwie sah er verlegen dabei aus.

»Was ist denn?«, fragte ich. »Ist dir deine Klassikvorliebe etwa peinlich?«

Einen Moment lang sagte er nichts, und mich beschlich das ungute Gefühl, ihn mit meiner flapsigen Aussage getroffen zu haben.

»Weißt du«, begann er, »normalerweise erwarten die Leute, dass ich Jazz höre. Oder Hiphop. Vielleicht auch Soul. Jedenfalls scheinen die meisten zu denken, dass ich meine eigenen Leute verrate, wenn ich die Musik von alten weißen Männern höre.«

Jetzt drehte ich den Kopf zur Seite und starrte Ben an, der sich ein bisschen in seinem Sitz zu winden schien. »Die Leute sagen dir, was für Musik du zu hören hast?« Nie im Leben wäre ich darauf gekommen – was nur wieder zeigte, wie wenig ich über das Leben außerhalb meiner Papierwelt wusste.

»Na ja, ganz so schlimm ist es nicht«, sagte Ben, »aber ich habe immer das Gefühl, dass Leute einfach diese Erwartung an mich haben.«

Ich sagte nichts dazu, weil ich nicht wusste, was ich sagen sollte.

Zu beiden Seiten rauschten die Lärmschutzbegrenzungen der Autobahn an uns vorbei und ab und an ein hupendes Auto, das rechts an uns vorbeizog.

Erst Minuten später, nachdem ich mir darüber den Kopf zerbrochen hatte, fiel mir etwas ein: »Aber ist nicht der Sinn von Emanzipationsbewegungen, dass alle das machen können, was sie gerne wollen?«

»Mhhh?«, machte Ben. Offensichtlich war er mit seinen Gedanken inzwischen ganz woanders. Dann wandte er den Kopf zu mir und sah mich mit seinen braunen Augen an.

»Wenn es nur so einfach wäre. Aber es gibt so viel Geschichte, so viele Dinge, die nicht zu verzeihen sind, und so ungleiche Startbedingungen, dass es nicht ausreicht, dass alle vom Gesetz her das machen können, was sie wollen. Man muss dafür sorgen, dass Menschen dieselben Chancen erhalten, dasselbe Gehalt, denselben Respekt. Wusstest du, dass in den USA der Wert einer Immobilie sinkt, sobald dort Schwarze Menschen einziehen?« Er schüttelte leicht den Kopf. »Das ist nur ein Beispiel, wie Kapitalismus und Diskriminierung zusammenhängen, und natürlich soll das nicht heißen, dass es Rassismus nur in den USA gibt. Solange reale Benachteiligungen und Vorurteile existieren, reicht Gleichberechtigung auf dem Papier nicht aus, um Probleme zu lösen.«

Er klang anders als sonst, und mir wurde bewusst, dass dies wahrscheinlich ein Thema war, das auf die eine oder andere Weise eine Präsenz in seinem Leben hatte, die es bei mir nicht hatte.

»Entschuldige«, erwiderte ich, »ich sollte nicht einfach etwas zu Dingen sagen, mit denen ich mich gar nicht richtig auskenne.«

»Nein, Sarah, es ist mir lieber, du sagst etwas und wir reden, als dass jeder und jede einfach nur immer seine oder ihre eigenen Vorstellungen mit sich allein ausmacht. Fragen verletzen mich nicht so schnell, falsche Vorannahmen schon. Sprechen ist die einzige Möglichkeit, einander zu verstehen. Fragen zu stellen, den anderen ernst zu nehmen und zuzuhören, oder?«

Wieder sah er zu mir herüber, und etwas in seinem Blick ließ mich die Augen nicht abwenden.

»Okay«, sagte ich, und Ben nickte, und seine Schultern senkten sich ein wenig, als hätten wir gerade irgendwas geklärt. Ich wusste nur nicht, was.

»Wie bist du eigentlich Forscher der Britischen Bibliothek geworden?«, fragte ich Ben schließlich.

Er sah zu mir, schien zu überlegen. Dann fragte er: »Die kurze oder die lange Version?«

»Erst die kurze, dann die lange«, erwiderte ich.

Ben nickte. »In meiner Familie hat Bildung einen hohen Stellenwert. Meine Mutter ist Anwältin, mein Vater arbeitet als Professor an der Uni. Und da ich mich schon als Kind für Bücher und alte Geschichte interessiert habe, passte ich gut in die Mediävistik und englische Geschichte; von da war es ein logischer Schritt, in einer der größten Bibliotheken der Welt zu arbeiten.«

»Mh«, machte ich. »Und die lange Version?«

Von der Seite konnte ich das Lächeln auf Bens Zügen sehen. »Mein Opa hatte einen Hund, eine alte Dackeldame namens Selma, die immer dann pupste, wenn sie nervös war. Eines Tages nahm mein Opa mich und Selma mit in den berühmten Panorama-Lesesaal im Britischen Museum, bevor die Büchersammlung darin nach St. Pancras verlegt und der Raum renoviert wurde. Im Lesesaal und im ganzen Museum sind Hunde natürlich verboten. Als uns die Bibliothekarin am Eingang mit Selma nicht reinlassen wollte, drückte er ihr kurzerhand die Hundeleine in die Hand und erklärte, dass er seinem Enkel etwas Wichtiges zeigen müsse. Damit ließ er die verdutzte Frau stehen. Er nahm mich an der Hand und zog mich durch das ganze riesige Gebäude bis in die Mitte des großen

Lesesaals. Ich weiß nicht, ob du schon mal ein Foto von dem alten Lesesaal gesehen hast, es war ein wunderschöner runder Raum mit einer fantastischen blauen Kuppel, die an das Pantheon in Rom erinnert. An den Wänden des Saals standen damals meterhohe Bücherregale, und die blaue Kuppel ist aus weiß-goldenem Pappmaschee, um das Gewicht zu reduzieren, und mit Fenstern durchzogen. Es war wirklich überwältigend! Heute gibt es den Raum in dieser Form nicht mehr, die Bücher sind weg, und der Saal wurde für Ausstellungen renoviert. Mein Opa machte eine weit ausholende Geste durch den ganzen Raum und sagte: ›Erinnere dich daran, Benjamin, dass irgendwo hier drin auch unsere Geschichte versteckt ist. Zumindest der Teil, der schon geschrieben ist. Und der Teil, den wir noch schreiben werden, gehört irgendwann auch hierher.‹ Damals verstand ich nicht ganz, was er meinte. Aber als wir das Museum verließen, ich ein beeindruckter Sechsjähriger an seiner Hand, wartete draußen die ältere Bibliothekarin mit Selma an der Leine auf uns. Sie sagte nur: ›Ihr Hund hat Verdauungsprobleme.‹ Mein Opa lächelte und erwiderte: ›Sie hätten sie besser in den Lesesaal gelassen. Der Geruch von Büchern beruhigt sie.‹ Die Bibliothekarin schniefte indigniert, schüttelte den Kopf und verschwand nach drinnen, als sei damit alles gesagt. Ich erinnere mich bis heute an den Gesichtsausdruck der Frau, daran, dass es ihr wichtig genug erschien, dass ein alter Mann seinem Enkel die Bücher zeigt, dass sie dafür bereit war, Regeln zu brechen, um auf einen pupsenden Hund aufzupassen. Denn in den Büchern stecken unser aller Geschichten und all die, die noch hinzukommen, und auf sie aufzupassen ist eine wichtige Aufgabe.«

Ich betrachtete Bens Hände, die sich kurz ums Lenkrad verkrampften.

»Das ist ein guter Grund, um in einer Bibliothek zu arbeiten«, stellte ich fest, »und der Geruch von Büchern beruhigt mich auch immer. Nicht dass ich Verdauungsprobleme hätte, aber ansonsten habe ich die gleiche Reaktion auf Papiergeruch wie Selma.«

Ben lachte, seine Schultern bebten.

Ich sah wieder aus dem Fenster, hinter dem sich die Landschaft langsam wandelte, die Vorstadt sich ausdünnte und Feldern und Wäldern wich.

Ich war nicht besonders gut darin, mit Menschen, die mir nicht nahestanden, zu sprechen, und erst jetzt fiel mir ein, dass die Fahrt über Belgien Richtung Reims ziemlich lang werden konnte. Aber bisher hatte es ganz gut geklappt, sich mit Ben zu unterhalten. Wir schwiegen eine Weile, schließlich warf er mir einen weiteren Seitenblick zu.

»Erzähl mir doch noch ein bisschen von Jean und vielleicht von deiner Tante, wenn du magst.«

»Also gut, was möchtest du denn wissen?«

»Woher deine Tante diesen Jean kannte, zum Beispiel.«

»Mh, das ist eine seltsame Geschichte«, sagte ich. »Das Ganze hat mit einer zerbrochenen Whiskeyflasche, einer Oscar-Wilde-Erstausgabe und drei Zitronenkuchen zu tun«, und ich begann zu erzählen, während das Grün und Gelb der sommerlichen Felder und Wiesen an uns vorbeirauschte.

PARS II

Lugdunum (Segmente I, II)

Je te laisserai des mots
En-dessous de ta porte
En-dessous de la lune qui chante
Tout près de la place où tes pieds passent
Cachés dans les trous, dans l'temps d'hiver
Et quand tu es seule pendant un instant
Embrasse-moi
Quand tu voudras

Patrick Watson // *Je te laisserai des mots*

Ich werde dir Worte hinterlassen
Unterhalb deiner Tür
Unter dem Mond, der singt
Ganz nah an der Stelle, wo deine Füße vorbeigehen
Versteckt in den Löchern, in der Winterzeit.
Und wenn du für einen Augenblick allein bist
Küss mich
Wenn du willst.

Patrick Watson // *Je te laisserai des mots*

14

Eulen haben große Augen, damit sie dich besser sehen können

Man sollte meinen, eine Autoreise mit Google Maps wäre weniger gefährlich als, sagen wir mal, eine Schiffsreise nur mit einem Sextanten oder der Flug mit dem ersten Segelflieger in unbekannten Windströmungen. Nach einer Weile im Auto mit Ben war ich mir da jedoch nicht mehr so sicher. Auf der Fahrt durch Belgien und Luxemburg lief alles noch gut, mal davon abgesehen, dass wir Luxemburg gar nicht hätten durchqueren sollen. Ich gab ein paar Anekdoten aus Amalias und meinem reichen Fundus an seltsamen Erlebnissen auf der Jagd nach seltenen Büchern zum Besten und fragte Ben nach seiner Arbeit, die aus seiner Forschung sowie der Akquise von neuen Artefakten für den Bibliotheksbestand zu bestehen schien.

Wir fuhren schließlich auf einer schmalen Straße in der Nähe von Reims, die keinen Mittelstreifen aufwies. Die Straße war schnurgerade, sodass man weit blicken konnte; rechts und links lagen Wiesen und Felder. Nach der langen Autofahrt, die wir nur für ein paar Stopps an Autobahnraststätten mit unsäglichem Filterkaffee unterbrochen hatten, hatte mich der Rhythmus der langsam an uns vorbeiziehenden Landschaft eingelullt. Ben und ich hatten geredet oder geschwiegen, uns mehrfach über den richtigen Weg gezankt und waren beide erschöpft. Auf meinen Beinen lag inzwischen einer meiner Reiseatlanten, während ich die Schildkröten in ihrem Terrarium auf dem Rücksitz hinter mir angeschnallt hatte.

Die Sonne brannte auf uns herab, ich hatte mein Fenster einen Spaltbreit geöffnet und atmete die nach Sommerhitze riechende Mischung aus heißem Asphalt, trockenen Gräsern und Staub ein. Ein Geruch, so vertraut, dass meine müden Glieder von einer seltsamen Wärme erfüllt wurden und mich kurz der Gedanke streifte, dass ich nur den Kopf drehen müsste, und Amalia mit ihrem feuerroten Haar würde mich vom Sitz neben mir anlächeln. Aber neben mir saß ein nach unserem letzten Wortgefecht zu seinen Autofahrkünsten verstimmter Bibliothekar.

»Schau mal«, sagte er plötzlich und deutete mit einer Hand auf einen riesigen Vogel, der majestätisch über das Feld neben uns glitt und auf die Straße zusegelte.

Es war wirklich ein großer Vogel mit braun-weiß gemusterten Federn in Längs- und Querstreifen – Letztere im helleren Gefieder an Brust und Bauch. Ben fuhr automatisch langsamer, als der Vogel näher kam. Und immer näher und näher kam und größer wurde – seine Flügelspannweite sicher so lang wie meine ausgestreckten Arme – und auf unser Auto zusegelte.

»Wow«, rief Ben überrascht und sprang auf die Bremse, während ich unwillkürlich aufschrie, und dann kollidierte der riesige Vogel mit einem lauten Knall mit unserer Windschutzscheibe.

»Ugh«, machte ich, als der Vogel benommen abprallte, auf der Straße vor uns landete und dann bewegungslos sitzen blieb.

Ben und ich saßen ebenfalls stockstill und starrten auf das verdattert blinzelnde Tier vor uns. Ein massiger Raubvogel mit riesengroßen orangen Augen und dunklen Federohren am Kopf, die dem Vogel einen verwirrten Ausdruck verliehen.

Ben hatte die Hände ums Lenkrad geklammert und sich vorgebeugt. Nun wandte er sich zu mir und sah mich mit ebenfalls sehr großen Augen an.

»Ist das eine Eule?«, fragte er, seine Stimme eine halbe Oktave höher als sonst.

»Keine Ahnung«, sagte ich. Ich warf einen Blick hinter mich und stellte fest, dass das hinten angeschnallte Reiseterrarium die Vollbremsung unbeschadet überstanden hatte, auch wenn Clyde mich abermals vorwurfsvoll ansah.

Ich wendete mich wieder dem Vogel zu, der weiter auf dem Asphalt hocken blieb und seinen schwarzen Schnabel auf- und zuklappte. Er hatte die Flügel ausgebreitet, und der rechte Flügel stand in einem merkwürdigen Winkel ab. Es sah tatsächlich aus wie eine Eule mit dem runden Gesicht und dem Gefieder darin, das wie heruntergezogene Augenbrauen wirkte.

»Ich dachte, die haben so große Augen, damit sie besser sehen können«, sagte Ben langsam.

»Ja, im Dunkeln.«

»Aber warum ist der Vogel denn dann gerade gegen unsere Scheibe geflogen? Und das am helllichten Tag?« Bens Stimme klang etwas schleppend.

»Mh, vielleicht hat er den Gleitwinkel falsch eingeschätzt«, sagte ich und schnallte mich ab.

Ben wandte sich wieder zu mir, das Grauen in seinem Gesicht war klar zu lesen. »Was machst du denn da?«

»Nach der Eule schauen«, sagte ich und öffnete die Tür.

»Aber … Sarah … das Vieh ist riesig!«

Ich beugte mich durch die Autotür zu ihm herunter. »Na und? Wir haben sie angefahren, dann müssen wir ihr auch helfen.«

»Aber der Vogel ist mit *uns* kollidiert, nicht umgekehrt!« Ben hob die Hände und machte eine Geste, die mehr nach einer Explosion als nach einer Kollision aussah, seine Augen weit.

»Wir können sie nicht einfach hier hocken lassen, sodass sie von einem anderen Auto überfahren wird. Das wäre Fahrerflucht!«

Damit schlug ich die Tür zu und näherte mich langsam und vorsichtig dem großen Tier, das wir für eine Eule hielten. Es hatte sich hingekauert mit seinen ausgebreiteten Flügeln, die Augen zu Schlitzen verengt. Langsam, ganz langsam trat ich noch ein Stück näher heran, aber der Vogel schien mich nicht wahrzunehmen. Arme Kreatur. Sie hatte sich sicher ganz schön den Schädel gestoßen, und der rechte Flügel sah gebrochen aus.

Hinter mir hörte ich das Zuschlagen einer Autotür.

Ben stand plötzlich neben mir und fragte: »Und jetzt?«

»Wir müssen sie zum Tierarzt bringen, sie hat sich den Flügel gebrochen.«

»Sie … Was?«, fragte Ben.

»Na ja, viele Tiere benennt man erst mal mit dem generischen Maskulinum, aber eine Eule hört sich doch nach einem weiblichen Tier an«, erklärte ich.

»Nein, ich meine … ich meine … der Vogel kann nicht in mein Auto!«

»Nun, wir haben keine Nummer für einen örtlichen Tierarzt, und der Flügel sollte ganz klar nicht so merkwürdig abstehen, wie er es jetzt tut. Wir müssen sie erst mal mit zu Jean nehmen, der kennt bestimmt eine Wildtierrettungsstelle.«

»Aber … das ist ein riesiger Vogel! Den können wir doch nicht einfach anfassen! Wäre es nicht besser, wenn wir ihn hierlassen würden, in seinem Revier? Vielleicht erholt er sich ja.«

Ich sah zu Ben hinüber. Er hatte das Anzugjackett während der Fahrt ausgezogen und trug nur noch sein Hemd, dessen Ärmel er hochgerollt hatte und das inzwischen etwas verknittert war. Genau wie sein Gesichtsausdruck.

»Ein Vogel erholt sich nicht einfach von einem gebrochenen Flügel«, sagte ich. »Wenn wir die Eule hierlassen, dann stirbt sie. Dann haben wir sie umgebracht.«

Ben machte den Mund auf und wieder zu, erwiderte aber nichts.

Wut stieg in mir hoch. »Willst du wirklich ein hilfloses, verletztes Tier hier auf der Straße zurücklassen? Während es Schmerzen hat und Angst und nicht versteht, was los ist?« Meine Hände ballten sich zu Fäusten.

Ben schloss kurz die Augen, dann senkten sich seine Schultern, und er sah mich wieder an. »Nein, natürlich nicht. Du hast recht. Es ist nur … Sie ist so groß … und die Federn, und diese Krallen … Vögel sind einfach so alienhaft. Hast du nie Hitchcocks *Die Vögel* gesehen?«

Er schauderte. Ich verengte meine Augen zu Schlitzen.

»Hast du etwa Angst vor Vögeln?«, fragte ich unwirsch.

Ben sah zu Boden und nickte stumm.

»Alienhaft« hatte er gesagt, und als ich den großen Vogel vor uns musterte, verstand ich, was er meinte. »Alien« heißt einfach nur fremd auf Englisch. Aber vielleicht passte die deutsche Bedeutung besser, denn fremd war nicht genug, um die Andersartigkeit der Kreatur vor uns auszudrücken, dieser riesigen orangefarbenen Augen mit einem unbekannten Bewusstsein dahinter.

Der Vogel stieß ein fauchendes Geräusch aus. Ben und ich sprangen fast synchron ein Stück zurück und schrien. Der Vogel riss die Augen auf, ein weiteres Fauchen drang aus seiner Kehle. Wir und das Tier starrten einander an. Eine Pattsituation und keine Möglichkeit, sich miteinander zu verständigen. Es hätte genauso gut von einem anderen Planeten stammen können.

»Und … was jetzt?«, fragte Ben, halb hinter mir stehend, als würde ich einen guten Schutzschild gegen Aliens abgeben.

»Ich habe mal gelesen, man soll einen verletzten Vogel in ein Küchenhandtuch wickeln und in einen durchlöcherten Schuhkarton setzen«, sagte ich, ohne den Blick von der Eule abzuwenden, die auch mich zu beobachten schien.

»Schuhkarton?«, fragte Ben, der über meine Schulter sah. »Von diesem Vogel würde vielleicht gerade der Kopf hineinpassen. Und ich wette, er kratzt uns die Augen aus, wenn wir ihm zu nahe kommen.«

Ich rollte die Augen, was Ben gar nicht sehen konnte, nur der Vogel, der das wiederum genauso gut verstand wie ich seine Regungen.

»Es geht da ums Prinzip. Man soll das Tier in Stoff wickeln, wahrscheinlich damit es sich die Flügel nicht weiter verletzt oder um sich schlägt. Und an einem dunklen, ruhigen Ort unterbringen, das soll es beruhigen«, sagte ich.

»Dieser Vogel sieht nicht so aus, als würde er sich beruhigen wollen«, murmelte Ben hinter mir, während uns die Eule weiter anstarrte.

Aber die Kraft schien das Tier zu verlassen, die gesträubten Federn senkten sich, und es kauerte sich wieder hin, den gebrochenen Flügel kraftlos am Boden liegend, den anderen jetzt angewinkelt. Langsam schlossen sich die riesigen orangen Augen zu Schlitzen. Mein Herz zog sich zusammen.

»Wir wickeln den Vogel in eine Jacke, sodass der gebrochene Flügel anliegt, und setzen ihn in den Kofferraum«, sagte ich entschieden.

»Sarah …« Ben brach ab, dann begann er erneut. »Also gut. Ich hole meine Regenjacke.«

Ich streckte eine Hand nach ihm hinter mir aus und drückte seinen Arm, ohne hinzusehen. Seine Haut war warm unter meinen Fingern und von Gänsehaut überzogen.

»Danke«, sagte ich. »Das kriegen wir hin. Was soll schon schiefgehen?«

15

Regentage und andere Katastrophen

Amalia hatte diese Theorie, dass Teenager an Regentagen besonders unausstehlich sind. Vielleicht lag das auch daran, dass Milena mit dreizehn ihre Stimmungen so schnell wechselte wie ihre Oberteile und an Regentagen die Kleidungsauswahl besonders problematisch war, da alles Praktische (also Regenjacken und -stiefel) einen unmöglichen Mode-Fauxpas darstellte und der Regen obendrein ihre Frisur ruinierte.

Für mich wiederum war Regen ein Problem, weil Dinge nass wurden, und wenn sie nass wurden, waren sie feucht oder klebrig und einfach widerlich. Wenn ich etwas hasste, dann waren es verklebte Buchseiten oder der nasse Autogriff unter meinen Fingern oder das eklige Gefühl, wenn man den Regenschirm falsch hielt und einem ein paar kalte Tropfen den Nacken hinunterliefen. Oder wenn man den Regenschirm falten und verstauen musste und dabei nasse Hände bekam oder wenn die Schuhe durchweichten und man den ganzen Tag mit einem schmatzenden Geräusch durch die Schulflure lief.

Amalia wiederum mochte den Regen nicht, weil er, wie sie sagte, der Welt einige Schichten Schein abwaschen und den Geruch von verpassten Möglichkeiten zurücklassen würde.

Es war ein solcher ziemlich grauer Regentag, als Amalia und ich morgens am Küchentisch saßen, sie über ihre Zeitung gebeugt und ich über meine Hausaufgaben. Amalia hatte die Küchentür geöffnet und das Prasseln der Tropfen wirkte wie ein beruhigendes Hintergrundrauschen, während ich eine Kurvendiskussion berechnete und Amalia ihren Kaffee trank, der vertraute Geruch von Kardamom in der Luft.

Milena kam die Treppe heruntergepoltert und lehnte sich in die Küche, wobei sie sich mit einer Hand am Türrahmen festhielt und den anderen Arm in einer dramatischen Geste von sich streckte. »So *kann* ich nicht gehen, das ist ausgeschlossen! Schau dir nur mal meine Hose an, die *kann* ich nicht in die Stiefel stecken, das passt überhaupt nicht! Und Daniel, dieser Spast, kommt sicher wieder in seiner Regenhose, in die seine Mama ihn reingesteckt hat und die er nicht allein ausziehen kann. Das ist *sooo* ekelhaft!« Nach dieser Tirade musste Milena erst mal tief Luft holen.

Meine Tante ließ ihre Zeitung sinken. »Du redest wie dein Nazi-Opa, ist dir das eigentlich bewusst?« Ihr Ton war schneidend. »Und weißt du, was die Nazis mit Leuten wie Daniel gemacht haben? Die haben sie umgebracht.«

Milena erstarrte im Türrahmen. Auch Amalia saß stocksteif, ihr Rücken gerade.

Daniel war der neue Schüler in Milenas inklusiver Klasse. Amalia hatte gesagt, dass er Autist sei, nachdem sie vom Elternabend zurückgekommen war, und Milena dann erklärt, was das bedeutete.

Nun fiel Milenas Gesicht in sich zusammen und sie begann plötzlich zu weinen. Laut schluchzend fuhr sie herum und rannte die Treppe wieder nach oben. Das Zuschlagen ihrer Zimmertür ließ mich zusammenzucken.

»Verdammter Mist!«, fluchte Amalia und knallte ihre Zeitung auf den Tisch. Ich schwieg, als sie aufstöhnte und ihr Gesicht in ihren Händen vergrub. »Ich bin ein schlechter Mensch. Das hätte ich wirklich nicht so zu ihr sagen sollen«, murmelte sie.

»War Opa wirklich ein Nazi?«, fragte ich leise.

Milena und ich hatten unsere Großeltern nie kennengelernt. Die Eltern von Amalia und meiner Mutter hatten ihre Kinder spät bekommen und sie waren schon verstorben, als Milena und ich zur Welt kamen. Über die Eltern meines Vaters wurde nie gesprochen.

Meine Tante hob den Blick. »Leider ja.«

Ich sah auf mein Matheheft mit den gleichförmigen Quadraten, in denen meine überbordende Schrift kaum Platz fand.

»Davon hat Mama uns nie erzählt«, sagte ich.

Amalia zog die Unterlippe zwischen die Zähne und nickte nachdenklich. »Sie hat nicht gerne darüber gesprochen. Aber ja, unser Vater war ein Nazi, er hat im Frankreichfeldzug gekämpft, um genau zu sein«, sagte sie.

»Woher weißt du das?«, fragte ich.

Sie machte ein Geräusch hinten in ihrer Kehle und zog eine Grimasse. »Manchmal, wenn er ein Bier zu viel getrunken hatte, hat er davon erzählt.«

Ich musterte sie. Ich konnte Gesichtsausdrücke schlecht lesen, Beweggründe, Motivationen und Ehrlichkeit nicht am Tonfall oder der Gestik sehen, aber ich konnte zwischen den Zeilen dessen lesen, was jemand sagte. Denn Stille und Ungesagtes sind genau wie Pausen in der Musik, sie sind ebenso wichtig wie die Töne selbst, um ein Stück zu ergeben, eine Geschichte zu erzählen.

»Du mochtest deinen Vater nicht sonderlich, oder?«, sagte ich leise.

Sie sah auf ihre Hände hinunter. »Nein. Er war kein liebenswerter Mann«, sagte sie.

Ich nickte stumm.

»Ich habe sogar mal an einem Seminar teilgenommen zur Frage der Täterschaft in der eigenen Familie, da habe ich Jean kennengelernt«, sagte sie und lächelte jetzt etwas.

»Jean war auch in diesem Kurs?«, fragte ich.

»Nicht ganz. Als ich damals während des Studiums in Frankreich dieses Geschichtsseminar besuchte, gab es dazu eine Vortragsreihe mit Empfang. Mit Getränken, Häppchen und köstlich aussehendem Zitronenkuchen. Jedenfalls tauchte in einer Vortragspause plötzlich ein Franzose auf, dessen wirres graues Haar seinen Kopf ein bisschen wie eine wilde Wolke umgab. Er fing an, einen der Vortragenden, der über Widerstandskämpfer in seiner Familie gesprochen hatte, wüst zu beschimpfen. Dass er recherchiert und der Mann gelogen habe, seine Eltern seien Nazis gewesen und er ein Betrüger. Alle waren schockiert, und die Organisatorin versuchte verzweifelt, den grauhaarigen Mann zu beruhigen.«

Amalia lachte leise bei der Erinnerung. »Jedenfalls fing der Kerl plötzlich an, etwas von einer Oscar-Wilde-Erstausgabe zu faseln, die er dem vortragenden Typ nie verkauft hätte, wenn er das gewusst hätte. Dann griff er sich einen der Zitronenkuchen vom Büfett und warf ihn mit voller Wucht nach dem anderen Mann. Und dann noch einen und noch einen. Mit dem letzten traf er endlich, bevor ihn die Wachmänner rauszerrten.«

Amalia grinste und ich sah sie mit großen Augen an. Sie wandte sich zu mir.

»Später traf ich den Kuchenwerfer in einer Bar wieder, über eine Whiskeyflasche gebeugt, die bereits zu einem Drittel geleert war. Er schien untröstlich. Ich fragte ihn, was die Geschichte mit Oscar Wilde zu tun habe, und er sah mich bloß an und brach in Tränen aus. Es stellte sich heraus, dass er Buch- und Antiquitätenhändler war und dem anderen Mann ein Buch verkauft hatte, was er jetzt schwer bereute. Wir teilten den Rest des Whiskeys und schmiedeten immer absurdere Pläne, wie wir den wertvollen Band zurückbekommen könnten. Am Ende des Abends fiel durch sein wildes Gestikulieren die Flasche zu Boden, und Jean schnitt sich beim Aufheben an einer Scherbe. Ich brachte ihn zu seinem Hotel, verband seine Hand und von da an waren wir die besten Freunde. Jean war es auch, der mich mit dem ganzen Antiquitäten-Business zusammengebracht hat.«

Amalia lächelte. »Du siehst, mein Kind, aus den seltsamsten Situationen können die größten Verbündeten hervorgehen.« Sie verwuschelte mein Haar und ich zog unwillig den Kopf weg.

»Habt ihr es denn zurückbekommen?«, fragte ich. »Das Buch, meine ich?«

Amalia nickte nur gedankenverloren.

»Und wie?«

Amalias Lächeln, breit und mit vielen Zähnen, war Antwort genug. »Das ist eine andere Geschichte, mein Kind.« Dann seufzte sie. »Ich geh besser mal nach oben und entschuldige mich bei deiner Schwester. Sonst fängt sie noch an mich zu hassen, und dann kommen wir nie rechtzeitig zur Schule. Aber so kann sie wirklich nicht reden und schon gar nicht denken. Was ist denn bloß los mit der Jugend von heute?« Sie hob die Hände. »Das müssen wir heute Abend mal in Ruhe besprechen. Such du jetzt aber schon mal deine Regenstiefel!«

Sie zwinkerte mir zu und verschwand nach oben, und ich kaute auf meinem Bleistift herum und stellte mir Amalia als junge Frau vor, mit feuerrotem Haar und kehligem Lachen, die mit wildfremden Männern in französischen Bars Whiskey trank und wusste, wie man Verletzungen verband und Freundschaften knüpfte. Und auch wenn ich ganz anders war als sie, wurde mir in diesem Moment klar, dass ich genauso werden wollte wie sie, wenn ich erwachsen war.

16

Geier und Krähen

Jean lief seine Eingangstreppe herunter und uns entgegen, als er mich aus dem Auto steigen sah, seine Schritte etwas uneben und wankend durch seine O-Beine.

»Sarah!«, rief er, während Ben ebenfalls langsam ausstieg und das weitläufige Anwesen musterte, vor dem wir auf der Schottereinfahrt standen.

»Sarah«, rief Jean erneut, die diffuse graue Haarwolke um seinen Kopf flatternd. »Wie schön, dich zu sehen, zu lange ist es her!«

Er nahm mich in die Arme, während ich verdutzt stehen blieb, die Hände schlaff zu meinen Seiten hängend, bevor ich ihm schließlich ein paarmal lahm auf den Rücken klopfte.

Ben trat neben mich. Ich räusperte mich. »Das ist Ben«, sagte ich, als Jean mich losließ.

Jean nahm Bens Hand und schüttelte sie heftig auf und ab. »Eine Freude«, sagte er. »Bienvenue! Wartet, ich helfe euch mit den Koffern.« Er trat an mir vorbei und machte den Kofferraum von Bens Wagen auf.

»Jean, stopp!«, rief ich, aber es war schon zu spät.

»Aahh«, schrie Jean, als ihm etwas Großes, Wütendes mit Federn und Krallen und wilden orangen Augen entgegensprang.

17

Die Welt in kleinen Dosen

Solange ich mich erinnern kann, ist die Welt manchmal zu laut, zu bunt, zu hell, zu schreiend. Nicht immer, aber ab und an. Dann fühlt sich jede Berührung falsch an, zu heiß, zu kalt, zu intensiv.

Als mein Vater mich das erste Mal in den Kindergarten brachte, blieb ich stockstarr im Flur stehen, wo ich meine Schuhe ausziehen sollte, und die Kinder und Erzieherinnen und die grün-roten Wände und das Geschrei und die vielen Stimmen kreisten und kreisten und kreisten um mich. Bis die bunten Wände immer enger wurden und auf mich eindrangen, bis ich keine Luft mehr bekam und mich auf den Boden hockte, den Kopf gesenkt, die Arme um mich geschlungen, nach Luft schnappend. Da packte mich mein Vater am Arm. »Jetzt reiß dich zusammen«, sagte er. »Ich hole dich ja nach der Arbeit wieder ab.«

Wenn ich den Brokkoli nicht essen wollte, weil er mir entgegensprang vom Teller in seinem grässlichen Dunkelgrün und ich genau wusste, dass sich die kleinen Kügelchen und Röschen am Gaumen wie winzige Tausendfüßlerfüßchen anfühlen würden, sodass ich würgen musste. Sodass über meinen ganzen Körper ein Schauer und ein Kribbeln liefen wie Insektenbeine und ich anfing zu weinen und meine Mutter sagte: »Meine Güte, jetzt stell dich doch nicht so an. Ich hab keine Zeit für dein Theater.«

Manchmal, wenn ich aus dem Haus auf die Straße trat, war die Sonne für einen Moment zu hell, und die Autos waren zu laut, und die Hitze schlug mir mit voller Wucht entgegen, sodass ich blinzeln musste und kurz keine Luft bekam und auf der Türschwelle stehen blieb. Bis Milena mich von hinten schubste und schimpfte: »Jetzt bleib doch nicht einfach so stehen, blöde Kuh!«

Es war nicht häufig so, dass die Welt zu viel wurde, aber es war unvorhersehbar, und oft geschah es in Menschenmengen, und dann blieben mir die Worte im Hals stecken und ich wollte mich zusammenrollen und meinen Kopf halten, bis es vorbeiging. Manchmal half es zu zählen. 16 rote Autos auf dem Weg zur Schule, 56 Erbsen auf dem Teller, 25 Pflastersteine zwischen Haustür und Gartentor.

Nach dem Tod unserer Eltern war die Welt eine Weile wie in Watte gehüllt, verlangsamt und abgedämpft, daher passierte es erst wieder ein paar Monate, nachdem wir bei Amalia eingezogen waren.

Wir standen in einem Bekleidungsgeschäft, Musik dröhnte aus den Lautsprechern und die Luft war erfüllt vom Geruch nach Plastik und gefärbten Stoffen und Schweiß, als wir zu den Umkleiden gingen, Milena an Amalias einer Hand, ich an der anderen. Die Kleidung für uns hatte Amalia sich über eine Schulter gelegt. Vor den Umkleiden hatte sich eine Schlange gebildet, eine Gruppe Jugendlicher stand lachend zusammen. Und plötzlich war es so, als hätte jemand einen Schleier weggerissen, der alles gedämmt hatte, und das Lachen war schrill und nicht im Takt der Musik, und die Kleidung leuchtete mir so bunt von allen Seiten entgegen, dass mein Kopf hämmerte, und die Luft wollte nicht mehr in meine Lunge gelangen vor lauter Gestank.

Ich zog meine Finger aus Amalias Hand und duckte mich hinter den Stoffvorhang einer Umkleidekabine. Eine Frau schrie erschrocken auf, als ich mich in eine Ecke setzte, zu einem kleinen Ball zusammenrollte und die Augen schloss. Ich hörte, wie sie schnaubte und den Vorhang zur Seite riss, während ich versuchte, mir die Ohren zuzuhalten, und wie sie Amalia mit schriller Stimme fragte: »Ist das Ihr Kind? Unverschämtheit! Haben Sie dem Mädchen denn gar keine Manieren beigebracht?«

Amalia erwiderte etwas, das ich nicht verstand, dann hörte ich das Geräusch des Vorhangs und Milenas genervtes Stöhnen, und da war eine Hand auf meiner Schulter, die ich unwillig abschüttelte, zu heiß lag sie auf meiner überreizten Haut, tausend kleine Nadelstiche prickelten und brannten, und ich schauderte. Dann geschah eine Weile nichts, ich hörte Milena nörgeln und Amalias murmelnde Stimme, die leise auf sie einredete. Irgendwann beruhigte sich mein Herzschlag, ich konnte wieder atmen und ich ließ die Hände von meinen Ohren sinken.

Amalia und Milena saßen auf der Bank in der Umkleidekabine, der Vorhang war wieder zugezogen und ich beobachtete sie im Spiegel gegenüber. Milena hatte bemerkt, dass ich mich aufgerichtet hatte. Sie sah mich an und rollte mit den Augen. »Muss das immer sein, Sarah? Kannst du das nicht machen, wenn wir zu Hause sind?«

Amalia hielt Milenas Hand und warf ihr einen Blick zu, bevor sie meine Augen im Spiegel fand. »Das passiert also öfter, mh?«

»Das macht sie gern, wenn sie Aufmerksamkeit will«, sagte Milena in dem Tonfall, in dem sie redete, wenn sie unsere Mutter nachmachte.

Die Scham überrollte mich in großen Wellen und ich spürte, dass ich rot wurde.

»Wer hat denn so was gesagt?«, fragte Amalia.

Milena schürzte die Lippen und schwieg. Amalia seufzte und streckte eine Hand nach mir aus. Ich stand auf, ohne sie zu nehmen.

»Was ist denn passiert?«, fragte mich Amalia.

Ich setzte mich auf ihre andere Seite, während Milena ein schnaubendes Geräusch von sich gab.

»Gar nichts«, sagte ich und schaute auf meine Schuhe. Grün mit weißen Schnürsenkeln. Dreimal durch die Löcher auf jeder Seite gezogen, je eine gerade Linie oben und drei über Kreuz darunter, jeweils zwei Schleifen mit Doppelknoten.

»Sie ist manchmal so, wenn ihr alles zu viel wird«, sagte Milena schließlich leise.

»Stimmt das, Sarah?«, fragte Amalia.

Ich nickte stumm.

»Und was hilft dann?«

Ich zuckte mit den Schultern. »Dinge zählen«, sagte ich leise.

Wir schwiegen eine Weile.

»Dinge zählen, mh? Ich nehme mal an, das teilt die Welt in kleinere Dosen ein«, murmelte Amalia.

Ich stellte mir vor, wie sich durch das Zählen alles, was ich zählte, zusammenfaltete, der Lärm, die Farben, die Gerüche, wie alles kleiner und kleiner wurde, bis es schließlich in handliche Konserven passte, solche, aus denen der Mais kam oder manchmal auch diese roten, schleimigen Kidneybohnen, die ich nicht herunterbekam. Wie alles, was ich zählte, zusammenschrumpfte auf Dosengröße und ich es fein säuberlich stapeln konnte.

»Und was haben eure Eltern dazu gesagt?«, fragte Amalia schließlich.

Erneut zuckte ich mit den Schultern. Alles, was den streng organisierten Tagesablauf meiner Mutter durcheinanderbrachte, hatte sie gestresst, genervt und wütend gemacht.

»Sie haben gesagt, Sarah soll sich mal zusammenreißen«, sagte Milena laut.

Und dann: »Au! Du zerdrückst meine Finger!«

»Entschuldige«, sagte Amalia, »das war keine Absicht.«

Eine warme Hand legte sich auf meine Schulter, und diesmal war es nicht zu viel, sie war ein Anker, der mich auf meinem Sitz hielt.

»Hör mal, Sarah, du musst dich auf keinen Fall zusammenreißen, wenn es dir nicht gut geht oder dir alles zu viel wird, okay?«

Stumm schaute ich auf meine Füße. Wenn mein Kopf auseinanderflog durch den grellen Lärm und die schrillen Stimmen und die beißenden Gerüche und schreienden Farben und all das, war das

Einzige, was ich tun konnte, ihn mit meinen Händen zusammenzuhalten, damit ich nicht auseinanderriss.

»Und was soll ich stattdessen machen?«, fragte ich meine Schnürsenkel.

»Gute Frage. Warst du mal mit deinen Eltern beim Arzt deswegen?«, fragte Amalia.

Ich schüttelte den Kopf.

Amalia seufzte. »Also gut«, sagte sie schließlich, »wir kriegen das schon hin. Fürs Erste muss dann wohl das Zählen reichen, bis wir eine bessere Taktik gefunden haben.«

Sie nahm meine Hand und drückte sie, und ich hoffte, dass eine Taktik etwas war, was man überallhin mitnehmen konnte.

»Jetzt gehen wir erst mal nach Hause«, sagte Amalia, als hätte sie meine Gedanken gelesen.

»Aber du hast uns doch versprochen, dass wir noch Eis essen!«, jammerte Milena.

»Das machen wir auch, meine Kleine, zu Hause kriegst du so viel Eis, wie du willst, okay?«

»Das ist nicht dasselbe!« Milena verzog das Gesicht und verschränkte die Arme vor dem Körper.

Amalia seufzte. »Da hast du recht. Aber Sarah geht es nicht so gut, und deshalb essen wir zu Hause Eis, und dafür kriegst du das nächste Mal den größten Eisbecher, den du auf der Karte findest, versprochen.«

Milenas Augen wurden groß, dann kniff sie sie plötzlich wieder zusammen. »Und woher soll ich wissen, dass du dich das nächste Mal daran hältst?«, fragte sie.

Amalia lachte auf. »Tja, das ist wirklich schwierig zu wissen. Im Grunde kann man es gar nicht wissen, du Schlaumeier.« Sie verwuschelte Milenas Haare, die unwillig knurrte. »Aber ich tue mein Bestes, meine Kleine, um dich nicht zu enttäuschen, ja?«, sagte Amalia. »Wir kriegen das schon hin.«

18

Die Sprache der Blumen

Jean saß am Esstisch und stocherte in den grünen Bohnen, die er uns zum Steak mit Rosmarinkartoffeln serviert hatte. Auf seiner Nase klebte ein großes Pflaster, zum Glück waren dieser Kratzer und die auf seinen Händen nicht tief gewesen und hatten sich schnell mit Desinfektionsmittel und Pflastern verarzten lassen.

Die Sache mit dem Uhu hatte den ganzen Nachmittag in Anspruch genommen. Nachdem er Jean angefallen hatte, der mit ein paar leichten Kratzern und dem Schreck seines Lebens davongekommen war, hatte der große Raubvogel in Jeans Einfahrt gesessen, mit dem intakten Flügel geschlagen und schließlich gefaucht und uns wütend angestarrt, als ihm klar wurde, dass er nicht wegfliegen konnte.

Der Vogel hatte ausgeharrt, bis wir alle die Stufen zum Haus hinaufgerannt und ins Innere geflüchtet waren, dann war das Tier davongehüpft und hatte sich auf den Rasen gekauert, von wo es uns mit seinen orangen Augen anfunkelte.

Den Rest des Tages hatten wir damit verbracht, sämtliche Tierärzte der Region, die wir im Telefonbuch und auf dem Smartphone finden konnten, anzurufen (Jean hatte kein Internet, ich kein Daten-Roaming, und Ben war der Einzige mit vollumfänglich funktionierendem Telefon), bis schließlich ein Mann von einem Tierschutzverein sich erbarmte und mit einem weißen Kleintransporter vorfuhr, in den er den undankbaren Vogel in eine Decke gewickelt verfrachtete, während Jean, Ben und ich gebührend Abstand hielten.

»Das ist ein Uhu«, sagte der Mann vom Tierschutzverein mit einem Grinsen im Gesicht, als die Transportertür ins Schloss fiel. »Und das bei uns in der Region! Hier sind sie gar nicht heimisch. Aber der wird schon wieder!«

Er fuhr mit quietschenden Reifen davon, um den verletzten Uhu schnellstmöglich zur Tierärztin in der Wildauffangstation zu bringen, während Jean den Kopf schüttelte und französische Flüche vor sich hin murmelte.

Jetzt saßen wir beim Abendessen und hatten heute noch nichts weiter geschafft, als den Uhu loszuwerden, die Schildkröten mit Antibiotika zu versorgen und sie in Jeans Gartenteich zu setzen, in dem sie mit einem Platschen verschwunden waren. Danach hatten wir angefangen zu kochen (tatsächlich hatte Jean die Kartoffeln mariniert, das Steak und die Bohnen gebraten, aber Ben und ich hatten Wein trinkend zugeschaut, was für mich als Kochhilfe zählte).

»Das Essen ist wirklich sehr gut«, sagte Ben zwischen zwei Bissen. Seine Tischmanieren waren genau wie sein Anzughemd, das er frisch angezogen hatte und ohne Jackett trug, makellos. Das einzige Zugeständnis, das er an die Abendhitze machte, war ein offener oberster Knopf, sodass sein weißes Hemd die Vertiefung unterhalb seiner Kehle in einem weichen V einrahmte. Solche Dinge fielen mir sonst nie auf, ich schüttelte den Kopf, und Ben sah mich seltsam an.

»Schmeckt es dir nicht?«, fragte Jean mich und ließ seine Gabel sinken. Sein französischer Akzent erwischte mich kalt, zu viele Erinnerungen an Amalia und früher und die Kindheit darin verwickelt.

»Doch, warum?«, fragte ich, das Gesicht tief über dem Teller, und schluckte eine grüne Bohne fast unzerkaut herunter. Ich hustete.

»Nur so«, sagte Jean und senkte den Kopf. Er stocherte weiter in seinem Essen herum, schien bisher kaum etwas davon angerührt zu haben.

Wir saßen an seinem langen Esstisch. Er befand sich in einem der

Räume, die in meinem Kopf eigentlich eine Bibliothek waren – aber so gesehen waren fast alle Räume in Jeans weitläufigem Anwesen eine Bibliothek. Das Gebäude war eine seltsame Mischung aus einem großen, alten Bauernhaus und einem romantischen Schloss. Das meine ich ganz ernst, den Teil mit dem Schloss. Das Haus umfasste im Erdgeschoss zwei Wohnzimmer (voller Bücherregale und antiker Möbel, die ständig wechselten), eine Galerie, eine große, in die Jahre gekommene Küche mit riesigem Gasherd, ein Badezimmer mit Toilette und löwenfüßiger Badewanne, eine antike Stube mit riesigem Kamin, eine zentrale Halle, eine »offizielle« Bibliothek, ein Musikzimmer (ebenfalls voller Bücher und alter Instrumente), ein Büro und ein Nebengebäude mit Heizkessel, in dem weitere Antiquitäten lagerten. Außerdem gab es einen imposanten Gewölbekeller, in dem Jean seinen Wein kelterte. Eine wunderschöne breite, offene Holztreppe führte zum Obergeschoss mit drei Schlafzimmern, Bad im Turm, einem Wohnzimmer (lies: Bibliothek), einem Turmzimmer (lies: kleine Bibliothek) und einem »kleinen« Zimmer (lies: Abstellkammer für weitere Antiquitäten). Zudem gab es eine Orangerie, das heißt einen alten Glasanbau, in dem keine Orangenbäume, dafür aber ein paar tropische Topfpflanzen und ein Gartentisch mit Rattansesseln standen und natürlich Jeans Tomatenpflanzen.

Das Anwesen ruhte auf einem grasigen Hügel oberhalb der Weinberge, die zu Jeans Besitz gehörten. Hinter dem Haus erstreckte sich ein parkähnlicher Garten voller Blumenbeete, mit einem halb im Schilf verborgenen Teich und einigen alten Bäumen. Alles sah etwas verwildert aus, da Jean nur selten etwas gegen die Verwilderung tat und sich seit Jahren in einem Kleinkrieg mit seinem Gärtner befand, der ganz andere Pläne hatte und sich mit Gießen, Rasenmähen und gelegentlichem Zurückschneiden einiger Bäume begnügen musste. Denn für Jean gab es kein Unkraut, es gab nur die Unfähigkeit, die Schönheit in etwas Wildem und Durchsetzungsfähigem zu erkennen.

Jetzt schaute ich auf Jeans große, knochige Hände, die mit seiner Gabel spielten. An ihnen erkannte man, dass er älter geworden war. Früher war er mir immer gleichbleibend uralt erschienen. Jean musste schon alt auf die Welt gekommen sein, hatte ich gedacht, zumal Amalia ja erzählt hatte, dass sie ihn schon mit grauem Haar kennengelernt hatte.

Jean war der letzte Nachfahre irgendeines obskuren französischen Adelsgeschlechts. Sein selbsterklärtes einziges Ziel als Beitrag zur illustren Geschichte seiner familiären Linie bestand darin, sie endlich aussterben zu lassen, wie es sich seiner Meinung nach für Adelige und neureiche Kunstbanausen gehörte. Bisher stand er dabei auf ganz gutem Posten, zumal er sich romantisch für Männer interessierte.

Seine Hände waren faltig geworden und voller Altersflecken. Ein Fleck für jede verpasste Gelegenheit im Leben, pflegte er zu sagen, nun waren seine Handrücken damit übersät. Ich fragte mich, welche verpassten Chancen sie kartografierten und ob Amalias Beerdigung eine davon gewesen war.

Langsam ließ ich mein Besteck sinken und sah Jean ins Gesicht. »Warum bist du nicht zu Amalias Trauerfeier gekommen? Ich hatte dir doch eine Karte geschickt.«

Jean ließ seine Gabel los, die mit einem Klirren vom Teller abprallte und zu Boden fiel, wo der dicke Teppich das Geräusch des Aufpralls schluckte. Jean machte ein kompliziertes Gesicht.

»Meine Güte, Sarah, du fällst wie immer gleich mit der Tür ins Haus«, murmelte er seinem Teller entgegen. »Kein ›Wie gehts dir, Jean?‹, kein ›Wie ist es dir in den letzten Jahren ergangen?‹ und keine Schonfrist, oder? Nur wilde Raubtiere im Kofferraum und direkte Fragen von dir.«

»Von ein paar Kratzern einmal abgesehen habe ich ja noch keine bleibenden Schäden hinterlassen«, sagte ich.

Jean zog eine Grimasse.

»Lag es daran, dass du nicht nach Deutschland kommen wolltest?«, hakte ich nach. »Oder hattest du andere Verpflichtungen? Ich hätte gedacht, Amalia wäre dir wichtig genug gewesen, um zu ihrer Beerdigung zu kommen.«

Ben machte ein merkwürdiges Geräusch hinten in der Kehle, und ich warf ihm einen irritierten Blick zu. Als ich wieder zu Jean blickte, sah ich, worauf Ben reagiert hatte: Jeans Gesicht schien in sich zusammenzufallen, die buschigen Augenbrauen zogen sich nach unten, ebenso die Mundwinkel, und aus seiner Kehle kam ein Geräusch wie von einem verwundeten Tier, nicht unähnlich dem des Uhus, als er aus dem Kofferraum gesprungen war. Dann liefen plötzlich große Tränen seine verknitterten Wangen hinab und er gab ein wiederkehrendes hicksendes Glucksen von sich, das ich erst nach einem Moment erstaunten Zuschauens als Schluchzen identifizieren konnte.

Ben und ich wechselten einen Blick, seine Augen weit. Einen Moment lang saßen wir stockstill, während Jean die Hände vors Gesicht schlug und vom Weinen geschüttelt wurde.

Ben streckte eine Hand aus und legte sie auf Jeans bebende Schulter.

»Jean, mein Beileid«, sagte er, und irgendwie war das genau das Richtige, das, was ich hätte sagen sollen, was mir aber im Leben nicht eingefallen wäre. Jean nickte, bevor er in einen weiteren Weinkrampf ausbrach.

Ben ließ seine Hand auf Jeans Schulter ruhen, bis dessen Schluchzer leiser wurden und er schließlich hervorbrachte: »Ich … Ich hätte nie gedacht, dass sie vor mir sterben würde. Sie war so … so lebendig, lebhaft, leuchtend wie das Leben selbst.«

»Ich hätte es auch nie gedacht«, sagte ich, und Ben rollte mit den Augen. Aber es stimmte, Jean war schon immer alt gewesen, und Amalia war, obwohl sie die zehn Jahre ältere Schwester meiner Mutter war, immer irgendwie jung geblieben auf ihre Art.

»Ich verstehe es wirklich nicht. Und warum sie uns nie von ihrem Krebs erzählt hat, weiß ich auch nicht«, sagte ich, und Jean machte ein weiteres Mal dieses Geräusch wie ein angeschossenes Tier.

»Jean, eigentlich sind wir hergekommen, um dich nach etwas zu fragen, das Amalia in den letzten Monaten vor ihrem Tod beschäftigt hat«, sagte ich.

Ben schüttelte heftig den Kopf und versuchte, mir etwas mit einem Kopfnicken Richtung Jean zu sagen, der inzwischen das Gesicht auf seine Arme hatte sinken lassen und in seine Hemdsärmel schluchzte. Ben drückte ein weiteres Mal seine Schulter, als würde das irgendetwas besser machen. Meine Schwester hatte das Gleiche bei Amalias Beerdigung mit mir versucht, aber es hatte keinen Effekt gehabt, den ich bemerkt hätte.

»Es geht um einen Teil der Tabula Peutingeriana und ...«, fuhr ich fort, als Jean mich unterbrach und keuchend hervorbrachte: »Ich habe sie geliebt!«

»Was? Die Landkarte?«, fragte ich verwirrt.

»Nein!« Er zog die Augenbrauen zusammen und schüttelte ungeduldig den Kopf. »Amalia natürlich. Sie war Familie für mich«, sagte Jean, hob seinen Kopf und sah mich mit glasigen Augen an. »Ich habe sie geliebt wie meine eigene Tochter.«

Ich starrte Jean an, seine verknitterten Gesichtszüge, seine verquollenen Augen. »Aber du hast doch gar keine Tochter«, sagte ich verdattert, »und wolltest auch nie eine haben.«

Jean ließ seinen Kopf erneut auf seine Arme fallen und schluchzte hemmungslos, während Ben mich mit großen Augen ansah und leise seufzte.

»Sarah, das ist doch nur eine Redewendung«, murmelte Jean in seine Arme, »und ich wollte nie Kinder, weil ich meine Linie nicht weiterführen wollte. Und weil ich ja schon eine Familie hatte, Amalia und dich und Milena.« Er hob den Kopf und holte tief Luft. »Sie hat mir zuletzt von ihrer Krankheit erzählt und dass sie dich und Milena nicht damit belasten wollte. Dass es ein Kampf sei, den sie allein austragen müsse. Zumal sie ihn wahrscheinlich verlieren würde.«

Dies alles kam in Schüben aus Jean heraus, als teile er ein Geheimnis, das er lange mit sich herumgetragen hatte, fast schon ein Geständnis. Ich stockte. In meinen Gedanken versuchte ich, das Bild zurechtzurücken, das ich von ihm als einem guten Freund von Amalia hatte. Offenbar waren wir für ihn so viel mehr gewesen, besonders Amalia, und sie hatte ihm Dinge anvertraut, die sie mir nie gesagt hatte.

»Ich konnte nicht zur Beerdigung kommen«, flüsterte Jean, »denn dann wäre es real geworden, dass es sie nicht mehr gibt.«

Er streckte die Hand nach mir aus und drückte meine mit seinen knochigen Fingern. Ich konnte unerwartete Berührungen nicht gut ertragen, und Jean wusste das, aber ich hörte ihn schlucken, und mir kam der Gedanke, dass meine Hand in seiner und vielleicht auch die Umarmung in der Einfahrt eigentlich für Amalia gedacht gewesen waren.

Ich nickte und stand vom Tisch auf.

Ben folgte mir mit dem Blick und fragte: »Wo gehst du hin?«

»In den Garten«, antwortete ich abwesend. Ich musste meine Gedanken sammeln, plötzlich war es sehr laut in meinem Kopf und sehr beengt, obwohl eigentlich nur Jeans Schniefen zu hören war und die endlosen Zikadengesänge durch die geöffneten Fenster, aber seine Worte hallten in mir nach wie Wiedergänger. »Esst ruhig ohne mich zu Ende.«

Meine Füße liefen fast ohne mein Zutun ins Freie, wo die Rufe der Grillen lauter wurden. Ich erinnerte mich daran, wie Amalia uns in unserem ersten gemeinsamen Frankreichurlaub davon erzählt hatte, dass die Gesänge der Zikaden die von Liebenden sind, die ihren Partner verloren haben. Während mich meine Füße über das gemähte Gras zu den Blumenbeeten trugen, dachte ich daran, dass auch sie damals verliebt gewesen sein musste, und wenn sie uns nichts davon erzählt hatte, dann vielleicht Jean, der offenbar mehr über sie wusste als ich.

Die Sonne stand tief, aber es war immer noch warm, das Gras

trocken unter meinen Sohlen, in der Luft lag der Geruch von Sommerhitze. Ich ließ mich im Schneidersitz auf den Rasen vor das Blumenbeet sinken, mit dem Rücken zum Haus und dem Blick über die Weinberge und betrachtete die Pflanzen. Vor mir wurde eine pinke Bougainvillea aus der Familie der sogenannten Wunderblumengewächse oder *Nyctaginaceae* von zwei weißen Schmetterlingen umkreist, deren genauen Artennamen ich nicht kannte. Daneben wuchs ein Oleander, der fast hineinwucherte und dessen sternförmige rosa Blüten gegen seine dunkelgrünen Blätter anleuchteten. Im Kopf zählte ich die lateinischen Namen der Blumen und Kräuter darum herum auf, die gelbe Färberdistel, *Carthamus,* weiße Silberdistel, *Carlina acaulis,* die rote *Gerbera aurantiaca,* ein wuchernder Salbeistrauch, *Salvia,* wie die Heilpflanze, die er war, eine duftende Pfefferminze namens *Mentha × piperita* und eine Handvoll blauer *Myosotis,* auch bekannt unter dem sprechenden Namen Vergissmeinnicht.

In meinem Kopf wirbelten die Gedanken wie ein Kaleidoskop aus bunten Farben, und ich wiederholte die Namen wie ein Mantra: *Nerium oleander, Carthamus, Carlina acaulis, Gerbera aurantiaca, Salvia, Mentha × piperita, Myosotis,* und dann wieder von vorne.

Langsam beruhigte sich mein Atem, und die kreisenden Gedanken ließen sich ordnen wie die Blumen in ihre Gattung und Sorte.

Es war nicht einfach, jemanden zu finden, der einen genau zur gleichen Zeit und genauso sehr liebte wie man selbst ihn oder sie. Das wusste ich. Jean hatte Amalia geliebt wie eine Tochter, und Amalia hatte einen Mann namens Matthieu geliebt, über den sie nie gesprochen und den sie vielleicht nach diesem einen Urlaub nie wiedergesehen hatte. Meine Schwester hatte sich in Thomas verliebt und Thomas sich später in sie, und jetzt war ich mir nicht mehr sicher, ob sie ihn noch wollte oder er sie. Ich hatte unsere Eltern geliebt, und sie hatten einander geliebt und nie Zeit für Milena und mich gehabt, außer für das, was man zum Überleben braucht.

Mein Exfreund hatte behauptet, mich zu lieben, und mich doch für eine andere verlassen, und ich war mir nicht sicher, was ich für ihn empfunden hatte, ob es Liebe gewesen war oder Vertrautheit oder nach einer Weile einfach Gewohnheit. Liebe war in meiner Erfahrung ein endloser Reigen unerfüllter Wünsche, verpasster Gelegenheiten, von Ungleichzeitigkeiten und nicht selten von Missverständnissen geprägt.

Nur bei einer Sache war ich mir sicher: dass Amalia Milena und mich geliebt hatte und wir sie und dass sie nie, niemals einfach so an einer tödlichen Krankheit hätte sterben dürfen, ohne uns vorher Bescheid zu sagen.

»*Nerium oleander*«, murmelte ich, »*Carthamus, Carlina acaulis, Gerbera aurantiaca, Salvia, Mentha × piperita, Myosotis, Myosotis, Myosotis.*«

Mein Vater hatte mir als Kind mal ein Buch gegeben, *Der verzauberte Garten* von Edith Nesbit. Darin ging es um die Sprache der Blumen und was ein Gentleman einer Lady gegenüber mit den richtigen Blüten ausdrücken konnte. Ich rätselte, was mein Vater mir damit sagen wollte, der als Botaniker sonst die Blumensprache nur in Form von lateinischen Arten- und Gattungsnamen beherrschte, die er wie Zaubersprüche vor sich hin murmelte. Die ich mir einprägte und übte in dem Wunsch, endlich eine gemeinsame Sprache mit ihm zu sprechen. Als würde er mich endlich lieben, wenn ich mich ihm nur verständlich machen könnte. Die Blumensprache in Edith Nesbits Kinderbuch war jedoch eine ganz andere. Eine Sprache, in der Farbe und Form eine Bedeutung hatten, ja, aber eine, in der es um das ging, was zwischen den Menschen war und nicht zwischen den Blumen. Ich dachte, es wäre ein Hinweis, ein Fingerzeig, wie ich endlich mit meinem Vater reden könnte. So brachte ich ihm zum Geburtstag einen Strauß Petersilie aus dem Garten, der laut der Blumensprache sagte: *Ich möchte dir etwas Liebes tun!* Doch mein Vater sah mich nur verständnislos an und lächelte sein etwas irritiertes Lächeln, bei dem seine Augen stets zur

Seite glitten, zu einer Sache, die er in dem Moment lieber machen würde, wie zum Beispiel einen Artikel auf seinem Schreibtisch zu Ende schreiben. Ich verstand nicht, warum er nicht verstand, ich hatte doch seine lateinische Sprache der Blumen gelernt, und er hatte mir das Buch von Edith Nesbit gegeben, um mit mir zu kommunizieren. Aber wir verstanden einander nicht, redeten einfach nicht dieselbe Sprache, egal, was ich tat – bis er über dem Amazonas abstürzte und mit ihm jede weitere Chance auf Verständigung verschwand.

Amalia hatte mich verstanden, sie war wahrscheinlich die Einzige gewesen, die das getan hatte, und dafür hatte ich sie über alles geliebt. Vielleicht war es Jean ähnlich ergangen, und vielleicht hatte er sich ähnlich verraten gefühlt, dass sie einfach gestorben war und uns zurückgelassen hatte und uns nicht einmal die Zeit zum Abschied gegeben hatte, als sie die Chemotherapie verweigerte.

Die Blumen vor mir sprachen viele Sprachen, in jeder menschlichen Sprache hatten sie ihre eigenen Namen, sie sprachen in Form von Duftstoffen und Farben zu den Insekten, und vielleicht redeten sie auch miteinander, was wusste ich schon davon. Sie trugen die lateinische Sprache ihrer Namen und die andere, zwischenmenschliche Blumensprache mit Gleichmut, ohne dass es sie tangierte, wie wir unsere kleinen menschlichen Herzen an ihre Bedeutungen hängten.

Die Sache ist mir zu gefährlich, sagte die Distel. *Durch dich wird alles noch schöner*, die Gerbera, und *Verzeih mir!*, die Pfefferminze. Und die Vergissmeinnicht sagten in der einen wie der anderen Sprache dasselbe: *Vergiss mich nicht*. Bitte vergiss mich nicht.

Ich fragte mich, ob ich Jean etwas sagen könnte in der Sprache der Blumen, etwas, das ihn verstehen lassen würde. Ob es Blumen gab, die ausdrückten: Jean, du bist ziemlich verrückt, richtig durchgeknallt mit deiner Angst vor irgendwelchen Abhöraktionen der Regierung und vor dem Briefträger, aber du bist ein guter Kerl. Du hast das Herz am rechten Fleck. Amalia hat dich sicher auch geliebt, du warst auch Familie für sie. Kannst du mir bei meiner Suche helfen, und kannst du auf meine Schildkröten aufpassen, während ich unterwegs bin, bitte?

Seufzend richtete ich mich auf und machte mich auf den Weg zurück in den Salon, um mit Jean und Ben zu sprechen und weiterzumachen, womit ich begonnen hatte: die Suche nach der letzten Sache, die Amalia mir hinterlassen hatte, ein Rätsel ohne konkrete Hinweise in einer Sprache, die ich nicht verstand. Und das war vielleicht der größte Verrat von allen, den Amalia hatte begehen können: dass ich sie nicht verstand und nicht mehr fragen konnte, wie sie mich so hatte verlassen können.

19

Liste der Dinge, die mich erinnern (Auszug)

Wenn jemand stirbt, dann denkt man zuerst, dass es die offensichtlichen Dinge sind, die man vermissen wird. Die ganze Person, ihre Persönlichkeit und ihre Anwesenheit. Und das stimmt auch, aber die bloße Abwesenheit ist zu groß, um sie als solche wahrzunehmen, sie ist wie das Schwarze Loch im Zentrum unserer Galaxie mit dem Gewicht von viereinhalb Millionen Sonnen und von so unfassbarer Dunkelheit und Schwere, dass es das Licht schluckt, das man bräuchte, um es sehen zu können. Man kann die Abwesenheit nicht sehen und nur aus den Hinweisen drum herum ihre Existenz berechnen, so wie bei einem Schwarzen Loch. Nur durch lauter riesige zusammengeschaltete Teleskope und Berechnungen und die Relativitätstheorie zusammengenommen lässt sich wahrscheinlich feststellen, dass es da sein muss, wo es ist, weil sich alle Dinge darum herum drehen. Alle Dinge kreisen und kreisen um diese totale Abwesenheit, weil sie so schwer ist, dass sie Raum und Zeit verschluckt und sich alles ihr entgegenbiegt. Und so ist es also: Man kann die Abwesenheit nie direkt anschauen, das Loch nie sehen, nur aus den Augenwinkeln seine Konturen ausmachen, während man darum herum kreist und kreist und kreist, und allein das tut schon so weh, dass man den Blick abwenden muss.

Es sind die kleinen Dinge, die die Konturen der Abwesenheit zeichnen, die kleinen Dinge, die übrig sind oder fehlen, die das Schwarze Loch so konkret machen, dass es sichtbar wird:

- Die letzte Kaffeetasse, die sie benutzt und nie gespült hat, in der ein Ring aus dunklem Kaffeesatz angetrocknet war.
- Die geschlossene Tür zwischen Küche und Garten, die sie immer schon geöffnet hatte, wenn ich morgens die Treppe herunterkam.
- Die Inkunabel, über deren Buchschließen Amalias Finger gefahren waren wie über eine Landkarte, die immer noch auf ihrem Arbeitsplatz lag.
- Mein knurrender Magen, wenn mir auffiel, dass ich den ganzen Tag gearbeitet hatte, ohne dass mich jemand unterbrach, um mich ans Essen zu erinnern.
- Der fehlende Kardamomgeruch, wenn ich aufwachte, der sonst die Treppe heraufgekrochen war, um mich zu wecken.
- Die hässliche goldene Armbanduhr mit dem braunen Band, die Amalia immer getragen hatte, bis sie sie einmal in der Dusche anließ und sie kaputtging, und die seitdem auf dem Badezimmerschränkchen lag, neben ihrer Mascara, dem Haarfärbemittel, dem Make-up und Lidschatten in allen Farben der Welt.
- Ihre Musik, bei guter Laune und bei schlechter, ihre Stimme und das Lachen, das den ganzen Raum bis in die letzten Ecken füllte.
- Der Impuls zu rufen: »Ich bin zu Hause!«, wenn ich die Tür aufschloss, und dann das erdrückende Gefühl, dass es niemanden gab, der es hätte hören können.
- Das Ausbleiben ihrer Schritte nachts im Flur, wenn sie ins Bad ging, das fehlende Quietschen der alten Rohre, wenn sie sich die Hände wusch.
- Das Fehlen von Antworten, vor allem auf die Frage: Warum? Warum? *Warum?*
- Ihre grünen Augen, die mich aufmerksam musterten, aber nie, niemals zu beurteilen schienen, als sei das, was sie sah, in Ordnung so, wie es war.

- Amalias Unfähigkeit, ihre Blumen rechtzeitig zu gießen, sodass sie sie, wenn sie daran dachte, oft ertränkte vor lauter schlechtem Gewissen.
- Das Leuchten in ihren Augen, wenn wir ein besonders schönes Buch, eine alte Erstausgabe oder ein Manuskript für einen Preis bekamen, der geradezu lächerlich war, und ihr hämisches Grinsen in Richtung Dengelmann, wenn wir ihm zuvorgekommen waren.
- Ihr Jeep, der den Geist aufgegeben hatte und wie ein gestrandetes Wüstenschiff in der Garage stand, seit sie ihn nicht mehr mit Liebkosungen und Flüchen und laienhaften Eigenreparaturen zum Laufen brachte.
- Und dann, als Milena mich ein paar Wochen nach der Beerdigung am Arm fasste, die plötzliche Erkenntnis, dass ich so lange niemanden mehr angefasst, niemanden mehr umarmt hatte. Dass ich zusammenzuckte und die Berührung *so* wehtat, mich erschreckte, mich traf wie ein Blitzschlag, weil ich vergessen hatte, wie Amalias Arme um mich herum sich angefühlt hatten, wenn sie mich fest an sich drückte, ihr beruhigender Geruch nach Lavendel und Zitronenmelisse in meiner Nase, ihr kehliges Lachen in meinen Ohren.

20

Jeder Hafen im Sturm

Als ich zurück in den Salon kam, schien Jean sich wieder beruhigt zu haben, er sprach leise mit Ben.

»Das wäre wirklich ein unglaublicher Fund«, sagte Jean gerade.

»In der Hand privater Sammler geht ein riesiger Schatz an Wissen verloren. Es wäre tatsächlich ein Jahrhundertfund, wenn wir den fehlenden Teil der Karte aufspüren und der Öffentlichkeit zugänglich machen können«, erwiderte Ben, woraufhin Jean, der von den Zahlungen privater Sammler lebte, schnaubte.

»Weißt du, einen Sammler und Antiquitätenhändler um Hilfe zu bitten und von den Vorteilen von staatlichen Ankäufen zu überzeugen, ist etwas ... nun ja, ironisch«, sagte Jean.

Ben schüttelte den Kopf. »Glaube ich nicht. Wenn du diese alten Dinge so sehr schätzt, wie es den Anschein hat, weißt du ganz genau, dass bestimmte Sachen einfach in eine Bibliothek und in die Hände von Wissenschaftler*innen gehören.«

Jean machte ein abschätziges Geräusch, sagte aber nichts. Beide Männer schauten auf, als ich eintrat. Sie hatten den Tisch abgeräumt, nur mein Teller stand noch darauf, das Essen natürlich inzwischen kalt.

Im Gartenschuppen, der eigentlich Teil des Anbaus war, den aber der Gärtner für seine eigenen Zwecke nutzte, hatte ich einen Blumentopf gefunden, in den ich einen Löwenzahn in voller Blüte eingepflanzt hatte. Ich stellte ihn vor Jean auf den Tisch, meine Finger noch voller Erde, unter den Nägeln schwarze Halbmonde.

Ich musterte Jeans von Falten durchzogenes Gesicht, seine weißen Haare, seine müden Augen. Es war Zeit loszulassen.

»Jean«, sagte ich, »sei mir nicht böse, aber du bist ein ziemlich kauziger Kerl, lebst hier ganz allein, ohne Internet, und bist, Verzeihung, nur ein paar paranoide Anfälle entfernt von einem Aluminiumhut auf dem Kopf.«

»Sarah!«, sagte Ben, die Augen weit.

Ich hielt eine Hand hoch, um zu signalisieren, dass ich noch nicht fertig war, während Jean mich anblinzelte.

»Amalia hatte dich sehr gerne«, fuhr ich fort. »Du warst auch wie ein Teil unserer Familie für sie, da bin ich mir sicher. Jetzt ist sie fort, und wir können nichts anderes mehr tun, als da weiterzumachen, wo wir aufgehört haben.«

Ich atmete einmal tief durch.

»Jean, willst du mein Stiefgroßvater sein? Und für Milena natürlich auch? Oder wärst du lieber der seltsame Stiefonkel? Vielleicht passt das besser.«

Jean blinzelte mich erneut an.

»Ich habe dir diesen Löwenzahn aus dem Garten mitgebracht«, fügte ich hinzu.

Jean nickte langsam. »Was bedeutet der Löwenzahn noch mal in der Sprache der Blumen? ›Deine Wünsche gehen in Erfüllung‹?«

Ich schniefte. »›Sei nicht traurig‹«, sagte ich, »oder: ›Sei nicht einsam.‹ Da gehen die Quellen auseinander.«

Jean warf den Kopf zurück und fing an zu lachen, ein tiefer, kehliger Laut.

Als er aufgehört hatte, musterte er mich einen Moment lang. Dann sagte er: »Ich habe dich vermisst, Sarah, dich und deine Eigenheiten.«

Ich klopfte meine Hände an meiner Hose ab und nickte.

»Und natürlich bin ich weiterhin Teil eurer Familie, ich bin weiter für dich und Milena da, so gut ich kann. Es tut mir leid, dass ich nicht zur Beerdigung gekommen bin, aber das heißt nicht, dass ich nicht an euch gedacht habe, okay? Dass ich euch nicht vermisse. Verzeihst du mir?«

Ich nickte, mein Hals plötzlich von einem Kloß verschlossen, und meine Schultern senkten sich, das erste Mal nach einer ganzen Weile.

Jeans Mund verzog sich zu einem breiten Lächeln.

Ben ließ seinen Blick zwischen mir und Jean hin- und herwandern.

»Ich glaube, es ist jetzt an der Zeit für eine Umarmung«, sagte er.

Jean lachte, als er meinen Gesichtsausdruck sah, der wahrscheinlich wirkte, als hätte ich in eine Zitrone gebissen.

»Was denn?«, fragte Ben. »Das hier ist doch ein rührender Moment zwischen zwei Menschen, scheint mir, mit der Tendenz, ihre Emotionen unter Verschluss zu halten. Da gehört sich das so, sagt zumindest meine Mutter, wenn ich mich mit meinen Geschwistern streite.«

Jean grinste und kam mit ausgebreiteten Armen auf mich zu, woraufhin ich hinter den Tisch zurückwich, als wäre er ein Pestkranker.

»Nein, nein, das ist wirklich nicht nötig!«, sagte ich, während ich mit erhobenen Händen ein paar Schritte rückwärts machte. »Wir haben uns doch schon bei meiner Ankunft umarmt!« Jean verfolgte mich grinsend einmal um den Tisch herum, und ich fühlte mich wieder wie das Kind, das er damals lachend und kreischend und glücklich durch das ganze Haus gejagt hatte unter Androhung unliebsamer Umarmungen, die natürlich nie kamen, weil er mich immer entwischen ließ. Ich musste plötzlich auflachen und schlucken und die Tränen zurückhalten, die bei der Erinnerung hochkamen, und versteckte mich hinter dem verdutzten Ben.

Jean blieb stehen und ließ mich wie immer davonkommen.

»Schon gut, schon gut. Frieden«, sagte er zu mir. »Ich sehe schon, dass Ben bessere Karten bei dir hat als ich.« Er zwinkerte ihm zu.

Ich sah auf Ben hinunter, dem ich unwillkürlich die Hände auf die Schultern gelegt hatte, und zog sie schnell zurück.

Jean ließ sich auf seinen Stuhl fallen, holte tief Luft, als ich mich wieder an den Esstisch setzte und die Flasche Wein zu mir zog, um mir nachzuschenken.

»Also gut, Sarah, wie genau kann ich dir und Ben denn helfen?«, fragte Jean. Er lächelte. »Wenn ein Sammler schon einem Bibliothekar aushelfen muss, muss die Lage ja schlimm sein.«

21

Falsch bis zum Beweis des Gegenteils

Im Buch eines argentinischen Autors habe ich mal die Geschichte von einem selbstmordgefährdeten Pferd gelesen. Das Pferd schleppt sich die Stufen eines Tempels hinauf, um sich von der Spitze hinabstürzen zu können. Huftiere sind insgesamt meistens eher nicht so gut mit Stufen, daher war das sicher eine ziemliche Quälerei. Schließlich hat das Pferd es ganz nach oben geschafft und stürzt sich von der Spitze des Tempels, und im letzten Moment sieht es, dass es noch nicht einmal der höchste Tempel war und dass der gegenüber eine viel höhere Spitze hatte. Ende der Pferde-Episode.

Irgendwie konnte ich das Ganze sofort nachvollziehen – nicht den Wunsch, vom Dach zu springen, zum Glück, sondern die Idee, dass man es ein Leben lang schafft, alles falsch zu machen, und selbst die letzte Sache, die man macht, irgendwie eine Enttäuschung ist. Dass man es selbst bei einer Angelegenheit, bei der man nichts falsch machen können sollte, irgendwie schafft, eine Enttäuschung zu sein.

So fühlte ich mich zumindest als Kind, wenn meine Mutter mich wieder ansah, als könne sie nicht so recht glauben, was bei mir schiefgelaufen war, bei all der Mühe, die sie sich gegeben hatte, mich in ihre geordneten Bahnen zu lenken.

Oder wenn in der Schule jemand einen Witz machte, den ich nicht verstand, und ich die Einzige war, die nicht lachte.

Wenn Martin mir versprach, mir etwas von seiner Schokolade abzugeben, wenn ich Jan in der Pause sagte, dass ich ihn mochte, und er dann nur hämisch lachte, als Jan mich wegschubste.

Wenn ich alle Blumen im Garten aufzählen konnte, aber nie die Worte fand, die meinen Vater dazu brachten, nicht meinetwegen zu seufzen.

Wenn ich nicht verstand, warum Milena weinte und sie mir, wenn ich sie nach dem Grund fragte, nur die Tür vor der Nase zuschlug.

Wenn ich in der Schule zwar alle Rechenaufgaben lösen konnte, aber niemals den Mund aufkriegte, wenn die Lehrerin mich etwas fragte.

Wenn ich nicht verstand, was die anderen wissen wollten, wenn sie fragten, wie es mir nach dem Tod meiner Eltern ging, und ich sagte: Gut.

Wenn ich eine Stunde allein im Kinofoyer gewartet hatte, weil niemand kam, bis meine Mutter mich abholte. Nachdem meine beste Freundin mich in einen Film eingeladen hatte und ich am nächsten Tag herausfand, dass sie mir extra das falsche Kino genannt hatte.

Wenn ich nicht verstand, was die Gesichter der anderen ausdrückten – war es Mitleid, Schadenfreude, Wut? –, sobald sie mich auf dem Schulhof sahen, meine Nase in einem Buch versteckt.

Wenn ich mir Filme ansah und versuchte, mir die Gesichtsausdrücke der Schauspielerinnen und Schauspieler zu merken, wenn sie sagten: »Ich liebe dich«, damit ich im Falle des Falles alles richtig machte, sollte es je dazu kommen.

In den ersten Monaten nach unserem Einzug bei Amalia wartete ich darauf, dass es auch mit ihr passieren würde, dass sie genervt war, weil ich sie nicht verstand oder nicht begriff, was sie mir sagen wollte. Dass sie mit den Augen rollen und mir sagen würde, Milena und ich müssten fort, denn ich sei ja nicht ganz normal.

Es war die Sache, vor der ich die größte Angst hatte, dass ich diese eine Sache, die ich richtigmachen *musste*, damit Milena und ich ein Zuhause hatten, dass ich sie vermasseln und Milena mich dafür für immer hassen würde.

Ich weiß noch, dass ich dachte: Jetzt ist es so weit, als Amalia mit mir kurz nach der Geschichte in dem Bekleidungsgeschäft zu einem Psychologen ging. Er war ein ordentlich aussehender Mann mit hellem, grau meliertem Haar, einem sauber gestutzten Bart und tiefer Stimme, der mir lauter Fragen stellte und mir ein Blatt zum Malen gab und vor dem ich solche Angst hatte, dass ich kaum ein Wort herausbrachte. Ich verstand nicht, was er von mir wollte oder was Amalia von mir wollte und was ich sagen könnte, damit alles besser würde.

Wenn der Mann mich ansah durch seine dicken Brillengläser hindurch, konnte ich die Räder in seinem Gehirn geradezu rattern hören, während er versuchte herauszufinden, was mit mir nicht stimmte. Und wenn er es herausgefunden hatte – was dann?

Bei der dritten Sitzung saß ich mit Amalia zusammen in seinem gelben Wartezimmer mit den Spielsachen, den Bauklötzen und einer dieser komischen Metallkonstruktionen, auf denen man verschiedenfarbige Formen auf verschiedenfarbigen verworrenen Metallbahnen herumschieben konnte und die es nur bei ÄrztInnen gab. Mit den vielen Kinderbüchern und dem Bild mit Sonnenblumen über den unbequemen Ledersesseln und der Zimmerpalme in der einen Ecke. Und ohne eine einzige nicht verzweifelt fröhlich aussehende Sache, an der sich meine Augen festhalten konnten.

Amalia und ich saßen auf zwei Stühlen nebeneinander, Amalia hielt meine schwitzige Hand, und ich umklammerte ihre so fest, als würde sie gleich aufstehen und gehen und mich für immer in dieser gelben Vorhölle aus fröhlichen Sonnenblumen und gedämpften beigen Teppichen zurücklassen.

Schließlich kam der Psychologe aus seiner Tür und mein Herz schlug schneller und schneller, und dann bat er meine Tante, kurz unter vier Augen mit ihm zu reden, während eine Sprechstundenhilfe auf mich aufpasste. Als meine Tante ihre Hand aus meiner löste, dachte ich, mein Herz bliebe stehen. Jetzt würde er ihr sagen, was mit mir nicht stimmte, und Amalia würde versuchen, mich zurückzugeben an den Jugendamtsmitarbeiter mit dem Pferdeschwanz, wie einen fehlerhaften Artikel nach dem Einkaufen.

Ich saß im Wartezimmer, und das waren die längsten zehn Minuten meines noch kurzen Lebens, bis Amalia aus der Tür geplatzt kam, eine steile Falte auf der Stirn, und mich an der Hand packte und geradezu aus dem Wartezimmer zerrte.

Wir liefen ohne ein Wort die Treppe hinunter und zum Parkplatz hinter der Praxis, und Amalia schwieg. Mein Atem ging schnell, und ich wusste, jetzt war es so weit, jetzt würde sie Milena und mich mitsamt unseren Sachen ins Auto packen und ins nächste Waisenhaus fahren. Und mein Zuhause würde dann nicht mehr ihr altes, knarzendes Haus voll mit Büchern und dem Geruch von altem Papier sein, sondern ein anderer Ort oder vielleicht gar kein Ort mehr.

Draußen lehnte sich Amalia an den alten Jeep, meine Hand immer noch in ihrer, und atmete tief durch. Mein Herz pochte in meiner Brust so laut, dass ich dachte, sie müsste es hören.

»Amalia, was stimmt mit mir nicht?«, fragte ich leise, und sie riss die Augen auf.

Plötzlich ging sie vor mir in die Hocke und hielt nun meine beiden Hände in ihren, und ihre Augen glänzten. »Es gibt *überhaupt* nichts, was mit dir nicht stimmt, Sarah. Nichts.«

Das konnte nicht wahr sein.

»Aber was hat der Mann denn zu dir gesagt? Man geht doch nur zum Psychologen, wenn etwas nicht stimmt, oder?«

»Nein!« Sie schüttelte den Kopf. »Mein Gott, ich bin wirklich eine Idiotin! Ich hätte dir sagen sollen, dass du dir keine Sorgen machen musst. Ich dachte nur, na ja, falls es dir nicht so gut geht, weil du in der Schule manchmal so gestresst bist und nachdem deine Eltern …« Sie sprach nicht weiter, sondern schloss mich in ihre Arme, und einen Moment lang konnte ich ihr fast glauben, als sie mich so festhielt.

»Du brauchst diesen Typ nicht. Ich meine, ich bin absolut dafür, dass man sich psychologische Hilfe sucht, wenn man sie benötigt. Ein Hoch auf die Psychotherapie und all das, aber nie, nie mehr möchte ich was von einem Scharlatan wie diesem hören, der Kinder unter Drogen setzen will, damit sie besser funktionieren!«

Amalia atmete schwer, und ich versuchte zu verstehen, wovon sie redete.

»Dann gibst du Milena und mich nicht in ein Waisenhaus?«

Ihre Augen wurden groß. »Nein, natürlich nicht! Meine Güte, wie kommst du denn auf so was?«

»Weil … Weil, wenn man zum Psychologen geht, etwas mit einem nicht stimmt, sagt Martin. Und dass man dann krank ist im Kopf.«

»Dieser Martin ist ein Vollidiot. Generell ist es gut, sich Hilfe zu suchen, wenn man welche braucht, und eher ein Zeichen dafür, dass man auf dem richtigen Weg ist, und nicht, dass man *krank* ist.«

Amalia schob mich ein Stück von sich, sodass sie mir in die Augen sehen konnte, ihre Hände lagen warm auf meinen Schultern. »Sarah, versprichst du, mir zu sagen, wenn es dir nicht gut geht, wenn dir alles zu viel wird, wenn etwas dich traurig macht oder überfordert und du denkst, dass du Hilfe brauchen kannst? Schaffst du das?« Kurz hielt sie inne und sah mich eindringlich an. »Ich gebe dir mein Wort darauf, dass ich dann alles tun werde, damit es dir besser geht, und dass ihr auf gar keinen Fall ins Waisenhaus kommt, du und Milena.«

Ich dachte einen Moment darüber nach. Ich versuchte, Amalias Gesichtsausdruck zu deuten, abzuschätzen, ob sie es ernst meinte. Und ich wusste es nicht, denn man konnte es nie hundertprozentig wissen, aber sie hatte immer gesagt, dass wir es schaffen würden, und ich *wollte* ihr so unbedingt glauben, dass es wehtat.

»Und wenn ich dir das sage, gehen wir dann wieder zu diesem Mann?«, fragte ich schüchtern. Ich senkte den Kopf und betrachtete meine Schuhspitzen.

Sie schnaubte. »Nein, zu diesem Kerl gehen wir nie wieder.« Ihre Stimme wurde weicher. »Ich kann dir noch nicht so genau sagen, was wir dann machen, erst mal reden wir. Und wenn es nicht besser wird, gehen wir vielleicht noch mal zu einer anderen, netteren Person. Aber ich verspreche dir, dass ich die besser auswähle und dass es nichts damit zu tun hat, dass etwas mit dir nicht stimmen würde. Okay?«

Sie legte einen Finger unter mein Kinn und sah mir direkt in die Augen.

Und ich glaubte ihr. Ich glaubte ihr in diesem Moment, wie ich kaum einem anderen Menschen je geglaubt hatte, und dachte: Vielleicht mache ich doch nicht alles falsch, vielleicht ist es das Richtige, ihr zu vertrauen.

»Okay«, sagte ich.

Und Amalia gab mir nie, niemals wieder das Gefühl, dass mit mir etwas nicht stimmte, bis ich langsam selbst anfing, es zu glauben.

22

Die Welt im Dreivierteltakt

Jeans Haus war eine Wunderkammer. Über die Jahre hatten sich so viele seltsame Gegenstände darin angesammelt, dass man die Räume durchstreifen konnte wie die eines Museums.

Er hatte ein Faible für Kunstwerke, auf denen Kühe abgebildet waren, eine unglückliche Angelegenheit, denn Bilder mit Kühen fanden wenige Abnehmer in der Welt der Sammler*innen, und so blieb Jean darauf sitzen. Fast jeder Zentimeter Wand, den kein schweres Bücherregal bedeckte, war behangen mit dem Bild eines stolzen Zuchtbullen, mit Rinderherden, pastoralen Szenen mit Ochsen und Schafen und Landschaftsbildern verschiedener Epochen, auf denen Kühe grasten.

Mit den Fingerspitzen fuhr ich über die Rücken alter Ledereinbände in der Bibliothek und wandte mich zu Ben um, der mir nach unserem Gespräch mit Jean hierher gefolgt war.

»Und?«, fragte ich ihn. »Bin ich bisher den Tagessatz deiner Arbeitgeberin wert?«

Er ließ das dicke Buch, das er herausgenommen und aufgeschlagen hatte, zuschnappen, als hätte ich ihn bei etwas Verbotenem erwischt. Seine großen Augen hinter dem Goldrahmen blinzelten mir entgegen, seine Miene war unlesbar.

»Nun, deine Methoden der Informationsgewinnung sind etwas ungewöhnlich«, sagte er. »Ich hätte nicht gedacht, dass Überrumpelungstaktik und Schockmoment so effizient funktionieren außerhalb eines Polizeiverhörs.«

Ich lächelte und wandte mich wieder dem Buchregal zu. »Ich bin mir nicht sicher, ob ich in der Lage bin, Jean zu schockieren. Er ist seit über dreißig Jahren Antiquitätenhändler und hat in diesem Beruf einige der seltsamsten Dinge und Leute der Welt getroffen. Einmal hat er uns von einem Sammler erzählt, der sich nur für die Backenzähne verstorbener berühmter Personen interessierte.«

Ben hinter mir räusperte sich, und es klang, als müsste er ein Lachen unterdrücken. Ich wandte mich wieder zu ihm um und musterte ihn.

Er fuhr mit den Fingern über ein Buddelschiff, das in einem der Bücherregale stand, in der hellblauen Glasflasche war ein Dreimaster ausgestellt.

»Bist du immer so direkt?«, fragte er.

Ich zuckte mit den Schultern. »Ich bin nicht gut darin, Menschen zu verstehen, wenn sie nicht sagen, was sie meinen. Das macht alles so anstrengend, so umständlich.«

»Und deshalb sagst du einfach genau das, was du meinst?« Bens Augen folgten mir, als ich zu einem Beistelltisch mit einem alten Grammofon darauf ging.

»Ich weiß nicht, wie man es anders macht«, gab ich zu. »Aber manchmal mache ich auch einen Witz.«

Aus den Augenwinkeln sah ich Bens Nicken, während ich mich über Jeans Schallplattensammlung beugte, eine auswählte, sie aus der Hülle nahm und auf das Grammofon legte. Ich kurbelte an. Der erste Moment, wenn man die Nadel aufsetzt, ist wie das Luftholen der Sängerin vor dem ersten Ton, wie das Ansetzen der Trompeter, bevor sie die Lippen um ihr Mundstück schließen, wie die Ruhe vor dem Sturm. Die Schallplatte knackte, und dann erklangen die ersten Töne, blechern und wehklagend.

»Was ist das?«, fragte Ben, als die Melodie eines alten französischen Chansons den Raum erfüllte.

»Ein Lied über das Abschiednehmen«, sagte ich leise.

Ben nickte, seine Hände ruhten immer noch auf der Flasche mit dem Miniaturschiff.

»Magst du Modellschiffe?«, fragte ich, als die Stille im Raum zu drückend wurde.

»Hm«, machte Ben.

»Heißt das ja, nein oder das geht dich nichts an?«, fragte ich.

Er warf mir einen Blick zu, den ich nicht deuten konnte. Dann seufzte er.

»Immer wenn ich Modelle oder Bilder von alten Segelschiffen und Galeeren sehe oder alte Seekarten, denke ich daran, dass die Schifffahrt für weiße und für Schwarze Menschen etwas ganz Unterschiedliches bedeutet. Dass die Geschichte der europäischen Seefahrt für Weiße heute mit Nostalgie verbunden ist, während ich mich frage, wie viele meiner Vorfahrinnen und Vorfahren auf einem solchen Boot in ein anderes Land verschleppt wurden, um sich dort zu Tode zu schuften, und wie viele davon die Überfahrt überhaupt überlebt haben.«

Seine braunen Augen sahen mich unumwunden an.

»Wow, das ist düster«, sagte ich.

Ben zuckte mit den Schultern und ließ seine Finger von der Flasche gleiten.

»Ich weiß«, sagte er, »dass es vielen Menschen unangenehm ist, wenn ich über so was spreche.«

Ein heftiges Gefühl von Scham überspülte mich wie eine Welle.

»Nein, so meinte ich es nicht. Natürlich sollst du davon erzählen, und wenn es anderen Leuten unangenehm ist, umso besser. Wir sollten uns dafür schämen, solche Dinge zu vergessen.«

Ben wandte sich von mir ab, und ich wusste nicht, ob er meine Worte ernst nahm oder er sie für einen Beschwichtigungsversuch hielt.

»Ben«, sagte ich, »es tut mir leid, wenn ich dich verletzt habe.«

Er wandte sich zu mir um, schüttelte den Kopf. »Das ist es nicht. Es ist nur …«

»Was?«, fragte ich leise.

»Manchmal frage ich mich, warum ich so sehr an den Zeugnissen einer Geschichte hänge, in der ich noch nicht mal als ein Mensch gegolten hätte.« Er blinzelte schnell.

Plötzlich fragte ich mich, wie es wohl für ihn sein musste, hier in einem Haus zu stehen voller Dokumente und Hinweise und Zeichen auf eine Geschichte, in der Sklaverei eine bedeutende Rolle dabei gespielt hatte, den Reichtum zu erwirtschaften, dessen Zeugnisse unsere Kultur und unsere Kunstwerke waren. So hatte ich noch nie darüber nachgedacht, dass die Geschichte dieser Dinge eine Geschichte war, die sich wie ein Kippbild wenden ließ, um etwas Grauenhaftes zu zeigen, über das wir nicht nachdenken wollten. Ich schluckte und wusste nicht, was ich dazu sagen sollte. Bevor ich es mir anders überlegen konnte, überwand ich die Distanz zwischen uns und drückte seine Hand. Er erwiderte den Druck, wandte sich einen Moment von mir ab, und ich betrachtete seinen Rücken, seine starken Arme, die gerade Linie seines Nackens, während er auf die Bücherwand vor sich starrte. Schließlich drehte er sich wieder zu mir und seine Mundwinkel zogen sich ein kleines bisschen nach oben.

»Das ist einer der Gründe, warum ich Bibliothekar geworden bin«, sagte er. »Weil es so wichtig ist, dass wir uns erinnern, auch an die schrecklichen Dinge. Vielleicht gerade an die. Und weil ich sehen wollte, wie neues Wissen hinzukommt, andere Stimmen zu Wort kommen und ihre Geschichte erzählen.«

Ich nickte langsam. Ich musste an seinen Großvater denken, der seinen Enkel an die Hand genommen hatte, um ihm die unzähligen Bücher zu zeigen und ihm zu sagen, dass diese Bücher seine Geschichte noch gar nicht erzählten, es aber eines Tages tun würden.

»Und natürlich weil Bücher wirklich gut riechen«, sagte Ben. Dann verzog er das Gesicht. »Jedenfalls besser als die Blähungen eines Dackels.«

Ich lachte überrascht auf, verschluckte mich und musste husten.

Ben musterte mich. »Und warum bist du Restauratorin von Büchern und alten Karten geworden?«, fragte er, als ich wieder Luft bekam.

Plötzlich fühlte ich mich verlegen, zog meine Hand aus seiner. Meine Gründe waren viel banaler als seine. Ich zuckte mit den Schultern. »Vor allem, um in das Geschäft meiner Tante einzusteigen.« Mit einer Handbewegung schloss ich die Bücherregale um uns herum in meine Antwort ein. »Außerdem war ich immer von mehr Büchern als Menschen umgeben. Was hätte da anderes aus mir werden sollen? Ein Buch?«

Jetzt war es Ben, der auflachte. »Du wärst sicher ein ganz außergewöhnliches Buch voller Wendungen und Abenteuer geworden.«

Ich verzog den Mund. »Aber kein buntes Paperback!«

»Ganz sicher nicht!«

Wir lächelten uns an, und in Bens Augen blitzte es.

»Sarah«, sagte er dann.

»Ja?«, fragte ich.

»Würdest du mit mir tanzen?«

Einen Moment lang wusste ich nicht, was er meinte. Dann meldete sich die Musik im Hintergrund in mein Bewusstsein zurück, und die Klänge sortierten sich in den Takt eines Bluesstücks.

Bens Blick ruhte auf mir und ich konnte nicht wegsehen. Einen Moment zögerte ich, schließlich gab ich mir einen Ruck.

»Okay.«

Er lächelte, nahm meine rechte Hand und zog mich in die Mitte des Raumes. Dann blieb er vor mir stehen, griff nach meiner anderen Hand, hielt sie beide in seinen. So standen wir einen Moment lang voreinander, nicht zu nah, nicht zu weit voneinander weg. Er sah mich weiter an, als er tief Luft holte, und dann begannen wir, uns langsam und nicht besonders rhythmisch zur Musik zu bewegen, *eins*-zwei-drei, *eins*-zwei-drei, *eins*-zwei-drei, während wir uns an den Händen hielten und aussehen mussten wie das ungelenkste Tanzpaar in der Geschichte des Tanzes.

Die Töne der Musik und das Knistern des Grammofons erfüllten den Raum, Bens Finger lagen warm in meinen, und ein Ziehen breitete sich in mir aus, weil er sich daran erinnert hatte, dass ich Umarmungen nicht besonders mochte, und trotzdem einen Weg gefunden hatte, mit mir zu tanzen.

23

Sicher zwischen den Zeilen

Als ich jünger war und die Welt mir manchmal so undurchdringlich erschien, dass sie auf mich einprasselte wie eiskalter Regen, jeder Tropfen der Nadelstich einer widerstreitenden Wahrnehmung, ein Geräusch, ein Geruch, ein Klang, ein Gefühl, das mich in einen Strudel stürzte, aus dem es kein Auftauchen gab, half Amalia mir, mich zurechtzufinden, indem sie mich in die Welt der Bücher einführte. Bücher, in denen ich mich verstecken konnte. Vor der Lehrerin, die über mich den Kopf schüttelte, wenn ich nicht antworten konnte, weil meine Zunge sich nicht bewegen wollte in all dem bunten Lärm. Vor der Schwere, wenn ich an meine Eltern dachte, die mein Herz zu Boden zog. Vor meinem platzenden Schädel, wenn Milena nicht aufhören wollte, zu weinen und zu quengeln. Vor der Scham, wenn die anderen über mich lachten, mich ignorierten oder ich sie nicht verstand.

Bücher wurden meine Zuflucht, und meine Welt war aus Papier, lange bevor Amalia mir beibrachte, ihre heiligsten Schätze mit Sorgfalt und Liebe zu restaurieren, sodass sie weiterleben und jemand anderem eine Zuflucht bieten konnten.

Ich las Geschichten, in denen es einem Mädchen, das mit Wölfen aufgewachsen war, leichter fiel, mit den Tieren zu sprechen als mit den Menschen. In denen Kinder durch einen Wandschrank in eine andere Welt verschwanden, in denen ein Rabe in einer Familie sein Zuhause fand und alles durcheinanderbrachte, in denen ein kleiner König in der Unterwelt verschwand und sich dann nach

Hause kämpfen musste. Geschichten, in denen fünf Freunde verschiedene Abenteuer erlebten, in denen ein Junge auf einem Drachen in den Himalaja ritt, in denen ein anderer Junge in einem Steinhaufen das schlagende Herz eines bösen Herrschers fand, der zu Staub zerfallen war, und aus dem ein kleiner Vogel wurde, in denen zwei Brüder in einer Welt nach dem Tod gegen einen Tyrannen kämpften und in denen ein Mädchen unter Räubern aufwuchs und durch den Wald streifte, frei und wild wie ein Fuchsjunges.

In all diesen Büchern versteckte ich mich vor der Welt, die ich kannte, wenn sie mir zu lärmend, zu stinkend, zu kreischend, zu schmerzhaft wurde. Ich lag im Garten im Gras auf einer Decke, ich saß im Bus, ich lag im Bett, ich saß auf der Bank unter dem Apfelbaum, ich lag unter der Bettdecke mit einer Taschenlampe, und in all diesen Momenten war ich weit, weit fort, in fremden Welten, die eine Heimat boten. Amalia legte die Bücher morgens auf meinen Platz am Küchentisch oder schob sie in meinen Schulranzen oder ließ einen Stapel auf meinem Bett liegen. Die Bücher waren gebraucht, die Seiten abgegriffen, die Rücken verknickt. Amalia fischte sie aus »Zu verschenken«-Kisten und Beständen, aus Antiquariaten oder ihrer eigenen Sammlung. Sie hatte nichts gegen meine Fluchten; sie lächelte und strich mir übers Haar, selbst wenn ich unwillig den Kopf wegzog, weil sie mich an einer spannenden Stelle unterbrach.

Sie ließ mich lesen, lesen, lesen, nur bei den gemeinsamen Mahlzeiten war die Lektüre verboten und im Unterricht, damit die Lehrerinnen sie nicht wieder anriefen, um sich zu beschweren. Auch wenn Amalia meinte, dass es keine bessere Schule fürs Leben geben konnte als Bücher.

Sie ließ mich lesen, denn als sie mir und Milena zum ersten Mal eine Gutenachtgeschichte vorlas, konnte sie sehen, dass ich sofort verzaubert war. Es war ein Märchen, in dem eine kleine Meerjungfrau sich in einen Prinzen an Land verliebte. Erst am

Ende fanden wir heraus, dass Milena und ich viel zu jung waren für diese Geschichte, als Milena einen Heulkrampf bekam und ich Albträume. Aber in diesen Stunden, in denen Amalia uns vorlas, war ich ruhig und konzentriert und nie abwesend, nie überfordert, nie verzweifelt. Und Amalia bemerkte das. Sie merkte es, und sie sagte: »Es ist okay, sich eine Weile in Büchern zu verstecken, wenn dir die Welt zu viel wird, meine Kleine. Dafür sind Bücher da.«

Und so wurden sie meine Zuflucht, lange bevor ich ihre Rücken reparierte, ihre Bindungen austauschte und Papierfasern für Mottenlöcher in ihren Seiten ansetzte.

Sie wurden Orte, zahllose Orte, die ich in meinem Tempo kennenlernen konnte, denn die Geschichte lief nie schneller, als ich lesen konnte. Nie überforderte mich eine beschriebene Szene, denn ich konnte mich ihnen auf meine Art nähern, eine Pause machen, wenn ich es brauchte. Ich konnte mich auf die Helden und Heldinnen in den Geschichten verlassen, ich konnte mitfiebern, ich konnte mit ihnen Abenteuer durchleben, die richtigen und falschen Entscheidungen treffen – mit ihnen an der Seite war ich nie allein, nie unverstanden.

Neben Amalia und Milena waren die Figuren in den Büchern meine ersten Bezugspersonen, meine ersten Freunde, die ersten, für die ich schwärmte.

Geschichten waren das, was mich an das Gute zu glauben lehrte, daran, dass es sich lohnte, dafür zu kämpfen. Geschichten waren das, was mich mit anderen Menschen verband, über die Zeiten und Orte hinweg, durch die Empathie, die sie mir gaben.

Bis sie, nach und nach, zu einem Gefängnis wurden, ein Käfig aus Papier, aus dem ich keinen Ausweg mehr fand – oder keinen mehr gefunden hätte, hätte Amalia nicht darauf bestanden.

Ich lag auf dem Bett, meine Füße in der Luft, meine Nase im letzten Drittel eines Buches, das gerade richtig spannend wurde.

»Sarah!«

»Mh?«, brummte ich und sah auf.

Amalia stand in der Tür zu meinem Zimmer – Milena und ich hatten inzwischen getrennte Räume im ersten Stock, zum Glück – und schüttelte den Kopf. Ich ahnte, dass sie mich schon mehrfach gerufen, ich aber einfach nicht darauf reagiert hatte.

»Was ist?«, fragte ich.

Amalia kam rein und setzte sich auf die Bettkante.

»Willst du nicht vielleicht mal mit deinen Freunden ins Kino gehen? Oder einkaufen oder zum Sport, was auch immer die Jugend gerade so macht.«

Ich merkte, wie sich eine Falte auf meiner Stirn bildete.

»Mit welchen Freunden?«, fragte ich.

Amalia seufzte. »Sarah«, sagte sie, und ihre Stimme hatte diesen warmen, sanften Klang, den sie immer hatte, wenn Amalia etwas Unangenehmes von mir wollte. Innerlich bereitete ich mich auf den Aufprall ihrer Worte vor.

»Weißt du«, fuhr sie fort, »das ist genau das, was ich dich fragen wollte. Gibt es in der Schule denn niemanden, mit dem du mal etwas unternehmen möchtest? Oder irgendwelche AGs oder Hobbys, die dir gefallen könnten? Milena liebt die Musik-AG, die meisten ihrer Freundinnen hat sie dort gefunden.«

Automatisch verzog sich mein Gesicht zu einer Grimasse. »Amalia«, sagte ich, »Milena ist komplett unmusikalisch, und wenn sie Blockflöte spielt, dann ist das eine Folter, das weißt du genau.«

Amalia machte ein kompliziertes Gesicht. »Aber sie hat Spaß. Und sie ist nicht die ganze Zeit allein.«

»Ich bin auch nicht allein«, sagte ich und hielt zum Beweis mein Buch hoch.

Amalias Gesichtszüge wurden weicher. »Ja, Bücher können die besten Freunde sein. Es gab Zeiten in meinem Leben, in denen sie das auch für mich waren. Aber du liest den ganzen Tag, Sarah, ob Regen oder Sonnenschein. Ich bekomme Anrufe von deinen Lehrern, dass du im Unterricht dein Buch in die Schulbücher legst und einfach weiterliest. Meinst du nicht, dass du ein bisschen mehr Zeit mit echten Menschen verbringen solltest?«

Die Falte zwischen meinen Augenbrauen war zurück. Echte Menschen waren schwierig, sie machten Scherze, sagten nie das, was sie dachten, und implizierten in ihren Worten alle möglichen Dinge, von denen ich keine Ahnung hatte. Und Jugendliche waren die unverständlichsten Exemplare ihrer Art. Eigentlich hatte ich gehofft, in Amalia eine Verbündete zu haben, die verstand, dass ich besser mit der Welt zurechtkam, wenn eine Schicht Papier zwischen uns lag.

Amalia legte mir eine Hand auf den Rücken. »Ich weiß, dass es dir schwerfällt, Sarah«, sagte sie, als könnte sie meine Gedanken an meinem Gesichtsausdruck ablesen – und vielleicht konnte sie das auch. »Aber du kannst dich vor dem Leben nicht für immer in deinen Büchern verstecken.«

Die Falte zwischen meinen Augenbrauen wurde immer steiler, ich spürte, wie sie sich vertiefte. »Warum nicht?«

»Weil in Büchern zu leben nicht das Gleiche ist, wie in der Welt zu leben. Und weil Buchfiguren dir nie Widerworte geben, dich nie auf eine Weise herausfordern, wie echte Menschen es tun. Ich weiß, dass du das anstrengend findest, das geht uns allen mal so, aber wir wachsen an den Herausforderungen. Stell dir doch mal vor, die Heldinnen in deinen Büchern würden alle nur zu Hause sitzen und lesen, dann würde nie jemand ein Abenteuer erleben, sich auflehnen gegen Ungerechtigkeit oder für das Richtige kämpfen. Das Leben würde vorbeiziehen und man würde nur hinterherschauen. Dann würde nie jemand wachsen und lernen und ein besserer Mensch werden oder auch nur einer, der das Bessere anstrebt.«

Ich dachte einen Moment über Amalias Worte nach. Manchmal sagte sie Sachen, die sehr dramatisch klangen, aber sie meinte es ernst, und ihre Ernsthaftigkeit sorgte dafür, dass ich ihr zuhörte. Niemand hatte es je so ernst mit mir gemeint wie sie.

»Du musst dein Leben selbst leben, Sarah, und es nicht die Heldinnen in deinen Büchern für dich leben lassen. Sonst zieht es an dir vorbei, und irgendwann fragst du dich, was dein Leben und deine Zeit hier auf der Erde ausgemacht haben.«

»Amalia. Ich bin 14, keine 85, darüber muss ich mir jetzt wohl noch keine Gedanken machen!«, erwiderte ich.

Amalia sah mich mit vor der Brust verschränkten Armen an und ich begriff, dass das Argument nicht zog.

Ich seufzte. »Und wie soll ich das machen? Es ist ja nicht gerade so, als könnte ich einfach so entscheiden, dass jemand meine Freundin ist, wenn niemand mit mir befreundet sein will. Oder dass ich plötzlich überragend in etwas bin und Abenteuer erlebe wie die Leute, die besonders sind.«

»Es stimmt nicht, dass dich niemand will«, sagte Amalia heftig. »Aber hältst du denn überhaupt die Augen dafür offen? Wenn du deine Nase nur in Büchern vergräbst, kann dir ja gar nicht auffallen, wer zu dir passen könnte. Und wenn du nur Ausschau danach hältst, werden die Abenteuer schon zu dir kommen, denn natürlich bist du etwas Besonderes!«

Sie beugte sich zu mir herunter, küsste mich aufs Haar und verstrubbelte es dann mit einer Hand. Ich wand mich zur Seite, aber ein warmes Gefühl machte sich in mir breit.

Amalia lächelte. »Ich will, dass du dir mindestens eine AG aussuchst. Such dir ein Hobby und sprich mit den Leuten, die auch Lust darauf haben. Du kannst dich immer in deine Bücher zurückziehen, wenn du willst, aber ich möchte, dass du dein Leben nicht aus den Augen verlierst.«

So kam es, dass ich das Klavierspielen begann und in der Schule – meine erste und einzige AG – einen Buchbinderei-Kurs besuchte. Ein Hobby, das ich später zum Beruf machen würde. Und Amalia sollte recht behalten, denn dort lernte ich meine beste und lange so gut wie einzige Freundin Jamila kennen, die inzwischen in einem Verlag arbeitet und mit der mich die Leidenschaft für Bücher verbindet. Ich glaube nicht, dass Amalia sich das genau so gedacht hatte, aber es war ein Schritt gewesen, der mir das Leben rettete, so wie die Bücherwelten es zuvor getan hatten. Denn ich hatte endlich eine Bestimmung gefunden, die mich mit der Welt verband wie ein Anker.

24

Jane Eyre, heimgesucht

Es war bereits weit nach Mitternacht, als ich den Versuch einzuschlafen, endgültig aufgab und unter dem Berg von Kissen in Jeans mittelalterlichem Gästebett hervorkroch. Manchmal weiß man ganz genau, wenn etwas schiefgeht, so, wie wenn man eine Wärmeflasche mit heißem Wasser befüllt und denkt: Gleich gieße ich es mir über die Finger, und so passiert es dann auch. Genauso wusste ich, dass ich diese Nacht nicht schlafen würde in diesem Haus mit knarrendem Holz und dem Wind, der an den Fensterläden rüttelte, während ich im Bett lag und lauschte. Ich stand auf, wickelte ein Tuch um meine Schultern, sah an meinem Nachthemd hinunter. Es war eines von Amalias alten geblümten, das aus irgendeinem Grund seinen Weg in meinen Koffer gefunden hatte. Ein Stich durchfuhr mich und etwas rieselte meine Wirbelsäule hinab, so leise und klagend wie die Zikaden im Garten, deren Gesang mich nicht zur Ruhe kommen ließ.

Barfuß ging ich zum gekippten Fenster, riss es ganz auf und steckte den Kopf hinaus in die kühle Nachtluft. Ich atmete tief ein und aus. Die Dunkelheit lag über Jeans Anwesen wie ein samtschwarzes Tuch, der Himmel hatte sich zugezogen und die warme Luft roch elektrisch wie vor einem Sturm. Der Wind löste die Haare aus meinem Zopf und wehte sie mir ins Gesicht. Die Blätter der Bäume raschelten, ein Nachtvogel rief, vielleicht ein Uhu, der seinen verletzten Gefährten suchte. Im Dunkeln konnte ich kaum die Schemen der Weinstöcke ausmachen, nur dann, wenn die schnell vorbeiziehenden Wolken einen Moment aufrissen und das Licht des Mondes silbrig auf den Garten und die Hänge fiel und das Haus, das auf dem Hügel thronte, in geisterhaftes Leuchten hüllte, sodass der helle Stein zu strahlen schien.

Ich hatte die Nacht immer geliebt, die stillen Stunden, die ich oft für mich allein hatte oder mit Amalia teilte, wenn wir im Wohnzimmer oder der Werkstatt zusammensaßen.

Selten hatte ich Menschen getroffen, die die Nacht so sehr mochten wie ich, nur im Studium begegneten mir ein, zwei Eulen, mit denen ich mir nachtstille Stunden in der Bibliothek teilte. Mein Exfreund Philip war ein Frühaufsteher gewesen. »Der frühe Vogel hat einen Marktvorteil«, pflegte er zu sagen und beschwerte sich dann, dass meine Nachtaktivität dazu führte, dass wir kaum gemeinsam Zeit verbringen konnten.

Ein weiteres Mal atmete ich tief ein und versuchte, das unruhige Gefühl loszuwerden. Aber mit jedem Atemzug schien die Elektrizität in der Luft sich in meinen Knochen abzusetzen, sie zum Vibrieren zu bringen.

Draußen brauste der Wind auf, ein Käuzchen rief und die Zikaden schienen mit dem Rascheln der Blätter zu konkurrieren. Ich sah die schnellen Wolkenschatten über die Wiesen und schwarzen Wälder in der Ferne huschen. Schatten, die ihre Form auf die Erde warfen und so rasch wieder verschwanden, wie sie gekommen waren. Mit einem Mal fühlte ich mich fremd in meiner eigenen Haut, ein blasses Gespenst meiner selbst.

Ich schloss das Fenster und verließ barfuß mein Gästezimmer. Jeans Dielen knarrten unter meinen Füßen und fühlten sich rau und ungewohnt an unter meinen Sohlen. Dies war nicht mein Haus, trotzdem war es mit so vielen Erinnerungen an Milena, Amalia und mich verbunden, dass ich problemlos meinen Weg in völliger Dunkelheit fand. Und doch fühlte sich dieses Haus mit seinen vielen Zimmern, Kammern, Räumen und dem Dachboden voller Möbel, Truhen und Antiquitäten nun an wie ein Fremdkörper unter der Haut. Das hier war ein warmer, lebendiger Ort gewesen, solange Amalias Lachen durch die langen Flure hallte. War das Gleiche mit meinem Haus geschehen, mit Amalias Villa in Marienburg? Hatte das Haus mit ihr zusammen seinen Geist ausgehaucht und war als leblose Hülle zurückgeblieben, und war ich so sehr in mir zurückgezogen, dass ich es nicht bemerkt hatte?

Es gab diese Truhe auf Jeans Dachboden. Eine bemalte Holztruhe, in der Amalia einige Dinge aufbewahrte, die sie aus irgendeinem Grund nicht in unserem Haus in Köln haben wollte. Sie war auf den Grund meines Bewusstseins gesunken, der Schlamm meiner trüben Gedanken als Sediment darüber, aber als Ben und ich uns auf die Reise hierher gemacht hatten, war sie mir wieder eingefallen. Eine Truhe voller Dinge, die mir vielleicht etwas über Amalia sagen konnten, was mir meine eigenen vier Wände, Amalias Wände, nicht gesagt hatten.

Ich stieß mir den großen Zeh an einem von Jeans Fin-de-Siècle-Tischchen und machte fluchend kehrt, um mein Telefon zu holen.

Im Schein der Handytaschenlampe stieg ich die schmale Treppe zum Speicher hinauf, die schließlich vor einer Leiter endete. Die Luke zum Dachboden ließ sich mit einem Quietschen aufstoßen, sie fiel nach hinten und löste eine Wolke von Staub aus, die als Pilz in die Höhe schoss. Abgestandene Luft schlug mir entgegen. Ich hustete, als ich die letzten Stufen erklomm, und ließ mein Licht über die vielen Schemen gleiten. Es war ein großer Raum, in dem die Silhouetten stoffbedeckter Möbel sich unter dem Lichtstrahl aus der Dunkelheit schälten. Große, kleine, eckige und runde Formen unter weißen Laken wie schlafende Gespenster.

Meine Schritte hinterließen Spuren im Staub auf dem Boden, als ich als Erstes zu einer der Dachschrägen ging und eine Fensterluke aufriss. Draußen brauste der Wind.

Ich zog Laken um Laken von den Möbeln. Sofas, Sekretäre, Kisten, Truhen, Beistelltische, Kommoden, eine Chaiselongue, einige Lampen und ein altes Holzpferdchen kamen zum Vorschein, während ich hustend die Stoffbahnen beiseiteschaffte. Mehr und mehr

Staub wirbelte auf und ich öffnete schließlich alle Dachfenster, sodass der Wind durch den Dachstuhl pfiff und ich das Geräusch des einsetzenden Regens auf den Schindeln hören konnte. Es dauerte eine Weile, bis ich unter einer der hinteren Dachschrägen endlich Amalias Truhe gefunden hatte. Sie stand unter einem alten, breiten Schreibtisch mit Löwenfüßen und ich hätte sie fast übersehen, wenn ich mir nicht meinen anderen großen Zeh an ihr gestoßen hätte. Ich bückte mich, zog sie hervor und wischte sie mit einem der Laken ab, während ich mich auf eines der Sofas fallen ließ. Eine Staubwolke stob um mich nach oben und ich hustete erneut fluchend.

Mit meiner Lampe leuchtete ich die kleine Holzkiste auf meinem Schoß an. Sie war viel kleiner, als ich sie in Erinnerung hatte, ungefähr so groß wie ein Schuhkarton.

Auf ihr waren Pflanzen und Tiere abgebildet, Vögel, wie ich auf den zweiten Blick erkannte, bunte Paradiesvögel und Dschungelpflanzen. Mit den Fingern strich ich darüber und erinnerte mich an den Trödelmarkt, über den Amalia, Milena und ich bei einem unserer ersten Besuche hier gelaufen waren. Milena, die aufgeregt die Ohrringe und Ketten an einem Stand bewunderte, und Amalia, die lächelnd diese handbemalte Kiste kaufte, obwohl sie wusste, dass der Preis völlig überzogen war.

»Manche Dinge sind mehr wert als ihr wirklicher Preis«, sagte sie mit einem Augenzwinkern zu mir und gab Milena Geld für ein glitzerndes Paar Ohrstecker. »Aber sag das bloß nicht diesem Dengelmann.«

Ich öffnete die Kiste, und der Deckel eines Fotoalbums kam zum Vorschein.

*

Schritte erklangen in der Dunkelheit, wo ich in etwa die Dachluke vermutete. Ich schreckte hoch.

»Wer ist da?«, fragte ich scharf und leuchtete mit meiner Handylampe in die Richtung.

Ein Kopf tauchte in der Dachluke auf und Bens Augen blinzelten mich hinter dem Goldrand seiner Brille an, er hob eine Hand, um sich vor der Helligkeit zu schützen, und ich senkte das Handy.

Erleichtert atmete ich auf. »Du bist es«, sagte ich, während sich mein Herzschlag langsam wieder beruhigte.

Bens Silhouette schob sich nach oben, seine Gestalt bewegte sich langsam zwischen den Möbeln hindurch und ich leuchtete ihm den Weg. Er blieb ein paar Meter entfernt von mir stehen und betrachtete im Licht meiner Lampe das papierne Chaos, das ich auf dem Sofa und dem Boden um mich herum verbreitet hatte.

»Sarah?« Seine Stimme klang anders als sonst.

»Was?«, fragte ich und richtete den Lichtkegel auf sein Gesicht. Er blinzelte und hob erneut abwehrend die Hand und ich senkte das Licht. Er trug Hausschuhe und über seinen Jeans ein Oberteil, das nach einem karierten Pyjama aussah.

»Ich habe schon geglaubt, ich wäre vielleicht in einem Schloss voller Gespenster untergekommen oder dass der Geist von Jane Eyre hier den Dachboden heimsucht, als ich die Geräusche gehört habe«, sagte Ben.

Ich blickte zu ihm hoch. »Das war nicht Jane Eyre, die das Haus heimgesucht hat, sondern die arme Bertha, Ehefrau von Janes Arbeitgeber und späterem Mann Rochester. Und sie war auch kein Geist, sondern galt nur als verrückt«, sagte ich, machte eine Handbewegung und nieste. Verdammter Staub.

Ben seufzte. »Ich weiß.« Er ließ sich vorsichtig neben mir auf das Sofa sinken. »Das war eher eine Metapher. Was machst du denn hier?«

»Das …«, setzte ich an und ließ das Licht über die vielen Zettel und Fotografien gleiten, die ich um mich verteilt hatte, »… ist der Inhalt einer Truhe, die meine Tante Amalia hier aufbewahrt hat.«

Ben schüttelte den Kopf. »Okay«, sagte er, »aber um diese Uhrzeit?«

»Na ja, die Truhe ist mir vorhin wieder eingefallen und ich konnte nicht schlafen und dann dachte ich, vielleicht würde ich darin Hinweise finden …« Ich brach ab.

»Du dachtest, du findest hier Hinweise auf die Tabula Peutingeriana?«, fragte Ben leise.

Ich sah ihn ehrlich verwirrt an. »Nein.«

»Sondern?«

Ich konnte nicht in Worte fassen, was ich genau gedacht hatte, denn die Worte würden lächerlich klingen und mich leer und ausgehöhlt zurücklassen.

Ben musterte mich im Licht der Lampe, dann rieb er sich mit einer Hand über die Wange und hinterließ einen staubigen Streifen Grau darauf.

»Nun, es ist dunkel und es regnet, der Wind heult ums Haus, und habe ich schon erwähnt, dass es mitten in der Nacht ist und du wie eine Gestalt aus einer Gothic Novel auf dem Dachboden Möbel verrückst?«

Er machte eine Handbewegung, die mich in meinem Nachthemd und die vielen verteilten Bilder um uns herum einschloss.

»Ich dachte, es würde hier spuken!«, sagte er in normaler Lautstärke. Mir war gar nicht bewusst gewesen, dass wir beide bisher geflüstert hatten. »Ich habe mich fast zu Tode erschreckt, als ich vorhin wegen des Polterns über mir aufgewacht bin. Und du hockst hier in der Dunkelheit nur mit einer Handylampe und wühlst in den Sachen deiner Tante?«

»Ähm, ja.«, bestätigte ich. Ich wusste nicht, worauf er hinauswollte.

Ben seufzte, rieb sich mit der Hand über sein kurzes Haar und verteilte noch mehr Staub darin.

»Du hast da was …«, begann ich und streckte mich vor, um eine Fluse aus seinem Haar zu zupfen.

Ben wedelte mit den Fingern und ich ließ die Hand wieder sinken. »Sarah, deine Hände sind ganz dreckig!«

Ich sah an mir runter und stellte fest, dass meine Hände und mein Nachthemd dunkel geworden waren von dem ganzen Staub, durch den ich mich gewühlt hatte.

»Oh«, sagte ich wenig einfallsreich.

»Und du hast keine Schuhe an!«, sagte Ben.

Ich sah weiter an mir herunter, auf meine nackten Füße und Zehen, zwischen denen sich mehrere Staubmäuse verfangen hatten. Ich zog eine Grimasse. Na gut, vielleicht war es nicht die beste Idee gewesen, mitten in der Nacht und ohne Schuhe hier hochzukommen.

»Glaubst du an Geister?«, fragte ich Ben.

»Geister? Was? Ähm, na ja, also … nicht so richtig? Aber als ich jünger war, habe ich mal …«

Ich hielt eine Hand hoch und unterbrach ihn. »Nein, ich meine, ob du daran glaubst, dass Menschen Spuren hinterlassen auf der Welt, selbst wenn sie schon tot sind? Wie Geister, die uns heimsuchen?«

Bens Blick blieb an meinem hängen. Er schien seine Worte abzuwägen. »Natürlich glaube ich daran. Dadurch, dass sie uns in Erinnerung bleiben, und durch das, was sie uns hinterlassen von sich selbst und durch das, was sie gemacht haben. Meinst du das?«

Ich wiegte den Kopf hin und her, da es nicht ganz das war, was ich meinte. Manchmal hatte ich das Gefühl, dass Amalia mich heimsuchte in all den Dingen, die sie mir nicht gesagt hatte, in all den Dingen, die nie zwischen uns geschehen waren und die mich auf ewig verfolgen würden, weil es sie nun nie geben würde. Was, wenn Geister die Abwesenheit eines Menschen auf Erden waren?

»Was ist denn los?«, fragte mich Ben jetzt, seine Stimme leise, und er streckte vorsichtig die Hand nach mir aus. Ich zögerte, dann legte ich meine Hand in seine. Seine Finger waren warm und ich merkte erst jetzt, wie eiskalt meine waren. Draußen peitschte der

Regen aufs Dach und die Temperatur war plötzlich gefallen, aber ich war so versunken gewesen, dass ich es erst jetzt bemerkte. Ich verflocht unwillkürlich meine Finger mit Bens.

»Ich dachte … Ich dachte, vielleicht hat Amalia mir hier einen Hinweis hinterlassen, warum sie mir nie gesagt hat, dass sie krank ist. Warum sie es mir und Milena all die Jahre verschwiegen hat und warum sie …« Die Worte waren aus mir herausgesprudelt, doch jetzt stockte ich, nicht in der Lage, den letzten Satz zu Ende zu sprechen: warum sie, als der Krebs zurückgekehrt war, entschieden hatte, ihn nicht behandeln zu lassen. Ich schluckte.

Ben drückte meine Hand, schwieg und gab mir einen Moment, bis meine Schultern sich nicht mehr so schnell hoben und senkten.

»Aber da ist nichts«, sagte ich flüsternd, »nur Bilder aus ihrer Jugend, alte Unterlagen und ein paar Postkarten von einem Mann namens Matthieu. Nichts über mich und Milena, alles ist aus der Zeit davor.«

Ben hob eine der Fotografien neben sich auf und hielt sie ins Handylicht, sodass er sie besser sehen konnte. Sie zeigte eine junge Amalia, wie sie lachend die Arme um zwei junge Männer geschlungen hatte. Ihre Haare waren kurz geschnitten und das Gebäude im Hintergrund sah aus wie eine Universität.

»Hmm«, machte Ben. Dann ließ er das Bild sinken und richtete seinen Blick wieder auf mich. »Was für eine Art von Hinweis hast du denn erwartet?«, fragte er.

Das war die große Frage und ich konnte sie nicht beantworten. Wenn ich ehrlich war, hätte ich nicht einmal sagen können, welche Nachricht ich von ihr erwartet hatte. Selbst ein Brief mit dem Inhalt »Liebe Sarah, dies sind die Gründe, warum ich dir meine Erkrankung verschwiegen habe …« hätte mich wahrscheinlich nicht zufriedengestellt. Denn es war nicht das Gleiche, wie mit Amalia zu streiten, sie an den Schultern zu packen und zu schütteln, bis die Wahrheit aus ihr herauspurzelte.

Ich sah mich um, blickte auf die dunklen Schatten, die um uns herum aufragten, die vielen Laken, die ich auf einen Haufen geworfen hatte, die nassen Flecken, die im schwachen Licht meiner Lampe unter den Fenstern glitzerten. Chaos.

Was genau hatte ich hier erreichen wollen?

Ben drückte wieder meine Finger in seinen. »Sarah«, sagte er, »ist alles in Ordnung mit dir?«

Langsam schüttelte ich den Kopf. Ich wusste es nicht.

Vorsichtig rückte Ben auf der staubigen Couch vor, mit der freien Hand schob er Zettel und Fotos zur Seite, um Platz zu machen. Dann hob er den Arm und wartete. Ich zögerte wieder. Aber Bens Nähe fühlte sich vertraut an und er zwang mir auch nichts auf, sondern bot mir nur etwas an, geduldig wartend. Einen Moment schaute ich ihn unsicher an, dann ließ ich mich in seine Umarmung sinken.

Ben strich mir über den Rücken, während ich die Nase an seinem Hals vergrub. Ich schniefte und merkte erst jetzt, dass ich weinte. Leise murmelte er mir Dinge ins Haar, die ich nicht verstand, und ich atmete seinen Geruch ein, nach Waschpulver und Schlaf und warmer Haut, nach Ben und nach Staub, und etwas in mir hörte auf zu flattern wie ein Vogel, der zu müde zum Kämpfen war gegen den Käfig, in dem er steckte. Ich atmete tief ein und aus, und etwas anderes senkte sich in meinen Magen, etwas Ziehendes, Elektrisches, mit jedem Atemzug Ben, den ich in meine Lungen sog.

»Sarah, was machst du nur für Sachen?«, fragte er leise in mein Haar, aber es klang nicht tadelnd und auch nicht so, als erwarte er eine Antwort.

»Hast du wirklich gedacht, dass ich Bertha Rochester bin?«, schniefte ich schließlich.

Bens Schultern schüttelten ein leises Lachen. »Du sitzt hier im Nachthemd zwischen verstaubten Möbeln und Bettlaken und kramst in einer alten Kiste, also bitte entschuldige, dass mein erster Gedanke der an eine berühmte Verrückte aus einem Brontë-Roman war«, sagte Ben. »Aber keine Sorge, ich halte dich nicht für wahnsinnig.«

»Das ist ja beruhigend«, erwiderte ich, während ich mich langsam aus seinen Armen löste. Ich schaute ihn an und versuchte, seine Mimik zu entschlüsseln, zu lesen, was er dachte, aber wie so oft blieb es mir verborgen. Ich wischte mir mit einer Hand übers Gesicht und erinnerte mich erst dann daran, wie dreckig sie war, als Ben ein ersticktes Geräusch machte. Ich grinste.

»Bitte kein Kommentar dazu von einem Mann, der an Gespenster glaubt«, sagte ich mit so viel Würde, wie ich sie mit meinem staubverschmierten Gesicht aufbringen konnte. Dann musste ich niesen.

Ben lächelte mich an, seine Augen blitzten in der Dunkelheit. Meine Hand lag immer noch warm in seiner.

Draußen hörte ich Donnergrollen und einen Moment später erleuchtete das grelle Flackern eines Blitzes den Dachstuhl. Ben und ich fuhren beide gleichzeitig zusammen, rückten näher aneinander und sahen uns mit großen Augen an. Und in meinem Inneren löste sich plötzlich etwas wie die summende Elektrizität aus der Luft, die sich mit dem hellen Blitz entladen hatte, und ich begann, leise zu lachen.

25

Das, was übrig bleibt

Am nächsten Morgen saßen wir auf den Rattanstühlen um den mit Frühstück beladenen Tisch in Jeans Orangerie, seinem Glashaus voller Tomatenpflanzen, und tunkten unsere Croissants in Milchkaffee, der leicht verbrannt schmeckte. Die Sonne schien warm und unbeirrt von den Ereignissen der letzten Nacht, das Gewitter hatte sich verzogen, das Gras war bereits wieder getrocknet, und die Geisterstunden auf dem Dachboden waren eine im Licht des Morgens betrachtet unwahrscheinlich wirkende Episode. Ben saß neben mir, seine Augen ein wenig kleiner als sonst, das einzige Anzeichen dafür, dass er mitten in der Nacht mit mir die Geister der Vergangenheit gerufen hatte. Wir hatten beide nur wenige Stunden geschlafen.

Nachdem wir vom Dachboden heruntergestiegen waren und uns vor der Tür von Bens Schlafzimmer ungelenk verabschiedet hatten, war ich in meinem anliegenden Bad unter das heiße Wasser der Dusche gestiegen, um den Schmutz und die Spinnweben und die Gedanken an Amalia abzuwaschen. Das vor Staub grau gewordene Nachthemd hatte ich achtlos auf dem Fußboden meines Zimmers abgestreift und heute Morgen als Beweis für die Ereignisse des gestrigen Abends wie die leere Hülle eines Bettlakengespensts genau an der Stelle wiedergefunden, an der ich es fallen gelassen hatte.

Jean schien nichts von unseren nächtlichen Eskapaden mitbekommen zu haben. Gerade hatte er ein Handtuch auf seinem Schoß liegen, darauf saß Bonnie, die er heute früh aus dem Teich gefischt hatte. Er hielt ihr ein kleines Salatpaket vor die Nase, in das er ihre Antibiotika-Tablette eingewickelt hatte. Als sie hungrig danach schnappte, schob er es ihr schnell ins Maul. Bonnie kaute langsam und gemächlich, blinzelte, musterte ihn mit ihren schwarzen Knopfaugen. Dann nieste die Schildkröte, was genau wie bei einem Menschen klang.

Jean streichelte ihr sanft mit der einen Hand über den Panzer und gab ihr noch ein weiteres Salatblatt. »Bald wird es besser, meine Kleine«, flüsterte er.

Ich warf einen Seitenblick auf Ben, der gerade ein Croissant mit eleganten Fingern in mundgerechte Stücke zupfte. Er schien die bisherigen Ereignisse, vom tätlichen Angriff eines Uhus über mein nächtliches Herumspuken auf dem Dachboden bis hin zur morgendlichen Schildkrötenfütterung am Frühstückstisch, mit britischer Gelassenheit zu nehmen.

Ich trank einen Schluck von meinem frisch gepressten Orangensaft, ließ meinen Blick über die strahlend in der Sonne hinter den Glasscheiben des Anbaus liegenden Rasenflächen und Weinberge wandern. Es war warm und Ben trug ein frisches blütenweißes Anzughemd, eine Bundfaltenhose und schwarze Budapester. Jean trug einen Morgenmantel in einem orientalischen Muster. Ich blickte an meinem grünen T-Shirt herunter auf die Jeans, die schon bessere Tage gesehen hatte. Für einen unbeteiligten Beobachter mussten wir ein ziemlich seltsames Trio abgeben.

An Jean gewandt fragte ich: »Was ist denn unser Plan für heute?«

Er sah auf und Bonnie erwischte beim Schnappen nach einem leckeren Kohlblatt fast seine Finger. Schnell zog er sie weg und seine buschigen Augenbrauen hoch.

»Jean, gestern meintest du …«, begann Ben, aber Jean hielt eine Hand hoch und unterbrach ihn.

»Ich weiß, ich weiß, was ich gestern gesagt habe. Natürlich helfe ich euch bei der Suche. Aber erst nach der Fütterung der Bestie.«

Jeans Blick auf die Schildkröte in seinem Schoß war so sanft, dass er seine Worte Lügen strafte.

Ben, der sein Lächeln hinter einer Serviette versteckte, wechselte einen Blick mit mir. Wir schwiegen, bis Jean Bonnie zu Ende gefüttert und dann wieder in die Freiheit entlassen hatte.

Erst danach schenkte er uns seine Aufmerksamkeit und sagte: »Ich habe mich gefragt, wie Amalia überhaupt von dem verlorenen Teil der Tabula Peutingeriana erfahren haben könnte. Ich meine, wenn es ist, wie Benjamin beschrieben hat, und tatsächlich das Segment mit Westengland wiedergefunden wurde, wäre das eine Sensation! Gesetzt den Fall, dass es keine Fälschung ist, versteht sich. Jedenfalls hätte ein solcher Fund größere Wellen schlagen müssen, was er nicht getan hat. Warum nicht? Und wie hat Amalia dann davon erfahren? Das sind die Fragen, die wir klären müssen.«

Das hatte ich mich auch schon gefragt, dann aber einfach angenommen, dass Amalia viel besser vernetzt war als ich und solche Informationen einfach den Weg zu ihr fanden.

»Denkst du, die Tatsache, dass nur Amalia davon wusste, spricht für eine Fälschung? Wurde sie von einem Fälscher kontaktiert, der nicht die Aufmerksamkeit einer größeren Öffentlichkeit riskieren wollte?«, fragte Ben an Jean gewandt. Selbst durch seine Kleidung hindurch konnte ich sehen, wie angespannt seine Schultern waren.

Jean zuckte mit den Achseln. »Das ist eine Möglichkeit. Eine andere ist, dass Amalia von der Tabula in einer privaten Auktion gehört hat. Solche Events finden oft unter Ausschluss der Öffentlichkeit statt, wenn ein historisch relevanter Fund verkauft werden soll, ohne dass die Presse davon Wind bekommt. Und natürlich manchmal, weil die Provenienz nicht ganz koscher ist«, erklärte Jean.

Ich nickte. »Weil es sich um Raubkunst handelt, zum Beispiel.«

Jean nickte ebenfalls. »Genau.«

Bens Lippen wurden schmal und er schaute in seinen Kaffee. »Das wären wirklich keine guten Neuigkeiten. Wahrscheinlich hat die Tabula in dem Fall dann bereits den Besitzer gewechselt und wird für Jahrzehnte, wenn nicht für immer, in einem privaten Bestand unter Verschluss bleiben.«

Um seinen Mund legte sich ein harter Zug. Natürlich musste er diese Idee verwerflich finden, durch und durch ein Bibliothekar, der wertvolle Funde in öffentlicher Hand sehen wollte. Diesmal wechselten Jean und ich einen Blick – wir, die wir von genau solchen Auktionen lebten, hatten hier nicht den Luxus der moralischen Überlegenheit.

»So oder so, ohne weitere Informationen können wir nicht wissen, was der Fall ist. Sarah hier kann die Karte auf ihre Echtheit prüfen, wenn wir sie finden, eine Fälschung könnten wir also recht schnell entlarven«, wechselte Jean das Thema.

Ben wandte sich an mich. »Ich habe zwar viel zur Tabula und ihrem Verbleib recherchiert, bin aber kein Experte im Authentifizieren von alten Artefakten. Ich weiß, du bist Restauratorin, Sarah, aber wie sicher würdest du bei einem solchen Dokument wissen, ob es echt ist oder nicht?«

»Sehr sicher«, sagte ich.

Ben hob eine Augenbraue.

»Ich habe mich zur Tabula eingelesen, bevor wir losgefahren sind«, erklärte ich. »Das Alter der Papierfasern ließe sich durch Radiokarbon-Datierung genau feststellen, aber das ist wahrscheinlich gar nicht nötig. Es gibt ja noch die restlichen Segmente der Tabula, auf deren Basis wir die Echtheit von Stil und Papier leicht überprüfen könnten. Das geht natürlich nur mit dem Original, nicht mit dem Foto, das du mir gezeigt hast. Außerdem können wir den Teil zu den Britischen Inseln mit der Faksimile-Ausgabe von Konrad Miller vergleichen und dadurch herausfinden, ob jemand eine Fälschung auf dieser Basis hergestellt hat.«

Jean nickte, und Ben lächelte mich an.

»Was?«, fragte ich.

»Ich mag es, wenn deine ganze Expertise ans Licht kommt«, sagte Ben leise. »Kompetenz ist sexy.«

Ich merkte, wie ich rot wurde, und biss in mein Croissant, um nichts erwidern zu müssen.

Jean grinste. »Bleibt uns nur noch, die Karte aufzutreiben, damit Sarah ihren Job machen kann. Amalias und meine Kontakte haben sich weitgehend überschnitten. Ich denke, ich kann eine Spur finden, wenn ich ein paar Leute anrufe.«

Hastig schluckte ich meinen Bissen herunter.

»Aber Jean, du hast doch gar kein Telefon!«, sagte ich.

Seine Augenbrauen zogen sich zu einem gefährlichen Dreieck nach unten.

»Du und Ben, ihr habt doch beide eure modernen Höllenmaschinen mitgebracht, die ich jetzt nutzen kann, um alte Freunde anzurufen und mein Gehirn dabei zu verstrahlen«, brummte er.

Ich spürte, wie sich mein Puls beschleunigte. Aber Jean hob eine Hand, wie um meine nächsten Worte abzuwehren. Ben sah zu mir, und ich zuckte mit den Achseln.

»Für dich mache ich das natürlich gern, meine liebe Sarah. Und ihr beide geht in der Zeit Amalias Aufzeichnungen durch und versucht herauszufinden, von wem sie die Information erhalten haben könnte oder ob sie noch weitere Hinweise hinterlassen hat, ja?«

Das brachte mich schnell auf den Boden der Tatsachen zurück. Amalias Notizbücher, die ich sorgfältig in Papier eingeschlagen in meinem Koffer hierhertransportiert hatte und die in meinem Bewusstsein lagen wie ein Stein, der das dunkle Sediment des schlechten Gewissens beschwerte.

Ich hatte mich bisher nicht getraut, sie alle ordentlich durchzugehen, es schien mir zu privat, aber jetzt konnte ich mich nicht länger davor drücken.

Mein Blick wanderte zu Ben, der mir zunickte. Es war, als hätte er in den wenigen Tagen, die wir uns kannten, ein Verständnis für die Formen der Dinge entwickelt, die mich verfolgten.

Ich holte tief Luft. »Das machen wir«, sagte ich fest. »Und, Jean, hast du schon mal etwas von einem Mann namens Matthieu gehört? Amalia hat ihn im Zusammenhang mit der Tabula erwähnt.«

Jean setzte sich auf, seine dünnen Schultern wirkten auf einmal straff unter dem Morgenmantel. »Matthieu? Den Namen habe ich schon ewig nicht mehr gehört. War es nicht schon lange aus zwischen den beiden?«

Ich starrte Jean an. »Was … Was soll das heißen, ›aus‹?«

»Na, nachdem er zu seiner Frau zurückgegangen ist«, begann Jean, bevor ich ihn unterbrach.

»Du wusstest von diesem Matthieu«, sagte ich schwach.

Jean sah mich seltsam an. »Sarah, deine Tante hatte ein Leben, bevor du und Milena auf die Bühne getreten seid. Die Sache mit Matthieu ist auch schon wirklich lange her.«

Ein kurzer Schwindel erfasste mich und ich musste mich an der Tischkante festhalten. »Sie hat sich unseretwegen von ihm getrennt, nicht wahr, wegen mir und Milena?«, sagte ich heiser.

Ben blickte zwischen Jean und mir hin und her. Er öffnete den Mund, entschied sich dann aber zu schweigen, wofür ich in diesem Moment dankbar war.

»Nein, so war es nicht«, protestierte Jean. »Matthieu und Amalia haben sich kennengelernt, als Matthieu gerade von seiner Frau getrennt lebte. Er hat sich dann irgendwann entschieden, zu ihr zurückzugehen.« Jeans Augenbrauen bildeten wieder dieses düstere Dreieck. »*Quel idiot!*«

Zum ersten Mal seit langer Zeit hatte ich das Gefühl, wieder Luft zu bekommen. »Es lag also nicht an Milena und mir?«, fragte ich.

Jeans Augen schnellten in die Höhe. »Nein, natürlich nicht.«

Ich atmete tief aus. Ben warf mir einen Blick zu, den ich nicht deuten konnte, und schenkte mir noch etwas Orangensaft ein. Ich brauchte einen Moment, um die wirbelnden Gedanken in meinem Kopf zu ordnen, und trank das Glas in wenigen Zügen aus.

Einer von Jeans Mundwinkeln zuckte nach oben. »Die Sturheit hast du von deiner Tante, mein Mädchen. Glaubst du wirklich, Amalia hätte sich von einer solchen Kleinigkeit wie dem Sorgerecht für zwei Kinder davon abhalten lassen, eine Beziehung zu führen? Nein, die Trennung ging ganz und gar auf Matthieus Kappe.«

Ich konnte praktisch die Steine klappern hören, die mir vom Herzen fielen.

»Davon wusstest du nichts?«, fragte Ben sanft, seine Stirn in Falten gezogen. Ich schüttelte den Kopf.

»Erzählst du mir, was damals genau passiert ist?«, fragte ich Jean.

Er zuckte mit den Achseln und mein Herz sank. »Mehr weiß ich nicht darüber, tut mir leid. Amalia hat das nur einmal erwähnt, als sie ein paar Gläser Wein zu viel getrunken hatte.«

Typisch Amalia, dass sie nie über die Dinge sprach, die sie eng an ihrem Herzen getragen hatte. Einen Moment lang herrschte Schweigen, während ich meine Enttäuschung herunterzuschlucken versuchte. Schließlich holte ich tief Luft, sah Ben in die Augen und dann Jean. Ich lächelte gegen den Kloß in meinem Hals an.

»Tut ja jetzt auch nichts zur Sache. Wir haben unsere eigene Spurensuche vor uns«, sagte ich entschieden, »und die ist Bens Bibliothek gutes Geld wert. Wäre doch gelacht, wenn wir diesen Schatz nicht bergen würden. Was Amalia konnte, schaffen wir drei erst recht.«

*

Ich brauchte den ganzen Morgen dafür, genug Mut zu sammeln, um Amalias Notizbücher endlich zu lesen. Ben und ich zogen uns dafür in die Orangerie zurück. Es waren kleine ledergebundene Hefte, dicke Terminplaner, bunte Kladden und schön gestaltete Notizbücher. Das Einzige, das sie gemeinsam hatten, war, dass sie mit Amalias Handschrift vollgeschrieben waren, überzogen von schwarzer Tinte wie von den Spuren von Krähenfüßen. Ich setzte mich auf den Boden in einen Sonnenfleck und breitete Hefte um mich herum aus. Ben saß in einem Sessel und seine Stapel auf dem Beistelltisch waren viel ordentlicher als meine.

In meiner Werkstatt hatten Ben und ich bereits in ein paar der Notizbücher hineingeschaut, sie überflogen, bis ich auf den Satz gestoßen war, der uns hierhergeführt hatte. Richtig gelesen hatte ich sie jedoch nicht. Amalias Aufzeichnungen stellten sich nun als eine Lektüre heraus, die weniger aufschlussreich, aber auch viel weniger herzzerreißend war, als ich gedacht hatte. Was auch daran lag, dass ich sie kaum lesen konnte. Vor allem aber lag es an der Tatsache, dass Amalia in ihnen nicht ihre tiefsten Gedanken und Gefühle ausgebreitet hatte wie ein liebeskranker Teenager, sondern vor allem ihre und später unsere zahlreichen Transaktionen, An- und Verkäufe detailliert dokumentiert hatte. So viel also zu meinen Sorgen, die Lektüre könnte zu privat sein.

Statt Herzschmerz gab es zum Beispiel Notizen über eine Handschrift aus dem 18. Jahrhundert, in der ein Adeliger ausführlich die Herkunft seines Familienwappens nach heraldischen Maßstäben schilderte, mottenzerfressen und mit verschimmelter Lederbindung, die Amalia für einen Nachfahren restauriert und neu gebunden hatte. Ihr Kommentar dazu lautete: *»Geld erhalten für Restauration von Buch über Steckrüben-Wappen – wer zahlt für so was?«*

Es gab Listen mit Möbelstücken, Büchern, Manuskripten und Kuriositäten. Sie beschrieb detailliert, in welchem Zustand sie waren und wie viel Arbeit ihnen anzugedeihen war, um sie zu retten und weiterzuverkaufen. Kurze Notizen über Verkäufe, über Kundinnen und Konkurrenten, sogar Dengelmann hatte den ein oder anderen Auftritt, von Amalia mit der ihr typischen liebevollen Gemeinheit nur »das Wiesel« genannt.

Eines der größten Probleme war, dass die Aufzeichnungen nicht datiert waren, dass viele von Amalias Kürzeln mir nichts sagten, dass ihre Beschreibungen von »das blaue Buch« bis hin zu »der blöde Louis-XIV-Sessel« reichten und mir oft keinen Aufschluss darüber gaben, welche der zahlreichen Antiquitäten, die durch ihre oder unsere Hände gegangen waren, sie meinte. Ich hatte mich vor allem mit Büchern beschäftigt, für die Möbelrestauration war Amalia zuständig gewesen, und ihre Notizen zum Nachpolstern eines Renaissance-Sofas hätten genauso gut in einer anderen Sprache verfasst sein können.

Nach etwa drei Stunden gab ich schließlich frustriert auf und sah zu Ben rüber, der, eine ausgezeichnete Impression eines nonchalanten Dandys abgebend, mit einem der Notizbücher im Sessel neben den Tomatenpflanzen saß – wovon ich mich nicht ablenken ließ. Genauso wenig davon, wie die Sonne auf seinem leicht gebeugten Nacken lag und die Sehnen und Muskeln seines Halses hervortreten ließ. Oder von seinen schlanken Händen, die vorsichtig Seite für Seite umblätterten, als sei das Buch in seinen Händen ein kostbares Kleinod. Vom leichten Lächeln auf seinen Zügen, wenn er etwas entdeckte, das ihn amüsierte. Ich schluckte. Na gut, vielleicht stimmte das so nicht ganz, dass er mich nicht ablenkte. Derart schöne Menschen waren aber auch einfach eine Zumutung für die Konzentration.

Ich klaubte die Bücher zusammen, die ich bereits durchgegangen war. Ben sah blinzelnd auf, als ich auf ihn zutrat. Ich ließ den Stapel in meinen Händen kommentarlos in seinen Schoß fallen. Ben zuckte zusammen.

»Warum hatte sie nur diese Sauklaue?« Ich seufzte dramatisch. »Hast du schon etwas herausgefunden? Oder meinst du auch, dass wir hier die langweiligsten Entdeckungen des Jahrhunderts vor uns haben?«

Ein langsames Lächeln breitete sich auf seinen Zügen aus, warm und strahlend.

Ben nahm die Bücher, stand aus dem Sessel auf und setzte sich auf den Teppich, wo ich zuvor gesessen hatte. Ich sah zu, wie er seine Budapester auszog und es sich im Schneidersitz bequem machte. Seine Schuhe hatten rote Socken mit einem Chilischoten-Muster entblößt, die er ein bisschen schamvoll vor mir zu verstecken versuchte, als er meinen Blick bemerkte. Bens dunkle Haut verbarg sein Erröten ziemlich gut, aber schnelles Blinzeln verriet ihn.

Dann klopfte er neben sich auf den Boden. »Komm, Sarah, vielleicht klappt es besser, wenn wir gemeinsam daraufschauen.«

»Okay«, sagte ich. »Mich interessiert jeder Hinweis auf die Tabula Peutingeriana oder auf diesen mysteriösen Matthieu. Notizen über versteckte Schätze oder Schatzkarten sind natürlich ebenfalls willkommen.«

Ben nickte, zog eins der Notizbücher zu sich heran und begann zu blättern. Seine Brillengläser konnten das Leuchten in seinen Augen nicht verbergen, hier war er ganz offensichtlich in seinem Element.

Zu zweit auf dem Boden sitzend kamen wir doppelt so schnell voran. Es war einfacher, Amalias Notizen mit Ben zusammen durchzugehen, denn wenn ich eine Stelle fand, an der sie mal wieder in ihrer mir so vertrauten Art Schimpf und Schande fluchte oder Aufträge beschrieb, die bei mir eine Erinnerung heraufbeschworen, konnte ich Ben die Stellen vorlesen, die mich zum Lachen, zum Schlucken und manchmal dazu brachten, dass ich tief Luft holen musste. Ben hörte mir zu. Er sagte wenig, er lachte und schluckte mit mir und manchmal streckte er die Hand nach mir aus und drückte meine. Das war vielleicht das Beste, was er tun konnte.

Wir warfen uns Zitate wie Bälle zu, wir rätselten über Stellen, entzifferten Sätze und machten unsere eigenen Notizen auf weißem Papier, verstreut zwischen den Seiten der Notizbücher.

Es war bereits später Nachmittag, als ich zwischen ein paar Listen für Bestellungen von Restaurationsmaterialien zwei kurze Sätze fand: *»M. hat Postkarte geschrieben. Was tun?«*

Das ließ mich aufhorchen.

Ich ging die Bücher, die ich mir bereits angesehen hatte, noch einmal durch. Wurde »M.« häufiger erwähnt? Hatte ich etwas überlesen?

»Buch über Vögel an M. schicken?«, stand da etwa zwischen mehreren Kostenberechnungen. Oder: *»k. Nachr. von M. – krank?«*, zwischen zwei Manuskriptbeschreibungen.

»M. in Reims«
»habe M.s Pulli weggeschmissen«
»M. Kondolenz wg. Mutter schicken?«
»Kongress in Berlin mit M.?«

Ich wischte eine Haarsträhne hinter mein Ohr und ging noch weiter zurück in Amalias Aufzeichnungen. Ein paar Notizbücher, die mit Vögeln bedruckt waren, enthielten Schultermine von Milena und mir. Sie mussten aus der Zeit stammen, in der wir zu Amalia gekommen waren. Und obwohl das nichts mit unserer Suche nach der Tabula Peutingeriana zu tun hatte, blätterte ich immer hektischer darin. Die Erwähnungen von M. kamen sporadisch, aber regelmäßig. Über die nächsten Jahre und Notizbücher hinweg blieb er eine Konstante, die Amalia in ihren Gedanken und Aufzeichnungen zu begleiten schien. Das konnte nur Matthieu sein.

Nach einigem Suchen fand ich die chronologisch vorerst letzte Notiz zu M.: *»Ruf M. Karte? Keine Worte. Liebe ist das, was übrig bleibt, wenn alles andere verschwindet.«*

Das Buch fiel mir aus den Händen. Der Satz tat weh. Ben sah auf, ich erwiderte seinen Blick, fand jedoch meine Sprache nicht. Diese Notiz war etwa fünf Jahre nach dem Urlaub in Frankreich entstanden, bei dem ich Amalia mit einem Mann im Café entdeckt und weinen gesehen hatte.

Dies war die letzte Notiz, die ich zu M. in den Büchern finden konnte – bis zu jener, die Ben und mich hierhergeführt hatte.

Ich stand auf. Ben legte den Kopf schief, fragend, ohne etwas zu sagen.

»Ich muss mir mal kurz die Beine vertreten«, sagte ich heiser. »Bin gleich wieder da.«

Ben nickte. »Wenn du mich brauchst …«

»Danke«, brachte ich hervor und floh aus dem Wintergarten, bevor ich etwas Dummes machen und erneut vor Ben in Tränen ausbrechen konnte.

Meine nackten Füße versanken im Gras, ich atmete tief durch, ließ den Blick über die Weinreben schweifen, die so alt waren, dass Generationen von Winzern mit den Händen über ihre Blätter gefahren waren. Über das frische Grün, die jungen Triebe oder die ersten Trauben, über die knorrigen Äste oder weichen Blätter. Ich lief tiefer in den Garten hinein, weg vom Haus, von den Erinnerungen.

Dort, wo der Rasen in den Hang überging, den Büschen und Sträuchern wich, die das Gelände zu den Weinreben hin begrenzten, blieb ich stehen und lehnte mich an einen Baum.

Ich zog mein Handy aus der Tasche. Das Display zeigte sieben verpasste Anrufe. Seufzend wählte ich die Kölner Nummer.

Milena ging sofort ran. Im Hintergrund war Kindergeschrei zu hören. »Sarah?«, fragte sie mit hoher Stimme, atemlos. »Wo um alles in der Welt *bist* du? Ich bin gestern beim Haus vorbeigefahren und du warst nicht da und du bist *immer* da, und außerdem sind die Schildkröten weg und ich habe mir *Sorgen* gemacht und dich schon hunderttausendmal angerufen. *Warum* gehst du denn nie an dein Telefon und was ist überhaupt los mit dir? Ich …«

»Milena«, unterbrach ich meine Schwester, »meinst du, Amalia war unglücklich verliebt, als wir damals zu ihr kamen?«

Schweigen.

Dann: »Sarah, wovon *redest* du? Ich habe *tagelang* versucht, dich zu erreichen und jetzt fragst du mich so was? Ich bin fast *verrückt* geworden vor Sorge und …«

Ich biss die Zähne zusammen und ließ ihren Redeschwall an mir vorbeiziehen. Ich hasste es, dass ich hier, Hunderte Kilometer entfernt, Milenas Betonung bestimmter Wörter hörte, diese Betonungen, die mich wahnsinnig machten und ihre Rede durchzogen wie kleine Splitterbomben.

Zwischen zusammengebissenen Zähnen brachte ich hervor: »Milena, es geht gerade nicht um dich. Ich wollte bloß wissen, ob du dich noch daran erinnerst, wie es war, als wir zu Amalia gekommen sind. Hattest du damals den Eindruck, dass sie jemanden vermisst? Hat sie mal was zu dir darüber gesagt?«

Stille, diesmal länger.

»Woher soll *ich* das wissen?«, fragte sie mit betont ruhiger Stimme. »Ich war zu dem Zeitpunkt damit beschäftigt, den Tod unserer Eltern zu verarbeiten, Sarah. Das würdest du wissen, wenn in deinem Kopf nicht alles immer nur um deine Obsession *du jour* kreisen würde. Ich war damals noch ein *Kind*. Und außerdem hätte Amalia nie etwas darüber zu mir gesagt, weil sie solche Dinge nur mit dir besprochen hat. Ihr beide habt Geheimnisse geteilt und einander blind verstanden. Ich war die, die außen vor blieb. Wenn sie dir also nichts dazu gesagt hat, hat sie mir ganz sicher nichts verraten.«

Schweigen.

»Du kannst dich also an nichts erinnern. Auch nicht an den Namen Matthieu?«, fragte ich noch einmal, um ganz sicherzugehen.

Milena seufzte. »Nein, kann ich nicht.« Ihre Stimme klang gedämpfter als noch zu Beginn unserer Unterhaltung.

Im Hintergrund waren die Schreie ihrer Söhne zu hören, die sich schon wieder in einen Streit hineinzusteigern schienen. Milena seufzte erneut.

»Wenn das alles ist?«, sagte sie. »Kannst du mir dann endlich sagen, wo du eigentlich steckst?«

»Bei Jean, ich habe dir doch gesagt, dass ich nach Frankreich fahre«, sagte ich ungeduldig.

»*Frankreich?* Aber ich dachte ...«

»Und was soll das überhaupt heißen, dass du immer außen vor geblieben bist, Milena?«, fragte ich plötzlich. »Amalia hat dich genauso sehr geliebt wie mich, da bin ich mir sicher.«

»Sarah ...«

»Nein, ich will wirklich wissen, was du damit meinst. Du weißt ganz genau, dass ...«

Erneutes Seufzen. Ich merkte, wie die Wut in mir hochstieg. Meine Hand schloss sich so fest um das Handy, dass es knackte.

»Es geht nicht immer nur um Liebe, Sarah. Ich bin mir sicher, Amalia hat ihr Bestes gegeben, und ich weiß, dass sie uns geliebt hat. Aber wir haben uns einfach nicht so gut verstanden. Zumindest nicht so gut, wir ihr beiden euch verstanden habt. Das musst du doch auch sehen? Ihr hattet eure Bücher, eure Geschichten, euer Restaurationsgeschäft, und ich … Ich war kein Teil davon. Ihr wart ein Team, und ich war das fünfte Rad am Wagen.«

»Aber das stimmt doch so nicht«, sagte ich perplex. »Du wolltest daran doch gar keinen Anteil haben! Du warst diejenige, die –«

»Ich kann jetzt nicht darüber reden, Thomas kommt gleich nach Hause«, unterbrach mich Milena abrupt. »Ich wollte nur wissen, ob es dir gut geht.«

Diesmal schwiegen wir beide. Ich spürte, dass mir dieses Gespräch ganz und gar entglitten war. Ich hatte ja keine Ahnung gehabt, wie meine Schwester empfand.

»Wir sprechen ein andermal, ja?«, sagte Milena.

»Okay«, sagte ich. Mein Blick auf die Weinreben im Sonnenlicht gerichtet, den Gesang der Vögel im Ohr, fühlte ich mich auf einmal, als hätte sich ein Loch unter meinen Füßen aufgetan.

»Pass auf dich auf«, sagte Milena noch. Und bevor ich etwas erwidern konnte, hatte sie schon aufgelegt.

26

Drachen und andere Monster

»Erzähl uns eine Geschichte, biiitte!«, forderte Milena zum gut hundertsten Mal. Sie lag in ihrem Lieblingspyjama und in eine Decke gewickelt auf dem Sofa, einen dicken Schal um ihren Hals. Vor ihr dampfte eine Tasse Salbeitee mit Honig. Es war der dritte Tag in Folge, dass sie wegen ihrer Mandelentzündung nicht zur Schule konnte, und Amalia hatte mich vorsorglich auch zu Hause behalten, obwohl ich nur einen Schnupfen hatte.

Der Herbst hatte Einzug gehalten und mit ihm die Saison der Erkältungen. Dabei war es noch immer mild, die Blätter hingen gelb und grün an den Bäumen, ein Schwarm von Spatzen in unserem Flieder eine lärmende Erinnerung an den Sommer.

Amalia saß in einem Ohrensessel, eins ihrer Notizbücher auf dem Schoß, in das sie mit hektischer Hand kritzelte. Ich lag bäuchlings auf dem Teppichboden vor dem Kamin, den Amalia Milena zuliebe angezündet hatte, und las.

»Mhhh«, brummte Amalia abwesend.

»Biiiiiitteee!«, machte Milena.

Ich rollte mit den Augen.

Amalia ließ mit einer entschiedenen Bewegung ihr Büchlein zuschnappen. »Na gut«, sagte sie.

»Yesss!«, jubelte Milena heiser.

Ich legte mein Buch mit den aufgeschlagenen Seiten nach unten auf den Teppich und wandte mich Amalia in ihrem Sessel zu. Auch wenn ich als Teenagerin natürlich schon zu alt für ihre Geschichten war, um nicht zu sagen uralt, und zu übersättigt und weltüberdrüssig, um zuzugeben, wie gern ich auch jetzt noch Amalias Stimme und ihren Erzählungen lauschte.

»Worum soll es denn gehen?«, fragte Amalia an Milena gewandt.

»Eine Prinzessin!«

»Es war einmal eine Prinzessin«, sagte Amalia.

Ich stöhnte und ließ meinen Kopf auf meinen Buchdeckel fallen.

»Halt die Klappe, Sarah, das ist *meine* Geschichte!«, sagte Milena aufgebracht.

»Du und deine blöden Prinzessinnen«, brummte ich. »Die durften früher nichts machen, außer hübsch aussehen und sich von irgendwem heiraten lassen, ist dir das eigentlich klar? Wie auf dem Viehmarkt.«

»Hey«, sagte Amalia zu mir, »lass deine Schwester. So redet man außerdem nicht über Frauen, vor allem nicht über solche, die gar keine andere Wahl hatten.«

Ich grummelte, während Milena mir einen Blick zuwarf, der mir höchst selbstgefällig vorkam.

»Es war einmal eine Prinzessin«, begann Amalia erneut, »die eines Tages von einem Drachen entführt wurde.«

Ich runzelte die Stirn. »Wie das?«

»Sie stand auf ihrem Balkon«, sagte Amalia trocken.

Milena stöhnte. »Weeeiter«, sagte sie.

Amalia lachte. »Sie fand sich nach einem kurzen, schreckenerregenden Flug, bei dem sie das Bewusstsein verloren hatte, an einem ihr unbekannten Ort wieder«, fuhr sie fort. »Nachdem sie sich aufgerappelt und ihre Augen sich an die Dunkelheit gewöhnt hatten, stellte sie fest, dass sie in einem dunklen tropfenden Zimmer in einem verfallenen Schloss war.«

»Wie kann ein Zimmer tropfen?«, fragte ich.

»Schh«, zischte Milena ungeduldig und Amalia antwortete: »Kreative Freiheit der Erzählerin.«

Milena schüttelte den Kopf, während ich nickte.

»Die Prinzessin wanderte durch die Schlossruine, die auf einer Klippe stand. Im Gartenschuppen fand sie schließlich eine Axt, die ein Holzfäller zurückgelassen haben musste und die sie fest mit beiden Händen ergriff. Damit machte sie sich auf die Suche nach dem Untier, das sie entführt hatte.«

Amalia machte eine Pause, diesmal schwiegen Milena und ich.

»Es war dunkel, ein Sturm tobte um die Ruine, und der Wind heulte durch die offenen Fenster. Regen peitschte hinein und zuckende Blitze erhellten den Himmel. Die Prinzessin schlich mit klopfendem Herzen von Raum zu Raum, immer eng an den Wänden entlang, in ihren Händen fest die Axt. Ihre Augen folgten jedem Schatten unter jedem Möbelstück. Schließlich ging sie eine Wendeltreppe hinauf und fand im obersten Turmzimmer den Drachen, der sie entführt hatte.«

Neben mir im Kamin knackte ein Holzscheit im Feuer und ich zuckte zusammen.

Amalia grinste. »Das Ungeheuer kauerte eng an einer der wenigen intakten Mauern des Turmzimmers auf einer Chaiselongue.«

»Was ist eine Schäselonge?«, fragte Milena.

»Ähm, eine Art Liegestuhl«, sagte Amalia.

Milena zog die Stirn kraus. »Dann war es ein sehr kleiner Drache?«

»Oder eine sehr große Chaiselongue«, sagte Amalia.

Milena nickte ernst.

»Die Prinzessin schlich sich an das Ungetüm heran, das friedlich zu schlummern schien. Es war kleiner, als sie erwartet hatte, ungefähr doppelt so groß wie ihr Lieblingspferd und von der Schnauze bis zu den Krallen mit dunkelgrünen Schuppen überzogen. Die schwarzen Flügel des Drachen schillerten wie Öl in einer Pfütze. Die Prinzessin hob ihre Axt, um dem Ungeheuer ein Ende zu bereiten, aber einer ihrer Füße musste ein Geräusch auf dem Steinboden gemacht haben, denn der Drache schreckte aus dem Schlaf auf.«

Amalia machte eine weitere Kunstpause, während Milena sich vorbeugte, ihre Augen geweitet. »Und dann?«, fragte sie atemlos.

Amalia lächelte. »Dann riss der Drache die Augen auf, bemerkte die Prinzessin, die mit erhobener Axt über ihm stand, und stieß einen Schreckensschrei aus. Der Drache kauerte sich unter seine Flügel und sah die Prinzessin mit angsterfüllten Augen über den Rand seiner Schwingen hinweg an. ›Bitte nicht!‹, sagte er ängstlich. ›Umpf‹, sagte die Prinzessin, in deren erhobenen Händen die Axt schwer wog.«

»›Umpf‹ ist kein Wort«, sagte ich.

»Sarah«, zischte Milena.

»›Umpf‹, *machte* die Prinzessin«, korrigierte sich Amalia und fuhr fort: »Die Prinzessin betrachtete den kleinen grünen Drachen, wie er da unter seinem Flügel kauerte. ›Du hast mich aus dem Palast entführt und bist ein Ungeheuer, warum sollte ich dich verschonen?‹, sagte sie zu ihm. ›Ich wollte dir gar nichts tun‹, sagte der Drache mit zitternder Stimme, ›bitte, das musst du mir glauben!‹ – ›Aber warum bin ich dann hier?‹, fragte die Prinzessin. ›Wegen deiner Erfindung‹, heulte der Drache. Die Prinzessin ließ die Axt ein Stückchen sinken. Es stimmte, sie war eine begabte Erfinderin, die gerade dabei war, eine Möglichkeit zu suchen, wie sich aus Magie und Sonnenlicht eine unerschöpfliche Energiequelle entwickeln ließ, umweltfreundlich und gesund. Mit der die Menschen dann ihre Kutschen antreiben, ihr Wasser erwärmen und ihre Häuser beleuchten konnten. Die Prinzessin wusste nicht, was jemand daran auszusetzen haben sollte. ›Was hat das alles hier mit meiner Erfindung zu tun?‹, fragte sie den kleinen, bebenden Drachen unwirsch. ›Du willst doch nur von dir ablenken, um deine Haut zu retten.‹ – ›Nein, bitte glaube mir! Die Kutschenbetreiber, die Köhler mit ihrem Holz und Rumpelstilzchen mit seiner Kinderarbeit in seiner Stroh-zu-Gold-Industrie würden all ihren Reichtum verlieren, wenn deine Erfindung fertig wird‹, sagte der Drache, ›denn sie alle machen Geld mit etwas, das deine Energiequelle ersetzen würde.‹ – ›Mhhh‹, machte die Prinzessin, ›und was hat das mit dir zu tun?‹ Der Drache zog seine Flügel noch ein Stückchen höher, als könne er sich damit vor der scharfen Axt schützen. ›Na ja, ich bin ein Drache‹, sagte der Drache leise. ›Und was heißt das?‹, fragte die Prinzessin. ›Das heißt‹, sagte der Drache traurig, ›dass die Leute das an mir hassen, was sie selbst aus mir gemacht haben. Dass sie mich fürchten, weil sie mich hassen.‹ – ›Das verstehe ich nicht‹, sagte die Prinzessin. Der Drache seufzte. ›Ich bin ein Ungeheuer, weil niemand einen Drachen will, es sei denn, sie brauchen jemanden, der eine Prinzessin entführt. Und wenn ich dich nicht entführt hätte, dann hätten sie mich umgebracht und dich gleich dazu.‹ Die Prinzessin ließ die Axt jetzt endgültig sinken, denn ihre Arme wurden schwer, und der Drache schaute sie mit großen grünen Augen flehentlich an. ›Mhhh‹, sagte die Prinzessin erneut.

›Sag mir, Drache, wie haben sie dich zwingen können, etwas zu machen, was du nicht willst? Bist du denn kein mächtiges Ungeheuer?‹ Der Drache blinzelte die Prinzessin an. ›Wie soll ich mächtig sein im Vergleich zu denen, die alles haben? Ich bin nur ein kleiner Drache und sie haben mir gedroht, mich und alle Drachen aus unseren Höhlen zu jagen und auszurotten, bis es keine Drachen mehr gibt, wenn ich nicht tue, was sie sagen.‹ Der kleine grüne Drache sah so traurig aus, als er das sagte, dass die Prinzessin ihm glaubte. ›Also steckst du gar nicht hinter alledem, sondern diejenigen, die damit Geld machen, wie die Dinge jetzt sind‹, sagte die Prinzessin.«

Ich schnaubte leise und grinsend in meine Arme hinein, auf denen ich meinen Kopf gebettet hatte. Das war typisch Amalia, dass in ihren Geschichten nicht der Drache, sondern »das Kapital«,»der globale Kapitalismus« oder »die Ölindustrie« den Antagonisten spielte.

Amalia warf mir einen Blick zu, dann fuhr sie fort: »Die Prinzessin musterte den Drachen und sah seinen dünnen Körper und seine mit großen Kratzern überzogenen Flügel. Sie sah, dass seine

Schuppen matt waren und nicht glänzten und seine großen Augen voller Traurigkeit. Die Prinzessin seufzte; die Welt war ein unfairer Ort und offenbar nicht gut zu kleinen grünen Drachen. ›Also gut‹, sagte sie, ›ich glaube dir.‹ Der Drache hob den Kopf. ›Du glaubst mir?‹ Die Prinzessin nickte. ›Aber das Ganze ist trotzdem keine Entschuldigung dafür, eine Frau gegen ihren Willen irgendwo hinzufliegen‹, sagte sie streng. Der Drache ließ den Kopf wieder sinken, er sah sehr zerknirscht aus. ›Es tut mir leid, aber wenn ich dich nicht mitgenommen hätte, hätten sie jemand anderen geschickt, um dich aus dem Weg zu räumen.‹ Das verstand die Prinzessin. ›Dann bleibt uns nichts anderes übrig, als uns selbst auf die Jagd zu machen‹, sagte sie zu dem kleinen grünen Drachen. ›Auf die Jagd?‹, fragte er vorsichtig, seine Ohren stellten sich neugierig auf. Die Prinzessin grinste. ›Auf die Jagd nach Rumpelstilzchen und den geldgierigen CEOs, die auf Kosten der Gesellschaft den Fortschritt aufhalten wollen. Dabei könnte ich jemanden mit Flügeln gebrauchen, der mich aus dieser elendigen Ruine auf den Klippen wegfliegt. Bist du dabei?‹, fragte die Prinzessin. Der Drache nickte eifrig und ließ langsam seine Flügel sinken, unter denen er gekauert hatte. Und so kam es, dass die Prinzessin und der Drache ein Team wurden, das gegen Umweltverschmutzung und für eine bessere Weltordnung kämpfte. Und wenn sie nicht gestorben sind, dann kämpfen sie noch heute. Ende.«

»Was?«, rief Milena aufgebracht. »Das kann nicht das Ende sein! Es kam ja noch gar kein Prinz vor, der die Prinzessin rettet!«

Amalia seufzte. »Aber die Prinzessin hat sich doch schon selbst gerettet.«

»Aber … Aber, wen soll die Prinzessin dann heiraten?«, fragte Milena.

»Vielleicht will sie ja gar nicht heiraten, vielleicht sind ihr ihre Arbeit, ihre Erfindungen und die Freundschaft mit dem Drachen genug«, sagte Amalia.

Milena schniefte skeptisch.

»Oder sie verliebt sich in den Drachen«, schlug ich vor.

»Das geht doch nicht!«, sagte Milena empört.

Jetzt grinste Amalia. »Warum nicht? Der Drache ist schließlich derjenige, der schon am meisten unter den Verhältnissen gelitten hat. Darüber muss die Prinzessin mit ihren Privilegien noch einiges lernen und vielleicht merkt sie dabei ja auch, was für ein Herz aus Gold unter der Schale mit den grünen Schuppen steckt.«

Amalia lachte, als Milena angewidert das Gesicht verzog. »Aber es ist doch ein Drache!«, sagte sie.

Amalia schüttelte den Kopf, warf erst mir und dann Milena einen Blick zu. »Ein Ungeheuer zu sein hat nichts mit dem Aussehen zu tun. Das Monster ist im Leben nicht immer der offensichtlichste Kandidat. Es ist wichtig, die eigenen Ängste nicht mit der Realität zu verwechseln.«

Milena stöhnte. »Nicht schon wieder eine von deinen Lebensweisheiten.«

Da konnte ich Milena nur zustimmen.

»›Man sieht nur mit dem Herzen gut‹«, zitierte ich neckend.

»›Das Wesentliche ist für die Augen unsichtbar!‹«, ergänzten Amalia und Milena lachend im Chor den Satz, den der Fuchs zum kleinen Prinzen sagt.

Und so kam es, dass die Prinzessin sich in den Drachen verliebte.

27

Geschwister sind die Schlimmsten

Ben fand mich im Garten unter einer Birke. Ich saß auf einer knorrigen Wurzel, die Füße vor mir im Gras ausgestreckt. Moos bedeckte den Boden um den Baum herum und einige trockene Büschel Wildgras, die sich der Aufmerksamkeit des Gärtners entzogen hatten. Birken schienen ihr eigenes Mikroklima mitzubringen, dachte ich, sie wuchsen in nassen und trockenen Böden, auf Wiesen, in Wäldern, Mooren und auf Dünen. Aber immer fühlte sich der Boden zu ihren Füßen gleich an, ein lichter Ort, nicht unter einer dichten Krone versteckt, aber doch geschützt, ein weißgrauer Stamm zum Anlehnen. Meine Zehen vergrub ich im Moos und meine Hände spielten mit einem Halm. Licht und Schatten warfen Muster auf meine Arme, die Blätter des Baumes ein leises Rascheln im Wind. Es roch nach Sommer, nach trockener Erde, dem betörenden Duft eines nahen Flieders, nach Hitze, falls Hitze einen Geruch hatte. Bienen und andere Insekten summten in den Beeten, in der Ferne rief ein Vogel. Inzwischen war es später Nachmittag, das Licht golden, die Luft warm und stehend, die Insekten träge und beschwert von Pollenstaub. Ich sah nicht auf, als Ben sich neben mich setzte. Er ließ sich vorsichtig auf einer weiteren Wurzel nieder, vielleicht um seine Bundfaltenhose nicht zu ruinieren. Seine polierten Schuhe glänzten in der Sonne, während er sich zurechtrückte, bis er eine einigermaßen bequeme Position gefunden zu haben schien, die Knie angewinkelt, die Ellenbogen auf den Oberschenkeln abgestützt.

Wir schwiegen eine Weile. Ben drängte mich nicht. Mit beiden Händen zupfte ich an einem Grasbüschel, das ich langsam, aber unaufhaltsam massakrierte.

»Hast du Geschwister?«, fragte ich Ben unvermittelt. »Du hast sie schon mal erwähnt, oder?«

»Ja, eine Schwester und einen Bruder«, antwortete er, während wir beide auf meine Hände sahen, die systematisch die Halme aus dem Grasbüschel rupften.

»Älter oder jünger?«

»Beide älter, mein Bruder ist der Älteste«, sagte Ben.

Ich sah zu ihm auf. »Du bist also das Nesthäkchen.«

»Mh«, machte Ben. »Ich fürchte schon.«

»Wie ist das so mit zwei älteren Geschwistern?«, fragte ich.

»Anstrengend«, sagte Ben und zog eine Grimasse.

»Mh«, machte ich diesmal und sagte nichts weiter dazu.

»Meine Schwester als mittleres Kind hatte es schwerer als ich, glaube ich«, fügte er nach einer Weile hinzu. »Mit einem älteren Bruder, der sie vor allem beschützen wollte, zum Beispiel vor ihrem eigenen Freund, und mit einem jüngeren, der sie halb zu Tode genervt hat, halb von ihr umsorgt wurde.«

Seine Stimme klang liebevoll, um seinen Mund spielte ein feines Lächeln. »Und wie ist es mit deinem Bruder?«

Das Lächeln verschwand, eine Falte bildete sich zwischen seinen Brauen. »Mit ihm ist es etwas komplizierter.«

Ich nickte, holte Luft. »Meine Schwester und ich, wir verstehen uns schon lange nicht mehr so richtig. Ich meine, es war immer ein bisschen seltsam mit uns beiden. Sie hatte wohl das Gefühl, auf mich aufpassen zu müssen, weil ich so schlecht in sozialen Situationen zurechtkam als Kind. Gleichzeitig war sie die Jüngere, und nachdem unsere Eltern gestorben waren … Amalia hat ihr Bestes gegeben, aber vielleicht war es nicht das, was Milena gebraucht hat.« Die letzten Sätze sagte ich mehr zu den Grashalmen in meinen Fingern als zu Ben.

»Deine Eltern sind gestorben? Das tut mir leid, Sarah.« Ben streckte die Hand aus und drückte meine erdigen Finger in seinen.

Ich hob die Schultern. »Ist schon lange her.«

»Wie alt warst du?« Seine Stimme war sanft.

»Ich war fast zehn«, sagte ich schließlich.

»Mein Gott, Sarah, das kann ich mir überhaupt nicht vorstellen.« Er verflocht seine Finger mit meinen, der Druck seiner Hand wurde fester. »Das tut mir wirklich sehr leid.«

Ich winkte ab. »Schon okay. Milena und ich hatten Glück. Amalia hat uns aufgenommen, wir sind bei ihr aufgewachsen und ich glaube, in einigen Punkten hat sie mich besser verstanden als meine eigenen Eltern.«

Wir schwiegen wieder eine Weile.

»Kein Wunder, dass du sie so sehr vermisst«, sagte Ben schließlich. »Sie hat dich aufgezogen und nach allem, was du bisher erzählt hast, klingt es, als hättest du eine Mutter verloren.«

Mein Hals verschloss sich plötzlich. »Ich vermisse Amalia gar nicht mehr«, krächzte ich.

Ben machte ein Geräusch in der Kehle.

»Nein, wirklich«, versicherte ich ihm. »Ich habe die fünf Phasen der Trauer nach Elisabeth Kübler-Ross nachgelesen, Leugnen, Zorn, Verhandeln, Depression und Akzeptanz, und ich bin mir sicher, dass ich die ersten vier schon in den Monaten kurz nach Amalias Tod durchlaufen habe. Ich meine, ich kann mir nicht so richtig vorstellen, dass ich überhaupt jemals ganz in der Leugnungsphase war … Das ist einfach nicht rational, ich wusste die ganze Zeit über, dass Amalia wirklich gestorben ist. Es ist nicht so, als hätte ich das jemals nicht verstanden, und überhaupt, Vermissen ist so explizit gar nicht aufgeführt …«

Ben löste seine Finger aus meinen und legte seine Hand auf meinen Unterarm. Ich sah auf das Spiel von Schatten und Licht auf unserer Haut, hell und dunkel.

»Es ist in Ordnung, Sarah«, sagte er leise, und zum ersten Mal, seit er sich hingesetzt hatte, begegnete ich richtig seinem Blick. Und das erste Mal seit Langem spürte ich die alte Frustration in mir aufsteigen, denn ich hätte so gern verstanden, was genau seine Augen sagten, ich hatte doch schon solche Fortschritte gemacht.

Ein Lächeln schlich sich auf Bens Lippen. »Für eine so kluge Frau, wie du es bist, ist es wirklich lustig, wie ahnungslos du in Bezug auf deine eigene Gefühlswelt zu sein scheinst«, sagte Ben.

Ich klappte den Mund auf und wieder zu wie ein gestrandeter Fisch.

»Da bist du nicht der Erste, der das sagt«, meinte ich schließlich.

Auf Bens Stirn bildete sich wieder die steile Falte. »Oh, ich wollte nicht … Ich meine, ich wollte damit nicht sagen, dass es da irgendeine Norm gibt oder dass du …«

Diesmal unterbrach ich ihn mit einem Seitenblick, seine Schultern wirkten plötzlich angespannt. »Keine Sorge, niemand hat mir je irgendwas diagnostiziert – und selbst wenn, wäre ich nicht beleidigt gewesen.«

»Puh, das ist gut. Ich meine, es ist gut, dass ich dich nicht beleidigt habe. Nicht gut, dass du keine Diagnose hast. Ich meine, es ist nichts Schlimmes daran, wenn jemandem etwas diagnostiziert wird oder auch nicht …«

Ben hörte auf zu reden, als ich auflachte. »Keine Sorge, Ben, ich verstehe schon, was du meinst.«

Bens Schultern entspannten sich ein wenig, aber ich ahnte, wie peinlich ihm die ganze Sache war. Ich tätschelte seine Hand auf meinem Arm.

»Als ich jünger war, stand eine Weile die Frage im Raum, ob ich im Autismus-Spektrum liege, weil ich schlecht mit sozialen Situationen zurechtkam und in der Schule auffiel. Aber ich bin der Sache nie weiter nachgegangen, denn mit Amalia …« Ich schluckte, bevor ich fortfuhr. »… mit Amalia zusammen ging es immer irgendwie.«

Ben nickte, drehte seine Hand, sodass meine darin lag, und drückte sie.

»Die Uni war die Hölle«, gestand ich, »vielleicht weil ich weder Milena noch Amalia an meiner Seite hatte, um für mich zu übersetzen. So habe ich während meines Bachelors praktisch niemanden kennengelernt außer meinen damaligen Freund.«

Wieder waren wir eine Weile still, aber inzwischen war es ein vertrautes Schweigen zwischen uns.

»Mein älterer Bruder war es, der immer auf mich aufgepasst hat«, durchbrach Ben das Zirpen der Grillen. »Ich war der kleine Junge mit der Brille, der mit zehn Jahren das *Oxford English Dictionary* quasi auswendig konnte. Du kannst dir vorstellen, wie gut das bei den anderen Schüler*innen ankam. Wir haben nie darüber gesprochen, aber ich denke, er hat sich meinetwegen oft geprügelt, damit mich die anderen in Ruhe ließen. In vielen Punkten ist er das komplette Gegenteil von mir – laut, gut aussehend, selbstbewusst, fitnessversessen. Als wir kleiner waren, bin ich ihm praktisch überallhin gefolgt. Es gab diese BMX-Strecke in einem der Parks in unserem Viertel und ich habe die Hälfte meiner Kindheit damit verbracht, meinem Bruder dabei zuzusehen, wie er durch den Matsch gerast ist.«

Ein Lächeln trat auf Bens Züge.

»Einmal, da war ich schon etwas älter, hat er mich versuchen lassen, den Parcours auf seinem BMX-Bike zu machen, nachdem ich ihn wochenlang deswegen angebettelt hatte. Es war ein heißer Sommertag, der Rasen vertrocknet und steinhart und die Spuren der Räder waren tief in den Boden gefurcht. Natürlich bin ich gleich in der zweiten Kurve mit dem Reifen stecken geblieben, vom Rad geflogen und hab mir den Arm gebrochen und die Brille zertrümmert.«

»Autsch.« Ich verzog das Gesicht.

Ben lachte leise. »Mein Bruder – Isaac – hat mich den ganzen Weg nach Hause getragen, während ich Rotz und Wasser geheult habe, eine Brille mit zersplitterten Gläsern auf der Nase. Er hat mich nicht verpetzt und den ganzen Ärger unserer Eltern über sich ergehen lassen, obwohl es ja im Grunde meine eigene Schuld gewesen war. Zu allem Überfluss ist auch noch sein BMX-Rad gestohlen worden, weil er es im Park liegen lassen musste, um mich nach Hause zu tragen. Trotzdem hat er meinen Eltern nichts gesagt, sondern einfach so lange das Geld von seinem Nebenjob gespart, bis er sich ein neues Rad kaufen konnte.«

Sein Blick war auf den in der Abendsonne liegenden Rasen geheftet. Das Lächeln auf Bens Lippen schien weit in die Vergangenheit zu reichen.

Er holte tief Luft. »Heute kann ich ihm nichts mehr recht machen. An allem, was ich tue, hat er etwas auszusetzen. Manchmal frage ich mich, was aus dem Jungen geworden ist, der für mich einen Monat Hausarrest auf sich genommen hat, ohne mit der Wimper zu zucken. Ich vermisse ihn.« Ben sah auf. »Also kann ich gut verstehen, dass es manchmal schwierig mit den eigenen Geschwistern ist. Und dass man Menschen vermissen kann, diejenigen, die nicht mehr da sind, und manchmal auch diejenigen, die es noch sind.«

Er sah mich an und schien irgendwas in meinen Augen zu suchen. Meine Finger zogen unwillkürlich an den Grashalmen und plötzlich hatte ich mit einem kleinen Erdschauer das ganze Büschel in der Hand.

Perplex sah ich darauf hinab.

Ben lachte auf und ich schlug ihm spielerisch auf den Oberarm. Er fing meine Hand ab und hielt sie in seinen beiden. Seine Augen wanderten über mein Gesicht und ich musste plötzlich schlucken, als eine seltsame Wärme sich in meinem Magen zu sammeln begann.

»Aua«, sagte Ben mit einem weiten Grinsen. »Ich nehme an, der Übergang zur nonverbalen Kommunikation ist deine Art, mir recht zu geben.«

Vielleicht hatte er recht. Jedenfalls strahlte er jetzt, seine Züge jung und unbekümmert im goldgelben Sommerlicht, sodass ich nichts anderes mehr sehen konnte.

Wir sahen einander an, eine elektrische Spannung in der Luft, die zuvor nicht da gewesen war. Etwas hatte sich verändert zwischen uns. Ich merkte, wie ich errötete, und räusperte mich.

»Warum bist du eigentlich hierhergekommen? Sicher nicht nur, um meine Stimmung aufzubessern?«, wechselte ich das Thema.

Ben ließ meine Hand los, ohne sein Lächeln zu verlieren.

»Nicht nur«, sagte er. »Ich glaube, ich habe etwas in Amalias Notizen entdeckt, was uns weiterhilft. Meint Jean zumindest. Er war ganz aufgeregt und ruft gerade einen alten Kollegen an, den deine Tante ein paarmal erwähnt hat.«

Ich richtete mich auf. »Warum hast du das nicht gleich gesagt?«

Ben zuckte mit den Schultern. »Andere Dinge schienen mir erst mal wichtiger.«

»Welche anderen Dinge?«, fragte ich empört. »Wegen der Karte sind wir doch hier!«

Bens Mundwinkel zuckten weiter nach oben. »Schon gut, vergiss es. Lass uns reingehen und nachschauen, ob Jeans Gehirn die Handystrahlung überstanden und er etwas herausgefunden hat.«

28

Fragen

Als Milena und ich kleiner waren, hatten wir ein Spiel, das wir immer auf langen Autofahrten oder wenn uns langweilig war, spielten. Es hieß schlicht das Fragespiel. Es ging so: Eine von uns stellte eine Frage und die andere musste antworten, danach durfte sie selbst eine Frage stellen. Achtungspunkte gab es für besonders einfallsreiche Fragen und Antworten.

Das mochte in etwa so ablaufen:

- Wie ist der Himmel heute?, fragte Milena.
- Heute sieht der Himmel aus wie eine aufgespannte graue Zeltplane mit ein paar aufgeklebten Wattebäuschen, sagte ich.
- Welches Fabeltier wärst du gerne?, fragte ich.
- Die Zahnfee – sie scheint immer Geld zu haben, sagte Milena.
- Was ist die schönste Farbe, die du je gesehen hast?, fragte Milena.
- Ultraviolett, sagte ich.
- Das ist gemogelt, das kann man gar nicht sehen, sagte Milena.
- Stimmt nicht, sagte ich.
- Stimmt doch, sagte Milena.
- Mit wem würdest du gerne auf einer einsamen Insel wohnen?, fragte ich.
- Sven aus der Parallelklasse, sagte Milena.
- Sven mit der Topffrisur?, fragte ich.
- Halt die Klappe, sagte Milena.

– Welches Buch könntest du mehr als einmal lesen?, fragte Milena.
– Viel zu schwierig zu beantworten, sagte ich.
– Typisch, sagte Milena.
– Was ist der Moment am Tag, den du am meisten magst?, fragte ich.
– Der Morgen, wenn ich aufwache und sonst noch niemand im Haus wach ist, wenn ich runterlaufe und das ganze Wohnzimmer für mich allein habe und niemand mir sagt, was ich zu tun und zu lassen habe, sagte Milena.

Beim Fragespiel musste man die Wahrheit sagen, das war eine unumstößliche Regel. Daher war es nicht ganz ungefährlich, heikle Fragen zu stellen wie die, ob die andere verliebt war, denn im nächsten Moment konnte man damit rechnen, eine ebenso heikle Frage gestellt zu bekommen. Wie zum Beispiel die, wen man alles schon geküsst hatte.

Und gleichzeitig wurde es uns nie langweilig, die andere auszuquetschen. Alles war potenziell peinlich oder witzig, eine gute Idee oder eine schlechte, aber immer interessant. Ich wusste von Milenas erstem peinlichen Kuss, ihren wechselnden Schwärmen, ihrer Angst vor Spinnen, davon, welche Jeans sie sich zu Weihnachten wünschte, welche Marken sie gerade cool fand und welche Freundinnen sich die Haare färbten.

Milena wusste, welche Bücher ich las, mit welchen LehrerInnen ich mich stritt, welche Jungs mich ärgerten, was meine Freundin Jamila zum Lunch mit mir geteilt hatte, welche Länder ich bereisen wollte.

Wir wussten, welche Farbe der Himmel für die andere hatte, welchen Duft die Apfelblüten und welchen Geschmack die Brombeeren aus dem Garten.

Wir hatten eine Menge übereinander gewusst. Und es war nie genug gewesen.

Jetzt fragte ich mich, wie der Himmel wohl für Milena aussah und ob ihre Lieblingsmomente immer noch die waren, wenn alle sie in Ruhe ließen.

Ich fragte mich, wann wir aufgehört hatten, einander Fragen zu stellen.

Wie es möglich war, dass von den beiden wichtigsten Personen in meinem Leben eine verstorben und die andere mir so fremd geworden war, dass ich nicht mehr wusste, welche Fragen ich ihr stellen sollte.

29

Le vent nous portera

Wir brachen am nächsten Morgen auf.

Ich stand auf dem Hügel in der Sonne und blickte über Jeans Anwesen, über das Gras, die tiefgrünen Reben, die Bäume, deren Blätter im Wind leise raschelten.

Neben mir trat Jean von einem Fuß auf den anderen. Ich hatte ihm die Bücher überreicht, die ich ihm mitgebracht hatte. Danach hatten wir einen gemeinsamen Spaziergang durch seinen Garten gemacht und über alle wichtigen Dinge geschwiegen. Jean hatte auf Blumen und Büsche gezeigt, auf Sträucher und Bäume und mir ihre Namen genannt, voller Stolz, dass die Erde seiner Vorfahren solchen Reichtum tragen konnte, als hätte er jede Pflanze mit eigenen Händen gepflanzt und nicht sein Gärtner. Ich hatte nicht das Herz, ihm zu sagen, dass ich die allermeisten schon durch meinen Vater kannte.

Nun blickten wir schweigend über die Weinreben. Wer würde die Früchte ernten, wenn Jean es einmal nicht mehr konnte? Seine Entscheidung, seinem Adelsgeschlecht ein Ende zu bereiten, bedeutete, dass jemand, den Jean nicht kennt, seine geliebten Trauben keltern oder verkommen lassen würde.

Aber vielleicht war das auch eine gute Sache. Der Verrat derer, die uns nah am Herzen lagen, war viel schlimmer als der eines Fremden, dachte ich.

»Und du bist dir sicher?«, fragte ich Jean bereits zum wiederholten Mal heute.

Jean seufzte. »Ja, Sarah, Wilfried, der Sammler aus Heidelberg, hat bestätigt, dass das letzte Auftauchen des verlorenen Segments der Tabula bei einer exklusiven Auktion in London war – bis die Karte dann zurückgezogen wurde. Das heißt, eure beste Spur ist das Auktionshaus. Ich bin mir ziemlich sicher, dass Amalia von der Auktion vor neun Monaten gehört hat, kurz darauf hat sie ja auch Ben kontaktiert.«

Jean schluckte und wir dachten wohl beide daran, dass ihr Tod es gewesen war, der ihre Spurensuche beendet hatte.

»Aber es ist doch ungewöhnlich, dass das verlorene Segment der Tabula mitten in der Auktion zurückgezogen wurde«, sagte ich schließlich.

Jean nickte. »Ja, ziemlich. Der oder die Sammlerin muss mit diesem Schritt einen ganz schönen Verlust gemacht haben. Das Auktionshaus hat sicher auf Schadensersatz bestanden.«

»Mh«, machte ich. Wenn es nicht ums Geld ging, musste es um etwas anderes gegangen sein. War es doch eine Fälschung, die jemanden zu entlarven drohte? Ohne die Karte zu sehen, würde ich es nicht herausfinden.

Jean und ich blickten, beide tief in Gedanken versunken, über seine Hügel, über die knorrigen Reben, ihre verschlungenen Äste mit den grünen Blättern und unreifen Weintrauben, den blauen Himmel darüber. In der Ferne sah ich Jeans Gärtner mit einer Heckenschere in der Hand zwischen den Spalier stehenden Weinreben verschwinden.

»Dein Gärtner ist auch schon seit Jahren derselbe, oder?«, meinte ich zu Jean.

»Michel?« Er brummte unwillig. »Ja, und er wird mit jedem Jahr störrischer und wunderlicher.«

Ich musste lächeln, immerhin konnte man das auch über Jean sagen.

»Vielleicht kannst du ihn mal zu einem Glas Wein auf deine Terrasse einladen.«

Jean warf mir einen Seitenblick zu. »Das hat Amalia auch immer gesagt.«

»Dann solltest du ihr diesen Wunsch erfüllen«, sagte ich.

Jeans Gesicht schien in sich zusammenzufallen.

»Es ist okay«, sagte ich. »Wir alle müssen irgendwie weitermachen, Jean.«

»Das sagt die Richtige«, knurrte er.

»Aber ich bin doch hier und ich versuche, einen der letzten Aufträge zu Ende zu bringen, den Amalia angenommen hat.«

»Und ist das nicht ironisch?«, sagte er.

Ich runzelte die Stirn. »Was soll das jetzt heißen?«

»Du bist wirklich nicht gerade ein leuchtendes Beispiel für gesunde Trauerarbeit«, sagte Jean.

Ich schniefte. »Ich weiß nicht, wovon du sprichst.«

Jean knuffte mich in die Seite. »Pass auf dich auf, meine liebe Sarah. Und komm mal wieder vorbei. Auf dem Rückweg zum Beispiel.«

Jetzt lächelte ich ihn an. »Das mache ich, allein wegen der Schildkröten. Bevor sie sich hier zu gut einleben. Und danke dir, Jean, danke für alles.«

Er sah auf seine Schuhe hinab. »Ist doch selbstverständlich. Amalia war meine älteste Freundin, aber du bist es auch. Viel Glück bei der Suche und lasst euch nicht von irgendwelchen Lappalien wie der rasanten Inflation, der ständigen Überwachung, dem Brexit und der rechtspopulistischen Regierung aufhalten!«

Ich zwinkerte ihm zu. »Würden wir nie tun.«

30

Durch zahlreiche Hände

Ein paar Worte muss ich an dieser Stelle vielleicht noch zur Tabula Peutingeriana sagen, bevor die Suche weitergeht. Verwirrend ist wahrscheinlich, dass ich immer vom »mittelalterlichen Original einer römischen Straßenkarte« spreche. Das hat mit der bewegten Geschichte dieser Karte und ihrer Vorbilder zu tun.

Wie bereits erwähnt geht unsere Kartenversion auf verschiedene ältere Vorläufer zurück, wahrscheinlich aus der Spätantike. Auf die Schätzung, dass mindestens einer der Vorläufer der Tabula Peutingeriana aus dem vierten Jahrhundert nach Christus stammen muss, kommt man, weil auf der Tabula die damals neu gegründete Stadt Konstantinopel eingezeichnet ist. Ein Vorbild könnte zum Beispiel auch eine vom römischen Feldherrn Agrippa in Auftrag gegebene Weltkarte sein, die später in seinen Grabstein eingemeißelt wurde. Außerdem gab es römische Straßenverzeichnisse für den abenteuerlichen Reisenden oder Eroberer, die sicher in die Gestaltung der Tabula Peutingeriana einflossen.

Manche Historiker*innen nehmen sogar an, dass die Ursprünge der auf der Pergamentrolle dargestellten Weltkarte der Tabula noch älter sind, denn einige Regionen darauf waren für die Römer kaum interessant und könnten auf hellenistische Vorläuferkarten verweisen, andere Teile der Welt, die die Römer kannten, wiederum fehlen.

Jedenfalls gibt es all diese möglichen Vorläuferlandkarten heute leider nicht mehr. Geblieben ist uns nur die eine Kopie eines vermutlich spätantiken Vorbildes. Diese Kopie stammt aus dem zwölften Jahrhundert, wie das Papier der Pergamentrolle verrät. Man weiß jedoch nicht, wo und von wem sie hergestellt wurde. Wahrscheinlich irgendwo in einem Kloster, wo Abschriften zumeist geleistet wurden. Fest steht nur, dass sie um 1500 über einen Freund bei Konrad Peutinger gelandet ist. Wo sie vorher war, ist unbekannt, ebenso, wann das verlorene Segment noch Teil der Karte war. Die Pergamentrolle taucht also in Peutingers Sammlung auf und da fehlte ihr wahrscheinlich bereits das erste Stück, denn auf den von seinen Nachfahren hergestellten neuzeitlichen Faksimiles ist es nicht vorhanden.

Nach Peutingers Tod geschah dann wieder etwas Seltsames: Die gesamte Karte verschwand erneut für über hundert Jahre und wurde erst im 18. Jahrhundert wiedergefunden. Jetzt fragt man sich, wie so etwas passieren kann. Die Antwort ist einfach: In jeder Bibliothek gehen Dinge verloren durch falsche Katalogisierung oder Einordnung, durch Verleih, durch Unachtsamkeit oder Diebstahl.

Jedenfalls springe ich gleich zum nächsten interessanten Teil der bewegten Geschichte der Tabula. Denn als Nächster hatte die Tabula Peutingeriana ein Prinz in den Händen, ein Abkömmling verschiedener europäischer Adelsgeschlechter. Eigentlich dazu verdonnert, ins Kloster zu gehen, strebte der junge Prinz Eugen eine militärische Laufbahn an. So diente er als Feldherr der österreichisch-habsburgischen Dynastie – ich weiß nicht, ob das wirklich die bessere Wahl war. Viele Schlachten und Gemetzel später, und sicher auch einige amouröse Abenteuer – Eugen war wohl den Männern zugetan und daher wahrscheinlich auch nie verheiratet –, war der Prinz ein angesehener Mann, der in Kunst investierte, Paläste baute und eben Bücher und Karten sammelte. So gelangte die Karte vermutlich als Geschenk in die Hände dieses Feldherrn.

Nach dem Tod von Prinz Eugen, der schließlich an einer Lungenentzündung und nicht an einer Kriegsverletzung starb, wurden seine riesige bibliothekarische Sammlung sowie sein gesamter Besitz – unter anderem bestehend aus mehreren Palästen, viel Geld, zahlreichen Kunstwerken, Ländereien und einem gigantischen Zoo mit unzähligen Tieren – seiner Nichte Anna Viktoria vermacht; er hatte nämlich vergessen, ein Testament zu schreiben. Die Sammlung von Schriftstücken wurde ihr schließlich von Kaiser Karl VI. aufgekauft und in die kaiserliche Hofbibliothek eingebettet, die später zur Österreichischen Nationalbibliothek wurde.

Die Mitarbeiter dieser Bibliothek waren es auch, die Mitte des 19. Jahrhunderts die sechs Meter lange Tabula Peutingeriana in elf Einzelsegmente zerteilten, um die Lagerung und Konservierung zu vereinfachen. Elf Teile, die alle heute noch in derselben Bibliothek zu finden sind.

Der erste Teil der Pergamentrolle muss also schon vorher verschollen gewesen sein. Man hätte auch annehmen können, dass er schlicht zerstört worden sei – bis er wieder auftauchte auf einem Foto, das Amalia geschossen hat.

Seltsam, wie etwas durch die Jahrhunderte geistern und durch reines Glück oder Zufall in die Hände von Menschen geraten kann, die erkennen, was sie vor sich haben, und für seine Erhaltung sorgen. Und nun würden Ben und ich nach London fahren und unser Glück auf der Jagd danach versuchen.

PARS I

Britannia (Segment I)

Fin papir, veln mir
Boyen, boyen, oy a brik
Katshn zik, katshn zik
In indzer land tzerik

Vus vet zayn,
Jiddisches Volkslied

Aus Papier werden wir
eine Brücke bauen
Und wir rollen zurück
in unser Land.

Was wird sein,
Jiddisches Volkslied

31

Übers Meer

Wir hatten den Wagen im unteren Deck der Fähre geparkt, irgendwo in der Mitte zwischen lauter Fahrzeugen, die britische Kennzeichen trugen. Ben und sein Vauxhall waren wohl erleichtert, in der Gesellschaft anderer Autos zu stehen, deren Fahrer und Fahrerinnen auf der falschen Seite saßen.

Auf der Suche nach einem zweiten Frühstück machten Ben und ich uns auf den Weg zum oberen Deck. Die Schlange vor dem Café war lang. Als wir endlich an der Reihe waren, bestellte ich zwei Milchkaffees und Croissants. Die Frau hinter der Theke erklärte, gerade das letzte Gebäck verkauft zu haben; auf meine Frage nach etwas Süßem schüttelte sie nur bedauernd den Kopf. Mein Magen knurrte, meine Stimmung sank. Das zweite Frühstück nahm ich sehr ernst.

Ben bedeutete mir, nach draußen zu gehen, und wir machten uns auf den Weg zur Reling. Im grauen Himmel über der Fähre kreischten Möwen, ließen sich vom böigen Wind tragen, der das Meer zu kleinen Wellen aufwühlte. Die frische, salzige Luft pustete meine Enttäuschung weg. Ben stand dicht neben mir. Ich hörte ihn tief einatmen, dann legte er die Hände auf die Metallstangen der Reling, die er fest umschloss. Als ich ihm seinen dampfenden Pappbecher reichte, pustete er hinein, bevor er daran nippte. Einen Moment lang schauten wir schweigend aufs Meer, die grauen Wogen, die Gischt, die hochspritzte. Die heiseren Schreie der Möwen erfüllten die Luft.

Ich fröstelte, als ein Windstoß unter meine Kleidung fuhr.

»Ist dir kalt?«, fragte Ben.

Ich antwortete mit einem Schulterzucken.

Ben gab mir wortlos seinen Kaffeebecher, dann nahm er seinen Rucksack von der Schulter und kramte daraus eine dünne Outdoorjacke hervor, eine ähnliche, wie er selbst sie trug.

»Hier.« Er reichte mir die Jacke im Austausch für die Kaffeebecher.

Ich zog eine Augenbraue hoch. »Warum hast du zwei Jacken dabei?«, fragte ich.

Ben sah zu Boden. »Na ja, ich, ähm … Also, ich hatte den Eindruck, dass du vielleicht nicht so recht darauf achtest, wie das Wetter ist, und eventuell eine gebrauchen könntest.« Er wippte auf den Fußsohlen vor und zurück.

Ich musste unwillkürlich lächeln. Offenbar besaß er eine gute Menschenkenntnis. Es stimmte, dass ich auf Nebensächlichkeiten wie das Wetter kaum achtete, da andere Dinge meine ganze Aufmerksamkeit in Anspruch nahmen. Milena hatte früher manchmal gewitzelt, sie sei froh, dass ich es schaffe, mich überhaupt anzuziehen, bevor ich das Haus verlasse.

»Danke.« Ich zog die Jacke an und spürte sofort, wie mir wärmer wurde.

Ben stellte die Kaffeebecher auf den Boden neben uns, kramte erneut in seinem Rucksack. Er holte eine knisternde Kekspackung heraus, die er mir gleich darauf auffordernd hinhielt.

»Als Ersatz für das Croissant?«, fragte er.

Ich löste zwei schokoladenbezogene Haferkekse aus der Packung und verschlang sie hungrig zu meinem Kaffee.

»Du bist wirklich gut ausgerüstet«, sagte ich kauend.

Ben betrachtete mich und knabberte dabei vorsichtig an seinem Keks. In dem Tempo würde er kaum etwas von der Packung abbekommen.

»Wir sind ja auch auf einer Schiffsreise, da sollte man immer gut vorbereitet sein«, sagte er.

»Für den Fall, dass man auf einer eineinhalbstündigen Überfahrt verloren geht?«

Ben grinste. »Genau, für den Fall, dass man der ein oder anderen Sirene begegnet, die man mit Keksen betören kann.«

Ich nickte. »Ein unterschlagener Fakt der *Odyssee*: Sirenen können Schokolade nicht widerstehen.«

Ben lachte, das Geräusch wurde fast vom Wind weggerissen.

»Manchmal«, sagte Ben, »komme ich mir auf dieser Fähre selbst wie Odysseus vor. Wenn man in England anlegt, könnte in der Zwischenzeit alles passiert sein: eine neue PremierministerIn vereidigt, ein neuer König gekrönt, der Austritt aus dem Sonnensystem verkündet. Es könnte jedes Mal ein Jahrzehnt vergangen sein und sich alles verändert haben zwischen dem Moment, in dem ich auf dem Festland das letzte Mal aufs Handy geschaut habe und meiner Ankunft in Großbritannien.«

»Klingt plausibel«, sagte ich. »Aber immerhin wartet keine Ehefrau auf dich, die deinen Tod will, um mit ihrem Geliebten zusammenzukommen, oder?«

Ben sah mich merkwürdig an. »Nein, das ist zum Glück nicht der Fall.«

»Das hat mich immer an der Geschichte gewundert: Odysseus zieht in den Krieg und verschwindet dann für zehn Jahre auf Abenteuerreise – und das sicher nicht ganz unabsichtlich, es kann mir keiner erzählen, dass man sich in der Ägäis derart verfahren kann –, kommt dann nach Hause und ist erstaunt, dass er nicht nahtlos da weitermachen kann, wo er aufgehört hat. Ich meine, was hat er denn erwartet?«, sagte ich.

»Eine treue Ehefrau, die klaglos die Stellung hält und dann alles aufgibt, sobald er wieder da ist«, fragte Ben.

Ich schnaubte. »Na klar, während er sich die Zeit mit heißen Stelldicheins mit Sirenen und Zauberinnen vertrieben hat.«

»Hm, ich habe die Geschichte etwas anders in Erinnerung«, sagte Ben mit funkelnden Augen.

Wir schwiegen eine Weile, Ben sah aufs Meer hinaus, während ich ihn dabei beobachtete. Seine Augen schienen auf den Horizont gerichtet, eine schmale Linie, die ein Grau vom anderen trennte.

»Das eigentlich Tolle an diesen alten Geschichten wie der *Odyssee* ist, dass dort die Gefühle der Heldinnen und Helden nie so richtig auserzählt werden. Ich meine, man erfährt, was sie machen, und manchmal, warum sie es machen. Aber die ganzen Emotionen, die sie dabei haben, bleiben im Erzählen verborgen. Es ist einem selbst überlassen zu überlegen, was sie in diesen Momenten wohl empfunden haben«, sagte Ben irgendwann.

Ich dachte einen Moment nach. Das Gefühl, nicht so richtig zu wissen, was die anderen für Emotionen hatten, wenn sie Dinge sagten und taten, war mir sehr vertraut.

»Für mich ist es eigentlich immer so«, sagte ich.

Ben schenkte mir ein halbes Lächeln, dann senkte er den Blick auf seine Hände, in denen er den Kaffeebecher hielt. »Ich glaube, du schlägst dich in solchen Dingen besser, als du denkst, Sarah.«

Bens Worte ließen meinen Magen kribbeln. In der Ferne tauchten die Kreidefelsen von Dover auf, die selbst im schwachen Licht der wolkenverhangenen Sonne weiß über dem grauen, unruhigen Meer erstrahlten. Ich schnappte nach Luft, stupste Ben mit der Schulter an und zeigte auf die Felsen. Er wandte sich jedoch mir zu, sein Blick auf mein Gesicht geheftet. Der Wind brauste auf, brachte Seeluft und Wasser mit sich, Gischt landete auf meiner Wange.

Ben streckte die Hand aus, so langsam, dass ich mein Gesicht hätte zurückziehen können, wenn ich gewollt hätte, und wischte mir mit dem Daumen sanft die salzigen Tropfen fort.

Ich schluckte und drehte mich wieder zum Ausblick um. Und so standen wir da, den Blick auf die hellen Klippen gerichtet, unter uns toste das Meer, um uns brauste der Wind, und das alles war viel besser in Bens Gesellschaft, mit einer warmen Jacke und einer Packung Kekse, die wir uns teilten, bis die letzten Krümel verschlungen waren.

32

Sterne spiegeln sich im dunklen Wasser

Immer wenn ich das Meer sehe, denke ich an den Sternenhimmel. Ich denke an das Meer bei Nacht. Da ist etwas Urtümliches, Unendliches im Rauschen der dunklen Fluten, im Umschlagen der schwarzen Wellen, in der Spiegelung des Mondes im undurchdringlichen Wasser, in den kleinen Lichtreflexen auf der sich ständig verändernden, unruhigen Oberfläche. Kleine Momente von Licht in unendlich weiter Dunkelheit.

Der schwarze Nachthimmel zwischen den Sternen wie das bewegliche Wasser, die Abwesenheit von Licht als der Raum zwischen den Dingen, ausfüllend und alles umfassend wie die Fluten des Meeres.

»Gott, bist du wieder melodramatisch«, würde Milena jetzt sagen, und vielleicht stimmt das auch.

Aber die alten Reisenden, die auf Segelschiffen die Welt durchquerten, waren mindestens genauso dramatisch, glaubten an Monster und rachsüchtige Göttinnen und die Unendlichkeit einer Welt, die sie nicht verstanden. Nur die Erde hielten sie richtigerweise nicht für unendlich, und die Angst, vom Rand der Erdscheibe zu fallen, war vielleicht ganz real, auch wenn sich das Meer in alle Richtungen ausbreitete. Nur: Was glaubten sie, wohin sie fallen würden, wenn das Wasser sie über den Rand der Erde spülte? Mitten hinein in die Dunkelheit des Universums, das sich damals noch um die Erde drehte. Auch sie sahen also eine Verbindung zwischen dem Ozean und dem Äther, der die Welt umgab, eine ganz konkrete, reale Verbindung, in der das Meer vielleicht in die Weite des Weltalls floss, als wären sie aus demselben Stoff gemacht.

Die alten Seefahrer brauchten Sextanten, um sich auf den Weiten der See zu orientieren, um zurück zur Küste zu finden. Sie brauchten Sternkarten und Fixsterne, sie brauchten das Licht, das auf den Wellen schwimmt, das von so weit her kommt, dass die Hitze tausend brennender Sterne zu Nadelstichen im Gewebe des Universums wird.

Immer wenn ich das Meer sehe, denke ich an den Sternenhimmel. So oft, wenn wir etwas Schönes, leuchtend Helles sehen, vergessen wir die Dunkelheit, die es erst sichtbar macht.

Ich fragte mich, wie erst das sanfte Wischen eines Daumens über meine Wange mich daran erinnern konnte, wie lange mich schon niemand mehr berührt hatte. Nicht umarmt, nicht die Hand geschüttelt, nicht über den Arm gestreift – sondern mein Gesicht, meine Lippen, mich.

Ich fragte mich, wie es sein konnte, dass es eine einzige Berührung gebraucht hatte, um mir schlagartig klarzumachen, dass ich einsam war.

33

Leben und leben lassen

Manchmal denke ich, ich bin schon immer einsam gewesen. Selbst in der Zeit, in der ich mit meinem Exfreund Philip zusammen war, habe ich mich einsam gefühlt. Vielleicht gerade da. Vielleicht bin ich einfach für die Einsamkeit gemacht.

Aber so ganz stimmt das nicht.

Es war im Herbst nach jenem unendlich langen Sommer, in dem Milena und ich unsere Eltern verloren und mir so richtig klar wurde, dass wir grundsätzlich verschieden waren. Es hatte natürlich zuvor schon einige Anzeichen dafür gegeben.

Als Milena und ich im Winter Schlitten fahren gingen und ein Junge an ihren Zöpfen zog und sie mit Schnee einseifte, küsste sie ihn später hinter der Schule auf den Mund; als ein Junge über mich Witze machte und mich mit einem Schneeball bewarf, schubste ich ihn den Hügel runter.

Als ich eingeschult wurde, stand ich allein in einer Ecke hinter einem Flieder im Schulhof und sagte alle lateinischen Blumennamen auf, die mir einfielen, um mich zu beruhigen. Als Milena eingeschult wurde, hatte sie am Ende des Tages drei beste Freundinnen, mit denen sie lachend aus dem Schultor gerannt kam.

Als unsere Eltern starben, brach Milena in Tränen aus und schrie – und ich wurde still.

Und als wir im Sommer zu unserer Tante kamen, nahm Amalia uns bei der Hand und sagte uns, dass beides in Ordnung war und dass wir das schon schaffen würden.

Vielleicht war der Unterschied hier, dass Milena und ich ihr auf verschiedene Weise glaubten.

Auf unserer neuen Schule in Köln, wo ich die vierte Klasse wiederholte und Milena die zweite begann, lief alles anders als zuvor. Diesmal waren wir gemeinsam die Freaks. Die Schwestern, deren Eltern gestorben waren. Kinder können grausam sein, wahrscheinlich sind sie das vor allem, weil sie sich und ihre Emotionen noch nicht verstehen und ihre Fähigkeit, sich in andere hineinzuversetzen, noch nicht ganz entwickelt ist.

Jedenfalls standen Milena und ich in den Pausen plötzlich zusammen. Nicht weil wir uns so gut verstanden, sondern weil wir zusammen eben weniger angreifbar waren und ein klitzekleines bisschen weniger allein.

In einer Pause kam es schließlich zur Konfrontation mit unserer Nemesis Tatiana, sie war die Herrscherin des Schulhofs wie Shakespeares Feenkönigin, von der sie nur wenige Buchstaben trennten. Rechts und links flankiert von ihren Günstlingen, zwei Mädchen, die ihren Ranzen trugen und ihr im Unterricht über die Unterarme strichen, die sie vor sich auf den Tisch legte.

Jedenfalls hatte die schöne Feenkönigin es auf Milena und mich abgesehen. Sie lauerte uns in den Korridoren auf, machte Witze über mein Forscherinnenkostüm und zog an Milenas Rucksack, warf mein Forschungsheft auf den Boden, zerbrach Milenas Lieblingsstift. In der Pause erzählte sie den anderen, dass wir muffig rochen, weil wir in einem alten Haus voll vergammeltem Papier wohnten. Heute glaube ich, sie war kein glücklicher Mensch. So, wie sie das Unglück verbreitete, war sie innig damit vertraut. Aber das wusste ich damals nicht.

In einer Pause jedenfalls kam Tatiana, begleitet von ihren getreuen Vasallinnen, zu uns herübergeschwebt, während ich auf einer Steinkante auf dem Schulhof saß und in mein Forschungsheft zeichnete und Milena daneben im Sand spielte und mir von der neuen Haarspange erzählte, die Amalia ihr gekauft hatte.

Tatiana blieb vor uns stehen, und in meinem Magen zog sich alles zusammen. Ich hielt meine Augen fest auf das Büchlein in meinem Schoß gerichtet.

»Hey Sarah«, sagte Tatiana, »was schreibst du da in dein Heft?«

Ich sah auf. Das klang harmlos genug.

»Lass«, zischte Milena mir zu. »Sag einfach nichts.«

»Was denn?«, fragte Tatiana mit einem nicht zu deutenden Lächeln. »Ich hab doch nur eine Frage gestellt.«

Ich entschied, dass eine Antwort wahrscheinlich nicht schaden würde.

»Ich zeichne den Verdauungstrakt einer Kuh nach«, sagte ich also. »Rinder haben vier Mägen, die sie zum Wiederkäuen brauchen und die das Gras durchläuft, bevor sie es wieder ausscheiden.« Das hatte ich aus dem Biounterricht.

Tatiana starrte mich einen Moment lang an, während Milena hinter mir hörbar die Luft einsog.

Dann zeigte Tatiana mit einem Zeigefinger auf mich. »Du interessierst dich also für Kuhscheiße? Oder ist es *Scheiße* an sich?«

»Nein, ich …«

Aber es war zu spät. Hinter Tatiana begannen ihre Freundinnen zu lachen.

»Sarah, Sarah. Soll ich dir einen Scheißhaufen von unserem Hund mitbringen, damit du daran forschen kannst?«, fragte Tatiana in einem spottenden Singsang, während um uns herum noch mehr Leute zu lachen begannen.

»Nein, die Verdauung von pflanzen- und fleischfressenden Tieren …«, begann ich, da ich den Eindruck hatte, dass Tatiana mich nicht so recht verstand, aber sie unterbrach mich.

»Steckst du deine Nase auch in deine eigene Scheiße? Stinkst du deshalb immer so?«, fragte sie nun lachend.

Ich sah verwirrt von einem zum anderen, während alle um Milena und mich herum lachten. Ich hatte keine Ahnung, wie wir vom Verdauungstrakt von Kühen hierhergekommen waren.

Hinter mir stand Milena langsam auf. Ich drehte mich zu ihr um, sie hatte ihre Hände zu Fäusten geballt und zitterte leicht. Gerne wollte ich sie fragen, worum es hier eigentlich ging, aber sie starrte nur Tatiana an.

Milena stellte sich vor mich, obwohl sie fast einen halben Kopf kleiner als unsere Kontrahentin war.

»Weißt du was, Tatiana? Mir stinkt hier bloß eins. Dass du dich nur mit jemandem anlegst, die offensichtlich nicht so ein Miststück ist wie du.«

Und dann holte Milena aus und schlug Tatiana mit ihrer geschlossenen Faust mitten ins Gesicht.

Es knackte laut, und hinter uns begann jemand zu kreischen.

Während Milena und ich vor dem Zimmer der Rektorin saßen und auf Amalia warteten, hielt Milena meine Hand, als ob ich Trost bräuchte. Ihre andere Hand war in einen Eisbeutel gewickelt.

Als Amalia kam, um uns abzuholen, klammerten Milena und ich uns aneinander fest. Amalia seufzte und kniete sich vor Milena und mir auf den Boden.

»Zeig mal her«, sagte sie und nahm vorsichtig Milenas Hand, während diese vor Schmerz aufstöhnte und das Gesicht verzog.

»Der Daumen ist wohl gebrochen«, sagte Amalia schließlich.

Das war der Moment, in dem Milena zu weinen begann, von der Bank rutschte und Amalia um den Hals fiel.

»Es tut mir so, so leid«, heulte sie, »aber … Tatiana … Sie war sooo gemein zu Sarah und … ich konnte einfach nicht …« Ihre Worte wurden von einem lauten Schluchzer unterbrochen.

»Schh«, machte Amalia, schlang ihre Arme um Milena, streichelte ihr über den Rücken und warf mir einen Seitenblick zu, während ich stocksteif auf der Bank vor der Tür der Rektorin sitzen blieb. Ich hatte gar nicht daran gedacht, wie Amalia reagieren würde, wenn sie auftauchte. Deshalb hatte Milena meine Hand wohl so festgehalten. Plötzlich schoss die Angst mir heiß in den Magen. Ob Milena auch fürchtete, dass Amalia uns wegschickte, wenn wir

Probleme machten? Milena konnte solche Dinge besser einschätzen als ich.

Doch Amalia streckte eine Hand nach mir aus und zog mich in die Umarmung hinein, gegen die ich mich nur ein ganz kleines bisschen sträubte.

»Es ist gut, dass du auf deine Schwester aufpasst, Milena«, flüsterte Amalia schließlich, »aber ich hätte dir besser beibringen sollen, dass man nicht mit einer um den Daumen geschlossenen Faust zuschlägt, was?«

Milena zog den Kopf zurück und sah Amalia ungläubig an.

Unsere Tante wuschelte ihr durch das Haar. »Leben und leben lassen«, sagte sie. »Das ist mein Motto, aber wenn das nicht mehr geht, dann sollte man sich immerhin zu wehren wissen. Wenn es deiner Hand besser geht, melde ich dich für einen Selbstverteidigungskurs an, ja?« Sie lächelte und fügte mit einem Zwinkern hinzu: »Da bringen sie einem wohl auch Selbstkontrolle bei.«

Das war und blieb das erste und einzige Mal, dass ich Milena so wütend erlebte, dass sie jemanden tätlich angriff. Tatsächlich hasste Milena den Selbstverteidigungskurs dann so sehr, dass Amalia ihr schließlich erlaubte, zum Ballettunterricht zu wechseln. Auch das lehre Selbstkontrolle, meinte sie schulterzuckend, und dass für Milena der Kurs dann wohl Strafe genug gewesen sei.

Und obwohl die ganze Episode ziemlich viel Ärger auslöste und wir nach dieser Sache die Schule wechseln mussten, vergesse ich manchmal die Lektion, die ich wirklich daraus hätte lernen müssen: dass Milena, zwei Jahre jünger als ich und so nah am Wasser gebaut, dass Amalia regelmäßig die Augen darüber rollte – dass meine kleine Schwester das erste und einzige Mal, als sie die Kontrolle verlor und jemanden schlug, das um meinetwillen getan hatte.

Und dass es nicht nur Amalia war, die unumstößlich zu mir stand.

34

Love's Labour's Lost

Ben und ich fuhren durch die Straßen Londons. Nachdem wir die Fähre im langsamen Strom der Zurückkehrenden und Touristen verlassen hatten, hatten wir mehr als die versprochenen zwei Stunden von Dover nach London gebraucht. Aber jetzt waren wir da.

Auf der falschen Seite zu fahren war jedenfalls nichts für meine Nerven.

Über uns der Himmel war grau und voller Wolken, und während Ben Richtung London fuhr, folgte ich mit dem Blick den Rändern der Sturmfront, die uns zu begleiten schien, seit wir die Fähre verlassen hatten. Typisch. Als hätte Großbritannien nicht nur seine eigene Währung, seine eigenen Verkehrsregeln, seine eigene Kirche und seinen eigenen idiotischen Ausstieg aus der europäischen Handelsunion, sondern auch seine eigene Klimazone. Nach dem Motto: Es mag das schlechteste Wetter auf dem Planeten sein, aber es ist *unseres*.

Ich bin mir nicht sicher, wie Ben es schaffte, aber sobald wir die äußeren Ausläufer der großen Metropole hinter uns gelassen hatten und etwas näher ans Zentrum der Stadt kamen, verfuhren wir uns.

»Google sollte uns wirklich nicht hier hinbringen«, brummte er zum wiederholten Mal, während wir von der Stadtautobahn abfuhren.

»Die Route wird berechnet«, sagte die monotone Computerstimme.

Ich schniefte. In meinen Händen hielt ich den Atlas, aber die

Londoner Stadtkarte war zu klein und unübersichtlich, um damit navigieren zu können.

»Warum folgst du dann den Anweisungen?«, fragte ich, ebenfalls nicht zum ersten Mal.

»Na ja, Google muss sich irgendwas dabei gedacht haben«, murmelte Ben mit gerunzelter Stirn, während wir an einer Ampel hielten. Ich war bisher nicht dazu gekommen, mich so richtig umzusehen. Jetzt blickte ich auf das Pub an der Ecke der Straße, an der wir hielten, ein rot gestrichenes Gebäude mit großen Fenstern und einem altmodischen Holzschild mit den Worten »The Prancing Pony« darauf, neben dem Bild eines Pferdes, das auf seinen Hinterbeinen stand. Geranien blühten in großen Kästen vor den Fenstern mit Butzenscheiben. Vor dem Eingang standen Männer und Frauen mit großen Biergläsern, die tranken, rauchten und miteinander lachten.

Ben fuhr weiter und griff mit einer Hand nach dem Handy. Ich kam ihm zuvor und riss das Gerät an mich, das stoisch »Wenn möglich, bitte wenden« wiederholte.

»Konzentrier dich auf den Verkehr!«, rief ich hektisch.

»Aber wir sind hier falsch«, sagte Ben.

»Moment! Halt da drüben mal an, wenn du kannst.«

Hemdsärmelig manövrierte Ben uns zwischen zwei Autos hindurch in eine kleine Seitenstraße, ich sog scharf die Luft ein, als er abrupt abbremste. Vor uns stolzierte eine Taube über die Straße. Ben ignorierte das wilde Hupen eines roten SUV hinter uns.

Schließlich hatte die Taube die andere Seite erreicht, und Ben fand ein paar Meter weiter am Rand der Straße eine Lücke, in der er stehen blieb.

»Parkverbot«, sagte Ben mit gerunzelter Stirn.

Ich holte tief Luft, um mein Herz zu beruhigen. »Du brichst nicht so gerne die Regeln, oder?«, fragte ich einen Atemzug später.

Er wandte sich zu mir um und rückte mit einer Hand die Brille auf seiner Nase zurecht. »Wie kommst du darauf?«, fragte er.

Ich öffnete den Mund, um zu antworten, als mir das Funkeln in seinen braunen Augen auffiel. Ich hielt inne.

»Das war wahrscheinlich Ironie, oder?«, sagte ich misstrauisch.

Ben nahm mir mit einem Grinsen sein Handy ab und begann, darauf herumzutippen. Seine Finger hatten dabei meine gestreift, und einen Augenblick lang hielt ich die Luft an, als ein elektrischer Funken durch meine Hände fuhr. Ich starrte zu Ben, der nichts gemerkt zu haben schien und murmelnd und leise fluchend mit der freundlich-apathischen Google-Stimme stritt. Unwillkürlich folgte mein Blick der Linie seiner Wangenknochen hin zu seinen Lippen, die sich plötzlich zu einem kleinen Lächeln verzogen.

Ertappt huschten meine Augen nach oben. Heiße Scham schoss mir in die Wangen, aber Bens braune Augen musterten mich ruhig.

Er schwieg einen Moment. »Was hältst du davon, wenn du uns mit einer Straßenkarte navigierst?«, fragte er unvermittelt und beugte sich über meine Beine, um im Handschuhfach zu wühlen. »Ich bin mir sicher, ich habe irgendwo hier … Tada!«, rief er schließlich triumphierend und hielt mir einen großen gefalteten Stadtplan hin.

Ich blinzelte. »Du hattest eine Straßenkarte und hast trotzdem dieses dämonische Ding navigieren lassen, das uns die letzte halbe Stunde im Kreis geführt hat wie durch den neunten Kreis der Hölle?«, fragte ich ungläubig und schnappte ihm die Karte aus der Hand.

Ben lachte. »Ehrlich, Sarah, bei jedem anderen Menschen wäre ich sicher, dass wir bessere Chancen mit Google als mit einem alten Stadtplan haben. Aber irgendwie habe ich das Gefühl, dass du Karten ganz gut lesen kannst, stimmts?«

Ich schniefte indigniert. »Selbstverständlich«, sagte ich gespielt empört. Dann grinste ich: »Ich bin die Königin der Karten.«

*

Wir brauchten tatsächlich noch eine Weile, bis wir vor Bens Elternhaus standen.

Ich kann nicht behaupten, den schnellsten Weg durch die Stadt gefunden zu haben, aber immerhin fand ich überhaupt einen. Wir folgten einer der großen Straßen an der Themse entlang, der Fluss grau wie der britische Himmel. Das London Eye, die Hochhäuser in der Ferne, die London Bridge und das berühmte Parlament huschten in meinen Augenwinkeln vorbei, während ich mich auf das Papier zwischen meinen Händen konzentrierte. Ich sah auf und erblickte den Big Ben, der vor dem Hintergrund einer zugezogenen Wolkenfront an mir vorbeiglitt, und mit einem Ziehen im Magen erinnerte ich mich an Amalias Türklingel mit dem ikonischen Glockenschlag. Rote Doppeldeckerbusse, Passanten in grellen Windjacken, bunte Hausboote im grauen Wasser der Themse blitzten auf, wenn ich vom Stadtplan hochsah. Erste Regentropfen fielen auf die Windschutzscheibe, und Ben schaltete die Scheibenwischer ein.

Die Kulisse der Stadt kam mir surreal vor, als wären die berühmten Gebäude nur Bilder, die in einem Fernseher an mir vorbeiliefen. So weit weg von zu Hause.

Unwillkürlich schloss ich die Hände um die Karte, das Rascheln und Knittern des Papiers ein vertrautes Geräusch, das meine Nerven beruhigte.

Schließlich verließen wir den Stadtkern, und ich hörte, wie auch Ben erleichtert aufatmete.

Nach einer weiteren kleinen Ewigkeit parkte Ben in einer winzigen Parklücke am Rand einer Seitenstraße, gesäumt von roten Backsteinhäusern, deren strahlend weiße Zierleisten sich gegen den grauen Himmel abhoben. Davor befanden sich schwarze schmiedeeiserne Zäune, die winzige Vorgärten umgaben. Wir befanden uns im Stadtteil Islington. Die Straße vor uns wand sich in einem eleganten Bogen nach oben, die Häuserreihe auf der einen, ein Park mit Kirche darin auf der anderen Seite. Thornhill Crescent, hatte

Ben gesagt. Der Motor ging aus, und wir blieben einen Moment sitzen, während der Regen nun stärker zu prasseln begann.

Ich versuchte, durch die dicken Tropfen, die gegen die Windschutzscheibe klatschten, das Gebäude vor uns zu erkennen, ein schmuckes Backsteinhaus mit großen, von weißem Stuck umgebenen Fenstern und einer blau gestrichenen Tür mit einem altmodischen Türklopfer.

Ben wandte sich zu mir um. »Und du bist dir sicher, dass das hier okay für dich ist?«, fragte er.

Ich drehte mich zu ihm. Plötzlich merkte ich, wie erschöpft ich war. Ich fühlte mich unendlich müde. Die Konzentration auf das Navigieren durch eine mir unbekannte Millionenstadt hatte mich ausgelaugt.

Irritiert runzelte ich jetzt die Stirn. »Das hast du mich doch schon auf der Fähre gefragt. Ja, Ben, es ist für mich in Ordnung, bei deinen Eltern vorbeizufahren, weil deine Wohnung gerade einen Wasserschaden hat. Und wenn es mir zu viel wird, kannst du mich ja beim Hotel absetzen. Aber jetzt will ich nur noch die Beine hochlegen.«

Bens linker Mundwinkel zuckte nach oben. »Wenn du einmal etwas gesagt hast, dann meinst du es auch so, nicht wahr?«

»Natürlich«, sagte ich und rollte mit den Augen. »Welcher Idiot sagt denn was anderes, als er oder sie meint?«

»Oh, ungefähr acht Milliarden Idioten, wenn man die zukünftigen Erwachsenen mitrechnet.« Bens Augen funkelten.

»Touché«, sagte ich und: »Hast du einen Regenschirm?«

Das war nicht der Fall, und die wenigen Meter vom Auto zur Haustür reichten aus, um uns komplett zu durchnässen.

Ben klingelte. Kurz darauf wurde die Tür von einer Frau geöffnet, auf deren Gesicht sich sofort ein strahlendes Lächeln ausbreitete.

»Ben«, rief sie, bevor ihr Blick auf mich fiel. »Und du musst Sarah sein, Ben hat schon viel von dir erzählt.« Noch bevor ich etwas erwidern konnte, öffnete sie die Tür ein Stück weiter und winkte uns herein.

Wir standen in einem gemütlichen Flur mit einer Garderobe, die überquoll von Jacken, Schals und Hüten. Die Frau lächelte breit. Ihr dunkles Haar war gewellt, ihre Haut makellos, ihre Lippen leuchteten in einem satten Rot. In ihren Ohren blitzten Perlenstecker, und sie trug ein graues Kostüm, das ihre Rundungen ausgezeichnet in Szene setzte. Plötzlich fühlte ich mich unbehaglich in meinen Jeans, dem ausgeleierten grünen Kapuzenpulli und Bens Regenjacke darüber. Das Alter der Frau konnte ich schlecht schätzen, irgendwo zwischen vierzig und fünfzig vielleicht, aber als sie begann, in schnellem Englisch auf Ben einzureden, und ihm dabei half, seine nasse Jacke auszuziehen, war ich mir sicher, dass es seine Mutter sein musste. Dann wandte sie sich zu mir.

»Welcome.« Sie reichte mir eine Hand, die sich warm um meine schloss. »Ich bin Naomie«, sagte sie in ihrem eleganten britischen Englisch.

»Danke«, erwiderte ich und lächelte zurück.

Einen Augenblick später trat ein Mann zu uns in den Flur. Die Ähnlichkeit zu Ben war unverkennbar, es musste sein Vater sein. Er trug ein Tweedjackett und eine Weste in Beige, seine dunklen Haare waren kurz und grau meliert, die Haut ein wenig dunkler als die seiner Frau. Er klopfte Ben enthusiastisch auf die Schulter, lächelte mir kurz zu und wandte sich dann an Naomie.

»Ich habe Kekse gebacken«, sagte er zu ihr.

Sie lächelte. »Hast du den Timer gestellt, Liebling? Oder sind es deine Kekse, die so verbrannt riechen?«, fragte sie.

Die Augen von Bens Vater wurden weit, er drehte sich murmelnd um und verschwand schnell wieder im Inneren des Hauses. Naomies Lächeln blieb breit und weich auf ihren Zügen stehen, während sie ein Lachen zu unterdrücken schien und Ben den Kopf schüttelte.

»Das ist mein Mann, Emrys«, erklärte sie. »Du wirst ihn beim Essen besser kennenlernen. Er ist ein großartiger Englischprofessor, aber leider ein etwas zerstreuter Koch.« Sie lachte, als sie mein

Stirnrunzeln sah, und sagte mit einem Zwinkern: »Keine Sorge, seinen Keksen geht es gut. Ich habe den Ofen vorhin schon ausgeschaltet.«

Ich war so perplex von ihrer unkomplizierten Freundlichkeit und davon, wie sie mich gleich ins Familiengeschehen einbezog, dass ich sie nur anstarren konnte.

»Ihr bleibt doch zum Abendessen?«, fragte sie dann, diesmal an Ben gewandt.

Ben fuhr sich durch sein kurzes Haar, warf mir einen Blick zu, bevor er sagte: »Mum, ich weiß nicht, ich hab Sarah eigentlich gesagt, dass wir nur kurz hier vorbeischauen und ich sie dann beim Hotel absetze.«

»Papperlapapp, wir haben doch ein Gästezimmer, und du kannst in deinem alten Zimmer schlafen. Ich bin mir sicher, dass Sarah bei dem Wetter nicht mehr unbedingt nach draußen will. Ihr seid ja ganz nass geworden, kommt erst mal rein und wärmt euch auf. Sarah, ich hole dir ein Handtuch, du kannst vor dem Essen duschen oder wenigstens die Haare trocknen«, sagte Naomie in einem fürsorglichen Ton, der keinen Widerspruch duldete.

Bevor wir ihren Anweisungen folgen konnten, kam eine junge Frau in bunter Kleidung in den Flur, ihre Haare ein stolzer Afro, in ihren Ohrläppchen klimperten Kreolen. Die Frau schloss Ben sofort in die Arme.

»Versuch es erst gar nicht, kleiner Bruder! Du bist so lange nicht mehr zum Dinner hier gewesen, da hast du jetzt keine Chance, aus der Nummer wieder rauszukommen«, sagte sie, während sie Ben wieder losließ und ihm über den Kopf strubbelte.

Ben machte ein undefinierbares Geräusch in seiner Kehle und versuchte, sein Haar wieder glatt zu streichen, was bei der Kürze kaum nötig war.

Die Schwester wandte sich mir zu, und ich stellte mich schon auf eine Umarmung ein, auf die ich mich mit einem tiefen Atemzug vorbereitete, aber stattdessen reichte sie mir nur lächelnd eine

Hand mit strahlend blau lackierten Fingernägeln. »Sarah«, sagte sie, »Ben hat uns schon viel von dir erzählt. Komm rein. Ich bin Debbie.«

Ich warf Ben einen Blick zu und hätte ihn gerne gefragt, was genau er von mir erzählt hatte.

Debbie zog mich an der Hand, die sie nicht losgelassen hatte, ins Wohnzimmer, wo ihre Mutter mir ein Handtuch hinhielt.

Debbie lächelte und wollte gerade etwas sagen, als Ben dazwischenfuhr. »Deborah, lasst Sarah doch erst mal ankommen. Ich zeige ihr, wo sie sich frischmachen kann, und dann reden wir über alles Weitere, ja?«

Ich warf Bens Rücken einen dankbaren Blick zu, als er mich eine helle Holztreppe nach oben führte und eine Tür zu einem großen cremefarben gekachelten Bad öffnete. Waschbecken, Badewanne und Dusche waren in geschmackvollem, zurückhaltend modernem Design, was mich in diesem alten Haus überraschte.

»Ist alles okay, Sarah?«, fragte mich Ben, der vor dem Badezimmer stehen blieb, und eine Falte bildete sich auf seiner Stirn. Gern hätte ich die Hand ausgestreckt, um sie glatt zu streichen.

Ich zuckte halb mit den Schultern, halb nickte ich.

»Meine Familie kann etwas überwältigend sein, selbst für Leute, die soziale Interaktionen schätzen«, sagte er.

Ich verschränkte die Arme vor der Brust. »Wer behauptet denn, dass ich soziale Interaktionen nicht schätze? Ich bin das Herzstück jeder Party«, erwiderte ich trocken.

Ben zog eine Augenbraue hoch, aber seine Mundwinkel zuckten.

»Mach dir keine Sorgen, ich bin nicht aus Zucker, sonst hätte mich der Regenguss noch mehr aufgeweicht.«

Damit verschwand ich im Bad.

Im Spiegel schaute mir ein blasses Gesicht mit Sommersprossen entgegen. Mein erdbeerblondes krauses Haar, das die freundlicheren Friseure als »stark naturwellig« bezeichneten, war durch den Regen pitschnass und würde nach dem Abrubbeln in alle Richtungen stehen. Ich holte tief Luft und ließ sie langsam wieder entweichen.

Ich hoffte sehr, dass ich mich vor Bens Familie nicht allzu sehr blamieren würde. Vielleicht war es so einfach, mit seinen Verwandten zu sprechen wie mit Ben – und wenn nicht, würden sie bestimmt untereinander so viel zu erzählen haben, dass es nicht auffiel, wenn ich still blieb.

Mein Blick fiel auf den mit schimmernden Kolibris bestickten Kimono, der an der Badezimmertür hing. Ich musste an Emily Dickinson und ihr Gedicht über Federdinge denken, und in meiner Brust fing es ganz plötzlich auch an zu flattern.

35

Ein bisschen Feuchtigkeit hat noch niemandem geschadet

Es ist seltsam, wie bestimmte Gerüche das Bewusstsein umgehen und einen direkt in die Vergangenheit zurückwerfen. Zumindest sind es bei mir Gerüche mehr als Geschmäcke, genau so, wie es Proust mit dem Madeleine-Effekt beschreibt. Typisch auch, dass es in der ikonischen Szene, die er in *Auf der Suche nach der verlorenen Zeit* beschreibt, eine Madeleine ist, deren Duft seinen Ich-Erzähler in die Vergangenheit katapultiert, und nicht der von Zwieback, wie es bei Proust selbst wahrscheinlich der Fall war. Eine durchaus nachvollziehbare Entscheidung – sein siebenbändiges Monumentalwerk einem Zwieback zu widmen, das hätte, offen gesagt, wohl alle etwas enttäuscht.

Da gibt es einen ganz bestimmten Geruch nach feuchter Erde, er erinnert mich zuverlässig an die Wasserpumpe in Amalias Garten, die an der Seite des Hauses angebracht ist und immer tropft. Es ist ein frischer, etwas kühler Geruch, nicht unangenehm, nicht wie ein stehender Teich, sondern eher wie ein langsam fließender sauberer Bach in einem Kiesbett, in den man die ausgestreckte Hand taucht und das Wasser durch die Finger rinnen lässt. Wenn ich diesen Geruch mit einem Wort beschreiben sollte, würde ich sagen, es ist der Geruch von Feuchtigkeit.

Im Deutschen ist es schwierig, mit dem Wort Geruch etwas Neutrales zu beschreiben, Geruch scheint negativ besetzt – Duft wiederum ist nur positiv konnotiert. Irgendwie typisch, dass die deutsche Sprache zwei polare Begriffe, aber kein neutrales Wort dafür hat. Als wäre es immer gut oder schlecht, etwas mit der Nase wahrzunehmen, nie einfach nur interessant oder auch belanglos.

Jedenfalls war der Geruch – oder Duft – der Wasserpumpe in Amalias Garten kein schlechter, aber auch nicht unbedingt ein überaus angenehmer. Was ihn für mich besonders machte, war, dass er in der Nähe meines Lieblingsrückzugsortes lag: einer Hängebuche, deren Zweige mit den Blättern den Boden berührten. Die Pumpe war ganz in der Nähe, und komischerweise war es – neben den Gerüchen von Gras und Erde, von Baumrinde und *Sommer* – der Geruch des nassen Fleckchens Stein darunter, der sich in mein Gehirn eingegraben hatte. Ich lag unter der Buche, wenn ich allein sein wollte oder verwirrt war, wenn etwas Schlimmes geschehen war oder etwas, das ich nicht verstand. Wie bei meinem ersten Kuss, als der Junge danach zu lachen begann, weil es eine Wette gewesen war. Oder als ich mein Tropenforscherinnenkostüm ausziehen musste. Oder als meine vermeintliche Freundin mich zum falschen Kino schickte. Wenn ich nicht eingeladen war zu Geburtstagen oder Partys, wenn ich beim Kölner Karneval ein Molekül sein wollte und meine Klassenkameraden mich deshalb auslachten. Sogar später, wenn Philip bestimmte Dinge sagte und dann ganz andere tat, wenn er mich kritisierte oder sich über mich lustig machte, weil ich ihn nicht verstand, besuchte ich Amalia am Wochenende und legte mich ins Gras. Kurz: Wenn die Welt mir mal wieder über den Kopf wuchs. Dann lag ich unter der Hängebuche und atmete den Geruch von frischer Feuchtigkeit ein, und dann würde Milena kommen und mir irgendwas erzählen und um mich herum mit ihren Ponys spielen oder Hausaufgaben machen oder später auf ihrem Handy herumtippen. Oder Amalia würde vorbeilaufen und eine Gießkanne nach der anderen mit Wasser aus der Pumpe füllen und die Pflanzen im Garten wässern, denen das komischerweise sonst nie zuteilwurde. Milena und Amalia ließen mich in Ruhe, aber sie ließen mich nicht allein. Und wenn ich etwas wie den frisch-feuchten Geruch der Wasserpumpe rieche, dann fühle ich mich einen Moment lang sowohl traurig als auch geborgen, und ich spüre geradezu die Wurzeln und Bucheckern in meinen Rücken zwicken.

Es gibt auch den Geruch von Milenas Parfum, der einen ähnlichen Effekt auf mich hat. Vielleicht sollte ich hier lieber Duft sagen, aber da die Mühen der Parfümindustrie an mich verschwendet sind, weil ich die meisten Düfte zu stark und unangenehm finde, bleibe ich lieber bei Geruch. Der Geruch jedenfalls, den ich gar nicht so richtig beschreiben kann, keine Ahnung, was für Duftnoten und Komponenten er enthielt, kam aus einem kleinen tropfenförmigen Flakon mit Verschluss in Blütenform, und Milena trug ihn immer auf, wenn sie das Haus verließ, um auszugehen. Sie hatte den Duft früh für sich entdeckt und verwendet ihn noch heute – auch wenn sie zwischenzeitlich mehr nach ausgespuckter Milch und Babybrei roch.

Einmal habe ich das Parfüm an einer Frau in der Fußgängerzone wahrgenommen. Ich fuhr herum und erwartete, meine Schwester vorzufinden, lachend und mit funkelnden Augen, *Was machst du denn hier, Sarah?*, aber es war eine andere Frau, elegant, mit Kopftuch und mit zwei kleinen Kindern an der Hand, die an mir vorbeihastete.

Am Anfang meiner Beziehung mit Philip hatte der Geruch seiner frisch gewaschenen Hemden, der Duft von Waschmittel darin, gemischt mit seinem ganz eigenen Geruch, ein kribbelndes Gefühl in meinem Bauch ausgelöst. Ich hatte die Nase gern an seinem Hals vergraben, tief eingeatmet. Später hatte das Aroma seines Waschmittels mir einen Stich versetzt, ein unbestimmtes Gefühl von Versagen vermittelt, genau wie es seine Worte regelmäßig taten.

Dann gab es noch den Geruch von Amalias Shampoo, ein Duft, der mir so vertraut war wie ein Teil von mir. Ein bisschen frisch, ein bisschen herb mit einer Zitrusnote, warm und vor allem so vertraut, so *selbstverständlich*. Sie wusch sich immer die Haare, bevor wir uns auf die Jagd nach Antiquitäten und alten Büchern machten, dann war der Duft besonders stark. Dadurch roch dieses Shampoo für mich auch nach Aufregung, ein bisschen nach Angst und natürlich nach Abenteuer.

Ich stand wie vom Donner gerührt in der großen Dusche im Badezimmer von Bens Eltern und hielt eine Shampooflasche in der einen Hand, einen Klecks davon in der anderen, von dem mir genau dieser Duft entgegenströmte. Es fühlte sich an wie eine warme Umarmung und ein Schlag in die Magengrube zugleich.

Es war, als stünde Amalia neben mir und legte mir eine Hand auf die Schulter.

Manchmal ist Trost so schmerzhaft wie die Wunde selbst.

Ich stand da, starrte auf die Kacheln und wollte nicht mehr heimgesucht sein von Gerüchen und von Erinnerungen, und ich wollte nicht in Bens Elternhaus unter der Dusche stehen und weinen, mit einem ziehenden, schweren Gefühl im Magen. Ich wollte nicht mehr täglich an eine Frau denken, die mehr Mutter für mich gewesen war als meine leibliche und die mich verlassen hatte und deren Abwesenheit schwerer wog als alles, was ich bisher gekannt hatte.

Selbst als Philip mir gesagt hatte, dass es zwischen uns aus und vorbei sei, weil er nicht sicher sagen könne, ob ich ein Mensch sei oder eine Art Roboter, so wenig, wie ich ihn verstehen würde, selbst da hatte es nicht so wehgetan.

Das Wasser hatte das Shampoo von meinen Fingern gewaschen. Mit einer Hand stützte ich mich an den Kacheln ab und stellte die Flasche zurück. Seit ich mit Ben losgefahren war, hatte ich nicht mehr so oft an Amalia gedacht wie in den letzten Monaten, sodass diese überraschende Heimsuchung mir fast den Boden unter den Füßen wegriss. Ben war wie ein Exorzist gewesen, der die Geister der Vergangenheit in Schach hielt mit seinen Fragen, seiner Neugier, seinem Wunsch, eine alte Karte ausfindig zu machen und ein Abenteuer mit mir zu bestreiten.

Ich stellte das Wasser ab und wickelte mich in das große flauschige Handtuch, das Naomie mir gegeben hatte. Mit einer Hand wischte ich den Dunst vom Spiegel, sah mein blasses Gesicht mit den müden grünen Augen. Plötzlich wollte ich nicht allein sein und dachte an die Stunden im Auto zurück, die ich mit Ben in den letzten Tagen verbracht hatte, die Stunden, in denen ich kein einziges Mal unvermittelt an Amalia gedacht hatte, und wenn die Rede auf sie kam, war es seltsamerweise in Ordnung gewesen. Es hatte sich natürlich angefühlt, selbstverständlich.

Und dann zogen andere Bilder in mir hoch: Bens wache Augen, deren Blick mich irritierte, Bens warmes Lächeln, das mich so verwirrte. Ich sah ihn vor mir, wie er seine Brille hochschob, wie er sich durch die kurzen Haare fuhr, ein Mundwinkel oder eine Augenbraue, die nach oben huschten. Wie er mich durcheinanderbrachte, wenn er etwas Cleveres oder Ernstes sagte, und mich aufmerksam ansah, sobald ich etwas erzählte. Ich sah seine Bewegungen, die trotz seiner Anzughosen und den Hemden etwas Leichtes, Tänzerisches hatten, was gar nicht zu einem korrekten Bibliothekarsauftreten passte. Wie er mich ablenkte mit seiner Angewohnheit, beim Fahren mit einer Hand zu gestikulieren, wenn wir uns über die richtige Ordnung eines Bibliothekskatalogs austauschten und die Restauration von antikem Papier, über Landkarten und alte Manuskripte – und das nicht nur, weil er mich mit seinem Fahrstil in Todesangst versetzte.

Vielleicht würde ich von nun an den Geruch von Zitrusshampoo mit diesem Ziehen im Magen verbinden, dachte ich und dass es kein Wort für einen Duft gab, der sich wie die wirbelnde Mischung von Trauer und etwas völlig anderem anfühlte.

Schon lange hatte mich kein Mann mehr so durcheinandergebracht wie Ben. Dabei wusste ich es definitiv besser. Philip hatte mir klar gezeigt, was für eine Niete ich als Freundin gewesen war, weil ich seine Bedürfnisse nicht hatte sehen können. Wie sollte es auch anders sein, wenn man mir erklären musste, was jemand anderes empfand. Und natürlich würde sich ein schöner Bibliothekar aus London nicht ernsthaft für mich interessieren mit meinem wirren Haar, den unsäglichen Gesprächsmanieren, meinem Palast aus Papier und meiner Unfähigkeit, so zu sein wie andere, *nicht normal*, wie Philip gesagt hatte. Selbst wenn Ben mit mir tanzte, mich tröstete, mir zuhörte, konnte das doch alles viel weniger bedeuten, als ich dachte. Das immerhin hatte Philip mir ebenfalls beigebracht.

Dies war ein Job, nicht mehr und nicht weniger, und bald würde ich zurückkehren in Amalias Villa, und Ben würde nur noch ein ferner Gedanke sein.

Aus meiner Tasche, die ich aus dem Auto mitgebracht hatte, suchte ich mir trockene Kleidung und legte sie an wie einen Schutzschild, eine Schicht aus Jeans, T-Shirt und Pulli, die mich gegen die Welt und gegen die Torheit meiner eigenen Wünsche schützen sollte.

Ich sah nach draußen. Vor dem Fenster rauschte der englische Regen aus dem grauen Himmel, trommelte auf die Hausdächer, die Kirche gegenüber, ein Schleier über der Stadt. Es war Sonntag, Ben und ich würden den Tag mit dem Ordnen unserer Notizen und anscheinend mit seiner Familie verbringen und unsere Suche fortsetzen, sobald wir am Montag das Auktionshaus aufsuchen konnten. Wir würden weitere Hinweise finden oder eine Sackgasse, und wir würden das verlorene Segment der Tabula schließlich auftreiben oder nicht, und dann würde ich nach Hause zurückkehren, um einige Erfahrungen und ziemlich viel Aufregung reicher und ganz sicher nicht mit einem gebrochenen Herzen.

Und das musste genug sein.

36

Ein paar Episoden in Sachen Liebe, aus denen Sarah einige schmerzhafte Lehren zieht

Die Sache mit Philip wäre vielleicht nicht so verheerend gewesen, wenn ich nach der Geschichte mit Dex der Liebe nicht schon so gut wie abgeschworen gehabt hätte. Und dann kam Philip, und ich machte mir *Hoffnungen*. Was für eine grauenhafte Angelegenheit.

Philip war nicht der erste Mann, dem ich nähergekommen war, aber der erste, bei dem ich dachte, es könnte mehr sein zwischen uns. Nachdem ich mit fünfzehn zu der Erkenntnis gelangt war, dass ich mich wahrscheinlich nicht so hoffnungslos und herzzerreißend verlieben würde wie die anderen Mädchen, gab es auch keinen Grund mehr, mit dem Küssen und dem Sex auf die große Liebe zu warten. Meinen ersten Kuss hatte ich ja schon seit der Grundschule hinter mir, und auch wenn es für den Jungen eine Wette gewesen war, war diese Hürde immerhin genommen. Was das anging, fühlte ich mich also nicht ganz so unbedarft, und ich verbrachte einige nette Abende auf den Partys meiner KlassenkameradInnen – mittlerweile hatte ich Routine darin, mich selbst einzuladen –, wo ich über das Küssen lernte, was es zu lernen gab. Ein bisschen war es wie meine Studien zu Pflanzen und Kräutern: ein wissenschaftliches Experiment, eine vergleichende Feldstudie, meine Versuchsobjekte die Jungs in meinem Alter. Es gab solche mit schmalen oder volleren Lippen, mit weichen und rauen, und sie bewegten ihre Lippen ganz verschieden auf meinen. Es gab die enthusiastischen Küsser, die mit der Zunge spielten, und solche, die beim Küssen automatisch versuchten, eine Hand unter mein

T-Shirt zu schieben. Alles in allem hielt ich das Küssen für eine angenehme Sache, bis Milena mir eines Nachmittags auf dem Rückweg von der Schule auflauerte und mich, tränenverschmiert und wutentbrannt, anschrie, ich solle damit aufhören, mich wie ein Flittchen zu benehmen. Anscheinend hatte ich inzwischen einen *Ruf*. Es hieß, ich sei leicht zu haben, würde mit jedem rummachen und sei schnell ins Bett zu kriegen. Letzteres stimmte nicht, ich war mit keinem der Jungs ins Bett gegangen, auch nicht auf die Couch oder in einen Wandschrank, wie mir in einem Fall vorgeschlagen worden war. Aber das spielte keine Rolle. Laut Milena galt ich als das Stufenflittchen, das wahllos mit jedem was hatte. Das erklärte vielleicht, warum ich so viele Angebote bekam.

Ich verstand das Problem nicht. Das Ganze war ein Experiment, und die verschiedenen Arten des Küssens ließen sich doch nur mit einer möglichst großen Probandengruppe ausprobieren. Die Jungen küssten ja auch verschiedene Mädchen, warum also war das bei mir ein Thema?

An dieser Stelle stampfte Milena auf, fuhr herum und ließ mich stehen.

Es stellte sich heraus, dass einige Leute aus ihrer Stufe sie meinetwegen aufzogen oder ihr unverschämte Angebote machten. Amalia, die das erste Mal seit Langem alarmiert wirkte, als sie davon erfuhr, rief uns an den hölzernen papierbedeckten Küchentisch und sagte zu Milena, dass sie sich an ihre Lehrerin wenden wolle, um der Sache einen Riegel vorzuschieben. Milena brach in Tränen aus. Sie schluchzte und erklärte, ich solle einfach nur aufhören, mich »wie eine Hure zu benehmen«, dann hätte sie auch keine Probleme.

An dieser Stelle weiteten sich Amalias Nasenflügel wie die Nüstern eines Drachen, und ihre Hand schloss sich so fest um ihr Weinglas, dass ich schon fürchtete, es würde zerbrechen.

»Milena«, sagte sie, ihre Stimme hart und ihre Augen blitzend, »entschuldige dich sofort bei deiner Schwester! Egal, was Sarah macht oder nicht macht, ich akzeptiere nicht, dass du so in meinem Haus über sie redest. So spricht man nicht über Frauen, das ist verachtend und misogyn, und so etwas sagst du nie wieder über deine eigene Schwester!«

Milena sog scharf die Luft ein. Den letzten Satz hatte Amalia fast geschrien, das sah ihr gar nicht ähnlich.

Amalia sprach also mit Milenas Lehrerin, was, wie vorherzusehen war, nichts änderte, da Lehrerinnen und Lehrer die untergründigen Strömungen von Schulklassen etwa so sehr beeinflussen können oder im Griff haben wie ein Schiff die Strömungen des Ozeans. Mit mir setzte sich Amalia hin und erklärte mir, dass wir in einem Patriarchat lebten und dass die Regeln für Männer und Frauen daher unfairerweise verschieden und vor allem stark zum Nachteil der Frauen, aber auch zum Nachteil vieler Männer beschaffen seien. Die Karten seien von Anfang an gegen uns gezinkt, daher bedeute es zum Beispiel etwas völlig anderes, wenn ein Junge viele Mädchen küsste, als wenn umgekehrt ein Mädchen viele Jungen küsste: Ersterer sei ein Frauenheld, Letztere ein Flittchen im Ansehen der meisten Leute, die dumme und frauenfeindliche Vorurteile unhinterfragt schluckten und nachplapperten.

Auch wenn das heute völlig unwahrscheinlich klingt: Mir war das in der Form neu. Amalia war es immer wichtig gewesen, uns zu sagen, dass wir alles machen und ausprobieren und schaffen konnten. Die Brille, die nach Frauen und Männern oder Gender unterschied, hatte sie uns nie aufgezogen. Sie hatte mir immer schon Bücher von allen zu lesen gegeben. Ich liebte die Sprache von Isabel Allende, Emily Brontës düstere Gothic-Stimmung, die Science-Fiction von Octavia E. Butler, die Welten von Ursula K. Le Guin, und ich hatte nie so recht bemerkt, dass Amalia hier eine Vorauswahl betrieb. Ich selbst hatte nie einen Unterschied gemacht zwischen den Schreibenden, auch nicht weiter darüber nachgedacht, dass sie eben nicht alle weiß waren oder Männer, und nun merkte ich zum ersten Mal, wie naiv das von mir gewesen war.

Oder anders gesagt: Ich hatte es irgendwie nie auf mich bezogen, dass Menschen Benachteiligung erlebten. Ich war ein Mensch, der alles tun und lassen konnte, was ich wollte. Natürlich hatte ich andere Möglichkeiten als die Brontë-Schwestern, natürlich lebte ich nicht in einer Welt, wie Allende sie beschrieb.

In meinem Kopf war ich einfach eine Person gewesen, jetzt wurde ich plötzlich zu einer Frau. Mit allem, was dazugehörte. Das war unangenehmer, als ich gedacht hätte.

Amalia drückte mir Bücher von Judith Butler und Toni Morrison in die Hand und sagte, ich solle mich von dem, was die anderen von mir hielten, nicht einschüchtern lassen. Und dass ich, obwohl sie wünschte, es wäre anders, aufpassen solle. Aufpassen, nicht mit einem der Jungen, die solche Dinge über mich verbreiteten, allein zu sein, denn wer wisse schon, was sie sonst noch versuchen könnten. Aufpassen, nicht zu viel zu trinken und nicht mit einem der Jungs allein nach Hause zu gehen, wenn ich mir unsicher sei.

Das war eine Warnung, die mich irritierte. Hatte Amalia mir nicht immer gesagt, ich könne alles machen? Sagte auch jemand den Jungs, dass sie nicht alles machen konnten? Dass sie aufpassen sollten, nachts im Park keine Frau zu erschrecken?

Jedenfalls war damit die Phase meiner Kussexperimente vorbei. Eine Frau, die solche Experimente anstellte, galt offenbar als Flittchen, und wenn sie nicht als solches betrachtet werden wollte, musste sie sich anscheinend einen einzigen Partner aussuchen, um nur mit ihm zu experimentieren. Aber wie sollte man den richtigen Partner finden, wenn man keinerlei Vergleichswerte hatte? Das Ganze war rätselhaft.

Nach einer Weile legten sich die Gerüchte, und Milenas Ruf in ihrer Klasse war wiederhergestellt.

In der Oberstufe lernte ich dann einen Austauschschüler unserer französischen Partnerschule kennen, Tariq, einen charmanten jungen Mann mit tiefen, dunklen Augen, mit dem ich nur wenige Worte wechseln konnte. Als er meine Hand nahm und vorsichtig in gebrochenem Deutsch fragte, was ich vom Küssen hielte, wusste ich, dass ich mit ihm ins Bett gehen wollte. Ich nahm ihn mit zu mir, und auch wenn sich das erste Mal nicht besonders angenehm anfühlte, nahm er mich in die Arme und hielt mich fest und küsste mich, sodass ich froh war, dass wir das zusammen durchgestanden hatten.

Später wiederholte ich das Experiment Sex in unregelmäßigen Abständen mit Jungen, die ich in meinen Uniseminaren und Kursen kennenlernte. Ich hatte mich zum Studium der Konservierung und Restaurierung an der Technischen Hochschule in Köln eingeschrieben, um nicht zu weit weg von Amalia und Milena zu sein, und war in eine Wohngemeinschaft gezogen, um nicht zu nah bei Amalia und Milena zu sein. Manchmal lernte ich Männer auf einer der Partys kennen, auf die Milena mich inzwischen als Begleitung schleppte, da sie zu jung war, um alleine zu gehen. Alles in allem stellte sich Sex als angenehme Sache heraus, mal mehr und mal weniger befriedigend, aber mir war nicht ganz klar, warum die anderen darum so ein Bohei veranstalteten. Sicher, es konnte Spaß machen, aber manchmal war es nicht viel mehr als ein mechanisches Zusammenfügen von Körpern, das mich vielleicht zum Höhepunkt bringen konnte, aber ganz und gar nicht meine ganze Welt veränderte.

Und dann kam Philip.

Schon unser erstes Treffen war ganz anders als die Erfahrungen, die ich bisher gemacht hatte. Philip hatte mich in einer Vorlesung zur Staatsphilosophie, die ich in meinem zweiten Semester aus purer Neugier besuchte und die nichts mit meinem Studiengang zu tun hatte, angesprochen. Ich hatte mich zu Wort gemeldet, um auf eine Ungereimtheit im Vortrag des Professors aufmerksam zu machen, woraufhin dieser gehüstelt und gemurmelt hatte, dass ich wohl recht habe und er das noch mal recherchieren müsse. Philip kam nach dem Vortrag zu mir und sagte, dass ich ihn mit meiner Frage beeindruckt habe. Er trug ein Polohemd und einen Pullover, den er sich um die Schultern geschlungen hatte, und er lud mich zum Abendessen in ein Restaurant ein. Ich war ein bisschen erstaunt darüber, die meisten meiner Begegnungen mit Männern hatten bisher in WGs oder in Clubs stattgefunden, und niemand hatte mich zu einem Essen eingeladen, das nicht selbst gekocht war. Ich fühlte mich geschmeichelt.

Das schicke italienische Lokal mit unverputzten Ziegelwänden und rot-weiß karierten Tischdecken, in dem wir uns ein paar Tage später trafen, war bekannt für seine hausgemachte Pasta. Philip bestellte eine teure Flasche Weißwein. Der Kellner brachte die Flasche, ließ Philip kosten und wartete. Auf sein anerkennendes Nicken hin schenkte er uns ein. Dazu aßen wir Spaghetti mit schwarzen Trüffeln. Philip kam mir sehr erwachsen vor, als käme er aus einer anderen Welt. Im Nachhinein stellte sich diese erste Einschätzung als richtig heraus, denn er kam tatsächlich aus einer anderen Welt, nämlich der des Geldes. Mit seinem aschblonden Haar, den hellen Wimpern und grauen Augen und dem kantigen Gesicht war er ein auffallend schöner Mann. Er war nur ein paar Jahre älter als ich und bereits im vierten Semester seines Jurastudiums. Philip war intelligent und geistreich und stellte mir viele Fragen, und ich konnte kaum glauben, dass sich dieser schöne Mann für mich interessierte.

Philip sagte mir noch am selben Abend, dass er in einer Beziehung steckte. Er half mir in meinen Mantel und küsste mich zum Abschied auf die Wange. Ich war ein bisschen enttäuscht, dachte aber, wir könnten Freunde werden.

Am darauffolgenden Samstag besuchte ich wie fast jedes Wochenende Amalia zum Abendessen. Als ich ihr von Philip erzählte, seufzte sie schwer und verzog leicht den Mund, sparte sich aber jeden weiteren Kommentar.

Jedenfalls begann so unsere Kennenlernphase. Da Philip noch mit seiner Freundin zusammen war, hatten wir natürlich keinen Sex, ich dachte ja ohnehin, es ginge um Freundschaft. Philip führte mich ins Theater aus, in Restaurants und einmal in den Kölner Zoo. Er war es, der immer bezahlte und zwischen dessen Brauen sich eine steile Falte bildete, wenn ich anbot, die Rechnung zu teilen.

Nach genau zwei Monaten sagte er mir, dass er sich von seiner Freundin getrennt habe und wir nun zusammenkommen könnten. Ich war überrascht, damit hatte ich nicht gerechnet. Aber es schmeichelte mir natürlich, und ich mochte ihn. Am Wochenende darauf lud er mich erneut zu dem Italiener ein, bei dem wir das erste Date gehabt hatten, und gestand mir seine Liebe. Anschließend gingen wir zu ihm nach Hause, wo wir zum ersten Mal miteinander schliefen. Philip lebte in einer schmucken Zweizimmerwohnung in der Südstadt, ein deutliches Upgrade zu meinem 15-Quadratmeter-Zimmer in der Zweck-WG in Köln Ehrenfeld, wo Suzi ihre Metal-Musik zu laut drehte und Emilian nie den Abwasch machte – weshalb Philip sich weigerte, sich bei mir zu treffen, nachdem er einmal da gewesen war.

»Mhh«, brummte Amalia nur, als ich ihr davon erzählte.

Von nun an sah ich Philip fast täglich und wir waren offiziell ein Paar. Er gab sich viel Mühe, war aufmerksam und zuvorkommend, er lud mich auch weiterhin zum Essen und ins Kino ein, aber meistens verbrachten wir die Abende bei ihm zu Hause. Er hatte mir viel zu erzählen, von seinem Jurastudium und seinen »idiotischen« Kommilitonen, die keine Ahnung hatten, wie der Hase lief. Von seinem Vater, der unrealistische Erwartungen an ihn hatte. Vom Essen in der Mensa, das »inkommensurabel« sei. Ich war mir nicht sicher, ob er das Wort »inkommensurabel« richtig benutzte, sagte aber nichts dazu. Ohnehin sagte ich nicht viel, wenn er mir von seinem Tag erzählte. Gleich zu Anfang unserer Beziehung hatte er mir gesagt, dass er es so sehr schätze, wie gut ich ihm zuhöre, und ich wollte ihn nicht enttäuschen. Außerdem interessiere er sich nicht für Restauration, das sei sicher ein schönes Hobby, aber einfach nicht seine Sache. Also erzählte ich ihm nichts darüber, wie ich lernte, Gemälde, Bücher und Landkarten zu authentifizieren und zu restaurieren, wie man archäologische Fasern behandelte oder verblichene Fotografien rettete. Das war kein Problem, denn wenn es ihn nicht interessierte, warum sollte ich es ihm erzählen? Und ich hatte ja Amalia, um mich auszutauschen. Außerdem hatte er eine schöne Stimme, und er legte auf dem Sofa die Arme um mich, während er sich darüber beklagte, wie unmöglich seine Professorinnen waren.

Als wir sechs Monate zusammen waren, nahm Philip mich mit zu einem Abendessen bei seinen Eltern in eine moderne Kölner Villa, die ganz anders war als die von Amalia. Vor dem Treffen hatte er mir gesagt, was ich anziehen und dass ich meine Haare glätten sollte. Während des Abendessens, das seine Mutter zubereitet hatte – Foie gras als Vorspeise, gefolgt von Bœuf bourguignon, zum Nachtisch Zitronenmousse –, redeten Philip und sein Vater Richard, der selbst Anwalt war und Partner in einer renommierten Kanzlei, vor allem über Jura. Seine Mutter Helena sagte wenig, lachte aber an den richtigen Stellen und schenkte sich regelmäßig Wein nach.

So saßen wir alle vier an einem langen Holztisch, und Richard und Philip sprachen über diese und jene Fälle und Gesetzesänderungen, während ich still zuhörte. Es störte mich nicht, ich hätte ohnehin nicht gewusst, was ich zu seinen Eltern sagen sollte. Meine Welt aus Papier schien für die meisten Menschen ein Kuriosum, auf Philips Stirn bildete sich eine Falte, wenn ich bei einem Treffen mit seinen Freunden davon erzählte, und so ahnte ich, dass seine Eltern sicher genauso wenig damit anfangen konnten.

Am Ende des Abends schüttelte mir Richard die Hand, während Helena mit leicht glasigen Augen dazu lächelte, und sagte mir, was für eine wohlerzogene und hübsche junge Frau ich doch sei, eine gute Wahl, wie er zu Philip meinte, wobei er ihm anerkennend auf die Schulter klopfte.

Am Tag danach schlug Philip mir vor, dass wir doch zusammenziehen könnten in eine größere Wohnung, die seinen Eltern gehörte, schließlich liebten wir einander und könnten nun auch den nächsten Schritt tun.

Milena verzog das Gesicht, als ich ihr und Amalia beim nächsten Sonntagsbrunch davon erzählte. Ich hatte Philip bisher nur einmal in die Villa mitgebracht, und wir mussten schnell wieder gehen, weil er unter einer Stauballergie litt und von einem Hustenanfall geschüttelt wurde.

»Was willst du denn mit dem?«, fragte mich meine Schwester. »Der passt überhaupt nicht zu dir.«

»Bist du sicher, dass das nicht zu früh ist?«, fragte Amalia.

Aber ich war mir sicher. Philip kümmerte sich um mich, er war charmant und zuvorkommend und auch nach sechs Monaten immer noch an mir interessiert. Das Ganze grenzte an ein Wunder. Und wenn er mich mit halb geschlossenen Wimpern ansah oder mir über die Wange streichelte, dachte ich, es müsse Liebe sein, was ich fühlte.

Also zogen wir zusammen in eine größere Wohnung, die seinen Eltern gehörte, und teilten uns die Miete. Mein Studium ging voran, ich lernte, wie man alte Handschriften ausbesserte und Wandmalereien restaurierte, und obwohl ich weniger zum Lesen kam, da Philip das für eine unnütze Zeitverschwendung hielt und lieber fernsah, war ich zufrieden.

Es gab einige Dinge, die Philip für unnütz hielt. Er hielt eine Frauenquote in der Wirtschaft für unnütz oder dass Leute Unterstützung bekamen, um ihr Studium zu finanzieren. Er hielt es für unnütz, mit anderen zusammen zu lernen, wenn jeder am Ende die beste Klausur brauchte, um weiterzukommen. Er hielt es für unnütz, dass ich meine Meinung zu diesen Dingen sagte, da sie mich nicht betrafen.

Insgesamt fand er es oft unnütz, wenn ich etwas hinterfragte, was er sagte. Da er mich liebe und nur das Beste für mich wolle. Da er so viel für mich tat, mich einlud und den Großteil der Lebenshaltungskosten übernahm, sei es jawohl nicht zu viel von mir verlangt, dass ich ihm für seine Klausuren beim Lernen half, die richtigen Bücher für ihn aus der Bibliothek auslieh, dass ich seine Hausarbeiten korrigierte und ihm beim ersten Staatsexamen half, dass ich mich hübsch zurechtmachte, wenn wir seine Freunde und seine Familie trafen. Diese Dinge seien selbstverständlich, wenn man sich liebe. Wobei ich mich in vielen Belangen nicht ganz normal verhalten würde, weshalb er mir diese Dinge überhaupt sagen müsse.

Das war meine erste richtige Beziehung, und weil ich, neben der meiner Eltern, die mir wie ihr eigenes Universum erschienen war, nichts über Paarbeziehungen wusste als das, was ich aus Büchern kannte, nahm ich also an, das sei so normal. Denn natürlich war es selbstverständlich, wie Philip sagte, dass man in der Liebe alles, so gut man konnte, für den anderen tat.

Philip und ich blieben über den Großteil unserer Studienjahre zusammen, eine Zeit, in der ich Amalia immer seltener besuchte, denn sie konnte wenig mit Philip anfangen und er hatte ja die Hausstauballergie.

Milena machte nach dem Gymnasium eine Ausbildung zur Bankkauffrau, lernte Thomas kennen und heiratete ihn – Umstände, von denen ich wenig mitbekam, da auch sie schnell bei Amalia ausgezogen und noch weniger oft zum Sonntagsbrunch erschienen war als ich. Philip und ich kamen zusammen zu ihrer Hochzeit und schenkten den Brautleuten den sündhaft teuren Grill einer angesehenen Marke. Und auch wenn Thomas und Philip einige Interessen teilten wie Grillen und Fußball und beide gerne redeten, gaben wir die gemeinsamen Pärchenabende schnell auf, da Milena meinte, dass die Stimmung angespannt sei, ob ich das nicht merken würde?

Während meines Masterstudiums der Restauration kämpfte Philip mit der Vorbereitung auf sein zweites Staatsexamen. Er blieb oft bis spät in die Nacht in der Bibliothek, manchmal kam er erst morgens nach Hause und sagte, er habe bei einem Freund übernachtet, nachdem sie zusammen gelernt hatten. Ich nahm an, er habe seine Meinung zum gemeinsamen Lernen geändert.

Außerdem nahm ich an, dass Philip und ich es nach dem Studium Milena und Thomas gleichtun und heiraten würden, denn Philip sagte mir oft, wie sehr er mich liebe, besonders wenn er spät zurückkam oder ich mir wünschte, dass wir mal gemeinsam Urlaub machten, oder wenn mir nicht gefiel, wie er über Amalia sprach, oder dass wir nicht mehr ins Restaurant, Kino oder Theater gingen, weil er keine Zeit mehr hatte. Er sagte mir, dass er mich liebe, küsste mich aufs Haar, und dass wir das alles nachholen würden, wenn das zweite Staatsexamen geschafft sei.

Als Milena schwanger wurde und wir davon erfuhren, nahm Philip mich in den Arm und sagte mir, dass er sich auch gut Kinder vorstellen könne, wenn er einmal verheiratet sei.

Ich war mir nicht sicher, was das Kinderkriegen anbelangte, aber ich war mir sicher, dass Philip und ich unseren gemeinsamen Weg gehen würden. Sicher, dass Philip der Mann fürs Leben war, denn er hatte es mir oft genug gesagt.

In der Woche, nachdem er sein zweites Staatsexamen bestanden hatte, teilte er mir mit, dass er in den letzten Monaten eine andere Frau kennengelernt habe. Dass es mit uns aus und vorbei sei, da er nie so richtig hätte sagen können, ob ich ein Mensch oder ein Roboter sei, und ich ihn daher nie richtig verstanden habe. Dass er sich eine Frau wünsche, die ihn richtig lieben könne, und er in Felicitas eine solche gefunden habe.

Dass ich ihm den Schlüssel zur Wohnung zurückgeben solle, er mir meine Sachen schicken lassen würde und er mir alles Gute für die Zukunft wünsche.

Ich verstand die Welt nicht mehr, oder vielleicht hatte ich sie noch nie verstanden. An dem Abend kehrte ich in Amalias Villa zurück und erzählte ihr, was geschehen war. Noch nie zuvor habe ich sie so fluchen gehört. Dann bot sie an, zu Philips und meiner alten Wohnung zu fahren, ihm eine Tüte mit Schildkrötenkötteln in den Briefkasten zu werfen und seinen BWM zu zerkratzen.

Ich schüttelte nur stumm den Kopf, immerhin war Philips Vater

Anwalt, und Amalia konnte eine Anzeige wegen Vandalismus sicher nicht gebrauchen. Während ich in ihren Armen auf dem Sofa lag, schwor ich mir, nie wieder darauf reinzufallen, was ein schöner Mann mir sagte, und mir nie wieder das Herz von falschen Versprechungen brechen zu lassen. Von Worten, die so wenig wert waren wie die Luft, aus denen sie gemacht waren.

37

Intermezzo in a-Moll

Als ich die Stufen aus dem ersten Stock im Hause der Ballantynes hinunterging – es waren fünfundzwanzig –, um die Familie im Wohnzimmer zu treffen, begannen die Glocken der Kirche gegenüber zu läuten.

Der Regen rauschte vor den Fenstern herunter, und aus dem Wohnzimmer drangen fröhliche Stimmen, das Klirren von Gläsern und das Prasseln eines Kamins. Es war, als führte die Treppe in eine andere Welt. Ich blieb am Fuße des Absatzes stehen, die Hand auf dem Geländer, und fragte mich, ob es unhöflich wäre, nach draußen zu verschwinden, ohne mich zu verabschieden, um der Situation, in der ich sicherlich keinen guten Eindruck machen würde, zu entkommen. Ob es möglich war, jetzt noch zu behaupten, dass ich kein Englisch verstand, obwohl ich es schon gesprochen hatte. Das Läuten der Glocken verstummte, und ich gab mir einen Ruck. Das konnte ich Ben nicht antun, ihn so vor seiner Familie bloßzustellen. Außerdem regnete es in Strömen und ich hatte keinen Regenschirm.

Gerade wollte ich die letzten Meter ins Wohnzimmer überbrücken, als das Handy in meiner Hosentasche vibrierte. Ich zog es hervor, las Milenas Namen auf dem Display und huschte auf Socken die Treppe wieder hinauf, um mich erneut im Bad einzuschließen.

Ihren ersten Anruf hatte ich verpasst, bis ich oben war, aber sie versuchte es sofort noch mal und ich ging beim ersten Klingeln dran.

»*Sarah,* wo bist du? Und wo sind Bonnie und Clyde? Ich bin in der Villa, um sie zu füttern, und die beiden sind *weg*! Was soll ich jetzt bloß *machen*? Und wo steckst du überhaupt, ich dachte, du wärst längst zurück?«, drang mir Milenas Stimme entgegen.

Ich schloss die Augen, massierte mir die Nasenwurzel. *Mir geht es gut, danke der Nachfrage,* dachte ich, sagte aber stattdessen betont ruhig: »Ich dachte, du kannst dich nicht um die Schildkröten kümmern, weil Thomas sonst Salmonellen bekommt?«

»Aber ich kann die beiden doch nicht verhungern lassen, während du in Frankreich bist!«, sagte Milena laut.

»Landschildkröten können sich im Sommer gut alleine ernähren, darum ging es doch überhaupt nicht, sondern darum, dass Bonnie Antibiotika braucht«, erwiderte ich, meine Stimme ebenfalls lauter werdend.

Stille am anderen Ende der Leitung.

»Sarah, wo sind die beiden?«, fragte Milena plötzlich viel leiser. »Sie können doch nicht ... *gestorben* sein? Nur weil ich ihnen das Antibiotikum nicht geben wollte?«

Ich rollte mit den Augen. »Keine Sorge. Die beiden sind in der Champagne bei Jean, der sie versorgt, bis ich sie wieder abholen komme.«

»*Wie* bitte? Du hast unsere Schildkröten nach *Frankreich* mitgenommen?«

»Was heißt hier *unsere* Schildkröten? Du hast dich doch nach Amalias Tod nie um die beiden gekümmert«, sagte ich.

Milena stieß ein Geräusch aus. »Und wann bist du wieder zurück?«, fragte sie jetzt. »Ich muss wirklich dringend mit dir reden. Thomas meint, dass es so nicht weitergeht, dass dein Schuldenberg langsam nicht mehr zu verantworten ist. Was soll aus der Villa werden, wenn deine Gläubiger ihr Geld verlangen?«

»Darüber haben wir doch schon gesprochen«, brachte ich zwischen zusammengebissenen Zähnen hervor. »Und nur deshalb bin ich überhaupt jetzt in London.«

»London?!«, rief Milena, und ihre Stimme drohte sich zu überschlagen. »Ich dachte, du bist in Frankreich bei Jean! Was heißt denn hier plötzlich *London*?«

Ich seufzte. »Es gab eine Spur. Ben und ich folgen den Hinweisen auf die Tabula Peutingeriana, und die scheinen zu einem Auktionshaus in Holborn zu führen.«

Ominöses Schweigen am anderen Ende der Leitung.

»Du bist mit einem fremden Mann nach England gefahren? Thomas meint …«, begann Milena mit ihrer ungläubigen Stimme, die sie immer hervorholte, wenn ich etwas ihrer Meinung nach besonders Dummes gemacht hatte.

»Ich möchte gar nicht wissen, was *Thomas* dazu meint«, fiel ich ihr ungehalten ins Wort. »Ich bin eine erwachsene Frau und beruflich unterwegs. Und wenn mich dazu eine Meinung interessieren würde, dann wäre es allenfalls noch deine, denn du bist meine Schwester, und nicht die von Thomas!«

Am anderen Ende der Leitung, auf der anderen Seite des Meeres, auf dem Festland, in Köln, schnappte meine Schwester sehr hörbar nach Luft.

Wir schwiegen uns einen weiteren Moment lang an.

»Also wenn du mir *so* kommst, brauchen wir gar nicht zu reden! Wenn ich dich nur bei der Arbeit *störe*«, sagte Milena schließlich, ihre Stimme eisig.

»Du störst mich gar nicht«, versuchte ich zu erklären, »es stört mich nur, dass du zu allem immer nur Thomas' Meinung hast!«

»Wie … Wie *kannst* du nur? Ich werde hier halb verrückt vor Sorge um dich. *Du* haust ins Ausland ab und machst *mir* Vorwürfe, dass Thomas und ich darüber einer Meinung sind?«

In ihrer Stimme klangen plötzlich Tränen mit, und ich fragte mich, wie unsere Unterhaltung so schnell hatte aus dem Ruder laufen können. Milena schniefte laut, und ich hatte keine Ahnung, worum es hier eigentlich gerade ging.

»Ich weiß gar nicht, was ich dazu sagen soll«, sagte ich leise ins

Telefon. »Was ist denn eigentlich los, Milena? Vorher hat es dich doch auch nicht groß interessiert, was ich mache.«

Milena schnäuzte sich laut und schniefte erneut. »*Vorher* war Amalia da, um auf dich aufzupassen«, sagte sie. »Und jetzt bist du ganz allein und einsam in einer alten Villa und fällst womöglich auf den erstbesten Trickbetrüger rein, der seinen Charme spielen lässt.«

»Ben ist kein Trickbetrüger!«, sagte ich empört.

»Und woher willst du das so genau wissen? Erinnere dich mal, wie Philip dich um den Finger gewickelt hat, da konntest du auch nicht sehen, dass er dich nur benutzt hat«, sagte Milena.

Meine Hand schloss sich unwillkürlich fester um das Handy an meinem Ohr, ihre Worte klangen wie das Echo meiner eigenen Gedanken von vorhin.

»Das ist etwas anderes«, brachte ich hervor. »Ben ist einfach ein Arbeitskollege. Außerdem brauchst du mir gar nichts von Ausnutzenlassen erzählen. Vielleicht habe ich mich von Philip blenden lassen, aber du selbst bist blind, was Thomas anbelangt. Du siehst nicht, wie sehr er alles bestimmt, was du sagst und tust!«

»Aber das … das ist doch nicht *dasselbe*! Philip hat dich *betrogen* und ausgenutzt, Thomas ist mein Ehemann und macht sich Sorgen um mich!«, schrie Milena jetzt fast.

»Ich kann mir nicht vorstellen, dass er sich aus Sorge um dich geweigert hat, Elternzeit zu nehmen, vielmehr glaube ich, dass es die Sorge um seine eigene Karriere war. Oder dass er immer für den Hausumbau sparen will, obwohl du lieber in den Urlaub fahren würdest. Oder dass er dich nicht in die Villa und zu den Schildkröten kommen lässt, weil die Villa eine Mottenfalle ist und die Schildkröten die Gesundheit gefährden«, zählte ich auf.

»*Hör auf*, hör *sofort* auf damit! Du hast doch keine Ahnung, was zwischen uns los ist!«, brüllte mir Milena entgegen, sodass ich das Handy ein Stück von meinem Ohr weghalten musste. »Du bist so *naiv*! Natürlich macht man in einer Beziehung Kompromisse!

Manchmal frage ich mich wirklich, ob du überhaupt so fühlst wie alle anderen! Ob du überhaupt weißt, was Liebe ist!« Eine Sekunde verging … zwei … drei, dann fügte sie hinzu: »Ob du mich und Amalia überhaupt je geliebt hast oder ob du das gar nicht kannst.«

Mein Herz machte einen schmerzhaften Hüpfer und galoppierte dann weiter.

In meinen Ohren begann es zu rauschen.

»Das … Das ist mir so rausgerutscht«, sagte Milena schnell. »Sarah, es tut mir leid, ich wollte nicht …«

»Ich glaube, wir reden jetzt besser nicht weiter«, sagte ich sprachlos über ihre Worte. Ich räusperte mich. »Gestern erst habe ich gedacht, dass ich dich vermisse und dass ich gar nicht mehr so richtig weiß, wer du inzwischen bist. Dass wir nicht mehr miteinander reden wie früher. Jetzt frage ich mich, ob das nicht besser so ist.«

Milena machte ein ersticktes Geräusch auf der anderen Seite des Meeres, das zwischen uns lag. »Sarah, warte! Ich …«

Ich legte auf, bevor sie den Satz beenden konnte.

Von draußen, durch das gekippte Fenster, hörte ich erneut das Läuten der Glocken.

38

Ein paar Anekdoten, Bens Kindheit betreffend

Als ich endlich das Wohnzimmer der Ballantynes betrat, war es bereits früher Nachmittag. Ich blieb im Durchgang zum Zimmer stehen, in dem eine gemütliche cremefarbene Sitzecke vor einem Kamin auf einem steingrauen Teppich drapiert war. An den Wänden hingen geschmackvolle Zeichnungen und bunte Gemälde, die moderner waren als die in Jeans Haus und glücklicherweise keine Kühe zeigten. Der Schein mehrerer Deckenlampen hüllte den Raum in warmes Licht. Große Fenster gaben den Blick auf einen üppig grünen tropfenden Garten unter dem regengrauen Himmel frei. In den deckenhohen Regalen standen die Bücher dicht an dicht und schienen mich magisch anzuziehen. Mühsam riss ich mich von dem Anblick los und wandte meine Aufmerksamkeit Bens Familie zu.

Die Ballantynes waren mehr geworden, seit ich für unbestimmte Zeit im Bad verschwunden war. Neben Bens Mutter Naomie, die gerade am hölzernen Couchtisch stand und Tee aus einer bauchigen Kanne einschenkte, war ihr Mann Emrys damit beschäftigt, duftende Schokoladenkekse in einer Schale zu arrangieren – jeder Keks sah anders aus, verbrannt waren sie aber nicht. Auf der Sitzecke saß Ben, balancierte eine Tasse Tee auf den Knien und versuchte sich bei seiner Schwester Gehör zu verschaffen, die den Arm um eine junge Frau mit einem kurzen schwarzblauen Bob gelegt hatte. Ihre dick mit Kajal umrandeten Augen wirkten riesig in dem Gesicht mit dem hellen Teint und ließen sie wie einen Pandabär aussehen.

Auf dem Teppichboden spielten ein kleines Mädchen und ein etwas älterer Junge mit Bauklötzen.

Direkt dahinter auf dem Sofa saß ein weiterer junger Mann, größer und muskulöser als Ben, der aber eindeutig als sein Bruder zu erkennen war. Seine Haare waren zu eng am Kopf anliegenden Cornrows geflochten, die über den Schultern endeten. Eine junge Frau, deren schwarze Haare ihr in weichen Wellen bis zur Hüfte fielen, saß an ihn gelehnt da, ihre langen Finger mit fliederfarben lackierten Nägeln um eine Tasse Tee geschlungen, während sie sich interessiert zu Ben vorbeugte und ihm zuhörte.

Ich sah an mir hinunter, auf meine abgewetzten Jeans und meinen ausgeleierten dunkelblauen Kapuzenpulli, auf dem eine Schildkröte abgebildet war und den Amalia mir vor Jahren zum Scherz von einer Haushaltsauflösung mitgebracht hatte, und versteckte die Hände mit den abgekauten Nägeln in der Bauchtasche. Ich war eindeutig underdressed.

Ben bemerkte mich. Er unterbrach sich selbst mitten im Satz, um aufzuspringen, fast seinen Tee verschüttend, bevor er die Tasse auf dem Couchtisch abstellte und einen Schritt auf mich zu machte.

»Sarah, da bist du ja! Darf ich dir meine Familie vorstellen? Aus irgendeinem Grund sind alle zum Sonntagsessen erschienen, *obwohl* ich betont hatte, dass uns eine kleine Runde lieber wäre«, sagte er ein bisschen zu hektisch, ein bisschen zu atemlos. Die Gespräche waren verstummt, und ich spürte die Blicke der Anwesenden auf mir ruhen.

»Als würden wir es uns entgehen lassen, wenn Ben mal eine Frau zum Sonntagsdinner mitbringt«, rief Bens Bruder mit angenehm tiefer Stimme und offensichtlich scherzend.

»Sarah ist meine Arbeitskollegin!«, brachte Ben schnell hervor.

»Dann bitte doch deine *Arbeitskollegin*, sich hinzusetzen und es sich gemütlich zu machen«, sagte Naomie mit einem breiten Lächeln und einem Unterton, den ich nicht zu deuten wusste.

Ben deutete auf einen freien Platz auf der langen Seite der großen Sitzecke, wo ich mich zwischen ihm und seinem Vater niederließ. Emrys schüttelte mir enthusiastisch die Hand, obwohl wir uns ja eigentlich schon begrüßt hatten, woraufhin Naomie mir sofort eine Tasse Tee reichte.

»Keks?«, fragte Emrys dann lächelnd und hielt mir die Schale mit den Cookies unter die Nase. Dankbar griff ich zu. Gerade wollte ich ihn nach der chemischen Zusammensetzung seines Cookies fragen und ob das Geheimnis dieser fluffigen Kekse in der Verwendung von Natriumhydrogencarbonat und Diphosphaten plus Trennmittel in Verbindung mit der CO_2-Entwicklung im Backofen lag, als Bens Schwester Deborah sich mir zuwandte.

»Wie schön, dass du da bist, Sarah. Und bitte entschuldige, dass Ben dir noch nicht alle vorgestellt hat.« Sie warf Ben einen Blick zu, dann wies sie auf ihren älteren Bruder mit den Cornrows und die Frau neben ihm.

»Das sind Isaac und seine Freundin Shareeze, die Kleinen sind ihre Kinder Sheila und Caleb.« Die Erwachsenen winkten mir lächelnd von der anderen Seite des Sofas zu, so einschüchternd schöne Menschen, dass es mir ein bisschen die Sprache verschlug, also hob ich nur unbeholfen die Hand zum Gruß. Die Kinder ignorierten mich zum Glück, wie ich es an ihrer Stelle auch getan hätte. »Unsere Eltern Naomie und Emrys hast du ja schon kennengelernt, und du wirst sie im Laufe des Abends sicher fürchten lernen.« Dies sagte Deborah mit einem Augenzwinkern, sodass ich den Humor der Aussage einordnen konnte. Ich lächelte dankbar und sie fuhr fort: »Zuletzt möchte ich dir meine Freundin Loreley vorstellen. Sie ist Performance-Künstlerin!« Sichtlich stolz zeigte Deborah auf die kleine Frau mit den großen Augen neben sich. Loreley blickte mir eulenhaft blinzelnd entgegen, und ich nickte ihr zu. Glücklicherweise hatte Deborah das Wort »girlfriend« benutzt, das, anders als das deutsche Wort »Freundin«, keine großen Missverständnisse über die Beziehung zwischen den beiden zuließ. Was eine Performance-Künstlerin war, erklärte sie allerdings nicht.

Ich räusperte mich. »Freut … Freut mich, euch alle kennenzulernen«, brachte ich hervor und nahm schnell einen Schluck Tee, um nichts mehr sagen und niemandem mehr in die Augen schauen zu müssen. Der Schwarztee war so heiß, dass ich mir den Mund verbrühte in dem Versuch, ihn nicht über den Tisch zu prusten.

Die Ballantynes wirkten freundlich und offen, wie Menschen, die es einem nicht schwer machten, sie zu mögen. Aber wie immer war ich überfordert von den neuen Namen und Stimmen, den unbekannten Gesichtern. Die Wahrscheinlichkeit, dass ich durch meine ungelenke Schüchternheit und Überforderung abweisend oder unverschämt rüberkam, war leider auf ihrem Allzeithoch.

Ich hoffte, dass Bens Familie mich nicht auf Anhieb unsympathisch finden würde. Und dann fragte ich mich, warum es mir überhaupt wichtig war, dass die Familie eines temporären Kollegen mich mochte – normalerweise kümmerte es mich nicht, was die Leute über mich dachten. Denn der Weg führte direkt in den Wahnsinn.

Vielleicht hatte ich nach dem Gespräch mit meiner Schwester, meiner einzigen noch lebenden Verwandten, die mich offenbar für liebesunfähig und damit für nicht liebenswert hielt, Angst davor, das Gleiche in den Gesichtern seiner Familie gespiegelt zu sehen. Ich verdrängte den Gedanken schnell.

Neben mir warf Ben mir einen Blick zu, den ich als wortlose Nachfrage, ob alles okay sei, interpretierte. Ich nickte und versuchte mich an einem Lächeln, das sicher ziemlich schief aussah. Nur zu gerne hätte ich ihm von dem Gespräch mit meiner Schwester erzählt, aber selbst ich wusste, dass dies kein günstiger Zeitpunkt war.

Ich biss in meinen Keks und versuchte, mich auf die Gespräche um mich herum zu konzentrieren, an den richtigen Stellen zu nicken und zu antworten, wenn ich etwas gefragt wurde. Bens Vater Emrys verwickelte mich zu meiner großen Erleichterung schnell in eine Unterhaltung über Virginia Woolf. Er vertrat die Ansicht, dass sie die wahre Erfinderin der Psychoanalyse sei und die Theorie im Selbststudium noch vor Freud erfunden habe. Eine Frau, die nicht in ihre Zeit gepasst, die Männer und Frauen geliebt hatte und die von ihren Eltern wie von Geistern aus der Vergangenheit heimgesucht worden war, habe vielleicht bei ihrer enormen Intelligenz keine andere Wahl gehabt, meinte er. Ich fand das Thema so faszinierend, dass ich meine Befangenheit schnell vergaß.

Irgendwann sah ich hinüber zu Ben, der mich breit angrinste, und ich spürte, wie sich ein warmes Kribbeln in meinem Nacken ausbreitete.

Schließlich wurde die Zusammenkunft von Naomie in die Küche verlegt, wo alle – bis auf Emrys, der für die Musik zuständig war und eine Sonate von Beethoven vom Sideboard aus mitdirigierte – von Naomie mit Aufgaben betraut wurden: Salat waschen, Gemüse schnibbeln, Teig kneten. Ich fand mich mit einem Schneidebrett und einigen Möhren wieder.

Wenig später saßen wir alle um den großen dunklen Holztisch, vor uns zwei dampfende Pies, einer mit Fleisch, einer mit Gemüse, dazu Salat und das selbst gebackene Baguette. Es duftete nach Knoblauch, Kräutern und frischem Brot.

Diesmal saß ich auf der langen Seite des mit dunkelgrünen Keramiktellern gedeckten Tischs zwischen Ben und Deborah, Isaac und Shareeze uns mit den Kindern gegenüber. In der Mitte stand ein großer Ständer mit langstieligen roten Kerzen, die Naomie anzündete. Ich sah in den Garten, das Wetter war unverändert: regnerisch und ungemütlich. Der Himmel hing so tief, dass es mitten am Tag schon fast dunkel war. Drinnen aber redeten alle ausgelassen durcheinander und lachten, und es war hell und warm. Schließlich schnitt Isaac die Pies an und legte jedem ein Stück auf den Teller, während Emrys den Salat verteilte. Die ganze Familie nahm sich an den Händen – ich hielt Bens warme Hand in der einen, Deborahs schlanke Finger in der anderen Hand –, als Emrys statt eines Gebets ein Zitat aus Nietzsches *Fröhlicher Wissenschaft* zum Besten gab, was Ben auflachen ließ.

Dann begannen alle zu essen. Unter Besteckklappern und Gläserklirren nahm ich einen Bissen vom selbst gemachten Shepherd's Pie. Ich schloss die Augen und seufzte genüsslich, es war köstlich.

Ben beugte sich zu mir rüber und raunte: »Keine Sorge, wir kommen sicher heute Abend noch dazu, unsere nächsten Schritte zu planen. Vielleicht können wir einen kleinen Spaziergang durch Islington machen, wenn du nach dem Essen eine Auszeit brauchst.«

Sein warmer Atem kitzelte an meinem Ohr. Er lächelte und seine braunen Augen funkelten, als ich ihn ansah – ganz und gar nicht so, als hätte ich ihn vor seiner Familie blamiert. Ich lächelte zurück.

Das Gespräch am Tisch wanderte von der aktuellen politischen Situation in Großbritannien über die absurden Frisuren von Boris Johnson, zum Glück Ex-Premierminister, und Fragen nach Deborahs Doktorarbeit in Soziologie (die sie mit einem Augenrollen beantwortete) bis hin zu Anekdoten aus Bens Kindheit. Isaac erzählte, wie Ben als Siebenjähriger *Frankenstein* von Mary Shelley aus seiner Bibliothek stibitzt und heimlich unter der Bettdecke gelesen hatte, nur um danach wochenlang unter Albträumen zu leiden und bei seinen Eltern ins Bett zu kriechen.

Ben neben mir verschluckte sich, musste husten und ließ sein Messer mit einem lauten Klappern auf den Teller fallen.

»Oh, und dann, als er in der dritten Klasse das tiermedizinische Fachbuch in die Hände bekam – erinnert ihr euch? Da hat er versucht, einer Krähe den gebrochenen Flügel zu schienen, obwohl er doch solche Angst vor Vögeln hat! Danach musste er auch eine Woche lang bei uns schlafen«, schob Emrys glucksend hinterher.

»Und ich erinnere mich noch daran, wie unser Ben hier, immer, wenn man etwas sagte, das Gegenteil behaupten musste«, rief Deborah fröhlich dazwischen und schwenkte den Arm, wobei etwas Merlot aus ihrem Glas auf den Tisch schwappte. »Wenn man zum Beispiel sagte: ›Verdammt, was für ein Scheißwetter‹, dann rückte er seine Brille zurecht und erklärte, wie ›essenziell der Niederschlag für Flora und Fauna‹ sei. Oder wenn ich mit meiner Freundin von unserer Lieblingsserie schwärmte, dann sagte er mittendrin, dass die afrobritische Community darin unterrepräsentiert sei und die Frauen nur in Rollenklischees dargestellt würden!«

Fast alle am Tisch lachten, während Caleb sich an seine Mutter wandte und fragte: »Mum, was sind Rollenklischees?«, woraufhin Shareeze sich fast an ihrem Rotwein verschluckte.

»Wir hatten damals unseren eigenen Superheldennamen für Ben«, meinte Deborah grinsend und gestikulierte mit ihrer Gabel, als würde sie einen Chor dirigieren.

»Mr. Contrary Man!«, riefen Deborah und Isaac gleichzeitig und brachen in lautes Gelächter aus, während Naomie den Kopf schüttelte.

Ich sah zu Ben, dessen Schultern so hoch gewandert waren, dass sie fast auf Höhe seiner Ohren standen, seine Hand fest um die Gabel gekrampft.

Ich beugte mich zu ihm rüber. »Was heißt ›contrary man‹?«, fragte ich ihn leise auf Deutsch.

Er senkte den Kopf und flüsterte mir ins Ohr: »Der Gegenteil-Mann.« Dann zuckte er mit den Schultern, während alle am Tisch laut durcheinanderredeten und lachten.

Ich nickte und murmelte: »Besser als mein Spitzname. Nach einer … na ja, etwas ungünstigen Situation mit einer Mitschülerin hieß ich in der Schule nur noch das ›Kuhscheiße-Mädchen‹.«

Bens Augen wurden groß, sein Blick wanderte für ein paar Sekunden über mein Gesicht, seine Mundwinkel zuckten, bevor sie sich zu einem Grinsen ausbreiteten. Und dann brachen wir beide in Gelächter aus.

Naomie sah mit unlesbarem Gesichtsausdruck zwischen Ben und mir hin und her und verkündete einen Moment später, es sei Zeit fürs Dessert, was die Kinder in Begeisterungsstürme ausbrechen und alle das Gesprächsthema vergessen ließ.

Die Zitronentarte war vanillig, genau richtig sauer und zerging auf der Zunge, und mit einem bittersüßen Gefühl im Bauch dachte ich, dass dies einer der schönsten Familienabende war, den ich seit langer Zeit verbracht hatte.

*

Ben und ich brachen nach dem Essen zu einem Abendspaziergang auf. Vom Abwasch, für den Emrys zuständig war, wurden wir offiziell freigestellt. Wir schienen beide aufzuatmen, sobald wir das Haus verließen.

Es hatte inzwischen aufgehört zu regnen, aber die Luft roch frisch nach feuchtem Sommerlaub und grünen Wiesen.

Wir folgten den stillen Straßen den Hügel hinab. Kaum ein Auto war unterwegs und der Himmel über uns aufgeklart, die Wolkendecke aufgerissen. Wir schwiegen eine Weile, während wir liefen. Über uns waren ein paar Sterne zu sehen, der Große Wagen, die Cassiopeia, und das warme gelbe Licht der Straßenlaternen wies uns den Weg.

Irgendwann begann Ben mir vom Stadtteil Islington zu erzählen, von seinen Lieblingsbuchläden und -antiquariaten, von der Bookbar und New Beacon Books. Davon, dass Islington in einer Reihe von bekannten Büchern erwähnt wird, in *Oliver Twist* und *David Copperfield* von Charles Dickens, aber auch in Romanen von Douglas Adams und Margaret Drabble. Chief Inspector Richard Jury aus den Kriminalromanen von Martha Grimes wohnt in Islington, und im vierten Band von J. K. Rowlings *Harry Potter* befindet sich dort das Haus von Sirius Black.

Ich lauschte dem Klang seiner Stimme, die mich durch die nächtlichen Straßen führte, vorbei an Häusern, in denen nur noch vereinzelte Fenster erleuchtet waren. Häuser, die, wie Ben sagte, aus dem 19. Jahrhundert stammten und die sich ab und an mit modernen Bauten abwechselten.

Wir sprachen über den nahe gelegenen Camden Market, den Ben mir gern zeigen wollte, über die Wahrscheinlichkeit, dass es morgen auch regnen würde (hoch; und gut für Flora und Fauna), darüber, wie es wohl Bonnie und Clyde ging, über die voraussichtliche Länge von Rishi Sunaks Amtszeit im Verhältnis zu der seiner VorgängerInnen und über das Restaurant, in dem man hier das beste indische Curry bekommen konnte.

Wir sprachen, sehr sorgfältig, nicht über unsere Familien, wir sprachen nicht über unsere Pläne für den nächsten Tag und auch nicht über die seltsame Energie, die zwischen uns hin- und hersprang, wenn sich unsere Blicke trafen.

Es war mit Abstand der schönste Abendspaziergang, den ich je unternommen hatte. Der Lärm der Londoner Großstadt, das rote Leuchten der Lichtverschmutzung am Horizont wie ein fernes Versprechen.

Bens gleichmäßige Schritte neben mir, seine ruhige Präsenz, seine Pausen, bevor er auf eine Frage antwortete, in denen er sich seine Antwort ganz genau zu überlegen schien, waren wie Balsam für meine aufgewühlten Nerven. Es mag nicht wie ein hohes Lob klingen, aber seine Anwesenheit war nie *anstrengend* für mich. Normalerweise strapazierte mich die Gegenwart anderer Menschen irgendwann, selbst von Amalia und Milena brauchte ich in regelmäßigen Abständen Ruhe. Es war, als sei Ben mir nach den wenigen Tagen so vertraut wie ein Teil von mir, mein rechter Arm oder meine Leber zum Beispiel. Ich verdrängte den Gedanken rasch, schließlich waren Bens und meine Stunden wortwörtlich gezählt, in Form von Arbeitsstunden, die ich seiner Bibliothek in Rechnung stellen würde. Sie würden enden, vielleicht schon bald, wenn wir morgen eine Spur auftrieben, die uns zum verlorenen Segment der Tabula Peutingeriana und ans Ende unserer Reise führen würde. Es war besser so, denn lange würde ich mein törichtes Herz nicht mehr davon abhalten können, sich in allem, was Ben betraf, um Kopf und Kragen zu bringen.

39

Ansonsten ist alles in Ordnung

Kurz nachdem ich nach dem Desaster mit Philip in die Villa zurückgezogen war, stellte ich fest, dass Amalia vor einer Weile begonnen hatte, Cannabispflanzen im Gewächshaus im Garten anzubauen.

Ich war ein bisschen erstaunt.

Genau genommen kam ich darauf, weil ich Amalia auf der Bank unter dem Apfelbaum mit einem Joint zwischen den Lippen vorfand, als ich von einem meiner letzten Unikurse früher nach Hause kam, da der Professor einen Nervenzusammenbruch erlitten hatte. Vielleicht hätte ihm die beruhigende Wirkung von Tetrahydrocannabinol auch gut getan.

Jedenfalls war es Sommer, und nachdem ich im Haus vergeblich nach meiner Tante gesucht hatte, ging ich durch die offene Küchentür in den Garten hinaus, vorbei am zugewucherten Kräuterbeet und über den Rasen, der dringend wieder einmal hätte gemäht werden müssen.

Ich fand sie am hinteren Ende, sie saß da in einem ihrer bunten Leinenkleider mit breitem Gürtel, die nackten Füße im Gras, den Rücken an die Holzbank gelehnt, und zog tief an einer Zigarette. Ein paar Schritte näher kam mir ein süßlich-würziger Geruch entgegen. Nachdem ich mich neben sie gesetzt hatte, erkannte ich bei genauerem Hinsehen, dass es sich nicht um eine selbst gedrehte Zigarette, sondern um einen Joint handelte.

Ich wusste, dass Amalia hin und wieder kiffte und der Meinung war, dass man das Rauchen von Marihuana legalisieren sollte. Das war also nichts Neues. Aber ihre Augen huschten während unseres Gesprächs immer wieder zu dem gläsernen Gewächshaus im sonnigeren Teil des Gartens, der von der Straße über die Mauer hinweg nicht zu sehen war. Das Gewächshaus hatte es noch nicht gegeben, als ich vor fünf Jahren zum Studium ausgezogen war, aber ich hatte mich nicht weiter darüber gewundert, schließlich hatte Amalia schon häufiger davon gesprochen, mehr Gemüse selbst anbauen zu wollen. Die Tür des Häuschens stand offen, und darin wucherte ein wahrer Dschungel aus hohen Pflanzen, die von ferne an Brennnesseln erinnerten. Das waren jedenfalls keine Tomatenranken.

Als Amalia meinen Blick bemerkte, stand sie auf, winkte mir, ihr zu folgen, und sagte: »Du solltest vielleicht besser Bescheid wissen, wenn du wieder hier wohnst.«

Als wir das Gewächshaus erreicht hatten, nahm sie noch einen Zug, ließ süßlichen Rauch aus Mund und Nasenlöchern quellen und öffnete die Tür des Glashauses ein Stück weiter, bevor sie mich mit einer einladenden Geste zum Eintreten aufforderte. Drinnen war es warm, ein bisschen stickig, und die dunkelgrünen Pflanzen mit den fingerförmig geteilten, an den Rändern fein gezackten Blättern waren sofort als Hanf zu erkennen. So weit reichte mein botanisches Grundwissen durchaus.

Ich schaute Amalia an, die vor dem Gewächshaus stehen geblieben war und in aller Seelenruhe eine weitere dicke Qualmwolke ausstieß. Lief das Geschäft so schlecht, dass sie zu solchen Mitteln greifen musste?

»Amalia«, sagte ich, »du weißt, dass ich Restauration studiert habe, um dir in deinem Geschäft zu helfen?«

»Kein guter Grund, etwas zu studieren, mein Kind. Ich hoffe, du hast das vor allem gemacht, weil es dir wirklich gefällt«, sagte sie mit einem Schulterzucken.

Ich hob irritiert die Augenbrauen. »Ich meine, ich hoffe, du hast nicht umgesattelt auf Drogenexport, indem du Cannabis versteckt in Polstermöbeln ausführst? Drogenhandel habe ich nämlich nicht studiert«, sagte ich.

Amalia begann zu lachen, dann hustete sie. Halb lachend, halb hustend erinnerte sie an ein sinkendes Dampfschiff, das rhythmisch kleine graue Wolken ausstieß. Mit einer Hand musste sie sich an der Wand des Gewächshauses abstützen, so heftig schüttelte es sie. Ich wartete ab, bis sie sich beruhigt hatte.

»Leider nein«, sagte sie schließlich. »Wenn es nur das wäre. Aber ich baue die Pflanzen an wegen, wie soll ich sagen ... wegen ihrer medizinischen Wirkung, wenn du verstehst, was ich meine.«

Ich verstand ganz und gar nicht, was Amalia meinte, nur dass sie den von mir so geliebten Restaurations- und Antiquitätenhandel nicht in eine illegale Import-Export-Drogenhölle verwandelt hatte, die uns bald den Besuch irgendeines Kartells bescheren würde. Also nickte ich.

»Okay«, sagte ich. »Und ansonsten ist alles in Ordnung?«

Amalia zögerte einen Moment. Dann zog sie erneut tief an ihrer Tüte und lächelte mich an. »Ansonsten ist alles in Ordnung, mein Kind.«

Das war vielleicht die größte Lüge, die sie mir je erzählen sollte.

Wenig später erfuhr auch Milena von der Existenz des vermeintlichen Drogenimperiums. Es war ein Sonntag, als ihr spitzer Schrei die Ruhe im Garten durchschnitt.

Danach redeten sowohl Milena als auch Thomas heftig auf Amalia ein, dass der Anbau von Hanf strafbar und sie eine Kriminelle sei, dass sie die Pflanzen und das inkriminierende Gewächshaus schnellstens verschwinden lassen müsse, am besten noch heute Nacht, und ja, in jedem Fall zu einem Zeitpunkt, zu dem die Nachbarn es nicht bemerken würden.

Amalia stand ruhig in ihrem Wohnzimmer, die Arme vor der Brust verschränkt, und hörte den aufgebrachten Eheleuten zu. Milena war zu dem Zeitpunkt im letzten Trimester ihrer Schwangerschaft und ihr hohes Emotionslevel sicher auch mit ihrem schwankenden Hormonhaushalt zu erklären. Thomas wiederum sah seine Karriere als Banker in Gefahr, der erste und einzige Punkt in der Tirade der beiden, bei dem Amalia mit den Augen rollte. Was wiederum Milena auf die Palme brachte. Ich saß auf dem Sofa, in meinen behandschuhten Fingern eine Erstausgabe von Balzacs *Glanz und Elend der Kurtisanen,* die ich vorsichtig Seite für Seite durchging und nach Schäden absuchte. Einerseits verstand ich Milenas Sorge, Amalia könnte verhaftet werden, andererseits hatte ich mich nie in die Angelegenheiten meiner Tante eingemischt – denn auch wenn sie uns aufgezogen hatte, hatte sie doch ein Recht auf Privatsphäre.

Am Ende setzten Milena und Thomas sich mit der Drohung durch, Amalia höchstpersönlich anzuschwärzen, wenn sie das Gewächshaus samt Inhalt nicht sofort verschwinden ließe. Das war der Punkt, an dem ich mich eingemischt hätte, hätte Amalia nicht die Hand gehoben und alle mit einem strengen Blick zum Schweigen gebracht, um anschließend zu versprechen, die Cannabis-Pflanzen abzuernten und keine weiteren anzubauen.

In der folgenden Nacht brachte sie mir dann bei, wie man die Knospen und Blätter erntete und trocknete. Den Rest der Pflanzen rissen wir aus, zerschnitten die Stängel und mischten sie dem Komposthaufen unter. Das Gewächshaus blieb und steht bis heute leer.

Später, als ich nach Amalias Tod ihre Krankenakte zu Gesicht bekam und zurückrechnete, stellte ich fest, dass diese Episode mit dem Zeitpunkt ihrer ersten Krebserkrankung zusammenfiel. Dass mir, wäre ich nicht so erschüttert und deprimiert gewesen nach dem Beziehungsende und Betrug von Philip, hätte auffallen können, dass sie mit »medizinischen Zwecken« die schmerzstillende Wirkung von Tetrahydrocannabinol und nicht die nervenberuhigende oder berauschende gemeint hatte. Dass Amalia vielleicht zu dem Zeitpunkt bereits unter chronischen Schmerzen gelitten hatte, wie einige Krebspatienten sie erleben und von denen sie weder mir noch Milena erzählt hatte. Stattdessen hatte sie ihre Pflanzen ausgerissen, um Milena und Thomas zu besänftigen, und mir gegenüber behauptet, dass alles in Ordnung sei.

Das war etwas, was ich ihr nicht verzeihen konnte: dass sie mich in ihren letzten Jahren, genau wie Philip, um die Wahrheit betrogen hatte. Dass sie mir nicht zugetraut hatte, ihren Schmerz mit auszuhalten.

Und wenn ich noch nicht einmal Amalia vertrauen konnte, die mir versprochen hatte, mich nie zu belügen, wem konnte ich dann überhaupt jemals wieder trauen?

Als ich fünf Jahre nach diesem Vorfall auf ihren Sarg schaute, wie er in die dunkle Erde hinabgelassen wurde, ihr Körper zerfressen von einem Krebs, den sie nicht bekämpft hatte, waren meine Augen leer von Tränen. Ich schwor mir, den Blick fest auf die Holzkiste gerichtet, dass ich es niemals wieder dazu kommen lassen würde, mich zu fühlen wie in jenem Moment, in dem alles verschwand, an das ich je geglaubt hatte.

40

Das vorsätzliche und unwillkürliche Brechen von Regeln

Als Ben und ich nach unserer abendlichen Runde durch ein nachtstilles Islington die Tür zu seinem Elternhaus aufschlossen, empfing uns Naomie schon im Flur mit der Nachricht, dass es leider eine klitzekleine Planänderung gebe.

Noch während wir unsere Regenjacken auszogen, erklärte sie uns, dass Deborah und ihre Freundin es nicht mehr nach Hause geschafft hatten – der Wein! – und jetzt im Gästezimmer untergebracht waren. Die Luftmatratze, die Emrys gerade neben Bens Bett platziert habe, sei aber durchaus bequem. Da Ben ja ebenfalls Wein getrunken habe, könne er mich nun nicht mehr ins Hotel fahren, und zu dieser Stunde ein Taxi zu bekommen sei so gut wie aussichtslos.

Ben hatte die Augen so weit aufgerissen, dass es selbst mir nicht schwerfiel, die Überraschung und den Schrecken darin zu lesen.

»Aber Mum, wir können doch Sarah nicht mit mir zusammen in meinem alten Kinderzimmer übernachten lassen, sie ist eine *Arbeitskollegin*. Und meine Sammlung …« Er verstummte, die richtigen Worte schienen ihm in seinem Entsetzen zu fehlen.

Gerne hätte ich nach der Sammlung gefragt, aber wir mussten zuerst die Platzfrage klären, denn ich war sehr erschöpft und wollte nur noch ins Bett. »Was ist denn das Problem? Geht es darum, dass wir im selben Raum schlafen? Aller gegenteiligen Hinweise zum Trotz bin ich keine verwelkende viktorianische Jungfrau, die um ihre Tugendhaftigkeit fürchtet«, sagte ich an Ben gewandt, ein bisschen gekränkt, dass er das denken könnte.

Bens Augen wurden noch weiter, während Naomie laut auflachte. »Na, siehst du«, sagte sie zu ihrem Sohn und klopfte ihm auf den Rücken. »Sarah ist ganz unkompliziert.«

Ben gab sich mit hängenden Schultern geschlagen unter der Bedingung, dass ich sein Bett nahm und er die Matratze.

Ich hatte den Eindruck, dass er sich im Bad besonders viel Zeit ließ, vielleicht aus Taktgefühl, sodass ich in meinem Pyjama unter die Bettdecke kriechen konnte, bevor er ins Zimmer kam. Natürlich nutzte ich den Moment – wie es jede professionelle Antiquitätenjägerin und Schatzsucherin getan hätte – und stöberte in seinem Zimmer herum.

Der Raum unter der Dachschräge war nicht besonders groß. An einem Fenster, das zur Straße führte, stand das schmale Bett. Auf dem Nachttisch daneben leuchtete ein Globus. Die Wände waren bedeckt mit einem Schrank aus hellem Holz, mehreren vollgestellten Bücherregalen und einem Schreibtisch. An den freien Flecken dazwischen hingen allerhand kleine Zettel, Urkunden und ein Filmposter von Tolkiens *Herr der Ringe*. Viel hatten Bens Eltern seit seinem Auszug offenbar nicht verändert. Ich ging zu einem der Regale und ließ meinen Blick über die Buchrücken wandern. Dantes *Göttliche Komödie* stand neben zeitgenössischer Literatur. Ich blätterte in Zadie Smiths *Zähne zeigen* und in *Unendlicher Spaß* von David Foster Wallace. Ben hatte unzählige Krimis gesammelt und bunte Paperbacks mit Covern, die nach Fantasy und Science-Fiction aussahen. Die zahlreichen Bände des *Oxford English Dictionary* nahmen, in Doppelreihe aufgestellt, ein ganzes Regalbrett ein, und ihre blauen Rücken sahen abgegriffen, nach häufiger Nutzung aus. Daneben war J. R. R. Tolkiens Werk gequetscht. Mit den Fingerspitzen fuhr ich über die ebenfalls verknickten Buchrücken der alten englischen Ausgaben. Diese Bücher waren wohlgeliebt. Es bezauberte mich ein bisschen, dass sich das *Oxford English Dictionary* und Tolkien, der daran mitgearbeitet hatte und dessen Hauptwerk eigentlich die Erfindung einer eigenen Sprache gewesen war, zu der *Der Herr der Ringe* sozusagen nur ein Nebenprodukt bildete, ein Regalbrett teilten. Der Junge, der diese Bücher so angeordnet hatte, schien keinen Unterschied zwischen realen und erfundenen Welten zu machen.

Schließlich wanderte mein Blick weiter zu den Wänden und der Dachschräge und den zahlreichen Zetteln daran. Ich trat näher, um einen genaueren Blick darauf zu werfen, und stellte fest, dass es sich um vergilbte Karteikarten handelte, die da dicht an dicht fast die gesamte helle Tapete und so gut wie jeden verfügbaren Platz an Wänden und Decke bedeckten. Als ich noch näher heranging, schnellten meine Augenbrauen automatisch in die Höhe. Die vergilbten Karten waren jeweils mit einem Buchtitel, dem dazugehörigen Namen von Autorin oder Autor – in Schreibmaschinenschrift – und einem Raster versehen, auf dessen einer Seite in verschiedenen Handschriften und mit verschiedenen Stiften Namen geschrieben standen, daneben jeweils zwei gestempelte Datumseinträge. Meine Augen huschten über die zahlreichen Namen, in unleserlichen oder ordentlichen Schriften verfasst. Jean Evans entzifferte ich etwa und darunter Mildred Grange, Abraham Goldstein. Auf einer anderen Karte waren es Natasha Jelinowski oder Sinéad O'Leary und Tahar Kahlil. Und immer wiederkehrend zwischen all den Namen in einer kursiven, verschlungenen Schreibschrift auf jeder einzelnen Karte der eine Name:

Benjamin Ballantyne

Ich atmete langsam die Luft aus, die ich unwillkürlich angehalten hatte, als ich erkannte, was ich hier vor mir hatte. Dies waren alte Karteikarten, Ausleihkarten aus einer Bibliothek. Auch in unserer heimischen Stadtbücherei hatte es früher dieses System gegeben:

Hinten im Buch gab es einen Umschlag, in dem eine solche Karteikarte über einer eingeklebten Replik derselben Karte steckte. Wollte man das Buch ausleihen, ging man damit zu einer der Bibliothekar*innen am Tresen, trug seinen Namen in die Karte und hinten ins Buch ein und händigte die Karte im Gegenzug für das Buch aus. Dann wurde auf beide Karten das Datum gestempelt. Die Ausleihkarte blieb in der Bibliothek und landete in einem alphabetisch und nach Rückgabemonaten geordneten Zettelkasten. Der Stempel hinten im Buch diente als Erinnerung, wann man das Buch ausgeliehen hatte und zurückgeben musste. Bei den Rückgaben kam der zweite Datumsstempel auf die Karteikarte und ins Buch.

Ich bewegte mich durch den Raum, und ein breites Lächeln stahl sich auf meine Züge. Dies musste die Sammlung sein, von der Ben und seine Mutter gesprochen hatten. Ich stellte mir den jungen Benjamin vor, wie er jedes einzelne Buch und jede einzelne Karteikarte gewissenhaft mit seinem Namen versah. Wie er Buch um Buch mit nach Hause brachte und las, im Bett, auf dem Sofa, auf der Wiese im Garten oder auf dem Teppich liegend. Diese Karten an den Wänden waren wie eine Landkarte des Wissens, eine kartografische Darstellung der Bücher, die Ben als Kind geliebt hatte und die dazu beigetragen hatten, ihn zu dem Menschen zu machen, der er war.

Dieser Junge, der später selbst in einer Bibliothek arbeiten sollte, hatte bereits sein Kinderzimmer in einen Papierpalast verwandelt.

Plötzlich spürte ich einen Kloß im Hals. Vielleicht weil ich mich selbst wiederfand in diesem Kind, dem kleinen Ben in seiner Welt aus Papier.

Vielleicht gab es so etwas wie Seelenverwandte, die an verschiedenen Orten, Hunderte von Kilometern entfernt und das Meer zwischen ihnen, die gleiche Seite zur gleichen Zeit umblätterten, an den gleichen Stellen lachten und weinten, während ihre Augen den gedruckten Worten in verschiedenen Sprachen folgten.

An der Tür erklang plötzlich ein Klopfen, und ich fuhr zusammen. Schnell überbrückte ich die paar Schritte zum Bett und verschwand mit einem Sprung, der die Matratze zum Quietschen brachte, unter der Decke.

»Sarah?«, fragte Ben vom Flur aus zögerlich. »Darf ich reinkommen?«

Diese ausgeprägte Rücksichtnahme, das war so Ben-typisch.

»Ben, das ist dein Zimmer, natürlich kannst du reinkommen«, sagte ich mit einem Augenrollen, das Ben genauso wenig sehen konnte wie das sicherlich völlig idiotisch aussehende zärtliche Lächeln auf meinen Lippen.

Die Tür ging langsam auf, und Ben blieb auf der Schwelle stehen. Er betrachtete mich, wie ich dalag, grinsend, die Decke bis zum Kinn hochgezogen, und seufzte. Der karierte langärmlige Flanellpyjama wirkte ein bisschen übertrieben für die laue Sommernacht, wahrscheinlich hatte er ihn nur meinetwegen angezogen. Ben drehte sich um, schloss die Tür und wandte sich dann wieder zu mir.

»Na los, nun stell schon die Fragen, die dir auf der Zunge liegen«, sagte er in einem Tonfall, der resigniert klang.

Ich lächelte breiter. »Wie, um Himmels willen, bist du an diese ganzen Bibliothekskarteikarten gekommen? Ist es denn keinem aufgefallen, dass die Karten geklaut wurden?«

Bens Augenbrauen schossen in die Höhe. »Geklaut? Ich habe noch nie etwas geklaut! Ich habe angefangen, die Karten zu sammeln, als das System in unserer Schulbibliothek nach und nach digitalisiert wurde. Jedes Mal wenn die Informationen zu einem Buch in der Datenbank abgespeichert waren und die dazugehörige Karte im Mülleimer gelandet war, habe ich sie aus dem Altpapier gerettet.«

Mein Grinsen wurde noch breiter. »Gestohlen, sage ich doch. Müllcontainer gelten immer noch als Eigentum«, erwiderte ich fröhlich.

Bens Schultern zogen sich nach oben, und dann zuckte er mit den Achseln, bevor er seine Kleidung ordentlich gefaltet auf dem Stuhl vor dem Schreibtisch ablegte. Ich hatte meine Klamotten einfach in den Koffer geworfen.

Ich musterte seinen Rücken und lachte leise in mich hinein. »So viel kriminelle Energie hätte ich dir gar nicht zugetraut.«

Ben fuhr herum, öffnete den Mund, schloss ihn aber wieder, als er mein Grinsen sah.

Er verengte die Augen. »Machst du dich etwa über mich lustig?«

»Ben, ich habe noch nie ein so wunderbares persönliches Denkmal zur Erinnerung an eine längst vergangene Form der Bibliothekskatalogisierung gesehen«, sagte ich.

Einen Moment starrte er mich an.

»Aber das ändert nichts daran, mit welchen Mitteln dieses Kunstwerk zustande kam«, sagte ich und bemühte mich um einen ernsten Gesichtsausdruck. Ich spürte, wie meine Mundwinkel zuckten.

Einen weiteren Augenblick sah Ben mich an, dann brach er in ein Lachen aus, warm und dunkel, ein Geräusch, das sich wie Honigfäden um mein Herz wickelte. Ich sah ihn an und dachte, dass ich noch nie zuvor einen so schönen Menschen gesehen hatte, von innen und von außen schön.

Ben räumte seinen Kulturbeutel in den Schrank und hängte seine Kleidung nun sogar noch ordentlich auf Kleiderbügeln auf.

Ich zeigte auf das Filmposter und fragte, um mich davon abzulenken, wie sich seine Muskeln unter dem Pyjamastoff abzeichneten: »*Herr-der-Ringe*-Fan?«

Ben zuckte erneut mit den Schultern. »Eher Tolkien-Fan, ich finde die Bücher besser als die Filme. Das Poster habe ich geschenkt bekommen. Aber du glaubst gar nicht, wie enttäuscht ich war, als die Filme damals rauskamen und wirklich niemand darin aussah wie ich«, sagte er mit einem Seitenblick zu mir.

Ich brauchte einen Moment, um zu verstehen, was er meinte.

»Oh«, machte ich, als ich es tat.

»Ja, das ist das Schöne an Büchern, man kann sich die Menschen darin meistens so vorstellen, wie man möchte. In meinem Kopf waren Aragorn, Legolas, Arwen und Gimli alle Schwarz«, sagte er mit einem kleinen Lachen.

»Licht aus?«, fragte er, während ich noch über seine Worte nachdachte. Ich nickte und Ben schaltete den Nachttischglobus an und die Hängelampe aus. Dann kroch er unter die Decke, und die Luftmatratze, die keine fünfzig Zentimeter von mir entfernt auf dem Boden lag, quietschte leise, als er es sich darauf bequem machte.

»Das ist nicht dasselbe«, sagte ich einen Moment später, »aber ich erinnere mich daran, wie ich als Kind alle *Drei-Fragezeichen*-Bücher verschlungen habe. Ich liebte die Geschichten um die drei Jungs, die so spannende Fälle aufklärten. Natürlich wollte ich damals auch Detektiv werden. Und dann gab es diese andere Detektivreihe, TKKG, darin spielte auch ein Mädchen eine Rolle, Gaby. Aber Gaby war nur hübsch und brav und so schrecklich unfähig, dass ich lieber Bücher las, in denen Mädchen praktisch gar nicht vorkamen, weil ich mich dann mit den Jungs identifizieren konnte.«

»Mhh. Meine Schwester hat mal etwas Ähnliches gesagt, aber hier gab es ja immerhin Enid Blytons *Fünf Freunde* mit George, die für ein Mädchen damals ganz schön was draufhatte – und die Deborah natürlich auch für ein Schwarzes Mädchen hielt«, sagte Ben. Er seufzte. »Ich hoffe, dass meine Nichte und mein Neffe mit besseren Vorbildern in Büchern aufwachsen«, sagte er.

»Ja, das hoffe ich auch – und in einer besseren Welt ebenfalls. Manchmal frage ich mich, warum manche Menschen sich wünschen, in der Vergangenheit zu leben.« Ich schauderte. »Früher war definitiv alles *schlechter* für die meisten Leute.«

»Amen«, sagte Ben, und ich konnte das Lächeln auf seinen Zügen praktisch hören.

Wir lagen beide auf dem Rücken und starrten an die Decke. Zwischen den Karteikarten machte ich im Halbdunkel leuchtende Punkte aus. Waren das Sterne? Ich kniff die Augen zusammen und erkannte kleine phosphoreszierende Klebesterne, die im Dunkeln leuchteten. Der junge Benjamin hatte die Sterne, wie ich nach einigen Momenten erstaunt feststellte, in den Konstellationen des echten Sternenhimmels angeordnet. Über dem Bett, in der relativen Dunkelheit des Zimmers, befand sich eine Nachbildung der Sternbilder der westlichen Hemisphäre, die sich über uns in der unendlichen Weite des Universums erstreckten. Ich spürte, wie sich ein warmes Gefühl in meinem Bauch ausbreitete.

»Als ich jung war«, sagte Ben unvermittelt und verschränkte die Hände hinter dem Kopf, »habe ich geglaubt, dass jedes Buch, jede Geschichte und jede Erzählung ihr eigenes Universum enthält, eine eigene Welt zwischen den Seiten. Dass jede Bibliothek unendliche viele Welten versammelt, die es irgendwo im Universum gibt. Dass ich jedes Buch mit Sorgfalt behandeln muss, denn wenn es zu Schaden kommt, kommt auch die Welt darin zu Schaden. Später verstand ich, dass das so nicht ganz der Fall ist. Aber die Achtung und Sorgfalt Büchern gegenüber, das Gefühl, dass sie ein Schatz sind, den es zu bewahren gilt, habe ich nie verloren. Als ich die Karteikarten zu sammeln begann, wollte ich Zeugnis ablegen über die Welten, in denen ich mich bewegt hatte und die zu einem Teil von mir geworden waren.«

Ich schluckte so laut, dass ich fürchtete, Ben könnte es hören.

»Ich glaube«, sagte ich leise, »das ist die schönste Geschichte, die ich je über die Liebe zu Büchern gehört habe.«

Schweigen.

Dann: »Soll ich den Globus ausmachen?«

Ich grinste. »Bitte. ›Und es ward dunkel.‹«

Ben schaltete die Nachttischlampe aus. Eine Weile lagen wir so da, das Zimmer nur erhellt durch das wenige Licht der Straßenlaternen, das durch die Ritzen der Vorhänge fiel.

»Sarah«, sagte Ben, »danke, dass du dich auf diese Suche mit mir gemacht hast.«

»Du solltest dich erst bedanken, wenn sich unsere Spur morgen auszahlt, sonst sind wir wieder bei null angelangt«, sagte ich seufzend.

Ich hörte, wie die Bettdecke raschelte. Ben streckte eine Hand nach mir aus, hielt sie offen in den Raum der fünfzig Zentimeter zwischen uns. Ich zögerte einen Moment, dann legte ich meine Hand in seine. Ben drückte kurz zu, warm und fest, und ließ mich dann wieder los.

»Schlaf gut, Bücherjägerin.«

»Schlaf gut, Bibliothekar.«

41

Alte Bekannte und neue Probleme

Das Auktionshaus, das wir am nächsten Morgen besuchten, war weder das berühmte Sotheby's noch das ebenso berühmte Christie's, die beide mitten im Zentrum von London rechts und links der Royal Academy of Arts liegen, einen Katzensprung vom Piccadilly Circus entfernt. Nein, das Auktionshaus, das wir aufsuchten, war nicht weniger prestigereich oder zentral, aber zwischen Bloomsbury und Holborn gelegen. Ben schlug vor, mit der U-Bahn zu fahren.

Als ich früh am Morgen aus der Dusche nach unten kam, saß Naomie bereits mit einer Kaffeetasse in der Hand am Esstisch und blätterte durch eine Akte, während Emrys in der Küche stand und in einer Pfanne rührte. Er sorgte für ein typisch britisches Frühstück mit Eiern, Bacon, Würstchen und sogar Baked Beans. Ich ging in die Küche, um zu fragen, ob ich helfen könne – den Blick auf die laut brutzelnde Pfanne gerichtet, aus der der Rauch aufstieg, doch Emrys schüttelte nur stumm den Kopf und drückte mir eine Tasse Kaffee in die Hand. Ich setzte mich also zu Naomie, trank schweigend meinen Kaffee und versuchte, richtig wach zu werden.

Ben erschien kurz danach, wie immer in einem faltenlosen Hemd, diesmal in Weiß, einer schwarzen Hose und einem Jackett, das er auszog und über eine Stuhllehne hängte. Sogar eine Krawatte hielt er in der Hand. Mit seinem dunklen Anzug erinnerte er an James Bond, und mein Blick wanderte unwillkürlich über die eleganten, geraden Linien seines Körpers. Ben war schmal, aber nicht schlaksig. Er hatte die schlanken Muskeln eines Tänzers oder Akrobaten und bewegte sich mit der gedankenlosen Eleganz eines Menschen, der nicht über seinen Körper nachdachte. Überhaupt nicht steif, wie es die Anzüge vermuten lassen konnten.

Auch ich hatte mich mit dem einzigen Hosenanzug, den ich besaß, für den heutigen Tag herausgeputzt, denn Auftreten war bei teuren Adressen alles, wie Amalia mir immer wieder eingebläut hatte. Ben musterte mich von oben bis unten, und seine Augenbrauen hoben sich.

»Was?«, fragte ich.

»Das steht dir sehr gut, Sarah, auch wenn ich das Gefühl habe, dass Jeans besser zu dir passen. Aber vielleicht … na ja, vielleicht sollte man das noch einmal bügeln, bevor wir gehen?«, sagte er vorsichtig.

Ich sah an mir herab. Es stimmte, der Transport im Koffer war dem Hosenanzug nicht sonderlich gut bekommen. Ich strich die Haare zurück, die sich wie immer aus meinem Zopf zu lösen begannen, und seufzte. Bügeln war nicht meine Stärke.

Naomie sah von ihrer Arbeit auf. »Du kannst das ruhig Ben machen lassen, Sarah. Immerhin hat er jahrelange Erfahrung darin. Wenn ich einen wichtigen Fall habe, lasse ich ihn auch meine Sachen bügeln.«

Ben ließ fast seine Krawatte fallen.

Ich lächelte ihn an. »Wenn es dir nichts ausmacht … Die Wahrscheinlichkeit, dass ich sonst das Haus niederbrenne, ist leider recht hoch.«

Naomie schnaubte ein kleines Lachen und Ben nickte langsam. »Das wollen wir natürlich unbedingt vermeiden.« Er grinste.

Während des Frühstücks sprachen Ben und ich über unsere nächsten Schritte. Wir würden im Auktionshaus mit Bens Referenzen und dem Verweis auf den Akquisewunsch der Britischen Bibliothek um die Herausgabe von Informationen bitten.

»Und wenn das nichts bringt, dann täuscht einer von uns einen Schwächeanfall vor, sodass der Krankenwagen gerufen werden muss, während der oder die andere von uns durch die Akten geht«, sagte ich, da ich es eher für unwahrscheinlich hielt, dass jemand einfach so private Informationen weitergeben würde.

Ben, der gerade einen Schluck aus seiner Tasse genommen hatte, verschluckte sich und prustete fast den Kaffee über den Tisch. Naomie sah von ihrer Arbeit hoch und blickte mich über die Gläser ihrer Lesebrille hinweg an. »Das sollte ich besser nicht mithören«, sagte sie.

»Sarah«, brachte Ben hervor, seine Augen weit, »das ist eine Straftat!«

Ich zuckte mit den Schultern. »Wenn, dann nur eine ganz kleine, die ich gerne übernehmen kann. Ich sehe nicht, warum sie uns einfach so weiterhelfen sollten.« Ich dachte nach. »Bestechung wäre noch eine Möglichkeit. Haben wir dafür ein Budget?«, fragte ich ihn.

Bens Mund klappte wortlos auf und zu, während Naomie grinsend den Kopf schüttelte und Emrys, der sich mittlerweile zu uns gesellt hatte, zwischen uns hin- und hersah.

Ben schien es weiterhin die Sprache verschlagen zu haben.

Zum ersten Mal fragte ich mich, ob Amalias Methoden vielleicht nicht ganz angemessen für diese Situation waren. »Im Business heiligt der Zweck die Mittel«, hatte sie gerne zwinkernd gesagt, und ich war es gewohnt, dass wir unsere eigenen Regeln aufstellten. Vielleicht war die Welt der Sammler*innen, Bücherjäger und RestauratorInnen auch immer schon ein bisschen eine halbseidene gewesen. Immerhin gab es zahlreiche Fälschungen, die, zwischen die Originale gemischt, ebenso rentabel die Hände wechselten. Nicht dass Amalia und ich diese Praxis verfolgten, das hätte gegen unser Berufsethos verstoßen, aber es war nicht so, dass wir es nicht manchmal mitbekamen – und bei mehr als einer Gelegenheit aus professioneller Solidarität heraus darüber geschwiegen hatten. Außerdem waren da die Situationen, in denen wir wissentlich einen Nachlass, der wertvolle Gegenstände enthielt, herunterhandelten, als sei es nur Tand. Ich erinnerte mich zudem an mindestens einen

Fall, in dem Amalia ein wertvolles Manuskript aus den Händen eines besonders unmöglichen Sammlers »befreit« hatte, wie sie es nannte, und es plötzlich eine neue Heimat fand. Davon sollte ich Ben und seiner Familie wohl lieber nichts erzählen.

Ben fand schließlich seine Sprache wieder. »Meinst du das ernst?«, fragte er.

Ich nickte. »Aber wir müssen natürlich nichts machen, womit du dich unwohl fühlst.«

»Unwohl? Es ist illegal, was du vorschlägst! Wir werden selbstverständlich nichts Kriminelles im Namen der Britischen Bibliothek unternehmen, das könnte mich den Job kosten!«

Ben wirkte aufgebracht, und ich hob beschwichtigend die Hände. Ich hatte nicht gedacht, dass dies so eine große Sache wäre. »Kein Problem. Dann schauen wir einfach, was sie uns sagen, und sehen dann weiter.« Was natürlich überhaupt kein Plan war.

»Sarah«, sagte Ben, während er sich vorbeugte und mich eindringlich ansah, »versprich mir, dass du nichts unternimmst, was dazu führt, dass wir verhaftet werden könnten.«

Ich seufzte, dann nickte ich. Er war der Auftraggeber, also galten seine Regeln, ob ich sie für sinnvoll hielt oder nicht. »Versprochen«, sagte ich mit dem aufkeimenden Gefühl, bald wieder ohne jede Spur dazustehen.

*

Ben bügelte meinen Hosenanzug, während ich im Pyjama auf dem Bett saß, auf mein Handy schaute und die vier verpassten Anrufe und zehn Sprachnachrichten von Milena ignorierte. Als ich angezogen war und Bens kritischem Blick standgehalten hatte, händigte er mir eine Metrocard aus und wir machten uns auf den Weg zur Underground-Station in der High Street in Islington. Emrys setzte uns mit dem Auto ab, bevor er zur Uni musste. Zum Glück hatte es gestern Abend aufgehört zu regnen, aber der englische Sommer wartete mit hellgrauem Himmel auf. Wir fuhren von der Haltestelle mit dem schönen Namen »Angel«, von der aus wir die Northern Line bis King's Cross nahmen und von dort die Piccadilly Line bis Holborn. Ben war ungewöhnlich still auf dem Weg, während er uns durch den Untergrund navigierte.

Ich war damit beschäftigt, alles um mich herum anzustarren. Vielleicht hätte ich mich mehr darauf vorbereiten sollen, einer ständigen Reizüberflutung ausgesetzt zu sein. Überflüssig zu sagen, aber London ist *riesig* und die U-Bahn ein eigenes unterirdisches Stadtsystem voller Menschen, Treppen, Laufbänder, Geschäfte und Tunnel. Und dann erst die vielen widerstreitenden Gerüche.

Der Umstieg in King's Cross ließ mich atemlos zurück, obwohl ich unter der Erde nichts von dem berühmten Bahnhof mitbekam.

Als wir in Holborn ausstiegen, einer Station, deren Boden mit einem schachbrettartigen Muster aus schwarzen und weißen Fliesen bedeckt war, und aus den Tiefen der Erde mit einer schier endlosen Rolltreppe aufstiegen und endlich wieder im Freien waren, fühlte ich mich, als wäre ich dem ersten Kreis der Hölle entkommen.

Ich atmete tief durch, um mein schnell schlagendes Herz zu beruhigen. Ben wartete auf dem Weg wortlos, wenn ich mich mit großen Augen umschaute und immer wieder langsamer wurde und hinter ihm zurückblieb. Es war eine ungewohnte Mischung aus alten Stadthäusern und moderneren Gebäuden, die mir hier begegnete. Schöne rote Backsteinbauten mit Erkern und weiß lackierten Fenstern. Hohe weiße Stadtvillen mit Stuck über den Fenstern, Balkone mit geschwungenen schwarzen schmiedeeisernen Geländern. Rote Doppeldeckerbusse, die auf der falschen Straßenseite an mir vorbeirasten. Bäume säumten die Straße, die wir entlanggingen, und Bürogebäude wechselten sich mit Bauten ab, die wie alte Verwaltungsgebäude oder andere offizielle Architektur aussahen. Flaggen hingen über einigen Eingängen, und mehr Geschäfte tauchten auf, als wir unserem Ziel näher kamen. Ich wusste gar nicht, wo ich zuerst hingucken sollte, es war bunt und laut, und ich hoffte, dass ich durch die Reizüberflutung keine pochenden Kopfschmerzen bekommen würde. Und dabei waren wir noch nicht einmal im touristischen Zentrum der Metropole.

Auch über dem schönen roten Backsteingebäude mit weißem Stuck an den Fenstern, vor dem wir schließlich zum Stehen kamen, hing am Bogenvorbau des Eingangstors eine Flagge mit dem stolzen Namen des Auktionshauses.

Mir war heiß, ich spürte, wie mein Hemd an meinem Rücken klebte, und ich musste nur einen Blick auf das hochherrschaftliche Gebäude vor uns werfen, um zu wissen, dass Bens Technik des »einfach fragen« nicht den Hauch einer Chance hatte.

Ben sah mich an, und zum ersten Mal an diesem Morgen nach dem Frühstücksdebakel schenkte er mir wieder ein Lächeln.

»Na, dann mal los«, sagte er.

*

Zehn Minuten später wurden wir unsanft von zwei bulligen Sicherheitskräften hinausgeleitet, begleitet vom kühlen Klackern hoher Absätze. Hinter uns folgte die Dame, die uns nach einem kurzen Wortwechsel wütend mit der Polizei drohte, sollten wir oder unser kleiner dicker Kollege es wagen, je wieder dieses Gebäude zu betreten.

Ben und ich stolperten auf den Bürgersteig, ich taumelte und wäre um Haaresbreite von einem Fahrradkurier überfahren worden, doch Ben packte mich am Arm und zog mich gerade noch rechtzeitig zurück.

Er starrte mich aus großen Augen an, durch die unsanfte Handhabe der unmöglichen Ordnungskräfte war sein Krawattenknoten verrutscht und die Brille saß schief auf seiner Nase.

»Was ist gerade passiert?«, fragte er schwach, eine Hand immer noch an meinem Arm. »Und was meinte sie mit ›dicker Kollege‹?«

Meine Hände ballten sich zu Fäusten, ich musste die Zähne aufeinanderpressen, um nicht vor Wut zu knurren.

»Dengelmann«, brachte ich schließlich hervor. »Das Wiesel ist uns zuvorgekommen!«

42

Freuden des Alltags

Amalia und ich standen in der imposanten Eingangshalle einer Düsseldorfer Villa am Fuße der geschwungenen Aufgangstreppe. In der Mitte der Halle stand eine Vitrine, unter der sich die geschmacklose Holzschnitzerei eines kleinen, fetten Engels auf einer Säule räkelte.

Hinter uns auf der Treppe stand händeringend die Erbin, mit der wir gerade einen Deal hatten abschließen wollen, als Dengelmann uns mit dem *anderen* Erben aus einem der Büros im ersten Stock entgegenkam.

»Was für eine himmelschreiende und komplett unprofessionelle Unverschämtheit!«, rief Amalia gerade, die Hände in die Hüften ihres grünen Leinenkleides gestemmt, während die großen Goldohrringe an ihrem vor Wut bebenden Körper klimpernd hin und her schwangen.

Ihr gegenüber stand Dengelmann, einen halben Kopf kleiner, und versuchte vergeblich, mit hochgerecktem Kinn an seiner Nase entlang auf sie herabzuschauen. Der graue Anzug spannte um seinen fülligen Bauch und saß an den Schultern zu eng, seine Augen funkelten wie die einer Elster.

»Tja, ich bin euch schlicht zuvorgekommen!«, rief Dengelmann mit kaum verhohlener Schadenfreude, die selbst ich erkennen konnte. »Da musst du das nächste Mal einfach früher aufstehen, wenn du den Deal rechtzeitig abschließen willst, werte Amalia!«

»Wir hatten bereits eine Vorvereinbarung mit der Erbin!«, blaffte Amalia zurück. »Du … du würdeloses Wiesel!«

»Pah!«, machte Dengelmann. »Wir haben das unter Männern geregelt!«

Der Mann hinter ihm zog den Kopf ein, als alle Blicke sich auf ihn richteten.

»Du … Du …«, keuchte Amalia schwer atmend, »du hast von dieser Handschriftensammlung überhaupt erst erfahren, weil du letzte Woche ›zufällig‹ bei mir im Büro aufgetaucht und meine Notizen durchgegangen bist!«

»Unsinn! Ich habe meine eigenen Quellen!«, schrie Dengelmann zurück.

Ich strich mir die Haare zurück und legte zögerlich eine Hand auf Amalias bebende Schulter. »Lass es, das bringt ja nichts«, sagte ich leise.

Amalia schnaubte aufgebracht. »Das wird dir noch leidtun!«, rief sie, ohne sich zu mir umzuwenden.

»Du bist einfach eine schlechte Verliererin, Amalia«, höhnte Dengelmann. »Dabei solltest du es doch langsam gewohnt sein.«

Amalia richtete sich zu ihrer vollen Größe auf. »Karl«, zischte sie gefährlich leise, »das geht zu weit. Wenn das noch einmal vorkommt, dann lasse ich die Sache mit dem Emily-Dickinson-Manuskript auffliegen!«

Dengelmanns Augen weiteten sich, er sah sich hektisch um, was ihm in diesem Moment wirklich die Aura eines in die Enge getriebenen Nagetiers verlieh, und ballte die kleinen dicken Hände zu Fäusten. »D-d-das wagst du nicht«, brachte er stotternd hervor.

Amalias Augen verengten sich zu Schlitzen. »Wir werden ja sehen. Das ist die letzte Warnung.«

»Ha!«, schrie Dengelmann.

Zwei Wochen später kamen wir ihm bei der Auflösung einer Klosterbibliothek zuvor, weil Amalia in einer Nacht-und-Nebel-Aktion das Kabel der Einspritzanlage seines Autos durchgeschnitten hatte.

Wenig später wurde bei uns in der Villa eingebrochen und eine alte Sternkarte entwendet. Danach wies Amalia in einschlägigen Kreisen darauf hin, dass Dengelmann eine Emily-Dickinson-Fälschung verkauft hatte. Und so ging es bei jeder Gelegenheit mit den beiden weiter.

Als ich Amalia einmal gefragt hatte, wie die Feindschaft mit Dengelmann zustande gekommen sei, blinzelte sie mich an.

»Wie kommst du drauf, dass wir Feinde sind?«, fragte sie und klang ehrlich erstaunt. »Seine Unfähigkeit ist die beste Werbung, die wir uns wünschen können. Außerdem ist es doch ganz amüsant, ihm eins auszuwischen, findest du nicht? Mit ihm wird es jedenfalls nie langweilig.«

Das war auch der Moment, in dem ich herausfand, dass sie beide Teil des gleichen professionellen Stammtisches waren, der sich einmal im Monat in einer Kneipe in der Altstadt traf. Danach sah ich die Beziehung zwischen ihnen mit anderen Augen. Als sich Amalia kurz nach der Dickinson-Sache vor ihrem Schminktisch zurechtmachte, um zu ebendiesem Treffen zu gehen, blieb ich in der Tür zu ihrem Zimmer stehen.

»Halte dir deine Freunde nah und deine Feinde näher«, sagte sie grinsend und zwinkerte mir im Spiegel zu.

Ich schüttelte nur ungläubig den Kopf.

43

Eine Frage der Lage

Wir gingen schnurstracks zur nächsten U-Bahn-Station und fuhren in Richtung Themse. Ben meinte, zum Nachdenken bräuchten wir Platz und fließendes Wasser. Das war das Einzige, was er für eine Weile sagte, aber ich beschwerte mich nicht darüber. Ich glaube, wir waren beide in unsere eigenen Gedanken vertieft.

Wir waren von Holborn aus mit der Central Line bis zur Station St. Paul's gefahren. Während wir den Park durchquerten, warf ich einen Blick auf die berühmte riesige weiße Kirche mit der beeindruckenden Kuppel. Schnellen Schrittes überquerten wir eine breite Straße mit modernen Bürogebäuden und gelangten auf einen von alten und neuen Backsteinbauten gesäumten Fußgängerweg, der uns geradeaus direkt bis zur Millenium Brigde und zur Themse führte. Diese schlanke, moderne Fußgängerbrücke mit dem metallisch glänzenden Geländer eröffnete uns den Blick über das Wasser und die Stadtkulisse. Ich sog scharf die Luft ein.

Der Himmel war aufgerissen, das braune Wasser der Themse spiegelte helle Lichtreflexe und weiße Wölkchen auf seinem langsam fließenden Strom, der in einem weiten Bogen vor uns lag.

Zu unserer Linken, auf der anderen Seite des Flusses, stach ein hohes, spitzes Glasgebäude wie ein Eissplitter in den Himmel. Ganz in der Ferne entdeckte ich die eleganten Türme der London Bridge. Auf dem anderen Ufer ragten uns Baukräne und weitere gläserne Bürotürme entgegen, direkt vor uns ein rotes Backsteingebäude, das wie die moderne Version einer alten Fabrikhalle mit hohem Schornstein aussah.

Ich versuchte, mit Ben Schritt zu halten und dabei alle Eindrücke der Stadt in mich aufzunehmen, ohne mit einem der zahlreichen anderen Fußgänger zu kollidieren.

Beim Näherkommen stellte sich das vermeintliche Fabrikgebäude als die Tate Modern Art Gallery heraus, die wir jedoch ignorierten. Stattdessen bogen wir rechts auf den breiten roten Fußgängerweg an der Themse ab. Auf der anderen Seite erspähte ich zwischen Bäumen die runde Form des Globe Theatre, an dem Shakespeare-Stücke beworben und aufgeführt wurden.

Vor der Tate Gallery befanden sich eine kleine Wiese und einige Birken, deren helle Blätter im Wind raschelten und an denen wir ebenso hastig vorbeiliefen. Das Wasser zu unserer Rechten, moderne Gebäude zu unserer Linken, hasteten wir auf dem Fußgängerweg entlang bis zur nächsten breiten Brücke, die eine merkwürdige Überdachung aufwies und an der ich den Namen der U-Bahn-Station Blackfriars lesen konnte. Weiter und weiter ging es am Wasser entlang, unter den Füßen dieser Brücke und der nächsten, gebogenen direkt dahinter hindurch, bis rechts ein kleiner Sandstreifen am Ufer des Flusses ein paar Meter unter dem Fußgängerweg auftauchte. Kurz dahinter hatte die Promenade eine Ausbuchtung, auf der sich mehrere Parkbänke mit Blick aufs Wasser befanden. Ben ließ sich auf eine der Bänke fallen, die Beine von sich gestreckt. Ich setzte mich mit einem kleinen unterdrückten Seufzen neben ihn. Mein einziges Paar schicker Schuhe war wirklich nicht für eine solche Stadtwanderung gemacht. Meine Augen glitten über den breiten Fluss, die erstaunliche Kulisse aus gläsernen Hochhäusern, erhabenen Kirchtürmen, neuen und alten Gebäuden und zahlreichen Brücken und die mit Wasserschlangen verzierten Straßenlaternen, die am Ufer entlang in die Geländer eingearbeitet dastanden.

Neben mir begann Ben, wütende Dinge vor sich hin zu murmeln: »So etwas … Das ist mir im ganzen Leben noch nicht passiert … Was bilden die sich ein …?«

Es tat mir leid, dass der Rausschmiss aus dem Auktionshaus ihn so aufzuwühlen schien. Wahrscheinlich kam so etwas in seinem Leben als Bibliothekar mit Hang zur Regeltreue nicht besonders oft vor. Ich hingegen hatte schon häufiger Bekanntschaft mit unfreundlichen Sicherheitsleuten gemacht. Das war ein Berufsrisiko, das man als Bücherjägerin und vor allem an der Seite meiner unkonventionellen Tante nicht ganz umgehen konnte und an das ich mich gewöhnt hatte.

Was mich allerdings beschäftigte, war die Frage, wie genau uns ausgerechnet Dengelmann hatte zuvorkommen können.

Aus den wenigen Sätzen, die wir mit der Dame im Auktionshaus hatten wechseln können, bevor ihre Augen sich weiteten und ihre Nasenlöcher sich aufblähten und sie die Wachleute rief und uns unter wütenden Beschimpfungen nach draußen befördern ließ, hatte ich mir folgenden Tathergang zusammengereimt:

Dengelmann musste dasselbe Auktionshaus zwei Tage vor uns, am Samstag, aufgesucht haben. Den aufgeregten Ausrufen der Frau nach zu schließen hatte unser »kleiner, dicker Komplize« den Feueralarm ausgelöst und war, während sie kurz ihr Büro verlassen hatte, um nachzusehen, ob es sich um einen Fehlalarm handelte, ihre Akten durchgegangen. Ein Vorgehen, das ich voll und ganz befürwortete, wäre uns Dengelmann damit nicht zuvorgekommen. Als Ben und ich dann nach der geheimen Auktion der Tabula Peutingeriana und dem Namen der Aktionäre dahinter fragten, deren Adresse Dengelmann gestohlen hatte, war die Dame kurzerhand davon ausgegangen, dass wir zusammengehörten, und hatte uns Hausverbot erteilt. Was natürlich eine unlogische Kurzschlussreaktion gewesen war – denn würden wir zusammenarbeiten, hätten wir sie ja wohl kaum nach derselben Sache fragen müssen.

Das zeigte wieder mal, wie sehr die menschliche Emotion dem logischen Denken im Wege stand.

Und warum ich so sicher war, dass es sich bei diesem »kleinen, dicken Mann« um Dengelmann handeln musste? Zum einen war

Dengelmann klein und dick, zum anderen erinnerte ich mich an die Tatsache, dass Ben und ich zu Beginn unserer Reise in der Werkstatt meiner Tante von ihm belauscht worden waren. Nicht dass diese Beweisführung vor Gericht standgehalten hätte, aber ich war mir sicher, dass Jean die Informationen, die wir von ihm bekommen hatten, nicht einfach an andere Schatzjäger verkauft hatte. Blieb noch der Sammler aus Heidelberg, den er kontaktiert und der ihm das Auktionshaus genannt hatte. Aber warum sollte sich der Mann gerade jetzt ebenfalls auf die Suche nach der Landkarte machen, obwohl er lange zuvor die Möglichkeit dazu gehabt hätte? Nein, die zeitliche Koinzidenz von meiner und Bens Suche mit dieser unterhändigen Feueralarm-Datendiebstahl-Aktion und dem Wissen, dass uns Dengelmann belauscht hatte, ließen keinen Zweifel zu.

Außerdem mochte ich ihn einfach nicht.

Blieb die Frage, wie er auf das Auktionshaus gekommen war, nachdem die Auktion des verlorenen Segments der Tabula, das dann ja wieder zurückgezogen worden war, eigentlich hätte geheim sein sollen. Natürlich sickerten in unserer Branche die einen oder anderen Informationen durch, und Dengelmann hatte genau wie Jean und Amalia seine Kontakte, aber es hätte mich trotzdem brennend interessiert, wie es ihm möglich gewesen war, dies in so kurzer Zeit herauszufinden. Und uns dann bei diesem Auktionshaus tatsächlich zuvorzukommen!

Wäre ich nicht so wütend gewesen, ich hätte fast Respekt gehabt vor dem Wiesel und seinen Methoden.

Ich wandte mich zu Ben um, der seine Krawatte gelockert hatte und träge daran herumspielte. Als ich ihm meine Überlegungen zu dem Thema mitteilte, wurde seine Miene düsterer und düsterer, und er fragte ungläubig dazwischen, bis ich meine Beweisführung abgeschlossen hatte. Er stieß laut einen Atemzug aus, und ich hatte das Gefühl, ihn kalt erwischt zu haben. Jedenfalls sah er anders aus als sonst, wie er unter dem grauen Londoner Himmel dasaß und auf das braune Wasser des Flusses starrte, seine Schultern hingen herab, und sein sonst so strahlendes Lächeln war nun schon eine Weile ausgeblieben.

»Und was jetzt?«, fragte er und sah mich mit großen Augen an.

Ich sagte erst mal nichts. Ich mochte es nicht, wenn Leute sich Lösungen von mir wünschten oder sich auf mich verließen, denn dann konnte ich sie enttäuschen. Darin war ich leider nur allzu gut, wenn man meiner Schwester und Philip Glauben schenkte. Aber ich wollte Ben nicht enttäuschen, und war das nicht, nachdem ich jahrelang nur auf Amalias Meinung etwas gegeben hatte, eine unangenehme Überraschung?

Was würde Amalia in dieser Situation tun?

Ihre Maxime bei Rückschlägen lautete: Aufstehen, ausruhen, neu formieren.

»Jetzt«, sagte ich, mich langsam in meinen eigenen Gedanken vortastend, »jetzt fahren wir erst mal in dein Büro in der Bibliothek, und du zeigst mir die Recherche, die du zum Thema Tabula unternommen hast.«

Er rieb seine Nasenwurzel über der Brille. »Und du denkst, es bringt etwas, wenn du noch mal meine Unterlagen durchgehst? Obwohl ich keine Hinweise auf den Verbleib des verlorenen Teils der Karte finden konnte?«

Ich zuckte mit den Schultern. Unsere einzige Spur war gerade im Sande verlaufen, dieser Ansatz war also im Augenblick so gut wie jeder andere, solange wir nicht in das Aktionshaus einbrachen und mit vorgehaltener Waffe die Herausgabe der Informationen erzwangen. Was sicher nicht auf Bens Liste möglicher Maßnahmen stand.

Aber im Grunde war meine Überlegung simpler: Zum einen wollte ich Bens Recherche wirklich sehen, zum anderen interessierte mich sein Arbeitsplatz, und ich dachte, dass es ihm vielleicht guttun würde, nach dieser Enttäuschung an einen Ort zurückzukehren, an dem er sich wohlfühlte, sodass sich seine Schultern wieder hoben und sein Lächeln zurückkehrte.

Die Muskeln um Bens Unterkiefer spannten sich. »Also schön«, sagte er, »mal sehen, ob vier Augen mehr sehen als zwei.«

Ich bezweifelte es. Aber die verschwindend geringe Chance, dass ich in seiner sicherlich umfangreichen Forschungsarbeit zum Thema Tabula in aller Kürze eine Entdeckung machen würde, wollte ich jetzt nicht erwähnen.

Ebenso wenig, dass wir gegen Dengelmann, der nun eine Adresse und eine Spur hatte, einen Wettlauf gegen die Zeit begonnen hatten. Bei dem wir bereits zwei Tage hinterher waren. Und wenn Dengelmann das Kartensegment vor uns in die Hände bekam, war ich mir sicher, dass es in kürzester Zeit im Darknet an den Höchstbietenden gehen würde.

In diesem Moment wurde mir klar, dass meine Angst, Ben zu enttäuschen, viel größer war als mein Wunsch, diese Karte zu finden.

Was für ein Desaster.

44

Eine Brücke aus Papier

So machten wir uns auf den Weg in die British Library, die größte Nationalbibliothek der Welt. Von der Blackfriars Bridge aus liefen wir noch ein Stück stadteinwärts, und von dort fuhren wir mit der Thameslink in Richtung Norden, vorbei am berühmten King's Cross, den ich auch diesmal nicht zu Gesicht bekam. Wir stiegen in St. Pancras aus, sodass ich dieses wunderschöne, mit zahlreichen Ornamenten verzierte rote Backsteinbauwerk des alten Bahnhofs mit den grünen Giebeln, den vielen Türmen, Uhren und spitz zulaufenden orientalisch anmutenden Fenstern wenigstens im Vorbeigehen bestaunen konnte. Mich auf die Gebäude, die Architektur zu konzentrieren half mir dabei, die vielen Menschen um mich herum zu vergessen, das bunte Treiben, das Stimmengewirr, die vielen Gesichter und unterschiedlichen Sprachen. Amalia und ich hatten diesen Trick zusammen entwickelt, den Blick auf die Fassaden und Häuser, anstatt auf das Gewusel auf der Straße zu richten. Es half.

Von St. Pancras aus war es nur noch ein kurzer Fußmarsch bis zu dem gigantischen modernen Backsteinkomplex, in dem Ben arbeitete.

Es gibt ein paar Dinge, die man über die Britische Bibliothek wissen sollte, und Ben hatte bereits auf dem Weg begonnen, mir davon zu erzählen:

Die Bibliothek, die Bens Heimat und Arbeitsort war, beherbergt über 170 Millionen Objekte, neben Büchern auch historische Handschriften und Manuskripte, Bilder, Broschüren, Tonaufnahmen, Patente, Briefmarken und Karten und vieles mehr. Diese gigantische Sammlung ist nicht nur die größte Sammlung von Medien und Karten der Welt, sondern auch eine der bedeutendsten Forschungseinrichtungen. Und jährlich wächst ihr Bestand um etwa drei Millionen Medien, Tendenz steigend, da die Bibliothek aus allen Sprachen, allen Ländern und aus allen Zeiten Bücher sammelt und von jedem neu in Großbritannien, Irland und Nordirland publizierten Buch und jedem Magazin ein Pflichtexemplar zugesendet bekommt.

Manche der alten, historischen Dokumente kann man in Ausstellungen oder bei Veranstaltungen bewundern, in gläsernen, temperaturgeregelten Schaukästen. Wie zum Beispiel die berühmte Magna Carta, die von King John unterzeichnet wurde, das First Folio von Shakespeare und einige sehr alte Bibeln, Inkunabeln oder auch Aufzeichnungen, Notizbücher und Briefe von berühmten Schriftsteller*innen oder Forschern wie Leonardo da Vinci und natürlich Erstausgaben oder Handschriften von Autorinnen wie Jane Austen und Autoren wie Geoffrey Chaucer und Thomas Malory, um nur ein paar Namen zu nennen. Ben zählte mit leuchtenden Augen natürlich noch viel mehr auf, was allerdings in den regelmäßigen, blechern klingenden Lautsprecherdurchsagen und im Rattern der Untergrundbahn unterging.

Die British Library ist zwar eine riesige Bibliothek, anders als in einer normalen Büchersammlung kann man den größten Teil davon jedoch nicht sehen. Wenn man einen Leseausweis hat, den man im Voraus beantragen muss, kann man zwar einige Räume der campusartig angelegten Gebäudekomplexe und der Lesesäle aufsuchen, aber der überwiegende katalogisierte und in riesigen Metallregalreihen untergebrachte Teil der Sammlung ist nicht zugänglich für Besucher. Es ist wie bei einem Eisberg im Meer: Der größte Teil des Berges liegt unter Wasser, dem Auge verborgen. Das, was wir sehen, ist nur die Spitze.

Die allermeisten Bücher befinden sich nicht in den Leseräumen oder in der in einem modernen Turm gelagerten King's Library mit den schicken abgedunkelten Rauchglaswänden, wo die berühmte ledergebundene Büchersammlung von König Georges III. lagert. Nein, die allermeisten Bücher befinden sich in unterirdischen Lagerräumen. Diese subterranen Magazinräume kommen in etwa auf eine Fläche von einem Fußballfeld, verteilt auf drei bis vier Stockwerke mit einer gigantischen Raumhöhe. Die Lufttemperatur und -feuchtigkeit wird dort konstant gehalten, um den Schriftbestand bestmöglich zu erhalten.

Man muss sich diese Sammlung wie einen riesigen Hort gesammelten menschlichen Wissens vorstellen, in dem die schiere Menge an Worten, Ideen, Gedanken und Emotionen der gelagerten Texte die Realität zu biegen beginnt, wie es laut Einsteins Relativitätstheorie die Masse mit der Zeit vermag. Zu biegen und zu verändern, in der Stille der unterirdischen Katakomben, Kreise ziehend wie Steine, die im Wasser versinken.

Wenn man ein Buch oder Medium ausleihen möchte, so wird es aus den gigantischen metallenen Regalreihen unter der Erde mit einem halbautomatischen System zu einem der Schalter transportiert und dort an die Leserin ausgehändigt. Dieses geradezu magisch anmutende Transportsystem hat eine Länge von mehr als anderthalb Kilometern und verbindet die unterirdische Sammlung mit den für Besucher*innen zugänglichen Teilen des Gebäudes.

Damit ist die British Library definitiv etwas Besonderes. Hier kann man die Bücher zwar nicht mitnehmen, aber man kann so gut wie jedes der 170 Millionen Sammlungsstücke bestellen, um es in einem der Lesesäle in London oder Yorkshire anzusehen. Alles, was man dafür braucht, ist ein Leseausweis – oder natürlich ein Mitarbeiter*innenausweis, wie Ben einen hatte.

Ben erzählte und erzählte, und als wir im Vorhof der Bibliothek ankamen, war er ein bisschen atemlos, und ich wurde es auch, als ich mir die schiere Papiermasse, die zahllosen Buchseiten vorstellte, die sich unter unseren Füßen und um uns herum in den Gebäuden befanden.

Der Haupteingang der British Library liegt nicht direkt an der Straße, sondern in einem Innenhof, in dem eine riesige Statue von Isaac Newton steht, der über einen Zirkel gebeugt dasitzt. Hinter der Eingangspforte wurden unsere Taschen kontrolliert, danach betraten wir die weite Eingangshalle. Sie strahlte eine andächtige Stille aus, wie sie nur Orte mit zahlreichen Büchern bieten können, und die mich sofort beruhigte. Auf der rechten Seite, neben einer modernen weißen Rundtreppe, hing ein großes Gemälde an der Wand mit Palmen darauf und Menschen wie Farbkleckse.

Von hier aus liefen wir zu einem der Empfangsschalter, wo Ben mir einen temporären Besucherausweis ausstellen ließ, während mein Blick durch das modern anmutende Innere des Gebäudes schweifte. Dann ging es über den gemusterten Boden die cremefarbene Treppe hinauf.

Ich bewunderte die durch die Rauchglasscheiben sichtbaren Bücher der König-George-III.-Sammlung, und Ben lotste mich zur Galerie der Schätze, die wir, wie er sagte, absolut nicht auslassen könnten. Er führte mich durch den schwach beleuchteten Raum, vorbei an den Büsten berühmter historischer Persönlichkeiten, an Touristen und Studierenden, von Glaskasten zu Glaskasten, von der Vitrine mit Elton Johns handgeschriebenen Liedtexten bis zu dem Originalnotizbuch von Leonardo da Vinci. Meine Augen wanderten hungrig von einem Ausstellungsstück zum nächsten, bewunderten Jane Austens spinnenbeindünne Handschrift, Originalpartituren von Mozart, eine Gutenberg-Bibel und einige wunderschöne alte Inkunabeln.

Ich fühlte mich, als würde ich Geschichte einatmen. Ben und ich schwiegen, als wir durch die Sammlung gingen, und ich verschwendete fast keinen Gedanken daran, was der Verkauf nur eines dieser temperaturgeschützt gelagerten Schriftwerke einbringen würde.

Und dann dachte ich doch darüber nach, die Idee biss sich fest, und Aufregung und Begeisterung wichen einem anderen Gefühl: Ich kam mir plötzlich vor wie Hans Christian Andersens *Mädchen mit den Schwefelhölzern*, das mit weiten Augen von einem unerreichbaren Festmahl träumte. Ein Seitenblick auf Ben zeigte mir, dass er dieses Gefühl nicht teilte, so breit wie er lächelte, so hell wie seine Augen leuchteten. Für ihn war alles hier an seinem rechten Ort, geschützt hinter Glas in den heiligen Hallen einer der größten Bibliotheken der Welt.

Ich schämte mich ein bisschen für meine Gedanken – aber einmal eine Bücherjägerin, immer eine Bücherjägerin.

Vielleicht hatte ich unterschätzt, wie verschieden Bens und meine Berufungen doch waren: Er wollte bewahren, der Öffentlichkeit zugänglich machen und erforschen; ich wollte finden, restaurieren und verkaufen. Im Grunde waren wir Schatzjäger ganz verschiedener Art, und ich hatte die unbestimmte Idee, dass Ben von meinen Gedanken über den monetären Wert dieser Schätze entsetzt gewesen wäre.

Er sah sich zu mir um, ein Funkeln im Schwarz seiner Pupillen, und ich lächelte ihn an, ein Stich in meinem Magen.

»Komm«, sagte Ben, »ich zeige dir den Lesesaal für die Landkarten.«

Und so zeigte er sie mir, seine Bibliothek, Raum für Raum bis hin zur Map Library, der kartografischen Sammlung, in der Ben mir eine wunderschöne Sternkarte aus dem 17. Jahrhundert präsentierte, auf der die Sternbilder und Tierkreiszeichen als tatsächliche Tier- und Menschenbilder mit den Sternen als Fixpunkten auf einem tiefblauen Untergrund verzeichnet waren, aus einer Zeit, als Astronomie und Astrologie vielleicht noch ungefähr dasselbe waren.

Auf einem Computerterminal in einem angrenzenden Leseraum rief Ben die digitale Darstellung einer der vorhandenen neuzeitlichen Drucke der Tabula Peutingeriana auf, ohne den fehlenden Teil der Britischen Inseln, versteht sich.

»Wir suchen den verlorenen Teil einer Landkarte von Gegenden, die uns kartografisch natürlich längst durch Satelliten in jedem

Winkel erschlossen sind. Und ist es nicht ironisch, dass wir auf der Jagd nach etwas sind, das in dieser Form von niemandem mehr gebraucht wird, außer von denen, die die Vergangenheit nicht loslassen können?« Ben klang anders als sonst, ein bisschen wie in Trance, während er über die lange, lange Landkarte scrollte. In seiner Stimme schwangen Erschöpfung und Resignation mit. Er wandte sich zu mir um, seine Augen dunkel und weit. Ich fragte mich, ob er auch das Gewicht des endlosen Wissens, des alten und neuen, verworfenen und experimentellen, und die zahllosen Geschichten um uns herum spürte. Das leise Rascheln, wenn im stillen Leseraum jemand umblätterte, wie das Flüstern unzähliger Geheimnisse.

Vielleicht war jeder Mensch auch eine unendliche Anzahl an Seiten, beschriebene und unbeschriebene, und in diesem Moment hätte ich alles gegeben, um in der Lage zu sein, die Seiten nur eines einzigen Menschen lesen zu können.

Ich zögerte einen Moment, dann tat ich es doch, legte ihm eine Hand auf die Schulter, vorsichtig, und drückte kurz zu. »Ben, ich gebe mein Bestes, um dir zu helfen, das verlorene Segment der Tabula zu finden.«

Ben schenkte mir ein Lächeln. »Das weiß ich. Ich frage mich nur manchmal, was es eigentlich bringt, so an der Geschichte zu hängen, wie ich das tue, an den schier endlosen Artefakten eines vergangenen, unzulänglichen Wissens. Aber weißt du, was ich dann denke?«

Ich schüttelte den Kopf, er fuhr fort: »Dass dieses Wissen eine Brücke ist zwischen uns und all den unzähligen Menschen, die vor uns kamen. Eine Brücke und Verbindung zu unserer Herkunft. Zu uns selbst, wenn du so willst. Eine Brücke aus Papier. Und wenn diese Brücke verloren geht, all die guten und schlechten Dinge vergessen werden, sind wir heimatlos und verlieren uns vielleicht selbst irgendwann. Wenn wir vergessen, was wir einander angetan haben, können wir auch nicht lernen, es besser zu machen.«

Ben schloss den Mund, ein schmaler Strich, bevor er zu Boden sah. Er zog die Schulter hoch, als wollte er sich verstecken. Ich wartete, ob er noch etwas sagen würde. Schließlich sah er wieder auf.

»Ich habe schon wieder zu viel düsteres Zeug gesagt, oder?«, fragte er mich mit einem schwachen Lächeln. »Ich bin immer noch Mr. Contrary Man, und meine Superkraft ist es, in harmlosen, schönen Dingen etwas Negatives zu finden.« Sein Lächeln sah klein aus, zu schmal für seine Lippen, und es erreichte seine Augen nicht.

»Ich glaube kaum, dass das die richtige Beschreibung für deine Superkraft ist. Nicht dass es Superkräfte gibt, aber wenn du eine hättest, dann die, dass du dir die Dinge ganz genau und mit einem unbeirrbaren Auge für Details und Nuancen ansiehst.«

Ben schüttelte den Kopf. »Wie kommst du darauf?«

»Ich bitte dich«, sagte ich fast ein bisschen beleidigt. »Ich mag nicht besonders gut darin sein, Gesichter zu lesen oder Motivationen zu verstehen, aber das heißt nur, dass ich genauer beobachten muss, wie das Verhalten anderer strukturiert ist.«

Ben schnaubte ein bisschen. »Und wie ist mein Verhalten strukturiert, Sherlock?«

»Der Junge, der aussortierte Karteikarten aus der Bücherei sammelt, der an seiner Decke eine ziemlich genaue Nachbildung des Sternenhimmels der nördlichen Hemisphäre aufgeklebt hat, der Bücher über alles liebt und der zuhört, bevor er spricht, ist sehr darauf bedacht, alles richtig zu machen. Darum lässt du dich nicht von deiner Liebe für die Artefakte der Vergangenheit darüber hinwegtäuschen, dass die Vergangenheit wahrscheinlich ein grausamer Ort war. Du machst dir Sorgen darüber, was andere Leute darüber denken, was du sagst. Weil es manchen Leuten unangenehm ist, dass die meisten Dinge auf der Welt zwei Seiten haben. Selbst ihre geliebten Erinnerungen an ›die gute alte Zeit‹.«

Ben starrte mich mit halb geöffnetem Mund an und ich versuchte, seine dunklen Augen hinter den Brillengläsern zu deuten.

»Zu viel?«, fragte ich.

Er schüttelte den Kopf, ein echtes Lächeln erschien auf seinen Lippen und um seine Augen bildeten sich Lachfältchen. In meinem Bauch begann es auf einmal zu kribbeln.

»Immer wenn ich denke, ich verstehe, wie dein Gehirn arbeitet, überraschst du mich mit einer Beobachtung, die ich nie im Leben von dir erwartet hätte«, sagte er.

»Ich bin mir nicht sicher, ob das ein Kompliment oder eine Beleidigung ist«, sagte ich.

Ben lachte. »Ein Kompliment, hoffe ich.« Er sah mir direkt in die Augen und ich spürte, wie ich errötete.

»Lass uns in dein Büro gehen«, schlug ich schnell vor. »Wir sollten die Unterlagen deiner Recherche durchgehen, solange du noch einen positiven Eindruck von meinen deduktiven Fähigkeiten hast. ›Konzentrieren Sie sich auf Einzelheiten, Watson!‹«

Ben zwinkerte mir zu. »Natürlich. Falls es noch irgendeinen anderen Umstand gibt, auf den Sie meine Aufmerksamkeit lenken möchten, Holmes, lassen Sie es mich wissen.«

Ich schüttelte den Kopf, aber auch auf meine Lippen stahl sich ein Lächeln. »Zu gegebener Zeit, Watson, zu gegebener Zeit.«

45

Was es wert ist

Nachdem Amalia gestorben war, wurde mir bewusst, dass mit ihr auch ein substanzieller Teil meiner eigenen Geschichte verschwunden war. Das bemerkte ich nicht gleich, anfangs konnte ich überhaupt keinen klaren Gedanken fassen, und dann verfolgte Amalias Abwesenheit jeden meiner wachen Momente.

Aber nach einer Weile fiel es mir auf. Ich war im Garten damit beschäftigt, die lustlosen Schildkröten mit Salat zu füttern und das alte, welke Schilf auszurupfen, um Platz für frisches Grün zu machen. Ich war mir nicht sicher, ob das die korrekte Behandlung von Schilfgras war, aber irgendwann nach dem ersten Winter bei Amalia hatte ich im beginnenden Frühling damit angefangen, und Amalia hatte nichts dazu gesagt. Sie hatte mir eine Weile zugesehen und dann genickt, als wäre dies eine sinnvolle gärtnerische Tätigkeit. Jetzt hielt ich inne, die behandschuhten Hände voller ausgerissener trockener Schilfhalme, und fragte mich zum ersten Mal, ob sie mich einfach hatte machen lassen, weil mich das aus dem Haus, weg von den Büchern und in den Garten gelockt hatte. »Ein bisschen frische Luft würde dir guttun«, hatte sie häufiger gesagt, wenn sie mich im Bett in ein Buch vertieft vorfand. Nun würde ich sie nicht mehr fragen können.

Nachdenklich brachte ich die langen Halme zum Kompost im hinteren Teil des Gartens, auf den ich auch das gefallene Herbstlaub gehäuft hatte, bevor die Sache mit Amalia passiert war und der Garten und ich in eine Art Winterstarre verfallen waren.

Ich steckte die Gartenhandschuhe in die Hosentasche und ging zurück zur Küchentür, als ich Milena von irgendwo aus dem Innern des Hauses rufen hörte. Ich zog meine Stiefel aus und ging barfuß über den kalten Steinboden Richtung Büro, wo ich meine Schwester vermutete.

Milena stand über den Schreibtisch gebeugt und blätterte in einem Ordner mit Unterlagen. Eine Weile verharrte ich im Türrahmen und betrachtete sie schweigend. Erst als ich mich räusperte, sah sie auf und hielt mitten in der Bewegung inne.

»Ah, da bist du ja«, sagte sie. Dann fiel ihr Blick auf meine nackten Füße, und sie zog die Augenbrauen hoch.

»Kann ich dir helfen? Suchst du was Bestimmtes?«, fragte ich.

Milena schlug die Augen nieder, während ihre Hand immer noch die Ecke der Seite aus dem Ordner festhielt. »Nein, ich wollte nur … Ach, vergiss es.«

Ich wartete noch einen Moment, immerhin hatte sie eben nach mir gerufen, aber als sie nichts weiter dazu sagte, ging ich zurück in die Küche, um Tee zu kochen.

Kurze Zeit später stieß Milena dazu, räumte seufzend einen der Stühle am Küchentisch frei, indem sie die darauf gestapelten Bücher auf dem ohnehin schon vollen Tisch platzierte, und setzte sich. Ohne zu fragen, goss ich schwarzen dampfenden Tee in zwei Tassen und schob eine zu ihr hin. Milena legte die Hände darum, und ich vergrub den Blick wieder in dem Buch vor mir auf dem Tisch, *Swing Time* von Zadie Smith, deren Worte ich jedoch kaum wahrnahm.

Irgendwann seufzte Milena ein zweites Mal, diesmal lauter, und sagte: »Du weißt, dass Amalias Antiquitätengeschäft schon seit einer Weile nicht mehr so richtig gut läuft, oder?«

Ich hob unwillig den Blick. »Natürlich weiß ich das. In Zeiten des Internets sind kleine lokale Händlerinnen einfach nicht mehr so gefragt.«

Milena sah mich mit großen Augen an. »Dann wusstest du schon von den Schulden, die Amalia in den letzten Jahren gemacht hat?«, fragte sie, wobei ihre Stimme höher rutschte.

Ihre Worte versetzten mir einen Stich. Bis vor Kurzem hatte ich tatsächlich nichts davon gewusst. Amalia hatte mir verschwiegen, in welchen finanziellen Schwierigkeiten wir steckten, und ich konnte mich des Gedankens nicht ganz erwehren, dass sie mich hätte einweihen müssen, wenn sie mich als echte Partnerin empfunden hätte. Es war ein bisschen wie mit dem Schilf: Hatte sie mich einfach machen lassen, um mich zu beschäftigen und mir das Gefühl zu geben, etwas Sinnvolles zu tun, während wir in Wahrheit längst pleite waren? Dieser Gedanke tat weh, gleichzeitig machte er mich wütend. Und jetzt hatte meine Wut niemanden mehr, gegen den sie sich richten konnte, außer mich selbst. Wie hatte ich so blind sein können?

Meine Hand krampfte sich schmerzhaft um meine grüne Tasse, ich lockerte langsam meinen Griff.

»Ich will nicht darüber reden, Milena«, sagte ich.

Meine Schwester warf die Hände in die Luft. »Sarah, es sind inzwischen drei Monate vergangen seit ihrem Tod, und du … du hast das Haus seit der Beerdigung nicht mal mehr zum Einkaufen verlassen, soweit ich weiß!«, rief sie.

Ich zuckte mit den Schultern. »Na und?«

»Na und? Das ist nicht gesund, was du hier machst. Du verwandelst dich selbst schon in einen Geist.« Milena holte tief Luft und sah mir in die Augen. »Und du musst dich langsam der Tatsache stellen, dass du Amalias Antiquitätenhandel allein einfach nicht aufrechterhalten kannst, mit den ganzen Schulden. Und von Businessentscheidungen hast du doch keine Ahnung. Thomas und ich denken, dass es das Beste wäre, wenn du die verbliebenen Bücher und Antiquitäten verkaufst und dir einen anderen Job suchst.«

Ich starrte meine Schwester an, und all die Wut, die ich bisher zurückgehalten hatte, brach in einer eiskalten Welle über mich herein. »Was?«, stieß ich hervor.

»Versteh doch«, sagte Milena beschwörend, eine Hand nach mir ausgestreckt wie nach einem wilden Tier, das jeden Moment zubeißen oder fliehen könnte, »wir machen uns Sorgen um dich. Wir glauben nicht, dass du es schaffst, das Geschäft allein weiterzuführen.«

Der Druck auf Brust und Hals ließ mich zu schnell atmen, zu flach, und ich versuchte, mich mit tiefen Atemzügen zu beruhigen. »Was soll das heißen? Dass ich nicht richtig arbeiten kann?«

»Nein«, sagte Milena, die Stimme weich, wie um den Aufprall ihrer Worte zu mindern, »aber du bist einfach nicht gut in Sachen Buchhaltung und Geschäftsführung, mit den ganzen Fallstricken der Selbstständigkeit.«

Sie hob eine Hand, als ich den Mund zum Sprechen öffnete. »Ich habe mir die Papiere angesehen, Sarah, und Amalia war selbst nicht besonders gut darin. Ihre Unterlagen sind ein einziges Chaos. Ich weiß wirklich nicht, wie sie sich so lange so über Wasser halten konnte. Und du hast dich in den letzten Monaten nicht ein Mal mit dem Papierkram beschäftigt. Ich weiß ehrlich gesagt auch nicht, ob du das kannst. Es brennt an allen Ecken und Enden, und du verschwindest in deiner Bücherwelt. Wie willst du mit den Anforderungen des Alltags zurechtkommen?«

Mein Atem hatte sich inzwischen so beschleunigt, dass keine Anti-Wut-Technik ihn mehr beruhigen konnte.

»Denkst du, das war es auch, was Amalia über mich gedacht hat?«, fragte ich und meine Stimme zitterte. »Dass ich es alleine nicht schaffe? Hat sie mir deswegen nie etwas gesagt?«

Milena senkte kurz den Blick, und als sie mich wieder ansah, war die Mischung aus Emotionen auf ihren Zügen für mich unmöglich zu lesen. Schuld? Mitleid? Erleichterung?

»Vielleicht«, sagte sie. »Ich weiß es nicht, Sarah.«

Mit einem dumpfen Aufprall stellte ich meine Tasse ab, stand abrupt auf und hastete ins Innere des Hauses, zu Amalias und meiner Werkstatt, in der ich in den letzten Wochen keinerlei Arbeit hatte leisten können. Ich wollte, dass jedes Werkzeug dalag, wo es zuletzt gelegen hatte, als Amalia noch gelebt hatte. Denn wenn ich eines bewegen würde, würde es real werden, dass sie nie zurückkommen und meine Arbeitsfläche durcheinanderbringen würde.

Ich blieb schwer atmend vor unserer Bücherwand stehen, und meine Augen glitten blicklos über die zahllosen ledernen Einbände, über die Manuskripte und Bücher, die wir über die Jahre gesammelt hatten. In meinem Inneren war ein Aufruhr von Empfindungen und Gedanken, waren viel zu viele Dinge, die ich nicht benennen konnte und die sich wie Klauen in meinen Magen gruben.

Es gab so vieles, was Amalia über mich wusste, mehr als irgendwer sonst. Sie hatte mich aufwachsen und mit der Schule kämpfen sehen. Sie hatte mich ermutigt und doch vor vielem geschützt, so gut sie konnte. Sie hatte mich in der Uni aufblühen und nach der Beziehung mit Philip meine Wunden lecken sehen. Mit ihr fehlte die einzige Zeugin von so vielen Ereignissen meines Lebens, ihr Gedächtnis hatte Teile meines Selbst bewahrt, die ich vielleicht längst vergessen hatte. Nun, da es sie nicht mehr gab, war es so, als hätte ich die Beziehung zu einem Teil meiner selbst verloren, meinen genauesten Spiegel, meine eigene Vergangenheit.

War ich bereit, ihr Geschäft allein zu übernehmen?

Wer, wenn nicht Amalia, kannte mich gut genug, um mir zu sagen, ob ich es war?

Ich dachte zurück an eine Episode aus Milenas und meiner Jugend, als wir beide auf einer Holzbank in der Musikschule saßen. Milena weinte und weinte, Tränen rannen über ihre Wangen und tropften vom Kinn auf den grauen Linoleumboden. Sie hatte ihre neue Querflöte, ihr ganzer Stolz, samt Kasten im Bus liegen lassen. Milenas Lehrerin hatte das Gesicht verzogen und ihr in vorwurfsvollem Tonfall gesagt, wie teuer ein solches Instrument sei und wie man nur so unachtsam sein könne und sie hoffe, Amalia könne sich eine weitere Querflöte für Milena leisten. Zum ersten Mal in meinem Leben war ich froh, Klavier zu spielen. Zwar hatte Amalia mich überredet, Unterricht zu nehmen, das Üben machte mir keinen Spaß, und mein Lehrer seufzte regelmäßig angesichts meines mechanisch klingenden Klavierspiels – aber immerhin konnte man ein Klavier nirgendwo liegen lassen.

Als unsere Tante kam, um uns abzuholen, lief Milena ihr in die Arme und teilte ihr schluchzend mit, wie leid es ihr tue, dass sie das teure Instrument verloren hatte. Ich blieb sitzen, während Amalia über Milenas Rücken rieb und ihr leise ins Ohr flüsterte. Nach einer Weile verebbte Milenas Schluchzen, sie wischte sich schniefend mit dem Ärmel über das Gesicht und sah Amalia an.

»Ehrlich, das passiert jedem mal«, sagte diese schließlich. »Und vielleicht ist das eine gute Lektion, in Zukunft auf teure Sachen besser aufzupassen.«

Milena nickte mit tränenverschmiertem Gesicht.

Ich kann mich nicht daran erinnern, dass sie je wieder etwas verlor. Aber vielleicht nahm sich Milena die Lektion etwas zu sehr zu Herzen. Denn es war Milena, die sich im Folgenden oft zu fragen schien, was eine Sache wert war und wie man sichergehen konnte, sie nicht zu verlieren. Und ab und an schien es mir so, als wäre der finanzielle Wert einer Sache ihr dabei wichtiger als die Sache selbst.

Manchmal fragte ich mich, ob es nicht besser gewesen wäre, wenn sie auch Klavier gespielt hätte.

Jetzt, allein mit meinen Gedanken hier in der Werkstatt, streckte ich meine Fingerspitzen nach den Buchrücken aus, deren Anwesenheit mich tröstete wie die alter Freunde. Hinter mir ging die Tür auf, und ich seufzte. Natürlich gab Milena so schnell nicht auf.

»Sarah«, sagte sie, »vor manchen Dingen hilft es nicht wegzurennen, sie werden dadurch nur noch schlimmer.« Ihre Stimme stockte, aber ich drehte mich nicht nach ihr um. »Vielleicht könntest du dir erst mal einen anderen Job suchen und damit ein paar Raten abbezahlen, bis alles nicht mehr ganz so in der finanziellen Schieflage ist?«

Meine Hände zogen einen Gedichtband von Emily Dickinson aus dem Regal, dessen grünen Einband eine zarte goldene Schrift und ein paar gravierte Schneeglöckchen mit gesenkten Köpfen zierten, über die meine Fingerkuppen strichen. Ich klappte das Buch auf, meine Augen wanderten über die Gedichtzeilen, ohne sie zu lesen.

»Das Haus ist alles, was wir noch von ihr haben«, sagte Milena hinter mir. »Wir dürfen es nicht verlieren, das … das könnte ich nicht ertragen.«

Ich schluckte. »Stattdessen soll ich das Geschäft aufgeben, das Amalia aufgebaut hat? Mit der Arbeit aufhören, die alles ist, was ich noch habe? Wenn ich das tue, verliere ich mich selbst«, sagte ich. »Glaubst du, dass es das wert ist?«

Stille.

Ich ließ das Buch in meinen Händen zuschnappen, bevor Milena mir doch noch eine Antwort geben konnte. Vielleicht war ihr Schweigen Antwort genug.

46

Enigma

Bens Büro war genauso ordentlich und aufgeräumt, wie ich es mir vorgestellt hatte. Es befand sich in dem Flügel des Bibliothekskomplexes, in dem die Mitarbeiter*innen untergebracht waren, die in direkte Forschungsprojekte oder die Arbeit der Bibliothek eingebunden waren. An der Tür hing ein kleines Schild mit der Aufschrift:

Benjamin Ballantyne, Ph. D., Research & Acquisition

Auf dem höhenverstellbaren Schreibtisch stand ein großer Computerbildschirm neben mehreren Fächern für zu bearbeitende Dokumente. An den Wänden hingen ein Kalender und einige Poster von Ausstellungen, die hier in der Bibliothek stattgefunden hatten. Neben dem Bildschirm stand ein Familienfoto, auf dem Sheila und Jacob noch etwas jünger aussahen und alle vor einem bunt geschmückten Weihnachtsbaum, der neben dem Kamin im Wohnzimmer stand, mit Wollpullis posierten. Ich betrachtete das Bild, während Ben einen Aktenordner mit der Aufschrift »Tabula Peutingeriana« hervorholte. Kurzerhand zog ich mir den Tritthocker vor dem Bücherregal heran, Ben ließ sich in den Schreibtischstuhl fallen.

»Okay, das ist es, was ich bisher herausgefunden habe«, begann er mir seine bisherige Suche zusammenzufassen und mich durch seine Rechercheschritte zu führen.

Es war, in Ermangelung besserer Worte, verdammt beeindruckend.

Ben hatte in Eigenregie die Fährte des bislang verschollenen ersten Segments der Tabula Peutingeriana aufgenommen, nachdem eine Bemerkung dazu in einem Seminar zur mittelalterlichen Geschichte seine Neugier geweckt hatte.

Der Tabula Peutingeriana, einer etwa 675 Zentimeter langen und ungefähr 34 Zentimeter breiten Pergamentrolle, die in der Österreichischen Nationalbibliothek im Jahr 1863 in die heute bestehenden elf Segmente aufgeteilt worden war, fehlte schon lange vor dem Zerlegen ein Teil. Davon geht die Forschung aus, denn wer stellt schon eine Weltkarte her, in der Bereiche der den Römern gut bekannten Welt einfach fehlen?

Es gibt eine Darstellung des verschollenen ersten Segments aus dem Jahr 1887 von einem Kartenforscher namens Konrad Miller. Das Vorbild für seinen Rekonstruktionsversuch war jedoch eine andere alte Straßenkarte, weshalb sein Darstellungsversuch von heutigen Wissenschaftler*innen für nicht besonders gelungen gehalten wird.

Was wurde jedoch aus dem fehlenden Segment und wann wurde es das letzte Mal gesehen? Hielt Peutinger es noch in den Händen? Dieser Frage hatte sich Ben natürlich nicht als Einziger gewidmet, aber mit der für ihn typischen Genauigkeit war er die erhaltenen Korrespondenzen sämtlicher Forscher, Gelehrter und Weggefährten Peutingers nachgegangen und hatte eine eigene Karte des Wissens darüber erstellt, wer das Original alles gesehen und beschrieben hatte. Er hatte sein Auftauchen und Erwähntwerden in verschiedene Schriften, Handschriften, Briefen und Nachlassauflistungen verfolgt. Er hatte Drucke und Faksimiles verglichen, hatte Beschreibungen abgeklopft nach der Erwähnung des fehlenden ersten Teils. Er war zu dem Schluss gekommen, dass die Karte wegen der karolingischen Minuskelschrift darauf aus einem süddeutschen Skriptorium stammen musste, vielleicht dem des Klosters auf der Insel Reichenau im Bodensee, einer Benediktinerabtei, die für ihre Buchmalerei bekannt ist. Und Ben hatte schließlich Anzeichen dafür entdeckt, dass der verlorene Teil wahrscheinlich verschwand, kurz bevor Peutinger die Karte erhielt. Er war so weit gekommen, dass er verschiedene Gelehrte und ihre Nachlässe ausfindig gemacht hatte, die diesen Kartenteil noch besessen oder zumindest die Tabula in ihrer Gänze gesehen haben könnten.

Ben hatte den Schock seines Lebens erlitten, als Amalia ihn vermutlich aufgrund einer seiner Publikationen zur Tabula kontaktiert und ihm vorgeschlagen hatte, den fehlenden Kartenteil für die Britische Bibliothek ausfindig zu machen. Und dann, wie aus dem Nichts, war Amalia mit einem Foto eines Kartensegments an ihn herangetreten, das auf den ersten Blick das verschollene Original zu sein schien.

Ben hatte Amalia in zahlreichen E-Mails, Briefen und Sprachnachrichten darum gebeten, ihre Quellen zu offenbaren, aber erst hatte sie nicht geantwortet – Berufsgeheimnis, versteht sich –, dann hatte sie nicht mehr antworten können.

Ben verzog das Gesicht, als wir zu diesem Teil kamen, und entschuldigte sich bei mir. Er sah mich aufmerksam an, als würde er an dieser Stelle eine bestimmte Reaktion von mir erwarten, aber ich nickte nur. Ja, sie hatte nicht mehr antworten können, weil sie gestorben war, aber das war nicht Bens Schuld.

Was mich weit mehr umtrieb, war, warum Amalia sich überhaupt an Ben und die Britische Bibliothek gewandt hatte. Diese Frage hatte mich untergründig schon seit Bens Auftauchen beschäftigt und nichts in seinen Unterlagen gab mir einen Hinweis darauf. Auch Ben konnte sie mir nicht beantworten.

Sicher, kaum ein Forschungsinstitut hatte ein solches Budget für Neuakquisen wie die British Library. Ben selbst war es von Anfang an ein Rätsel gewesen, warum Amalia sich nicht an die Österreichische Nationalbibliothek gewandt hatte, wo die anderen Teile der Tabula lagerten.

Und warum war sie überhaupt mit einer Bibliothek in Kontakt getreten statt mit der privaten Sammlerszene? Denn egal, wie viel die Britische Bibliothek zu zahlen bereit war, es gab zahlreiche private Sammlerinnen und Sammler, die für den verschollenen Teil einer berühmten römischen Straßenkarte deutlich mehr Geld auf den Tisch legen würden und konnten als jede Bibliothek oder öffentliche Forschungsstelle.

Meine Fragen zur Tabula Peutingeriana liefen hier zusammen: Was waren Amalias Quellen, wie war sie der Karte überhaupt auf die Spur gekommen, und warum hatte sie mit der Britischen Bibliothek zusammenarbeiten wollen – ich hatte das unbestimmte Gefühl, dass all diese Punkte zusammenhingen, und wenn ich einen der Punkte klären könnte, würden sich die anderen auch auf magische Weise lösen lassen wie ein vertrackter Knoten. Vielleicht war das aber auch nur Wunschdenken.

Während draußen vor dem Fenster schwere, tief hängende Wolken den Himmel langsam verdunkelten, saßen wir dicht nebeneinander und sprachen über Bens Forschung. Irgendwann kamen die ersten Tropfen, kurz darauf prasselte der Regen gleichmäßig gegen die Scheiben. Manchmal berührten sich unsere Hände oder unsere Arme, wenn wir beide nach einem Zettel griffen oder Ben mir seine bisherigen Schlussfolgerungen anhand von Kopien von Handschriften zu belegen versuchte, und ich spürte seine Wärme – und noch etwas Stärkeres als Wärme: Elektrizität. Es fiel mir schwer, mich zu konzentrieren, trotzdem kam irgendwann die Erkenntnis, die dann aber überraschenderweise nichts mit Bens beeindruckender Forschung zu tun hatte.

Nein, die Erkenntnis fand ihren ganz eigenen Weg zu mir, in Form einer etwas zu neugierigen Bibliothekarin mit Cat-Eye-Brille.

*

Es war bereits Nachmittag geworden, der deutlich düsterer aussah, als ein Sommernachmittag selbst in England aussehen sollte. Aber vielleicht lag es auch an Bens und meiner Stimmung. Denn trotz Bens Begeisterung und meines frischen Blicks auf seine jahrelange Forschung waren wir Stunden später genau an dem Punkt, an dem wir nach dem Rausschmiss aus dem Auktionshaus gewesen waren: Ben hatte die Forschung zum Thema, Amalia den mysteriösen Zugang zur Quelle, und vom einen ließ sich nicht auf das andere schließen.

Ben fuhr sich zum wiederholten Mal mit der Hand über sein kurz geschorenes Haar, eine Geste, die ich als eine der Frustration zu deuten begann.

»Ich verstehe es einfach nicht«, sagte er zum x-ten Mal, »wie Amalia über das fehlende Segment Bescheid wissen konnte, geschweige denn ein Foto davon erhalten hat.«

Ich nickte. Ja, das war in der Tat rätselhaft.

In diesem Moment klopfte es, und bevor Ben oder ich antworten konnten, wurde die Tür zu seinem Büro mit Schwung aufgerissen.

Eine vielleicht sechzigjährige Frau mit einem strengen grauen Dutt, in einem schwarzen Blazer und Bleistiftrock blinzelte uns durch die riesigen Gläser ihrer roten Cat-Eye-Brille entgegen.

»Mr. Ballantyne«, sagte sie, »was machen Sie hier? Sollten Sie nicht eigentlich im Urlaub sein?«

Ben schrumpfte auf seinem Stuhl in sich zusammen. »Guten Abend, Ms. Howard, schön, Sie zu …«, begann er, doch sie unterbrach ihn mitten im Satz.

»Mr. Ballantyne, ich weiß nicht, was die jungen Leute von heute denken, aber wenn Sie Urlaub haben und auf dem Gelände der Bibliothek dann einen *Unfall* erleiden, sind Sie nicht versichert. Ist Ihnen das klar?«

Ihr Blick hinter den Brillengläsern schien geradezu aufzuleuchten, als sähe sie die mögliche Katastrophe schon vor sich.

»Ich bin ziemlich sicher, dass das britische Arbeits- und Versicherungsrecht nicht so funktioniert«, murmelte Ben neben mir.

»Wie bitte?«, fragte Ms. Howard spitz und hob ihre Nase ein

Stück höher. »Reden Sie doch bitte so laut, dass ich Sie verstehen kann.«

Ben öffnete den Mund, aber in diesem Moment wanderte der Blick der katzenäugigen Bibliothekarin zu mir hinüber und schien erneut aufzuleuchten.

»Und ich bin mir sicher, dass die Regularien der Bibliothek keinen unangekündigten Damenbesuch in Ihrem Arbeitszimmer erlauben«, sagte Ms. Howard.

Ben saß immer noch mit offenem Mund da und schien sich dann am eigenen Atem zu verschlucken, als er ihre Worte hörte. Ich klopfte ihm sanft auf den Rücken.

»Damenbesuch?«, fragte ich leise auf Deutsch an ihn gewandt. »Ich dachte, wir wären nicht mehr im 19. Jahrhundert.«

Bens Husten wandelte sich in ein Lachen, das er schnell hinter einer Hand zu verbergen versuchte, als Ms. Howards Augenbrauen in die Höhe schossen.

»Ist das etwa eine *deutsche Spionin*?«, fragte sie mit lauter, überschnappender Stimme.

Meine Augenbrauen schossen nun ebenfalls in die Höhe, während Ben neben mir die Augen aufriss und sich über seinen Schreibtisch vorbeugte.

»Nun, Ms. Howard, Sarah hier ist mein Gast, und ja, sie ist aus Deutschland. Aber ich denke, wir können seit einigen Jahrzehnten davon ausgehen, dass nicht jede deutsche Touristin hier ist, um das britische Empire zu stürzen – oder hat Ihnen Ihre Quelle beim britischen Geheimdienst etwas anderes erzählt?«, fragte Ben sie mit einem feinen Lächeln.

Ms. Howard schnappte nach Luft. »Also, ich darf doch wohl bitten! Meine eigene Mutter hat noch in Bletchley Park Funksprüche der Wehrmacht decodiert, und heute muss ich mir die Respektlosigkeit der jungen Generation dazu anhören?«

Das Lächeln auf Bens Zügen gefror, er hob beschwichtigend die Hände.

»Verzeihen Sie, ich wollte nicht respektlos sein.«

Ms. Howard war eindeutig *not amused*. Sie machte den Mund auf, um ohne Zweifel etwas weiteres Unverschämtes zu Ben zu sagen, aber in diesem Moment machte es in meinem Kopf plötzlich *klick*.

Meine Gedanken rasten. Bletchley Park – deutsche Funksprüche im Zweiten Weltkrieg – die Enigma-Schlüsselmaschine.

Enigma – ein Rätsel, das auf einem Code basierte.

»Aber natürlich!«, rief ich und sprang so heftig auf, dass der Hocker hinter mir zu Boden krachte und sowohl Ben als auch die eiserne Ms. Howard zusammenzuckten. Aber mein Blick galt nur Ben, der neben mir sitzen geblieben war und mich nun anstarrte.

»Das ist es! Enigma, eine Rätselmaschine! Ein Code – warum bin ich nicht vorher darauf gekommen? Amalia liebte Codes und Rätsel, Detektivromane und alte Textverschlüsselungsformen! Was, wenn sie in ihren Tagebüchern versteckte Nachrichten codiert hinterlassen hat? Was, wenn wir ihre Hinweise die ganze Zeit vor uns hatten, aber schlicht nicht entschlüsseln konnten?« Meine Stimme überschlug sich fast vor Aufregung. Das wäre so … so Amalia-typisch.

Mein Herz schlug schnell in meiner Brust, während Ben und ich uns ansahen. Dann breitete sich ein Lächeln auf seinen Zügen aus.

»Was für ein interessanter Gedankengang«, sagte Ben und seine Augen funkelten.

Ms. Howard in der Tür holte tief Luft. »Also jetzt reicht es! Ich hole die Sicherheitskräfte, wenn Sie hier zu randalieren beginnen!«

Ben und ich blickten uns weiter an, seine Augen blitzten und in meinem Magen kribbelte es, und plötzlich brachen wir beide gleichzeitig in Gelächter aus. Wir lachten und lachten und lachten, bis uns die Tränen kamen, während Ms. Howard davonlief, als sei der Leibhaftige hinter ihr her.

Ich konnte ihr nie dafür danken, dass sie mir mit ihrem Donnerwetter zu dem einen Gedankenblitz verholfen hat, der das Rätsel um den verlorenen Teil der Tabula Peutingeriana schließlich lösen sollte.

Aber bevor die Sicherheitskräfte gemeinsam mit der indignierten Ms. Howard anrücken konnten, waren Ben und ich längst in den regnerischen Londoner Nachmittag verschwunden, um Amalias Geheimnis endlich auf die Spur zu kommen.

47

Des Rätsels Lösung – Teil 1

Ich erinnere mich noch an einen Wintertag kurz vor unserem ersten Weihnachten bei Amalia. Ich fühlte mich immer noch innerlich taub.

Draußen schneite es, und ich hatte den weißen, wirbelnden Flocken zugesehen, wie sie den Garten, die Bäume, die Bank und den Teich langsam unter sich begruben. Ich hatte die Küchentür zum Garten am Morgen geöffnet und beobachtet, wie die Schneedecke das Verschwinden der Welt vorantrieb und alles so leise, so still machte. Die dicken Schneeflocken taumelten herab, lautlos, und verschluckten die Geräusche der Autos, Häuser und wenigen Vögel, die geblieben waren.

Ich saß im Wohnzimmer vor dem Kamin, hinter mir lag Milena zusammengerollt auf dem Sofa. Zuerst hatte sie ein Buch gelesen, dann war sie eingeschlafen. Das war auch noch so eine Sache: Nach dem Tod unserer Eltern schienen wir viel mehr zu *schlafen*. Als wäre die Trauer eine Krankheit, die dem Körper alle Kraft stahl, aber der viele Schlaf schien uns nur noch müder zu machen. Milena und ich strauchelten ziellos umeinander, wie die Schneeflocken. Wir konnten nicht gut ohne einander sein, aber wir gingen einander schnell auf die Nerven, reizten uns bis aufs Blut. Amalia hatte uns mehr als einmal auseinanderzerren müssen, weil plötzlich ein Streit entbrannt war, der in Beschimpfungen oder Rauferei mündete. Meistens war es Milena, die auf mich losging. Und Amalia hatte mir verboten, mich richtig zu wehren.

»Du bist viel stärker als sie«, hatte Amalia irgendwann zu mir gesagt. »Denk doch mal, die zwei Jahre machen gerade noch einen großen Unterschied. Ich glaube, sie ist einfach traurig. Lass dich davon nicht täuschen, ja?«

Aber ich verstand nicht, warum Milena, falls sie wirklich traurig war, immer so wütend wurde. Wütend, wenn ich am Frühstückstisch die letzte Scheibe Brot nahm, obwohl Amalia noch neues aufschneiden konnte. Wütend, wenn ich sie etwas fragte. Wütend, wenn wir aus der Schule kamen und sie einen Moment auf mich warten musste. Wütend, wenn Amalia mir über den Kopf strich, auch wenn sie das genau so oft bei Milena tat (ich hatte mitgezählt).

Ich verstand sie einfach nicht. Das hatte ich auch an einem Abend ein paar Wochen vorher zu Amalia gesagt, als wir in der Küche waren, während Milena sich im Bad bettfertig machte.

»Warum geht sie auf mich los, nur weil ich ihre Haarbürste benutzt habe? Ich dachte, die Bürste wäre unsere. Außerdem macht es überhaupt keinen Unterschied, welche Bürste ich benutze«, versuchte ich Amalia meine Verwirrung über meine Schwester zu erklären.

Amalia sah mich an, sie schien einen Moment ihre Gedanken zu sammeln, bevor sie antwortete: »Trauer macht komische Dinge mit uns.«

»Aber ich bin doch auch nicht wütend auf sie«, sagte ich. »Das ist unlogisch!«

Amalia seufzte. »Gefühle sind nicht logisch, Sarah. Viele von ihnen sind einfach da. Trauer ist eins der kompliziertesten von ihnen, neben der Liebe vielleicht, und die beiden gehen oft Hand in Hand. Manchmal ist ein Gefühl für einen Menschen ein bisschen wie eine verschlüsselte Botschaft, und die Person kennt die Chiffre nicht, um sie zu entschlüsseln und zu verstehen, was wirklich mit ihr los ist«, sagte Amalia, während sie Wasser in die Teekanne auf dem Küchentisch eingoss. Dampf stieg auf und der Geruch von einem ihrer Weihnachtstees mit Sternanis, Zimt und Orangenstücken darin. Meine Nase kräuselte sich, als ich den Duft tief einsog.

»Das verstehe ich nicht«, sagte ich, während Amalia die Teekanne mit einem Deckel verschloss.

Sie holte zwei Tassen aus dem Hängeschrank, bevor sie sich mir gegenübersetzte. Ich hatte den Eindruck, dass sie ihre Hände bewegte, etwas ordnete oder zurechtrückte, wenn sie Zeit haben wollte zum Nachdenken, bevor sie antwortete.

Jetzt faltete sie die Hände vor mir auf dem Tisch. »Sieh es mal so: Milena trauert, und vielleicht hat sie auch Schuldgefühle und sicherlich Verlassensängste und lauter andere schlimme Sachen, die schwer zu ertragen sind. Und statt diese zu fühlen, empfindet sie Wut, um sich davor zu schützen. Wut auf dich, da du im Augenblick der einzige Fixpunkt in ihrem Leben bist. Versuche ihre Wut wie eine codierte Botschaft zu lesen. Die wahre Nachricht sagt etwas ganz anders: dass sie dich liebt und traurig ist und Angst hat, auch dich noch zu verlieren. Deshalb stößt sie dich weg.«

Ich starrte Amalia an, die meinen Blick erwiderte.

»Was ist eine codierte Botschaft?«, fragte ich.

Amalia sah mich einen Moment lang weiter an, als ob sie auf etwas anderes warten würde, dann goss sie uns beiden Tee ein und ignorierte, dass Milena von oben rief, sie sei jetzt fertig, ich könne ins Bad.

Sie stellte die Teekanne ab und legte die Hände um ihre dampfende Tasse. »Was weißt du über Geheimbotschaften?«, fragte sie mich.

Ich zuckte mit den Schultern. »Nichts«, sagte ich. »Aber es klingt interessant.«

»Willst du darüber etwas erfahren?«

Ich nickte.

Und so begann Amalia, mir etwas über Kryptografie, die Wissenschaft von der Verschlüsselung von Informationen, zu erzählen. Es war, als hätte sie die Tür in eine neue Welt für mich damit aufgestoßen.

In den folgenden Wochen brachte sie mir Bücher für Kinder mit, in denen einfache Verschlüsselungssysteme und Rätsel und Codes erklärt wurden, Bücher, die ich verschlang. Sie begann, mir auf Post-its codierte Botschaften zu hinterlassen. Sie erzählte mir von historischen Fällen, in denen Geheimbotschaften eine Rolle gespielt hatten, und zeigte mir Bilder von Codes und Entschlüsselungsmaschinen. Sie schenkte mir ein Notizbuch, in dem ich einfache verschlüsselte Botschaften für sie aufschrieb, die sie auflachen ließen, während sie sie entschlüsselte. Dann schrieb sie mir eine Antwort in einem neuen Code, und das Spiel begann von vorne.

Ich liebte die Rätsel und Verschlüsselungen, die Chiffren.

Und es wurde einfacher mit Milena. Ich verstand, dass Emotionen eine verschlüsselte Sprache waren, zu der ich vielleicht nie den richtigen Schlüssel finden würde. Aber dass es manchmal reichte zu verstehen, dass sie nicht immer das zeigten, was wirklich gemeint war.

An dem stillen Nachmittag, als draußen der Schnee fiel, ich vor dem Feuer saß und Milena eingeschlafen war auf dem Sofa, stand ich auf, legte mich hinter Milena und schloss sie in meine Arme, der große Löffel zu ihrem kleinen, und versprach ihr im Stillen, ihr Zeit zu geben, bis ich den Schlüssel fand und ihre Botschaften wieder verstand.

Ich bin mir jedoch nicht sicher, ob das je geschehen ist.

48

Kleine Ausführung zur Kryptografie

Ich hatte viel über Verschlüsselungsverfahren gelernt als Kind und so gut wie alles wieder vergessen, weil es dafür keine Anwendung mehr im modernen Leben gibt. Sicher, beim Programmieren und in technischen Verschlüsselungsfragen spielt Kryptografie eine riesige Rolle, aber natürlich nicht die alten Verfahren, die mich so fasziniert hatten.

Verschlüsselungsverfahren gibt es schon sehr lange, und man muss annehmen, dass wir einige Formen, wenn sie überhaupt erhalten geblieben sind, einfach bis heute nicht entschlüsseln können – vielleicht noch nicht einmal *wissen*, dass sie verschlüsselt sind. Verschlüsselungen von Botschaften hat es aus verschiedenen Gründen gegeben, aus religiösen etwa, wie bei den ägyptischen Pharaonen, oder aus politischen, wie im alten Rom.

Die nach dem Feldherrn und Imperator benannte Cäsar-Verschlüsselung ist zum Beispiel eine einfache, aber effiziente Methode, um den Inhalt von Nachrichten zu verbergen. Julius Cäsar soll seine militärische Korrespondenz, um sie vor feindlichen Spionen zu schützen, so verfasst haben, dass jeder Buchstabe eines seiner verwendeten Wörter um drei Schritte im Alphabet verschoben war. Das sah dann im lateinischen Alphabet in etwa wie folgt aus:

Klartext	a	b	c	d	e	f	g	h	i	j	k	l	m	n	o	p	q	r	s	t	u	v	w	x	y	z
Chiffre:	d	e	f	g	h	i	j	k	l	m	n	o	p	q	r	s	t	u	v	w	x	y	z	a	b	c

Bei einer solchen Codierung ist die Anzahl der Schritte, um die die Zeichen verschoben sind, oft in einer Art Schlüssel angegeben, den der Empfänger kennt oder separat erhalten hat. Dieser Hinweis zur Dekodierung kann zum Beispiel mit dem Buchstaben im Alphabet angegeben werden, dessen Buchstabenwert der Anzahl der Schritte entspricht; in diesem Beispiel mit den drei Stellen würde der Schlüssel, passend zu Cäsar, dann »C« lauten. Einfach, aber praktisch.

Das System lässt sich natürlich auch so abwandeln, dass die Chiffre – der Schlüssel zur Dekodierung – ein Wort mit einer bestimmten Buchstabenanzahl ist, das man zur Dekodierung verwenden muss.

Nun ist es aber so, dass eine Reihe von seltsamen Buchstaben in Amalias Notizbüchern, die sich nicht lesen ließen, mich schon viel früher darauf gestoßen hätten, dass es sich um einen Code handeln könnte.

Neben der Cäsar-Chiffre gibt es natürlich noch unzählige weitere Codierungsmöglichkeiten, und bei einigen sieht die ursprüngliche Botschaft nicht so auffällig aus. Zum Beispiel bei einem Code, in dem die Chiffre schlicht ein oder mehrere Zahlen sind, welche die Wörter angeben, die man auf der Buchseite eines bestimmten Buches abzählen muss. Eine Zahl oder Zahlenreihe kann also auch auf ein Wort- oder Buchstabenzählungsverfahren in einem bestimmten Text verweisen – man muss dann nur wissen, auf welchen Text man sie anwenden soll.

Die Möglichkeiten sind jedoch auch innerhalb solch simpler Verfahren, nun, vielleicht nicht unendlich, aber sicher zahlreich, wie ich aus meinen kindlichen Ent- und Verschlüsselungsversuchen wusste.

Es war also wichtig, die richtige Chiffre, den richtigen Code und überhaupt die Botschaft zu finden, die ich dekodieren musste. Ein Spiel, das ich immerhin schon zahlreiche Male mit Amalia gespielt hatte.

49

Des Rätsels Lösung – Teil 2

Ich hockte auf Bens Bett, Amalias Notizbücher um mich herum ausgebreitet wie vor zwei Tagen in Jeans Orangerie – oder Tomaterie? Waren es wirklich nur zwei Tage gewesen? Ben saß an seinem Kinderschreibtisch, auch um ihn herum Notizbücher und Zettel im Schein einer Lampe, die einen Lichtkreis aufs Papier warf.

Es war inzwischen Nacht, drinnen war es still, kaum ein Laut von draußen zu hören in dieser ruhigen Straße in Islington. Es war, als seien wir gemeinsam durch einen Spiegel in eine andere Welt getreten, Ben und ich, fieberhaft versunken in unserem Rätsel, das Rascheln des Papiers unsere einzige Begleitung, während wir alle Aufzeichnungen erneut durchgingen.

Als ich die Antwort schließlich fand und aufblickte, hob Ben im selben Augenblick den Kopf, als hätte er meine Gedanken gelesen. Er sah meinen Gesichtsausdruck und fing langsam an zu lächeln. Ich hatte nicht gewusst, dass ein einfaches Lächeln solche Emotionen in mir hervorrufen konnte, aber in dem Moment fühlte ich mich Ben so verbunden wie keinem anderen Menschen je zuvor. Er stand auf und setzte sich neben mich aufs Bett. Ich hielt ihm den Ausschnitt hin, den ich in Händen hatte. Mein Herz fing schnell an zu klopfen. Und das nicht nur, weil die Lösung des Rätsels so nahe war.

Es befand sich kein elaborierter geheimer Text in Amalias Notizen, nicht soweit Ben und ich das überblicken konnten. Am Ende war es eine Seite ganz hinten in ihren Aufzeichnungen, auf der oben ihr Spitzname für mich stand: Sarahli. Zweimal unterstrichen, mit einer langen Liste von lauter banalen Dingen darunter, die uns das gab, was wir brauchten. Es war eine Reihe von Angaben für Dinge und Materialien, die Amalia scheinbar zum Einkauf notiert hatte, deshalb hatte ich die Liste nicht weiter beachtet. Mit Zahlen- und Kostenangaben, manchmal auch nummerierten Listenpunkten.

Und dann kam ich drauf, auf einen Code, den Amalia bereits in meiner Kindheit verwendet hatte: Sieben Buchstaben hatte mein Spitzname Sarahli, und wenn man sieben Zeichen der Textpassage entlang herunterzählte und dann wieder sieben und wieder sieben et cetera, fand sich jedes Mal ein Buchstabe oder eine Zahl im Text, welche zusammen folgende Zeichenreihe ergaben: k-a-r-t-e-52.020611,0.220889

Als Ben diese Zahlen sah, kam er darauf, dass es sich dabei nicht um eine Telefonnummer oder Ähnliches handelte, sondern um Koordinaten in Dezimalgradform, die man auch wie folgt notieren konnte: 52°01′14.2″N 0°13′15.2″E

Koordinaten, die man zum Beispiel bei Google Maps eingeben konnte.

Was wir dann auch taten. Und dann nicht schlecht staunten. Und dachten: Wie gut, dass wir schon in England sind.

Das ist der Grund, warum wir uns nach Saffron Walden, Essex, oder besser gesagt nach Audley End aufmachten, um einen lange verschollenen Teil einer alten Landkarte zu finden.

Und es fühlte sich an, als sei dies nicht das Einzige, was ich in jenem Moment vielleicht gefunden hatte.

50

Audley End

Wir brachen früh am nächsten Morgen auf, es war ein Dienstag. Zwar hatten wir bis tief in die Nacht gearbeitet, aber wir waren natürlich in Eile. Denn falls Amalias kryptische Botschaft auf die Tabula verwies, dann war Dengelmann möglicherweise auf dem Weg zum selben Ort und uns zwei Tage voraus.

Ben und ich hatten lange diskutiert, wie wahrscheinlich es war, dass Amalias Nachricht an mich überhaupt etwas mit unserer Suche und der Tabula Peutingeriana zu tun hatte. Es wäre ein komischer Zufall, dass die Koordinaten, die Amalia notiert hatte, zu einer Adresse in England führten und Jeans Kontakte das letzte Auftauchen des verlorenen Segments bei einer geheimen Auktion ebenfalls in England verorteten. Wie hoch war die Wahrscheinlichkeit, dass das reine Koinzidenz war?

»Was haben wir schon zu verlieren?«, fragte ich Ben, während wir auf seinen Computerbildschirm starrten, nachdem sich die erste Aufregung über das Aufspüren der Koordinaten gelegt hatte. Seltsamerweise bezeichneten sie ein historisches Gebäude in einem Park, Audley End House, durch dessen Bilder und Internetpräsenz wir uns mit einem Gefühl von Unwirklichkeit geklickt hatten.

»Mhh«, machte Ben, »aber was soll das heißen? Meinst du, das verlorene Segment befindet sich einfach im Südflügel von Audley End?«

Das konnten wir natürlich nicht wissen – solange wir nicht hinfuhren.

»Es sind weniger als anderthalb Stunden Fahrt von hier dahin und wenn wir dort nichts finden, ist es nicht mehr als ein Tagesausflug in irgendeine englische Kleinstadt, im schlechtesten Fall ein verschenkter Tag.«

Ben sah mich an, der Ausdruck in seinen kastanienfarbenen Augen unlesbar für mich.

»Ich fühle mich wie in einem Spionageroman«, sagte er. »Ich meine, wer hinterlässt seiner Nichte schon ein Notizbuch mit verschlüsselten Aufzeichnungen und versteckten Koordinaten? Bist du sicher, dass deine Tante keine Spionin war und wir vom britischen MI6 verfolgt werden, wenn wir in Saffron Walden auftauchen?«

Ich zog die Augenbrauen hoch. »Ziemlich sicher.« Dann grinste ich. »Na ja, zu fünfundneunzig Prozent. Aber ich bin mir zu hundert Prozent sicher, dass eine solche Aktion zu meiner Tante als Schatzsucherin und Antiquitätenjägerin passt. Lass es uns einfach versuchen – was auch immer wir finden, es wird bestimmt ein Abenteuer!«

Die ganze Sache mit der Tabula Peutingeriana war ein Rätsel, das mehr mit Amalia zu tun hatte, als ich zu Anfang gedacht hatte. Und ich wollte es lösen, nicht nur wegen der Karte. In mir kribbelte es, ich spürte die gleiche Aufregung, die ich gespürt hatte, wenn Amalia und ich zu einer Adresse aufgebrochen waren, die ungeahnte Schätze versprach.

Ich versuchte es mit einem beschwörenden Gesichtsausdruck, von dem ich allerdings nicht wusste, wie er aussah und was Ben herauslas.

»Du hast mich zu dieser Suche überredet«, sagte ich, »also lass uns das jetzt auch gemeinsam zu Ende bringen.«

Bens Blick wanderte über mein Gesicht. Er schob seine Brille zurecht. Dann seufzte er.

»Also gut«, sagte er schließlich. »Lass uns dieser mysteriösen Spur folgen. Auch wenn ich ahne, dass ich es bereuen könnte, euren ehrlich gesagt völlig absurden Methoden unter Bücherjägern mehr zu vertrauen als meinem eigenen gesunden Menschenverstand.«

Ich riss eine Hand in die Luft und jubelte: »Yesss!«

Bens weite Augen verfingen sich in meinen, und er begann ebenfalls zu lächeln. Ein warmer Schauer rieselte meinen Rücken hinab, sprühend und elektrisch.

*

Die Fahrt dauerte wirklich nicht lange. Zu Anfang schaute ich kurz auf mein Handy und sah, dass ich acht verpasste Anrufe und fünf neue Sprachnachrichten von meiner Schwester hatte. Auch eine Textnachricht, die schlicht besagte: *Sarah, bitte melde dich, wir müssen reden. Es tut mir leid.* Für den Rest der Fahrt ignorierte ich mein Telefon.

Der schwierigste und langwierigste Teil der Reise war es, London überhaupt zu verlassen. Ich frage mich, ob es dazu auch ein Sprichwort geben sollte, à la »Alle Wege führen nach Rom«. Vielleicht: Kaum ein gerader Weg führt aus London heraus? Es ist noch schwieriger, London zu verlassen, als dort anzukommen? Da steckt sicher irgendeine Weisheit drin.

Jedenfalls folgten wir, als wir es endlich aus der Stadt geschafft hatten, einfach der M11 geradewegs nach Nordwesten, bis wir die Schnellstraße, die uns durch die von Steinmäuerchen unterteilten Felder der grünen Insel führte, in der Nähe von Saffron Walden wieder verließen.

Einen Teil der Fahrt verbrachten wir damit, dass ich Ben alles vorlas, was sich auf die Schnelle über Audley End House im Internet finden ließ. Das Anwesen, ein ehemaliges Kloster, das zu einem Landhaus umgewandelt worden war, umgab ein riesiger Park. Es gilt als eines der besten und eindrucksvollsten Beispiele für Jakobinische Architektur, eine Weiterentwicklung der Elisabethanischen Architekturströmung, in England. Der Jakobinische Stil war während der zweiten Hälfte der Renaissance en vogue, weshalb man sich vorstellen kann, dass Audley End House ein wirklich eindrucksvolles Gebäude ist – über Renaissance-Architektur kann man streiten, aber zumindest haben sie damals keine halben Sachen gemacht.

Es ist ein sogenanntes »Wunderhaus«, worunter man prächtige englische Landsitze versteht, die von Höflingen und Adeligen erbaut wurden und je nach Geschmack der Gründerfamilien wie edle Paläste oder wie katastrophale Geschmacksunfälle aussehen können. Das mit weißem Stein verkleidete Audley End, dem auch Elisabeth I. auf einer ihrer Sommerprozessionen durch ihr Land einen Besuch abstattete, besitzt eine Reihe recht modern anmutender, außergewöhnlich großer Fenster. Sowie natürlich Balkonvorbauten mit Säulen über den Eingängen und dem ganzen Schnickschnack, immerhin ist es aus dem 17. Jahrhundert. Es ist gebaut wie eine eckige Klammer, deren beide Enden dem Besucher abgewandt in die Parkanlage weisen. Im Grunde kann man sich die Form wie die eines amerikanischen Motels vorstellen, nur riesig, alt und eben mit den Haupteingängen an der längsten Seite, nicht im Inneren der Klammer. Die Familie, der das Haus und der dazugehörige Adelssitz gehörten, hatte Audley End House vor einer Weile an den English Heritage übergeben, einer Art britisches Denkmalamt.

»Hmm«, brummte Ben, während er den Blick nicht von der Straße abwandte, »immerhin ist das Haus damit der Öffentlichkeit zugänglich. Aber wenn es dem English Heritage gehört, kann ich mir kaum vorstellen, dass sie irgendwo in der Bibliothek noch völlig unbemerkt das verlorene Segment der Tabula liegen haben.«

»Stimmt«, sagte ich, »aber andererseits gehen gerade in Bibliotheken und Sammlungen ständig Bücher und Dokumente verloren. Man muss sie nur falsch katalogisieren oder gar nicht erst wissen, was man vor sich hat, schon sind sie für ein paar Hundert Jahre verschwunden.«

Ben wandte sich an dieser Stelle kurz zu mir um, die Augenbrauen tief herabgezogen. »Ja, Bücherschwund durch fehlerhafte Einordnung gibt es überall, und das ist wirklich sehr, sehr ärgerlich. Aber ein Teil einer alten Landkarte wäre ja mehr wie ein Stück Pergament, ein Bild sozusagen, das man nicht einfach in ein Regal schiebt und vergisst.«

»Bücherschwund scheint etwas zu sein, das dich wirklich bekümmert.« Ich konnte ein Grinsen nicht unterdrücken.

»In der Tat«, antwortete Ben vollkommen ernst. »Es ist einfach tragisch, dass es Bücher wie eine alte illustrierte Ausgabe von *Alice in Wonderland* in der British Library gab, die sich vielleicht wirklich noch irgendwo im Gebäude befinden, aber falsch eingeordnet und damit unauffindbar sind. Das ist so ... so furchtbar! Und dann kann es natürlich auch sein, dass Bücher gestohlen werden. Beides könnte auf unser verlorenes Kartensegment zutreffen und natürlich, dass es inzwischen zerstört ist. Aber darüber will ich lieber gar nicht nachdenken.«

Die Vorstellung schien Ben wirklich zu deprimieren, und ich fragte, um ihn abzulenken und weil es mich interessierte: »Und du hast noch nie ein Buch gestohlen oder vernichtet?«

Er sog scharf die Luft ein.

»Gestohlen? Ich bin Bibliothekar! Natürlich nicht. Ich glaube, Menschen, die Bücher stehlen, haben keine Seele«, sagte Ben.

»Mhh, dann ist es ja gut, dass ich Atheistin bin und ohnehin keine Seele habe. Und ein Buch vernichtet?«, hakte ich nach.

Ben schwieg einen Moment, er schien abzuwägen. Dann sagte er: »Ein Mal.«

Meine Neugier war geweckt. »Wie kam es dazu?«, fragte ich.

Er kaute auf seiner Unterlippe. »Wir waren auf einem Familienausflug in York, ich muss damals vielleicht fünfzehn Jahre alt gewesen sein. Ich hatte nichts zu lesen dabei und habe in einem kleinen Buchladen kurzerhand ein Buch gegriffen, das nach einem Fantasyroman aussah. Als ich es dann zu lesen begann, stellte ich schnell fest, dass es kein Fantasyroman war, sondern ein religiöses Manifest von einem christlichen Fundamentalisten, in dem schon nach wenigen Seiten Homosexualität als abartige Sünde verschrien wurde. Meine Schwester hatte sich kurz zuvor erst geoutet. Ich konnte nicht glauben, dass im Namen des Glaubens noch solch ein Bullshit veröffentlicht wurde.«

Ben seufzte.

»Und dann?«, fragte ich.

»Dann habe ich das Buch zerrissen und in Einzelteilen in einen Mülleimer zwischen lauter Fast-Food-Behälter geworfen.« Bens Schultern waren weit nach oben gewandert.

»Ben!« Ich grinste breit. »Das hätte ich gar nicht von dir gedacht. Zerstörung von Wissen!«

Er streckte den Rücken durch. »Ja, in dem Fall hatte ich das Gefühl, dass dieses vermeintliche ›Wissen‹ wirklich in die Tonne gehört und niemand anderes diesen hasserfüllten Müll lesen sollte«, sagte er fest.

Mein Lächeln wollte nicht verschwinden. Das klang ganz nach dem Ben, den ich bisher kennengelernt hatte. Dann dachte ich daran, wie mein Exfreund Philip einmal versucht hatte, mich dazu zu bewegen, ein Jura-Buch aus der Bibliothek auszuleihen und zu »verlegen«, damit andere Studierende es nicht einsehen konnten. Ich schüttelte den Kopf beim Gedanken daran und damit jeden weiteren Gedanken an Philip ab.

»Weißt du, das finde ich fast am ärgerlichsten an organisierter Religion – neben der ganzen offensichtlichen Hypokrisie natürlich –, also die Verantwortungsabgabe. Dass Menschen sich darauf ausruhen, selbst an Problemen nichts ändern zu müssen, da dafür eine göttliche Instanz zuständig ist. Ich für meinen atheistischen Teil kann nur sagen, dass die Zerstörung des Buches zu einem höheren Zweck in diesem Fall völlig gerechtfertigt und die richtige Entscheidung war, weil du eine Ungerechtigkeit, wenn auch eine kleine, selbst beseitigt hast, statt nichts zu tun«, sagte ich zu Ben, während hinter der Frontschutzscheibe die Felder an uns vorbeirasten.

Ich spürte, wie er mich von der Seite anblickte, dann fing er an zu lachen. Er lachte sein tiefes Ben-Lachen, das sich in meinen Magen senkte wie glühende Lava.

»Das werde ich mir merken«, keuchte er. »Zerstörung von Wissen für den höheren Zweck. Lass bloß Ms. Howard nichts davon hören!«

Auch ich begann zu lachen, losgelöst und frei, und ich hatte einen Augenblick lang das schwindelerregende Gefühl, dass nichts auf der Welt uns aufhalten konnte.

*

Wir fuhren durch die weitläufige Parkanlage von Audley End House und suchten uns einen Parkplatz neben den zahlreichen anderen Besucherautos. Der Himmel hatte sich zugezogen und wartete mit grauen Wolken auf, gegen die sich das weiße Gebäude mit den Türmchen mit mintgrünen Dächern und seinen zahlreichen Schornsteinen abhob. Wir blieben einen Moment auf dem englischen Rasen (den man erstaunlicherweise betreten durfte) vor dem riesigen Anwesen stehen und betrachteten es schweigend. Die verzierte Brüstung zu den Flachdächern hin sah aus wie die Miniaturnachahmung von stilisierten Burgmauern und gab dem Gebäude etwas Archaisches, was im Kontrast stand zu den großen rechteckigen, durch weiße Rahmen unterbrochenen Fensterfronten. Ich konnte nicht glauben, dass Amalias Koordinaten uns hierhergeführt hatten. Das hier war ein richtiges Schloss, Jeans kleines Château war kein Vergleich dazu.

Aufregung knisterte in meinem Magen und ich sah zu Ben, dessen Blick über Audley End glitt. Sein starkes Profil hob sich vor dieser Kulisse ab und ich dachte plötzlich, dass er in eine solche vornehm-aristokratische Umgebung *passte*, seine Züge zeitlos und schön, genau wie die Artefakte, die er vor dem Verschwinden bewahren wollte.

Er schien meinen Blick zu spüren, wandte sich zu mir und lächelte mich an, und ich schluckte. Es ziepte in meinem Magen, oder vielleicht war es auch mein Herz. Aber jetzt war nicht der Zeitpunkt, um darüber nachzudenken.

Ich wies also mit dem Kopf zum Haus und zielstrebig machten wir uns auf den Weg zum Eingang.

Durch den wir Audley End eine Stunde später frustriert und enttäuscht wieder verlassen sollten. Immerhin wurden wir diesmal nicht rausgeschmissen, aber es war eine knappe Angelegenheit gewesen.

51

Saffron Walden // Ein Labyrinth aus Zeichen

Ich lief, vorsichtig einen Fuß vor den anderen setzend, die Wege des Saffron-Walden-Labyrinths ab. Wer sich jetzt ein beeindruckendes Heckengebilde vorstellt, in dem man sich verlaufen kann, liegt weit daneben. Nein, das Saffron Walden Turf Maze, zu dem wir zur Beruhigung unserer Nerven gefahren waren, ist zwar das weltweit größte Exemplar seiner Art, aber es ist ein Rasenlabyrinth, und das sieht so aus, wie man sich ein *Rasen*labyrinth eben vorstellt – die schmalen, gewundenen Pfade des Labyrinths bilden in die Wiese geschnittene Rillen, die mit eingesunkenen Ziegeln ausgelegt sind. Zusammen erreichen die Linien immerhin eine Länge von etwa anderthalb Kilometern.

Der Turf Maze ist im Grunde kreisförmig mit siebzehn miteinander verschlungenen Kreisen, vom äußersten Ring gehen wie vier Ohren etwas höhergelegte Ausbuchtungen ab. Insgesamt hat das Labyrinth einen Durchmesser von etwa vierzig Metern und ist von einem ganz leichten Hang und einem Graben umgeben – das Ding hat also nicht mehr als die Grundfläche einer kleinen Wohnung.

Solche Rasenlabyrinthe wie dieses, auf dem ich nun stand, sind *alt*. Richtig uralt, gehen zum Teil bis in die vorchristliche Zeit zurück.

Ich atmete tief ein und aus und versuchte die Wut herunterzuschlucken, die in meinem Hals feststeckte. Ich balancierte auf den Pfaden des Labyrinths und stellte mir die Füße der unzähligen Menschen vor, die vor mir diese Wege abgegangen waren, durch alle Zeiten bis zum heutigen Tag.

»Komm«, sagte ich zu Ben und streckte eine Hand nach ihm aus, »versuch es mal.«

Aber Ben schüttelte nur den Kopf. Er stand am Rande des Labyrinths und hatte die Hände in die Hosentaschen gesteckt.

Der Besuch in Audley End hatte uns nicht weitergebracht. Zuerst hatten wir Tickets gekauft und waren durch die fast einschüchternden Hallen und Räume des Gebäudes geschlendert. Natürlich hatten wir nicht einfach ein in einem Bilderrahmen aufgehängtes Landkartensegment aus dem zwölften Jahrhundert erwartet, aber es stellte sich heraus, dass ein Großteil der Büchersammlung des Anwesens nicht mit an den Englisch Heritage übertragen worden war und dass der Teil, der es war, der Öffentlichkeit nicht zugänglich war.

Wir hatten also einen der dort arbeitenden Vertreter des English Heritage ausfindig gemacht und mit Bens Visitenkarte von der Britischen Bibliothek eine Audienz bei dem großen, sehr dürren weißen Mann mit grauen Haaren bekommen, dessen Anzug mit einer Union-Jack-Anstecknadel verziert war und makellos saß.

Der Schreibtisch in seinem Büro war ebenso aufgeräumt wie Bens, aber der Mann sah Ben mit leicht zusammengezogenen Augenbrauen an.

»Sie haben also einen Doktor in Mediävistik und Englischer Geschichte gemacht, ja? Wie sind Sie zu diesem Interesse gekommen?«, fragte er Ben.

Bens Augenbrauen wanderten nach oben. »Na ja, es ist auch meine Geschichte.«

Der Mann musterte Ben. »Tatsächlich?«

Ich holte hörbar Luft und öffnete den Mund. Aber Ben schüttelte nur den Kopf.

Und so ging es weiter. Es war grauenhaft. Als wir dann begannen, die verschlungene Geschichte zu erzählen, warum wir die Bibliotheksbestände oder wenigstens die Bestands-Katalogisierung von Audley End einsehen wollten, wurde der Ausdruck auf dem

Gesicht des Mannes immer finsterer, seine Mundwinkel zogen sich immer mehr nach unten.

»Die Besitzer von Audley End House haben ihren Besitz in die Hände des English Heritage gegeben mit strikten Vorgaben, welche Teile für die Öffentlichkeit zugänglich zu machen sind – und die bibliophile Sammlung gehört sicher nicht dazu! Darüber hinaus befindet sich der Großteil ohnehin in den Händen der heutigen Erben«, erklärte der Mann indigniert.

Unnötig zu sagen, dass wir kurz darauf sehr entschieden hinauskomplementiert wurden.

Und jetzt hatten wir keine weitere Spur mehr. Natürlich, es war von Anfang an ein Schuss ins Blaue gewesen hierherzufahren, aber ein bisschen mehr hätte ich mir schon erwartet. Und eine deutlich respektvollere Behandlung.

»Ich kann immer noch nicht glauben, wie schrecklich dieser Kerl zu dir war«, sagte ich zu Ben.

Sein Gesichtsausdruck machte etwas Kompliziertes, dann zuckte er mit den Achseln, sah mich nicht an. »Das kommt vor, Sarah. Lass uns nicht weiter darüber reden.«

Ich sah auf meine Füße, wütend und verwirrt. Ben sollte nicht an so etwas gewöhnt sein müssen. Aber das war ihm selbst auch klar, und meine Wut half ihm jetzt nicht weiter. Ein Teil der Wut war gegen mich selbst gerichtet, weil ich nichts zu dem unverschämten Typ gesagt hatte.

»Weißt du«, sagte Ben leise, »das ist einer der Gründe, warum ich immer einen Anzug trage – damit Männer wie dieser mich nicht gleich von Anfang an wegen meiner Hautfarbe missachten.«

Ich hielt die Luft an, erstarrte. Dann verließen meine Füße ganz automatisch die Wege des Labyrinths und ich ging über die Linien hinweg zu Ben, blieb direkt vor ihm stehen. Er sah nach unten und ich folgte seinem Blick. Seine Hände waren zu Fäusten geballt, also war er wahrscheinlich doch wütend. Gut so. Er sollte wütend sein.

Einen Moment lang wusste ich nicht, was ich machen sollte, ein schwerer Stein lag in meinem Magen. Dann gab ich mir einen Ruck, streckte die Hände aus und nahm eine seiner Fäuste in meine. Langsam führte ich sie an meinen Mund und küsste Ben auf den Handrücken. Ben sog scharf die Luft ein. Ich sah hoch, sein Blick fand meinen. Seine Augen weit, sie suchten mein Gesicht ab.

»Bleib wütend, Ben. Bitte hör nie auf, wegen so etwas wütend zu sein«, sagte ich. Bens Faust entkrampfte sich unter meinen Fingern. Ich sah, dass seine Schultern sich schnell hoben und senkten.

»Schrei es raus«, sagte ich. »Die ganze Welt sollte es wissen.«

Ben blinzelte mich durch seine Brillengläser an. Dann verhärteten sich die Muskeln um seinen Kiefer, seine Faust schloss sich wieder in meinen Händen.

Er wandte sich von mir ab, in Richtung des Labyrinths, in Richtung der grünen, baumgesäumten, verregneten Fläche des Parks.

Er holte tief Luft.

Und dann schrie er. Er schrie so laut, dass die Krähen krächzend aus den Bäumen aufflogen. Seine Faust öffnete sich, seine Finger schlossen sich um eine meiner Hände, er drückte fest zu, holte erneut Luft und schrie laut hinaus: »Gormless racist shmuck!«

Ich prustete überrascht, hob schnell die freie Hand zum Mund und versuchte mit bebenden Schultern, das Lachen zurückzuhalten, das mit Macht aus mir herausbrechen wollte.

»Arrrgh«, rief Ben, breitete einen Arm einladend weit aus, legte den Kopf in den Nacken, schrie in den Nieselregen und den grauen englischen Himmel: »Bloody stupid numpty muppet!«

Jetzt konnte ich nicht mehr an mich halten und brach in lautes Gelächter aus, das mich so stark schüttelte, dass es mich vornüberbeugte. Keuchend richtete ich mich halb auf, wischte mir die Lachtränen ab und sah in Bens funkelnde braune Augen.

»Ich habe dich noch nie fluchen hören«, brachte ich atemlos hervor.

Bens Lippen verzogen sich zu einem Lächeln.

»Sod off, what a cock-up«, sagte er freundlich in perfektem Oxford-Englisch und ich brach erneut in Gelächter aus. Ben sah mich einen kurzen Moment lang an, und dann begann auch er zu lachen. Erst leise, dann immer lauter und schließlich frei und schallend und aus dem Bauch heraus. Ich hatte ihn noch nie zuvor so befreit lachen gehört. Er hielt meine Hand ganz fest in seiner, während wir prusteten und kaum Luft bekamen, unsere Heiterkeit in den Park hinauslachten, bis wir uns schließlich aneinander festhalten mussten.

Ich kam wieder zu Atem, eng an Ben gelehnt, die Wärme seines Körpers etwas, das sich plötzlich ganz vorn in mein Bewusstsein schob. Seine Schultern hoben und senkten sich im Rhythmus mit meinen. Da war wieder dieses knisternde Ziehen in meinem Bauch. Ich sah zu ihm hoch, in seine blitzenden Augen, die jetzt von Lachfältchen umringt waren. Die elektrische Spannung, die von ihm ausging, als sei er ein Magnetpol und ich die Kompassnadel, ließ mich schaudern. Ich merkte selbst, dass ich ihn mit halb geöffnetem Mund anstarrte.

Ben schluckte, meine Augen folgten der Bewegung seines Adamsapfels.

Als ich wieder hochsah, lag sein Blick auf meinen Lippen. Dann wandte er abrupt das Gesicht ab und sah zur Seite und eine plötzliche Hitze stieg in meine Wangen.

Er räusperte sich und ließ mich los. Ich trat einen halben Schritt zurück, nervös fuhr ich mir durchs unordentliche, vom Nieselregen krause Haar, in dem meine Finger stecken blieben. Ben warf mir einen Blick zu, den ich nicht lesen konnte, sah wieder weg. Ich gab es auf, das hier verstehen zu wollen, und seufzte.

»Komm«, sagte ich und packte erneut seine Hand, deren Wärme mir mittlerweile so vertraut war. Dann zog ich ihn zu den verschlungenen Pfaden des Labyrinths. »Wir gehen jetzt das Labyrinth aus heidnischer Zeit ab und machen es zu unserem. Und dann machen wir uns Gedanken.«

Bens Augen huschten wieder über mein Gesicht, ich weiß nicht, was er dort suchte oder ob er es fand. Er nickte schließlich, ein kleines Lächeln auf den Lippen.

Gemeinsam liefen wir die Pfade des Labyrinths ab, ich in seine Fußstapfen tretend und er in meine, wenn wir umdrehten. Er ließ meine Hand nicht los.

*

»Lass uns ein Café suchen und uns überlegen, was jetzt der nächste Schritt ist«, schlug ich Ben irgendwann vor, als mein Haar durchnässt und Bens Atem ruhiger geworden war. Er ließ meine Finger los, um seine Kapuze hochzuziehen. Der Nieselregen war stärker geworden und graue Regenschwaden zogen über die grüne Rasenfläche.

Ben und ich liefen also aus dem Park durch die Gassen der kleinen englischen Stadt zum Stadtkern. Das Örtchen lässt sich nicht anders als lieblich beschreiben. Kleine schräge mittelalterliche Häuser säumten die Gassen, bunt gestrichen und fröhlich, deren obere Stockwerke, wie so oft bei Fachwerk, hervorstanden und sich über die Straße zu beugen schienen. Daneben standen schmucke Häuschen mit verzierten Backstein-Obergeschossen über holzverkleideten Schaufensterfassaden. Der Marktplatz mutete mit seinem Brunnen und Pflastersteinen derart pittoresk an, dass ich mich einen Moment lang wie in der Kulisse zu einem Film fühlte, einem wie *Notting Hill*, verspielt und romantisch. Das Gebäude auf dem Marktplatz, das nach einer Kirche aussah, entpuppte sich als Stadtbücherei. Ich war ein bisschen verzaubert. Es war vielleicht das schönste kleine Städtchen, das ich je gesehen hatte. Allerdings zeigte sich das Wetter davon wenig beeindruckt, der Himmel blieb grau und bedeckt und ganz und gar nicht so sonnig, wie es dieser hübschen Stadtkulisse zugestanden hätte. Aber so ist eben der englische Sommer.

Es begann richtig zu regnen, ein rauschender, fast warmer Sommerregen. Wir suchten Zuflucht im nächsten Café, das ein bisschen wie der Landhaustraum einer exzentrischen englischen Lady aussah: weiße Möbel überall, voller Pflanzen, verspielter Lampen und Dekogegenstände.

Ben hatte auf dem ganzen Weg kaum ein Wort gesagt. Mich plagte das schlechte Gewissen, weil ich ihn zu diesem sinnlosen Trip überredet hatte und weil dieser sinnlose Trip schuld daran war, dass er von einem Mann, der eigentlich Bens Liebe für alles Alte teilen sollte, unmöglich behandelt worden war. Wir suchten uns einen Platz am Fenster, bestellten Kaffee und schauten in den Regen hinaus. Ben schwieg weiterhin und ich ließ ihn. Vielleicht war eines der Probleme in unserer Branche, dachte ich, während mein Blick den Tropfen folgte, die die Scheibe herabrannen, dass nicht alle Menschen, die an der Vergangenheit festhielten, die gleiche Motivation hatten. Ben wollte bewahren, um aus den Fehlern der Vergangenheit zu lernen und etwas Besseres im Jetzt zu erschaffen. Viele Menschen hielten stattdessen an der Vergangenheit fest, weil sie diese für besser hielten. Eine grauenhafte Vorstellung, die ich nie verstehen würde – man denke nur an die Pest, die fehlenden Rechte für alle möglichen Leute, die schlechte medizinische Versorgung, das Fehlen von Elektrizität, Mobilität und Internet!

Als Bücherjägerin hatte ich mit vielen älteren Sammlern zu tun, die mich und meine Expertise gar nicht erst ernst nahmen. Ich verstand das Ganze nicht. Warum konnte man nicht die Artefakte der Vergangenheit schätzen, ohne an tradierten Rollenbildern und anderen ewig gestrigen Vorstellungen festzuhalten und mit ihnen die Gegenwart zu rechtfertigen?

»Die Welt ändert sich nicht zum Besseren, wenn wir nicht selbst daran arbeiten«, hatte Amalia immer gesagt. »Niemand kommt, um uns zu retten, den Job müssen wir schon selbst erledigen, mein Schatz.«

Ich begann gerade erst zu begreifen, wie recht sie hatte.

Als Ben die Hälfte seines Kaffees getrunken hatte, sah er zu mir auf und seufzte. Er musterte mich und eine ganze Reihe von komplizierten Emotionen wechselte sich auf seinem Gesicht ab.

»Ich glaube, wir sind am Ende unserer Suche, Sarah«, sagte er schließlich.

Ich verschluckte mich und hustete. Das hatte ich nicht erwartet. »Aber Ben …«, begann ich, doch er hob die Hand, um mich zu stoppen.

»Wir greifen nach Strohhalmen. Deine Tante hat nicht genug Informationen hinterlassen, wenn sie überhaupt wirklich welche hatte, um das fehlende Segment der Tabula zu finden. Vielleicht ist langsam der Punkt erreicht, an dem wir uns unser Versagen eingestehen und die Suche abbrechen sollten«, sagte er und seine sonst so funkelnden Augen hatten ihren Glanz verloren.

Das tat weh – dass er Amalia infrage stellte und einfach aufgeben wollte. Vielleicht war es naiv von mir, aber es kam für mich aus dem Blauen heraus.

»Aber …«, setzte ich erneut an, doch weiter kam ich nicht.

»Was sollen wir denn jetzt noch machen?«, fragte Ben. »Die Notizbücher deiner Tante noch mal durchgehen in der Hoffnung, dass wir etwas übersehen haben, einen weiteren Hinweis, der dann auch nirgendwohin führt? Jean kontaktieren, per *Brief*? Es noch mal bei dem Auktionshaus versuchen, das uns mit der Polizei gedroht hat? Und bis ich ein Forschungsvorhaben formuliert und bewilligt bekommen habe, das den English Heritage zur Herausgabe von Informationen bewegt, können Monate vergehen. Monate! Seien wir ehrlich, Sarah, wir sind am Ende.«

Bens Gesichtsausdruck ließ sich nicht lesen, doch er wirkte wütend, so energisch und schnell, wie er sprach. Aber worauf war er jetzt wütend? Auf mich, auf die Situation?

»Ben«, sagte ich und bemühte mich um einen ruhigen Ton, »wir haben doch noch einige Möglichkeiten gar nicht ausgeschöpft. Was ist zum Beispiel mit den früheren Besitzern von Audley End, die der Mann erwähnt hat? Sie scheinen ja die meisten Schriftstücke der Sammlung noch zu haben. Vielleicht können wir sie ausfindig machen.«

Bens Augenbrauen wanderten nach oben. »Die ehemaligen Besitzer eines solchen Anwesens müssen irgendwelche Adelige sein. Was meinst du, wie die reagieren, wenn wir mit unserer Geschichte bei ihnen aufkreuzen? Und davon mal abgesehen – was, wenn das Ganze mit den Koordinaten deiner Tante nur ein missglückter Scherz war? Oder gar nichts mit der Tabula zu tun hatte? Das wissen wir ja gar nicht, wir haben das einfach nur angenommen, weil es uns in den Kram passte!«

Er klang anders als sonst, und das verwirrte mich.

»Stimmt«, ich nickte, »es kann sein, dass die Koordinaten mit einer ganz anderen Sache zu tun haben, die meine Tante bisher vor mir geheim halten wollte. Ich wüsste nur nicht, was. Und es stand das Wort ›Karte‹ davor. Das war immerhin eine Info dazu, worum es geht«, argumentierte ich.

»Das Wort ›Karte‹ kann in dem Zusammenhang auch einfach darauf hinweisen, dass es Koordinaten sind, die man auf einer Karte nachsehen muss. Vielleicht ist es einfach ein Hinweis zur Dekodierung selbst, keiner dazu, was man bei den Koordinaten findet«, sagte Ben leise.

Ich sah in meine Kaffeetasse, nahm den Löffel und rührte darin herum. Ich wusste, dass er recht hatte, und meine Stimmung sank. Dass Ben sich bereits entschieden hatte aufzugeben, gab mir einen Stich. Ich wollte nicht aufgeben, wollte die Suche nicht beenden, die dazu geführt hatte, dass ich mich wieder lebendig fühlte, zum ersten Mal seit Monaten. Seit Amalias Tod.

Mir fiel die Unterhaltung ein, die wir mit einem der Stallmeister in Audley End geführt hatten – das Anwesen hatte zu allem Überfluss noch funktionierende Ställe mit Reitpferden, die in einem Teil der Führung den Besucherinnen und Besuchern gezeigt wurden.

Ein Mann war gerade dabei gewesen, ein großes schwarzes Pferd, das er mit seinem Halfter an einem Eisenring in der Stallwand festgemacht hatte, mit einer Bürste zu striegeln. Als wir an den aus Backstein gebauten Stallanlagen vorbeikamen, hob das Tier den Kopf und schnaubte. Ben und ich machten beide einen Schritt zurück, obwohl wir weit genug entfernt waren. Der Mann klopfte dem Pferd auf den Hals, richtete sich auf und warf uns beiden einen Blick unter zusammengezogenen Augenbrauen zu, der seine Geringschätzung für aufrecht gehende Lebensformen zum Ausdruck zu bringen schien.

»Wem gehören denn die Pferde hier?«, fragte ich, während ich das große Tier mit Misstrauen beäugte. Nicht dass es sich losriss und uns zertrampelte.

Der Mann warf mir einen weiteren Blick zu, den ich nicht lesen konnte. Er strich dem Rappen über Hals und Schulter. »Dieses hier war das von Lady Catherine, bevor sie verstarb. Jetzt gehört es ihrer Tochter. Audley End war Teil des hiesigen Adelssitzes, bevor ein Erbe es an den English Heritage übertrug. Ein Zweig der Familie lebt noch hier in der Gegend.« Letzteres sagte der Mann in einem kühlen Tonfall – vielleicht mochte er keine Adeligen. Das konnte ich gut verstehen.

Jetzt im Café fiel mir die Unterhaltung wieder ein und ich kramte aufgeregt mein Handy hervor.

»Ben, hat der Mann mit dem Pferd nicht gesagt, dass ein Teil der Familie, der Audley End gehört hat, hier noch irgendwo wohnt?«, fragte ich mit neuer Energie.

Ich glaubte, einen Anflug von Skepsis in Bens Gesicht zu entdecken, während ich versuchte, Lady Catherine, Reitpferde und den in Saffron Walden ansässigen Teil einer weitverzweigten adeligen Familie zu googeln. Audley End war Teil einer Baronie gewesen. Das Ganze wirkte durch die englische Erbfolge schnell kompliziert, da viele Titel zwar nur an Männer übertragen werden konnten, ausgerechnet »baron« aber zum Teil auch auf Frauen (sie waren dann

»baroness«), wenn auch nicht in diesem Fall – immerhin, selbst wenn sie keinen Titel erhielten, konnten Frauen trotzdem erben. Was die Recherche in unserem Fall jedoch nicht weniger schwierig machte. Dann stieß ich auf einige Artikel zum Dressurreiten, eine Todesanzeige und schließlich einen Eintrag dazu, dass eine gewisse Emilia Ricard-Hastings die lokale Bücherei kurz nach dem Tod ihrer Mutter, Lady Catherine, eingeweiht hatte (was wohl einen kleinen Skandal und damit einen Yellow-Press-Artikel wert gewesen war).

»Hah!«, rief ich und zeigte Ben aufgeregt den Onlineartikel der Zeitung.

Er hatte während meiner Recherche geschwiegen, was mir jetzt erst auffiel, und beäugte den Text mit zusammengezogenen Brauen.

»Schau doch mal«, sagte ich, »hier gibt es einen Namen, der direkt mit Audley End zu tun hat! Und wenn man Emilia Ricard-Hastings googelt, dann kann man sogar ihre Adresse finden. Ein Hoch auf die moderne Technik! Hier, sie wohnt ganz in der Nähe.«

Ben blinzelte mich an. »Und? Wir können wohl kaum bei einer uns völlig unbekannten Frau einfach so auftauchen und sie nach einer alten Landkarte fragen, nur weil es einen Zeitungsartikel über sie gibt!«

»Warum nicht? Das ist wirklich nicht das Abwegigste, was ich bisher gemacht habe. Wir sollten immerhin versuchen, mit ihr zu sprechen, solange wir noch in der Gegend sind.«

Zwischen Bens Augenbrauen bildete sich eine steile Falte. »Das ist doch verrückt.«

Ich hob fragend die Schultern. »Wieso verrückt? Sie hat eindeutig eine Verbindung zu Audley End und kann uns vielleicht weiterhelfen bei der Frage, wo sich die Bücherbestände befinden. Wenn nicht, haben wir diese Spur immerhin bis zum Ende verfolgt«, argumentierte ich.

Ben schüttelte den Kopf.

»Ben«, sagte ich eindringlich, »wovor hast du Angst? Es kann doch nichts passieren, nur weil wir versuchen, mit der Frau zu reden. Außerdem sollte man eine Sache nicht aus Angst unterlassen. Angst ist ein schlechter Berater.«

Er sah mich einen langen Moment an und mein Herz schlug so schnell, dass es in meinen Ohren zu rauschen begann, während ich auf seine Entscheidung wartete.

»Okay«, sagte Ben schließlich. »Aber das ist der letzte Versuch, den wir in dieser Sache unternehmen. Wenn das nichts bringt, hören wir auf.«

Ich ließ die Luft aus meinen Lungen weichen, die ich unwillkürlich angehalten hatte, und begann zu grinsen.

»In Ordnung. Etwas Schlimmeres, als dass sich die Spur als Sackgasse herausstellt, kann ja nicht geschehen«, meinte ich.

Da sollte ich mich gründlich irren.

52

Durch einen Spiegel, dunkel und undeutlich

Ich habe immer heimlich an Magie geglaubt. Das mag nicht besonders überraschend klingen für ein Mädchen, das praktisch in einem verwunschenen Papierpalast aufwuchs und die Hälfte ihres Wissens über die Welt aus der Literatur zog. Aber selbst als Kind, bis über beide Ohren in Büchern vergraben, in denen das Fantastische so natürlich war wie ein tiefer, frischer Atemzug nach Verlassen der Haustür, wusste ich, dass es diese Form des Magischen, so wie es in den Büchern stand, nicht gab. Nein, das war nicht die Magie, an die ich glaubte. Mit zehn suchte ich nicht Amalias alte Villa nach einem Wandschrank ab, der nach Narnia führte. Mit elf wartete ich nicht auf den Brief, der mich nach Hogwarts rufen würde. Mit zwölf suchte ich nicht nach Steinen im Fluss, in die das Wasser ein kreisrundes Loch gewaschen hatte, um durch sie hindurch die Welt der Elfen zu sehen. Mit dreizehn nutzte ich kein Ouija-Bord und keine Kräutermischungen in ungelenken Versuchen, unter meinen Vorfahren auf die Verbindung zu einer Hexe zu stoßen. Mit vierzehn war ich nicht davon überzeugt, dass, wenn ich die Worte »Bloody Mary« drei Mal in den Spiegel flüsterte, ein Geist darin auftauchen und mich verfolgen würde. Mit fünfzehn löste ich dafür einen Skandal in meinem Religionsunterricht aus, als ich unseren Lehrer, Herrn Naumann, fragte, was genau die Vorstellung von Gott, einem allmächtigen, unsichtbaren Wesen, von der eines Einhorns unterschied.

Vielleicht hatte es etwas mit der Erziehung meiner Eltern zu tun, die, wie Amalia seufzend feststellte, uns viel zu früh die Freude an allem Übernatürlichen genommen hatten, als sie mit protestantischer Aufklärungsfreude und dem unbeugsamen Geist wissenschaftlicher Rationalität erklärten, dass es weder einen Weihnachtsmann noch den Osterhasen gab.

Vielleicht hätte Amalia recht damit behalten, dass den Glauben an Wunder früh auszutreiben der Welt die Magie stahl, wenn meine Eltern nicht auch eine unerschütterliche Überzeugung als wahren Glauben vor sich hergetragen hätten, nämlich dass wissenschaftliche Methoden und die Suche nach der Wahrheit wie ein Licht die Dunkelheit einer unerklärlichen Welt erleuchten und ordnen konnten.

Paradoxerweise schien mein Glaube an die Magie damit mehr verbunden als mit allen Ideen von Zauberkraft und fantastischen Wesen. Denn wenn diese Ideen die Welt in einen Ort verwandelten, der mystischer und unverständlicher war durch seine schiere, die Vorstellungskraft übersteigende *Weite*, je tiefer man in den Tunnel hinab in den Kaninchenbau fiel, war die Magie, an die ich glaubte, das Gegenteil davon. Sie war eine Kraft, die das Unverständliche einzuholen, einzuhegen und greifbar zu machen in der Lage war. Sie war die Energie, die es brauchte, um aus dem Chaos aus Lauten, Lichtern, Farben und Bildern etwas zusammenzusetzen, Sinn zu erzeugen. Die Magie, die ein Licht an dunkle Orte brachte, wo die Erkenntnis durch sie erst möglich wurde. Die von Zahlen und Mustern und Rhythmen. Die Magie, die es brauchte, um aus der absoluten, überwältigenden Willkür und Zufälligkeit der Welt einen Lichtkreis aus Sicherheit zu bilden, aus dem man hinaus in die Nacht starren konnte. Die Magie, die alles im Innersten zusammenhält.

Die Magie von Wiederholung und Kreisläufen und Transformationen, die sich im Blutkreislauf und der Photosynthese zeigt. In jeder Glühbirne, die nach Betätigung eines Schalters angeht, und jeder Geschichte, in der aus der schier unendlichen Anzahl an möglichem Geschehen ein Zusammenhang durch die Narration hergestellt wird, ein Sinn. Alles, *alles*, von der kleinsten Mikrobe bis hin zu den unzähligen Sternen des Universums, wäre unverständlich, unbegreiflich, wenn wir nicht versuchen würden, in der Wiederholung die Muster zu erkennen, die die Regeln hinter den Dingen sind. Und ohne diese Regeln, die das Verhalten der kleinsten Zelle bis hin zum größten brennenden Gasball dirigieren, ohne diese Regeln wäre alles, was geschieht und je geschehen war und je geschehen würde, purer Zufall. Könnte alles, vom Funktionieren des Sauerstoff-Kohlendioxid-Austauschs zwischen Blut und Lungenbläschen bis hin zum Angehen eines Fernsehers, durch pure Magie geschehen.

Das machte mir mehr Angst als alles andere auf der Welt.

Ohne Ordnung, Muster, Zusammenhänge sind wir Spielbälle von rätselhaften Kräften, hin und her geworfen wie eine Nussschale auf einem unendlichen Meer rein zufälliger Möglichkeiten, die uns übersteigen und auslöschen und keinerlei *Interesse* für uns aufbringen.

Und das ist, offengestanden, einfach inakzeptabel.

Die Magie einer guten Geschichte funktioniert so, dass sich bekannte und unbekannte Anteile zu einem harmonischen Ganzen zusammenfügen, in dem alle Anteile gleichermaßen untereinander und mit dem großen Bogen der Erzählung zusammenhängen wie die Stränge in einem buddhistischen Mandala. Die Magie der Sprache steckt darin, dass gegen alle Unwahrscheinlichkeit jemand etwas erzählt, was jemand anderes verstehen kann. Magie ist das, was geschieht, wenn jemand auf eine mathematische Gleichung starrt und sich plötzlich alle Bestandteile zu einem logischen Ganzen zusammenfügen und etwas *bedeuten*.

Magie ist die Fähigkeit, in der unbegreiflichen Realität unserer Existenz Zusammenhänge zu schaffen, in denen wir leben können. Das Unverständliche verständlich zu machen, das Chaotische zu ordnen und den Dingen, die uns überwältigen, einen Namen zu geben.

Und ich glaube, irgendwie war auch Magie am Werk, als Ben und ich das Rätsel um Amalia und den verlorenen Teil der Tabula Peutingeriana endlich lösten.

53

Bambi ist auch im Wald gestorben

Es war inzwischen dunkel geworden und hatte heftig zu stürmen begonnen. Der Wind peitschte Blätter und kleine Äste auf die Straße, der Regen trommelte auf die Windschutzscheibe und Ben saß vorgebeugt da, um durch die fetten Tropfen hindurch, gegen die die Scheibenwischer kaum ankamen, in der Dunkelheit etwas zu erkennen.

Wir folgten einer engen, sich windenden Landstraße, deren Seiten immer wieder Hecken oder Bäume begrenzten, die im Licht der Scheinwerfer auftauchten und wieder verschwanden. Die kurvige Straße war kaum befahren, wir hatten seit einer Weile keine anderen Scheinwerfer oder Rücklichter mehr gesehen. Außer uns erhellte kein Licht die Umgebung, keine Straßenlaternen oder Häuser waren zu sehen. Es fühlte sich durch den Sturm und die Nacht an, als seien wir die letzten Menschen auf der Welt.

Um Bens Konzentration nicht zu stören, sagte ich kaum etwas. Das laute Prasseln des Regens auf dem Autodach verschluckte ohnehin alle Worte.

Meine Handy-App zeigte mir an, dass wir nur noch ein paar Minuten von dem einsamen Haus entfernt waren, das wir suchten, als hinter uns im Rückspiegel die Scheinwerfer eines Autos auftauchten und rasch näher kamen. Kurz darauf war der Wagen direkt hinter uns, seine Lichter blendeten auf. Und auf einmal, mitten auf der engen, kurvigen Landstraße und im strömenden Regen, setzte das Auto zum Überholen an. Einen Atemzug lang war es neben uns. Ich sah aus dem Seitenfenster und erkannte im schwachen Licht der Armaturenbeleuchtung einen kleinen, dicken Mann am Steuer. Ungläubig holte ich Luft, als Ben neben mir plötzlich aufschrie.

Rote Bremslichter leuchteten auf. Der andere Wagen, der halb vor und halb neben uns auf der Straße fuhr, bremste mit quietschenden Reifen ab, als die Straße eine scharfe Kurve machte. Ben trat fluchend auf die Bremse, doch auf der regennassen Fahrbahn geriet der Wagen ins Schleudern und schlitterte einfach weiter. Ich sog scharf die Luft ein und packte krampfhaft den Sicherheitsgriff.

Ben riss das Steuer zur Seite, um nicht mit dem Auto vor uns zu kollidieren, das jetzt hinter der Kurve verschwand. Wir hingegen schossen seitlich auf den Straßenrand zu, wo sich im schaukelnden Licht unserer Scheinwerfer ein Baum abzeichnete. Ich kniff die Augen zusammen, wartete auf den Aufprall – doch der blieb aus. Ben hatte das Lenkrad bis zum Anschlag herumgerissen, im letzten Moment bekamen wir etwas Haftung und mit einem holprigen Wackeln und Schaukeln rollten wir auf der Wiese aus. Dann blieben wir mit einem schmatzenden Geräusch im Matsch stecken. Der Motor ging aus und kurz wurde es dunkler, als die Scheinwerfer auf Standlicht sprangen. Irgendeine Warnleuchte blinkte und ein piependes Geräusch ertönte. Wahrscheinlich wollte uns das Auto über einen bevorstehenden Unfall durch Aquaplaning informieren. Zu spät.

Ben und ich starrten durch die Windschutzscheibe auf die in strömendem Regen daliegende Wiese vor uns. Dann wandten wir uns gleichzeitig zueinander um. Bens Augen waren schreckgeweitet, er atmete heftig und seine Hände umklammerten so fest das Lenkrad, dass seine Knöchel hervortraten.

»Bist du in Ordnung?«, fragte er mich.

Ich sah an mir herunter. Keine Scherben, kein Blut. Noch nicht mal der Airbag war aufgegangen, wir waren ja einfach ausgerollt. Kein Aufprall, kein Drama.

»Ja«, sagte ich etwas verwirrt, »ist ja nichts weiter passiert.« Aber als ich den Haltegriff losließ, zitterte meine Hand. »Und du?«, fragte ich zurück.

Ben atmete tief aus und wandte sich wieder nach vorne. »Alles okay, ich habe mich nur erschreckt. Gut, dass dir nichts passiert ist.«

Ich sah ihn von der Seite an. »Das war Dengelmann«, sagte ich düster.

»Was?« Ben drehte sich ruckartig zu mir um und blinzelte.

»In dem anderen Auto, das uns ausgebremst hat«, brachte ich zwischen zusammengebissenen Zähnen hervor. »Das war Dengelmann.«

Ben starrte mich weiter an. »Sarah«, sagte er schließlich, »bist du dir sicher?«

Ich starrte zurück. »Absolut sicher. Ich habe ihn erkannt, als er an uns vorbeigefahren ist. Dieses miese kleine Wiesel … Er muss uns gefolgt sein.«

Ben wandte den Blick wieder ab, hielt die Hände aber immer noch fest ums Lenkrad geschlossen. »Sei mir nicht böse, Sarah, aber das hört sich ehrlich gesagt ein wenig nach Verfolgungswahn an«, sagte er leise.

»Pah!« Ich schnaubte. »Von wegen Verfolgungswahn! Das war das Wiesel, darauf verwette ich meine gesamte Büchersammlung. Dengelmann war in London und jetzt in Saffron Walden. Die Koordinaten meiner Tante müssen also die richtige Spur sein, wenn seine geklauten Informationen aus dem Auktionshaus ihn auch hierhergeführt haben!«, sagte ich triumphierend.

»Mhh«, machte Ben nur und kaute auf seiner Unterlippe.

Ich beließ es dabei. Er würde es schon sehen, wenn wir an unserem Ziel angekommen waren.

Apropos – »Kannst du auf die Straße zurückfahren?«, fragte ich. Dengelmann war uns wieder einen Schritt voraus, wir mussten uns beeilen.

Ben drehte den Zündschlüssel. Wir hielten den Atem an, aber der Motor sprang an und das Licht der Scheinwerfer wurde heller. Dann legte er den Rückwärtsgang ein und gab Gas. Einen kurzen Moment bewegten sich die Reifen, bevor sie durchdrehten. Erde und Schlamm spritzten auf. Ben sah mich an, trat noch mal aufs Gas. Die Reifen drehten scharrend erneut durch und der Wagen schien sich etwas abzusenken. Ben ging vom Gas und einen Augenblick lang war es bis auf das Prasseln des Regens still.

»Shit«, sagte er schließlich.

Die Räder hatten sich in den Matsch gegraben. Wir steckten fest.

*

Ben hatte noch ein paarmal erfolglos versucht, das Auto vom Fleck zu bekommen. Wir beide hatten gezögert, in dem strömenden Regen auszusteigen, um den Boden nach Ästen und Steinen abzusuchen. Aber was blieb uns anderes übrig? Durchnässt und erschöpft brachten wir die Steine zum Auto und steckten sie so tief wie möglich unter die Reifen. Es stürmte und brauste um uns herum, während wir die Prozedur wiederholten, bis der Untergrund einigermaßen fest war. Der kalte Regen rann mir über den Nacken den Rücken hinunter, ich zitterte und meine Zähne klapperten, als ich schließlich versuchte, den Wagen anzuschieben, während Ben erneut Gas gab. Wir wechselten uns ab, aber es half alles nichts.

Zu allem Überfluss hatten wir in dem Sturm keinen Handyempfang, um einen Abschleppdienst zu rufen.

Pitschnass, kalt und ernüchtert saßen wir wieder auf unseren Sitzen.

»Und was jetzt?«, fragte Ben.

Ich kniff die Augen zusammen und sah durch die Wasserfluten auf der Windschutzscheibe. Vor uns erhellten die Scheinwerfer noch ein Stück Feld und dann ein paar Bäume, die lange Schatten warfen und den Rest Licht verschluckten.

»Mach mal die Scheinwerfer aus«, sagte ich.

»Was?«, fragte Ben.

»Mach einfach«, sagte ich.

Ben schaltete die Scheinwerfer aus. Einen Moment saßen wir in völliger Dunkelheit, um uns herum nur der brausende Wind und der Regen, der in Sturzbächen herunterprasselte.

»Da«, sagte ich plötzlich und zeigte in die Nacht hinter der Scheibe, »da hinter dem Wäldchen ist ein Licht. Das muss das Haus sein.«

*

Es bedurfte erheblicher Überzeugungsarbeit, ehe Ben bereit war, das Auto zu verlassen, um sich mit mir zu Fuß durch die Dunkelheit zu schlagen und auf das Licht zuzugehen.

Die Regenschirme hatten wir im Auto gelassen, da sie im Sturm ohnehin keine Chance gehabt hätten. Wir stapften los, die Köpfe geduckt und die Schultern eingezogen, während unsere Füße durch Matschpfützen platschten und über nasse Grasklumpen rutschten. Bens schicke Lederschuhe waren bereits von unserer Autoanschiebeaktion schlammüberzogen, meine Turnschuhe ebenfalls. Ich leuchtete uns mit meiner Handytaschenlampe den Weg, das einzige Licht, das wir hatten, und versuchte das Gerät mit der anderen Hand vor dem Regen zu schützen. Ben lief ein paar Schritte hinter mir. Sein Plan war es gewesen, der Straße weiter zu folgen, aber ich hatte ihn schließlich überreden können, querfeldein auf das Licht zuzugehen. Er hatte erst zugestimmt, als ich ihm auf der Karte, die ich zum Glück schon heruntergeladen hatte, zeigen konnte, welchen Umweg die Straße machte, um zu genau dem Gebäude zu kommen, auf das wir jetzt schnurstracks zuliefen. Der Lage nach musste es das Anwesen sein, das wir ohnehin aufsuchen wollten, was mein Herz ungeduldig schneller schlagen ließ. Wir waren fast am Ziel, ich konnte es spüren.

Der Regen peitschte uns von der Seite ins Gesicht, stach in unsere Haut. Wasser lief mir in den Kragen, meinen Nacken hinunter, im Inneren meiner Ärmel hinab. Meine Hose war völlig durchtränkt, ebenso wie meine Schuhe, der Wind brauste und tobte und zerrte an uns und das alles fühlte sich miserabel an. Ben, dessen Kleidung für die Stadt und nicht für ein Landabenteuer in der Natur gemacht war, musste es ganz genauso gehen.

Ich hielt auf das kleine Wäldchen vor uns zu und verfluchte im Geiste Dengelmann und alle seine unlauteren Vorfahren. Aus dem Grund hatten Menschen die Zivilisation erfunden – nicht wegen Dengelmann, versteht sich, sondern um nicht allzu oft in die Situation zu geraten, völlig durchnässt und eiskalt durch einen Sturm waten zu müssen.

Über uns donnerte es. Ich zuckte zusammen, sah mich kurz zu Ben um, der immer noch hinter mir war, und ging schneller auf die Bäume zu. Bevor ich den ersten Schritt zwischen die Stämme und unter die sturmgepeitschten Baumkronen machen konnte, hielt Ben mich von hinten am Ellenbogen zurück. Ich blieb stehen.

»Es gewittert«, rief er mir über das Brausen des Sturms und das tosende Rauschen der Blätter entgegen.

»Ich weiß!«, schrie ich zurück.

Ich wollte mich wieder umwenden, aber Ben zog unnachgiebig an meinem Arm.

»Wir … nicht … Bäume … gewittert«, waren die einzigen Worte, die ich verstand, der Rest ging im Lärm des Donners unter. Im selben Moment, wie um seine Worte zu unterstreichen, zuckte ein Blitz über den Himmel, erhellte kurz unsere Umgebung mit grellem Licht. Ich sah Bens geweitete Augen, sah, wie er synchron mit mir zusammenzuckte.

»Aber es ist der kürzeste Weg!«, rief ich zurück.

Ben starrte mich an, das Licht der Handylampe zwischen uns. »Sarah, wir könnten vom Blitz oder von herunterfallenden Ästen getroffen werden!«

Ich zuckte mit den Schultern, was Ben in der Dunkelheit wahrscheinlich nicht sehen konnte.

»Es ist ein Wäldchen, kein alleinstehender Baum auf einem Feld. Ich glaube, es ist nicht sehr wahrscheinlich, dass der Blitz gerade hier einschlägt«, schrie ich.

Ben schüttelte den Kopf, machte den Mund auf. Ein weiterer Donnerschlag ertönte und verschluckte seine Worte, danach rief er: »Lass uns zum Auto zurückgehen, das ist sicherer!«

Natürlich hatte er recht, bei Gewitter war ein Auto der sicherste Ort im Freien, ein faradayscher Käfig. Ich sah durch die Regenschwaden zu dem Licht hinter den Bäumen. Vielleicht waren wir noch zweihundert Meter davon entfernt, vielleicht weniger. Ein Katzensprung. Ein weiterer Blitz erhellte die Nacht, und ich konnte nicht weit entfernt eine kleine Anhöhe mit Bäumen und Strommasten erkennen. Wir waren also eher in einer Senke, unsere Baumgruppe nicht die blitzgefährdetste in der Umgebung. Ich zählte die Sekunden zwischen Blitz und Donner, es war fast eine halbe Minute, das Gewitter demnach noch weit weg.

»Das Unwetter ist nicht über uns und das Haus ganz in der Nähe. Ich gehe weiter«, schrie ich Ben entgegen, ein kalkuliertes Risiko. »Geh du ruhig zum Auto zurück.«

Ben, der mich immer noch am Arm hielt, rief jetzt etwas verzweifelt: »Es ist gefährlich im Wald, Leute sind darin schon *gestorben*!«

Erneut donnerte es. Eiskaltes Wasser trommelte auf mein Gesicht, ich blinzelte. Mir wurde es langsam zu viel, mitten im Gewitter zu diskutieren.

»Kennst du irgendwen, dem das passiert ist?«, rief ich.

Ben starrte mich an.

»Komm schon, wir sind auf keiner Anhöhe, die Bäume sind niedrig.«

»Und was ist, wenn Tiere im Wald sind?«, fragte Ben, die Augen groß und dunkel im Licht des nächsten Blitzschlags.

»Was für Tiere?«, schrie ich.

»Na … Raubtiere oder so. Bambi ist auch im Wald gestorben!«

Ich starrte ihn an. »Ben«, sagte ich betont geduldig, »Bambi ist nicht im Wald gestorben, sondern seine Mutter, und zwar durch Gewehrkugeln. Außerdem ist das eine fiktive Disneygestalt. Menschen sind meist das Gefährlichste im Wald. Gib mir deine Hand.«

Ben sah mich einen Moment verwirrt an. Ich war mir nicht sicher, ob er mich durch den Lärm der tosenden Natur verstanden hatte, und griff nach seiner Hand, die auf meinem Arm lag. Seine Finger waren eiskalt.

»Komm«, schrie ich, »es ist nicht mehr weit, und im Auto holen wir uns mit unseren nassen Klamotten eine Lungenentzündung.«

Bevor er weiter protestieren konnte, drehte ich mich um, richtete mein Handylicht auf die spärlichen Bäume, deren Äste wild im Wind wogten, und zog Ben an der Hand hinter mir her durch das Gewitter, den Regen und Wind auf das Haus zu, das wir gesucht hatten.

54

Eine Reise in die Vergangenheit // Der Fall des Hauses Usher

Im strömenden Regen, die Köpfe gesenkt, hasteten wir die kieselbedeckte Auffahrt des Hauses hinauf. Das lichte Wäldchen hatten wir unbeschadet hinter uns gelassen, dann noch eine schlammige Wiese, einen Graben und eine enge Straße überquert, die zu dem Haus führte, dessen Licht uns hierhergelotst hatte.

Das Gewitter war näher gekommen, es tobte jetzt fast über uns. Ein Blitz erhellte das Anwesen vor uns, ein schönes altes Landhaus, umgeben von einem Garten voller alter Bäume, deren Äste im Wind wogten. Das Tor zur Auffahrt hatte sich zum Glück aufschieben lassen, und nun gingen wir auf die Eingangstür zu, die unter einem überdachten Vorbau lag. Eine Verandalampe brannte draußen, die Fenster waren ebenfalls hell erleuchtet.

Ben ging inzwischen neben mir, ich hielt immer noch seine Hand, die ich seit dem Wäldchen nicht mehr losgelassen hatte. Sie war das einzig Warme in der feuchten Kälte. Ein nahes Donnergrollen ließ uns zusammenzucken, und wir hörten das heisere Krächzen von Krähen oder Raben, es war unheimlich. Wir warfen uns einen Blick zu.

Das Haus wirkte dagegen einladend, aber es stand einsam und zurückgezogen in der Dunkelheit, fast wie eine lockende Falle, die zuschnappte, wenn man zu nahe kam. Trotzdem gingen Ben und ich schneller, um die schützende Überdachung, die von zwei flankierenden Säulen getragen wurde, zu erreichen. Drei Stufen führten hinauf zur Tür.

Aufatmend stieg ich die kleine Treppe hinauf, Ben direkt neben mir.

Ich sah ihn an, plötzlich unsicher. Wir waren so nah, wir waren nass und kalt und alles hing davon ab, wer uns die Tür öffnen und was für einen Eindruck wir auf diese Person machen würden.

»Und jetzt?«, fragte ich ihn, während hinter uns am Horizont ein weiterer Blitz aufflackerte. Wieder erscholl das heisere Vogelkrächzen.

Ben, der meine Hand ebenso festhielt wie ich seine, zuckte mit den Achseln und lächelte mich an. Er wirkte erleichtert, seit wir den Wald hinter uns gelassen hatten.

»Wenn wir es bis hierher geschafft haben, klingeln wir auch«, sagte er.

Dann ließ er meine Hand los, meine Finger plötzlich kalt und klamm ohne seine Wärme, und drückte den Klingelknopf.

Irgendwo im Inneren des Hauses erklang das Läuten von Big Ben.

Das vertraute Geräusch ließ mein Herz einen Schlag aussetzen, für den Bruchteil einer Sekunde rechnete ich mit Amalias Erscheinen, was natürlich Unsinn war. Trotzdem fühlte es sich einen Moment lang so an, als wäre sie hier, bei mir.

Im Inneren des Hauses blieb es still. Was, wenn uns niemand aufmachte?

Dann erklang das unverwechselbare Klackern hoher Absätze, einen Moment später wurde die Tür aufgerissen. Uns gegenüber stand eine Frau um die vierzig, deren braunes, welliges Haar in einen unordentlichen, aber kunstvollen Dutt geschlungen war. Sie trug ein hellgraues Kleid aus einem dicken Stoff, Strumpfhose und Absatzschuhe. Ihr Mund war leuchtend rot geschminkt, ein starker Kontrast zu ihrer hellen, fast durchscheinenden Haut. In der einen Hand hielt sie den Türgriff, in der anderen ein halb volles konisches Martiniglas mit einer Olive darin. Ihr heller Blick glitt an Ben und mir auf und ab.

»Meine Güte«, sagte sie und schwenkte ihr Glas in unsere Richtung, ohne einen Tropfen des Inhalts zu verschütten. »Was ist mit Ihnen passiert? Gab es einen Überfall?«

Die Frau blickte auf Bens schlammige Schuhe hinunter, dann in sein Gesicht. »Sind das etwa Oxfords von Ferragamo? Was für eine Schande.« Bei diesen Worten weiteten sich die Augen der Frau, die bisher auf Halbmast gestanden hatten.

Ben lächelte ein Lächeln, das ich inzwischen als sein ›soziales‹ Lächeln identifizieren konnte und das für Menschen bestimmt war, die er nicht gut kannte.

»Verzeihen Sie«, sagte er, »aber wir hatten eine kleine Autopanne und keinen Handyempfang in dem Unwetter.«

Die Augen der Frau verengten sich nun zu Schlitzen, und ihr Blick ging zwischen mir und Ben hin und her.

»Das wäre ziemlich genau das, was Sie beide sagen würden, wenn Sie hier wären, um mich zu überfallen«, sagte sie.

Ben neben mir fuhr sichtlich zusammen, was unserer Glaubwürdigkeit nicht gerade zuträglich war.

»Natürlich nicht!«, sagte er empört. »Wir wären wohl kaum in dem Aufzug durch das Unwetter und den Schlamm gelaufen, wenn wir die ganze Sache vorher geplant hätten.«

Die Mundwinkel der Frau zuckten nach oben. »Guter Punkt. Also gut, Sie können von hier aus den Pannenservice anrufen«, sagte sie. Ben atmete hörbar auf.

»Wo steht das Auto denn?«, fügte die Dame hinzu. Sie beugte sich ein bisschen vor, als könne sie hinter uns durch die Regenschwaden, die Dunkelheit und die Hecke, die ihr Anwesen begrenzte, hindurch irgendwo unser Auto stehen sehen.

Ich seufzte. Das war nicht das, was wir brauchten. Das Beste, beschloss ich, war, die Wahrheit zu sagen. Auf die Gefahr hin, dass die Frau uns gleich die Tür vor der Nase zuschlug, erklärte ich: »Eigentlich stimmt das nicht ganz. Also wir hatten wirklich einen Unfall, aber wir waren tatsächlich schon vorher auf dem Weg zu

Ihnen. Das nehme ich zumindest an – sind Sie Emilia Ricard-Hastings?«

Aus den Augenwinkeln merkte ich, wie Ben sich zu mir umdrehte. Er versuchte, meinen Blick aufzufangen, und schüttelte leicht den Kopf. Ich ignorierte ihn, konzentrierte mich auf die Frau vor uns, deren Augen sich wieder verengt hatten.

»Und wenn?«, fragte sie.

»Dann«, sagte ich, »ist es eine etwas längere Geschichte, die wir Ihnen erzählen müssen. Mein Name ist Sarah von Richtershofen, und das hier« – ich machte eine Kopfbewegung in Bens Richtung – »ist Benjamin Ballantyne. Wir sind auf der Suche nach …«

Aber die Augen der Frau hatten sich noch weiter verengt. »Von Richtershofen?«, unterbrach sie mich, ihr Blick fest auf mein Gesicht gerichtet. »Sie sind nicht zufällig verwandt mit einer gewissen Amalia von Richtershofen?«

Ich keuchte. »Sie … Sie kennen meine Tante?«

Die Mundwinkel der Frau zuckten leicht nach oben, und sie nippte an ihrem Cocktail.

»Kennen ist zu viel gesagt«, meinte sie mit einem kleinen Lachen, das ihre Augen nicht erreichte. »Dann sind Sie wegen der Karte hier?«

Hinter uns zuckte ein weiterer Blitz über den Himmel und erhellte Benjamins Gesicht, der die Frau vor uns jetzt mit offenem Mund anstarrte.

Sie sah von mir zu ihm und zurück, lächelte breiter.

»Ich fasse das mal als ein Ja auf«, sagte sie, ihre Stimme ebenso ruhig und leicht amüsiert wie zu Anfang der Unterhaltung. »Sie kommen besser herein, nicht dass Sie sich hier draußen noch den Tod holen. Wäre doch eine Schande, wenn das jemandem mit einem so exquisiten Schuhgeschmack passieren würde.«

*

Die Frau, die sich tatsächlich als die von uns gesuchte Emilia Ricard-Hastings vorstellte, nahm keine weiteren Fragen entgegen, sondern begann sofort, uns herumzukommandieren. Dabei verschwand nie ganz das halbe Lächeln von ihren Lippen, das vor allem aus dem Hochziehen ihres rechten Mundwinkels bestand.

Bens Entschuldigung für unser schlammiges und nasses Auftreten quittierte sie mit einer abwinkenden Geste und den Worten: »Mein Lieber, Ihr unvorhergesehener Besuch mitten im Sturm ist das Aufregendste, was in den letzten Jahren in diesem Haus passiert ist. Ich denke, wir kommen in dem Fall mit ein wenig Regenwasser zurecht.«

Sie hieß uns in der Eingangshalle warten und kam kurz darauf mit Handtüchern und trockener Kleidung für uns zurück. Ohne Widerworte zu dulden, scheuchte sie uns in zwei Badezimmer im ersten Stock des großen viktorianischen Landhauses.

Ich hinterließ eine feuchte Schlammspur auf dem Boden zum Bad, die ein schlechtes Gewissen in mir verursachte, während ich unter der heißen Dusche auftaute. Sicher würde nicht Emilia Ricard-Hastings selbst hinter uns herputzen, und alles in mir sträubte sich dagegen, irgendwelchen armen Angestellten solchen Schmutz zu hinterlassen. Als ich in eine ihrer Jogginghosen, weiche Wollsocken und einen herrlich warmen Pulli gehüllt aus dem Bad kam, hatte sich die Matschspur jedoch von selbst beseitigt, der Boden war blitzblank gewischt. Es schien, als enthielte das Haus noch leise und unsichtbare Dienstboten, die wie viktorianische Geister durch die Korridore schwebten.

Emilia hatte offenbar keine Probleme damit, sich die Hände schmutzig zu machen. Sie steckte meine dreckige Kleidung in eine Plastiktüte, stellte sie in den Flur und sagte, ich könne ihre Sachen gerne behalten. Was ich natürlich nicht tun würde, da ihre Kleidung sicher sehr viel teurer als meine gewesen war. Aber Emilia wischte auch diesen Einwand mit einer Handbewegung zur Seite.

Jetzt saß ich in einem der großen Ohrensessel vor ihrem Kamin, in dem ein Feuer prasselte, und wartete auf sie und Ben. Ich vergrub die Zehen in meinen warmen Socken in den weichen Fasern des Teppichs. Emilia hatte mir wortlos ein schweres rundes Glas mit einer dunklen Flüssigkeit darin in die Hand gedrückt, die sich als Whisky herausstellte, als ich einen tiefen Schluck nahm und sie mir im Rachen brannte. Dann war sie wieder verschwunden.

In meinem Inneren breitete sich eine angenehme Wärme aus. Draußen knallte ein weiterer Donnerschlag und kurz darauf zuckte ein Blitz über den Himmel. Das Gewitter war jetzt über uns und würde hoffentlich bald weitergezogen sein. Während ich auf Ben und Emilia wartete, sah ich mich im gemütlichen Kaminzimmer um. Die Einrichtung bestand vor allem aus schweren, dunklen Bücherregalen voll von elegant gebundenen Ausgaben der absoluten Klassiker, was dafür sprach, dass sie vor allem dekorativen Zwecken dienten. Ölgemälde hingen an den Wänden mit der bronzefarbenen Tapete, von denen ich beim besten Willen nicht sagen konnte, ob sie geschmackvoll waren oder grässlich – zeigte eines von ihnen wirklich den Raub der Sabinerinnen? Seltsame Wahl für ein Wohnzimmer, aber was wusste ich schon davon. Eine gute Wahl hingegen waren der Louis-XIV-Sessel, auf dem ich saß, und der feine Orientteppich. Während ich mich umsah, schossen ungeordnete Gedankenfetzen durch meinen Kopf, unruhig und fliehend wie die dunklen Gewitterwolken. Ich hoffte, dass Emilia uns Antworten auf all die Fragen geben konnte, die sie mit wenigen Sätzen aufgeworfen hatte. Konnte es wirklich sein, dass wir am Ziel unserer Suche angekommen waren?

Ich starrte in die zuckenden Flammen und fragte mich, was Amalia wohl zu alledem gesagt hätte.

In diesem Moment kehrte Emilia mit Ben zusammen zurück, der ebenfalls einen Ohrensessel zugewiesen bekam, bevor ihm ein Glas in die Hand gedrückt wurde. Er trug eine Jogginghose und einen Kapuzenpullover, der um seine Schultern spannte. Ich hatte ihn noch nie in anderer Kleidung als Hemd, Jackett und Bundfaltenhose gesehen und starrte ihn einen Augenblick zu lange an. Er sah gemütlich aus, warm und weich, als könne man sich gut an ihn anlehnen.

»Sie haben Glück, dass mein Bruder Kleidung dagelassen hat«, kommentierte Emilia in Bens Richtung, »sonst hätten Sie mit einem meiner Bademäntel vorliebnehmen müssen.«

Ben verschluckte sich an seinem Whisky und hustete ihn fast über den Teppich. Emilia zog eine Augenbraue hoch. »Nicht dass *mich* das gestört hätte«, fügte sie hinzu.

Das Auf und Ab ihrer Stimme veränderte sich kaum, egal, was sie sagte, und ihre Mundwinkel schienen permanent leicht nach oben gezogen. Sie hatte ihren Drink inzwischen aufgefüllt und nahm einen tiefen Schluck.

»Ms. Ricard-Hastings«, begann Ben, der trotz der informellen Kleidung kerzengerade in seinem Sessel saß.

Emilia unterbrach ihn mit einer ausladenden Handbewegung, die ihn und mich, unsere bunt zusammengewürfelte Kleidung und unser nasses, in meinem Fall wild abstehendes Haar, kurz unsere ganze traurige Erscheinung einzuschließen schien.

»Bitte, unter den gegebenen Umständen können Sie Emilia zu mir sagen. Ich glaube, über Formalitäten sind wir hinaus«, sagte sie mit ein wenig schwerer Zunge.

Ben und ich warfen uns einen Blick zu. Ich fragte mich, ob sie ganz allein in diesem riesigen Haus wohnte und wie viele Cocktails sie wohl schon getrunken hatte, bevor wir aufgetaucht waren.

Ben neigte den Kopf mit der ihm so eigenen Würde, die nicht im Geringsten durch seinen neuen Kleidungsstil gemindert wurde. »Emilia«, begann er erneut, »wir sind dankbar für Ihre Gastfreundschaft. Wie Sarah schon sagte, wir sind auf der Suche nach dem verlorenen Segment einer historischen Landkarte, und vielleicht können Sie uns weiterhelfen.«

»Woher kennen Sie den Namen meiner Tante?«, platzte es aus mir heraus, und Ben warf mir einen irritierten Blick zu, den sogar ich sofort als solchen zu interpretieren vermochte. Aber ich konnte an nichts anderes denken als an diese eine Frage.

Emilia antwortete nicht sofort, sondern trank einen weiteren Schluck aus ihrer Martinischale. Ich vibrierte vor Unruhe in meinem Sessel. Am liebsten wäre ich aufgesprungen, hätte sie an den Schultern gepackt und so lange geschüttelt, bis die Informationen aus ihr herauspurzelten.

Ich musterte sie, wie sie noch einen Schluck trank, sich mit der Zunge über die Lippen fuhr und ihren Blick zwischen Ben und mir hin- und herwandern ließ.

Schließlich seufzte sie und stellte ihr Glas auf einem hölzernen Beistelltisch ab. »Nun, diese beiden Themen hängen tatsächlich untrennbar zusammen. Sie suchen das verlorene Segment der Tabula Peutingeriana, der einzig erhaltenen mittelalterlichen Version einer Landkarte aus der römischen Antike, habe ich recht?«

Bens Augen weiteten sich, er beugte sich nach vorn und auch ich spürte das Herz in meinem Hals schlagen. Ben nickte mit glänzenden, hypnotisiert wirkenden Augen.

»Tja, was das angeht, haben Sie leider Pech«, sagte Emilia, »das Segment, das ich besitze, ist eine Fälschung.«

55

Einige dringend benötigte Wahrheiten

Bens Kiefer klappte nach unten. »Wie bitte?«, fragte er.

Seine Reaktion schien Emilia zu amüsieren, deren Mundwinkel sich weiter nach oben bogen. Sie nippte abermals an ihrem Glas. Ihre Augen hatten zu funkeln begonnen. Mein Herz schlug schnell, und ich spürte das Blut in meinen Schläfen pochen. Der Schock über ihre Worte hatte mich im ersten Moment betäubt, nur langsam fand ich meine Stimme wieder.

»Was … Was soll das heißen? Und was meinen Sie damit, dass unsere Fragen zusammenhängen?«, fragte ich mit einem unguten Ziehen im Magen. Bens Augen sahen unglücklich aus.

Emilia lehnte sich in ihrem Sessel zurück und sah mich unverwandt an. »Wissen Sie, wo Ihr Name oder besser der Name Ihrer Tante mir das erste Mal begegnet ist?« Sie machte eine Kunstpause, und ich schüttelte stumm den Kopf.

Sie wippte mit übereinandergeschlagenen Beinen. »In den Liebesbriefen meines Vaters«, sagte sie.

Ich sog scharf die Luft ein.

»Und was hat das alles mit dem verlorenen Segment der Tabula Peutingeriana zu tun? Sie haben einen Teil der Karte in Ihrem Besitz, von dem Sie jedoch sicher sind, dass es eine Fälschung ist?«, mischte Ben sich nun ein. Seine Hände hatten sich um die Armlehnen des Sessels gekrallt, und ich hätte ihm gerne eine Hand auf den Rücken gelegt, aber weder war er nah genug, noch hätte ich gewusst, ob diese Geste jetzt willkommen gewesen wäre. Etwas zog in meinem Inneren bei dem Gedanken.

Emilias graue Augen fixierten ihn. »Lassen Sie mich eine kleine Geschichte erzählen, um diese Fragen zu beantworten.«

Ben zögerte. So angespannt, wie er jetzt dasaß, seine Schultern stocksteif, seine Armmuskeln unter dem engen Pulli hervortretend, vermutete ich, dass er genauso ungeduldig war wie ich. Aber wie so oft war er zu höflich, um das zu sagen, und nickte. Ich seufzte.

Emilia fischte die Olive aus ihrem Martiniglas und schob sie sich in den Mund. Sie ließ sich Zeit, lehnte sich zurück, während Ben und ich in unseren Sesseln herumrutschten.

»Also gut. Es war einmal eine junge englische Adelige aus einem mehr oder weniger bedeutenden Adelsgeschlecht. Sie machte ein Auslandssemester in Frankreich, wo sie einen jungen, ambitionierten Altertumsforscher kennenlernte.«

Ben und ich warfen einander einen Blick zu, seine Augenbrauen rückten näher zusammen und ich antwortete mit einem Schulterzucken.

Emilias rechter Mundwinkel zog sich weiter nach oben. »Die beiden heirateten und bekamen zwei Kinder«, fuhr sie fort. »Wie das Leben so spielt, waren die zwei jedoch nicht glücklich miteinander. Der nicht mehr ganz so junge Mann, inzwischen Professor für Mittelalterliche und Antike Geschichte, bat um eine Beziehungspause. Die Frau, die mit ihren Affären beschäftigt genug war, stimmte dem zu. Beide waren nicht gerade das, was man aufopferungsvolle Eltern nennen kann. Aber dafür gibt es ja Nannys.«

An dieser Stelle verzog Emilia leicht den Mund, als hätte sie in etwas Saures gebissen.

»Ein paar Jahre ging das so, bevor der Professor zu seiner Frau zurückkehrte und ihr gestand, dass er an einer unheilbaren Krankheit litt. Er bot ihr die Scheidung an, bat aber darum, mehr Zeit mit den Kindern verbringen zu dürfen, bevor er starb. Sie lehnte die Scheidung ab, da sie keinen Skandal wollte, nahm ihn zurück und sagte, dass sie genug Geld hätten, um ihn pflegen zu lassen, wenn es so weit war.«

Emilia wandte ihren Blick ab und starrte ins Feuer. »Die Kinder, inzwischen Jugendliche, hatten ihren Vater noch für ein paar Jahre, bevor die Mutter ihn ins Pflegeheim gab und er kurz darauf starb. Ihre Mutter ließ sie niemals vergessen, wie großzügig sie gewesen war, ihn zurückzunehmen.«

In diesem Moment schlug der Wind einen Ast gegen die Fensterscheibe, und ich fuhr zusammen. Die anderen beiden schienen es kaum zu bemerken. Die Flammen knisterten und prasselten im Kamin, der Regen klopfte aufs Dach, und wir lauschten vielleicht keiner ungewöhnlichen, aber einer traurigen Geschichte. Die distanzierte Art, wie Emilia sie erzählte, ging mir unter die Haut.

Sie schwieg einen Moment, Ben und ich wechselten einen weiteren Blick. Ich konnte mir beim besten Willen keinen Reim darauf machen, wo das Ganze hinführen sollte.

»Wenige Jahre später starb auch die Adelige unerwartet an den Folgen eines Sturzes von ihrem Pferd«, setzte Emilia ihre Erzählung fort, ohne den Blick vom Feuer abzuwenden. »Die Kinder, inzwischen längst erwachsen, gingen zum ersten Mal die Unterlagen des Vaters durch, die die Mutter aufgehoben hatte.«

Ich hielt die Luft an, als Emilia den Kopf hob und mich direkt ansah. »Darin fanden sie Liebesbriefe zwischen ihrem Vater und einer fremden Frau. Anscheinend hatte der Vater in den fünf Jahren, die die beiden Eltern getrennt gewesen waren, die Liebe seines Lebens kennengelernt. Eine gewisse Amalia von Richtershofen.«

Mein Herz setzte einen Schlag aus, dann raste es in meiner Brust los. Emilia starrte mich an, ihre feinen Gesichtszüge zeigten eine Emotion, die ich nicht verstand.

Ben räusperte sich. »Entschuldigen Sie«, unterbrach seine warme, dunkle Stimme die aufgeladene Stille, »auch wenn das eine private Frage ist, aber würden Sie uns den Namen Ihres Vaters verraten?«

Emilia entließ mich endlich aus ihrem Blick, und ich konnte wieder atmen. Sie sah zu Ben und sagte: »Matthieu Ricard. Sein Name war Matthieu Ricard.«

Ben rieb sich über die Stirn. »*Der* Matthieu Ricard? Der berühmte Professor? Ich habe während meines Studiums mal ein Einführungsseminar zur römischen Geschichte bei ihm besucht. Das ist mehr als zehn Jahre her, aber ich erinnere mich noch gerne daran. Er war es, der überhaupt das Interesse an der Tabula bei mir geweckt hat.« Bens Stimme klang so ungläubig, wie ich mich fühlte.

Emilia lächelte, doch diesmal wirkte es anders, echter. »Das muss in einem seiner letzten Semester an der Uni gewesen sein«, sagte sie leise. »Da saß er schon im Rollstuhl.«

»Er hatte Multiple Sklerose, oder?«, fragte Ben leise.

Emilia schluckte und nickte.

In meinem Kopf schwirrte es, einen kurzen Augenblick schien die Welt aus den Angeln gehoben, bis sie sich wieder fest an ihren Platz setzte. *Matthieu Ricard*, der Unbekannte, dessen Namen ich vor etwa siebzehn Jahren aus Amalias Mund gehört hatte. Der mysteriöse Matthieu aus Amalias Notizbüchern, dessen Nachnamen sie nie niedergeschrieben hatte.

Ich spürte einen Kloß im Hals und räusperte mich. »Wusste Amalia, dass Matthieu verheiratet war?«, fragte ich heiser.

Emilia legte den Kopf schief. »Ich wüsste nicht, wie sie das nicht hätte wissen können«, sagte sie, »aber es ist nicht ganz so schäbig, wie es klingt. Die beiden haben sich in der Beziehungspause meiner Eltern kennengelernt, und soviel ich weiß, haben sie den Kontakt abgebrochen, als mein Vater zu meiner Mutter zurückging.«

Ich nickte schwach. Alles in mir sträubte sich gegen den Gedanken, dass Amalia mit dem Vater der Frau zusammen gewesen war, die vor mir saß. Aber warum eigentlich nicht? Die Liebe fiel eben, wohin sie wollte. Meine Augen wanderten unwillkürlich zu Ben, dessen Finger begonnen hatten, mit einem seiner Ärmel zu spielen.

»Und die Tabula?«, fragte er schließlich. »Was haben Ihr Vater und Amalia damit zu tun?«

Emilia stand auf. »Das sollte ich Ihnen besser zeigen.«

*

Wir standen in einem Raum mit wuchtigen Möbeln, einem glänzend polierten Rosenholzschreibtisch mit hellen Intarsien und schweren Vorhängen. Bücherregale ragten bis zur Decke, und ein dicker Teppich verschluckte die Schritte. Emilia hatte uns ins Arbeitszimmer geführt.

Emilia sagte etwas, aber ich hörte ihre Stimme nur wie von Ferne. In meinen Ohren rauschte es. Ich konnte den Blick nicht von der hinter Glas gerahmten Karte abwenden, die über dem Schreibtisch an der Wand hing. Das war es – das verlorene Segment der Tabula Peutingeriana, der Ausschnitt, der die fehlenden Teile der Britischen Inseln, von Portugal und Spanien zeigte. Meine Augen huschten über die schlangenartigen Landmassen, die kleinen Gebäudezeichnungen, die Städte anzeigten, die lateinischen Namen für Orte und Straßen, das Blau des Meeres. Gierig sog ich den Anblick auf, konnte mich nicht sattsehen.

Ich hatte keinen Zweifel, was ich hier vor mir hatte. Anders als auf dem kleinen Foto, das Ben mir gezeigt hatte, ließen sich aus der Nähe bestimmte Details klar deuten.

»Das war Amalia«, sagte ich atemlos. »Ich erkenne ihre künstlerische Handschrift. Die Art der Pinselführung, hier«, ich zeigte auf die Buchstaben eines Städtenamens, »der schichtweise Farbauftrag … Das ist ihr Werk. Sie hat diese Karte gefälscht.«

Die Vorstellung war ungeheuerlich, gleichzeitig hatte sie merkwürdigerweise etwas Tröstliches: Ich blickte auf Amalias Werk, sah, was sie, als sie noch lebte, mit eigenen Händen erschaffen hatte.

Ben starrte mich an, Emilia lächelte ihr katzenhaftes Lächeln.

»In der Tat. Und zwar zusammen mit meinem Vater, auf einem Stück Pergament aus dem zwölften Jahrhundert. Natürlich würde ein Vergleich der Papierfasern mit denen der Originalkarte einer Überprüfung nicht standhalten. Aber immerhin ist diese Zusammenarbeit einer Fälscherin und eines Altertumsforschers so überzeugend, dass mein idiotischer Bruder vor ein paar Monaten versucht hat, die Karte zu versteigern. Als ich davon Wind bekommen habe, hab ich sie sofort zurückgezogen und ihm kräftig den Kopf gewaschen«, sagte Emilia und schnalzte missbilligend mit der Zunge.

Ben, der näher herangetreten war, musterte die Karte mit hungrigen Augen. »Das … Das ist also wirklich eine Fälschung?« Die Enttäuschung in seiner Stimme war bodenlos. »Warum?«, fragte er und wirkte mit einem Mal verloren.

Emilia zuckte mit den Schultern. »Soweit ich das sagen kann, war es einfach ein Spaß, den Matthieu und Amalia sich erlaubt haben. Sie haben ihre Expertisen zusammengeworfen, um diesen Kartenteil gemeinsam zu erschaffen.«

Emilia warf mir einen Seitenblick zu. »Ich nehme nicht an, dass es meinem Vater darum ging, einen ahnungslosen Sammler um sein Geld zu bringen. Immerhin war er Wissenschaftler, und er hat nie versucht, die Karte zu verkaufen. Ich glaube, sie hatte eher … einen sentimentalen Wert für ihn.«

Ich ging noch einen Schritt näher heran. Meine Fingerspitzen glitten über das Glas, hinter dem eine Karte lag, die meine Tante, meine sorgfältige, genaue Tante, in langer, kleinteiliger Arbeit zusammen mit einem Mann erschaffen hatte, den sie geliebt hatte. Ich schüttelte den Kopf. Natürlich konnte ich über ihre Motivation nur rätseln, aber das hier war offensichtlich ein Akt der Liebe gewesen. Das spürte ich in meinen Knochen.

»Dann wusste Amalia die ganze Zeit, dass der Kartenteil, von dem sie mir ein Foto geschickt hat, eine Fälschung war?« Ben klang, als hätte er den Boden unter den Füßen verloren. Er sah mich an, sah mir einen langen Moment direkt in die Augen, und ich konnte den Blick nicht abwenden. »Wusstest du davon?«, fragte er mich unvermittelt.

Seine Frage traf mich wie ein Schlag in die Magengrube, brachte mich aus dem Gleichgewicht. Darauf war ich nicht gefasst gewesen.

Alle Luft entwich aus meinen Lungen.

»Was?«, fragte ich tonlos.

Er starrte mich nur weiter an, seine Mimik unlesbar. War es Unglaube? Verletzung? Wut?

Dann verengten sich seine Augen zu schmalen Schlitzen. »Sag mir die Wahrheit, Sarah. Wusstest du die ganze Zeit, dass deine Tante uns auf die Jagd nach einer Fälschung geschickt hat?« Ben spie die Worte fast aus. Er machte einen Schritt auf mich zu, sodass ich zu ihm hochschauen musste. Seine Augen blitzten gefährlich auf.

»Hast du mich von Anfang an angelogen?«

56

Briefe an eine Unbekannte

Brief 167, Dezember 20xx

Meine liebste Amalia,

heute wollte ich Dir von dem Schwarm Spatzen erzählen, die ich durch das Fenster in einem Busch im Garten gesehen habe. Es ist erstaunlich, wie viel Lärm diese kleinen, unscheinbaren Dinger machen können, aufgeplustert und rund würden sie gerade so in meine Handfläche passen. Der Himmel ist grau, der Winter kommt, und diese munteren Vöglein trotzen den Jahreszeiten, sie bleiben und lassen sich nicht vom nahenden Sturm vertreiben.

Ich habe nicht mehr lang. In den letzten Wochen verschwinde ich immer mehr in meiner Erinnerung.

Ich weiß noch ganz genau, wie ich Dich das erste Mal bei der Ausstellung sah. Deine blitzenden grünen Augen, als Du Dich über den Künstler lustig machtest, diesen eitlen Gecken. Ich konnte den Blick nicht von Dir abwenden, Deiner Lebendigkeit, Deiner natürlichen Selbstsicherheit, die sich in jeder Deiner fließenden Bewegungen ausdrückte, der Schalk in Deinen Augen, Deine intelligenten, beißenden Kommentare. Demgegenüber war es fast nebensächlich, wie wunderschön Du warst in Deinem blauen Kleid, mit den roten Lippen und dem erdbeerblonden Haar. Du strahltest bereits von innen heraus.

Ich vermisse Deinen blitzschnellen Geist, während meiner immer langsamer wird. Die Schmerzmittel machen ihn träge, Deiner silberzüngigen

Schlagfertigkeit könnte ich jetzt nichts mehr entgegensetzen. Aber vor allem vermisse ich Deine Großzügigkeit, Deine Wärme, Deine Leidenschaft. Du bist die eine Person auf diesem ganzen verdammten Planeten, die nicht mein Fleisch und Blut ist und die ich über alles geliebt habe. Wahrscheinlich ist Letzteres eine Lüge, denn ich liebe Dich noch.
Ich wünschte, ich könnte noch einmal Deine Stimme hören, die mir sagt, was für ein gottverdammter Romantiker ich doch bin und wie furchtbar pathetisch ich werde, wenn ich von Dir spreche. Ich wünschte, ich könnte noch einmal Dein Gesicht sehen, aber ich weiß, dass das nicht helfen würde.
Jetzt, wo es mit mir zu Ende geht, denke ich mehr und mehr über unser Ende nach. Als ich zu Catherine zurückging, auf Knien, um meine Kinder endlich wiederzusehen, hätte ich auch einen anderen Weg wählen können. Ich weiß, dass Du mich nicht im Stich gelassen hättest. Dass Du um mich, gegen meine Krankheit und für das Sorgerecht meiner Kinder mit mir gekämpft hättest.
Bitte verzeih mir, dass ich Dich diese Entscheidung nie habe treffen lassen. Als Deine Schwester starb und Du Deine ganze Liebe und Wärme in die Erziehung ihrer Kinder stecktest, wusste ich, dass ich keinen Anspruch darauf hatte, und ich habe Dich lieber verlassen, statt mich der Gefahr auszusetzen, dass Du mich abweisen könntest. Oder schlimmer: es nicht tätest. Jetzt, da es zu Ende geht, frage ich mich manchmal, ob es die richtige Entscheidung war.
In all den Briefen, die ich Dir geschrieben und nie abgeschickt habe, habe ich doch nie zugegeben, dass ich mich geirrt haben könnte.

Dieser Abschied ist lang, er hat schon vor Jahren begonnen. Als Dein Blick nicht mehr auf mir ruhte, verschwand auch ich ein bisschen aus dieser Welt, lange bevor ich es jetzt wirklich tun werde. Ich glaube, es ist wahr, was Du einmal sagtest, ich merke es, während ich Stück für Stück weniger werde: Liebe ist das, was übrig bleibt, wenn alles andere verschwindet.

In Liebe, Dein Matthieu

57

Das Ende der Odyssee

»Wie kannst du das von mir denken?«, fragte ich Ben, meine Stimme rau.

Bens Augen waren immer noch zusammengekniffen. Mit einer Hand musste ich mich an dem wuchtigen, edlen Schreibtisch abstützen. Er starrte mich weiter an.

»Was soll ich anderes in dieser Situation denken?« Seine Stimme war zu laut. »Immerhin hat deine Tante mich kontaktiert, um mich bewusst zu betrügen. Dachte sie, dass ich die Karte kaufen würde, ohne sie prüfen zu lassen?«

Die Luft rauschte aus meinen Lungen. Eine Welle der Übelkeit erfasste mich. Ich schmeckte Galle und Whisky in meiner Kehle und einen Moment lang fürchtete ich, mich übergeben zu müssen. Ich versuchte, tief einzuatmen. »Amalia hätte nie versucht, dir oder der Bibliothek eine Fälschung zu verkaufen!«, schrie ich.

»Ach ja? Warum sonst hat sie mich vor Monaten kontaktiert, um mir eine Karte anzubieten, von der sie wusste, dass sie eine Fälschung war? Die sie *selbst* angefertigt hatte, mh?«, rief Ben und warf die Hände in die Luft.

Wir standen uns nun so nah gegenüber, dass unsere Gesichter sich fast berührten, doch das elektrische Knistern, das ich sonst in Bens Nähe spürte, blieb aus. Die Luft zwischen uns war aufgeladen, aber mit etwas ganz, ganz anderem. Ben sah mir direkt in die Augen, die Wut darin unverkennbar. Er atmete schwer, ich auch.

»Aber, aber – deshalb brauchen Sie sich doch nicht anzuschreien«, sagte Emilia von der Seite. »Ihre Tante wird uns sicher über ihre Motive aufklären können.«

In meinen Ohren begann es zu rauschen, meine Hände ballten sich unwillkürlich zu Fäusten, als könnte ich meine auseinanderfliegenden Teile so zusammenhalten.

»Nein, das kann sie nicht«, sagte ich tonlos, »weil sie tot ist.«

»Oh«, machte Emilia nur.

Bens Augen verengten sich noch weiter. »Komm jetzt bloß nicht damit, um dich aus der Affäre zu ziehen«, zischte er. Er hatte die Augen nicht von mir abgewandt.

Ich konnte nicht glauben, was ich hörte. Der Sturm in meinen Ohren wurde stärker. Alles um mich herum, die gedeckten Farben des Büros, die Karte an der Wand, Bens Stimme, Emilias und Bens Körper – alles schien auf mich einzuschreien. Mein Atem ging schwer, meine Schultern hoben und senkten sich wie nach einem Sprint.

Ben wandte sich schließlich mit einem angewiderten Geräusch von mir ab, begann, auf und ab zu gehen, im Büro des Mannes, den Amalia geliebt und den sie für mich und Milena aufgegeben hatte. Plötzlich war mir alles zu viel.

»Wie konntet ihr nur. Wie konntest du mir das antun?«, sagte Ben, die Schultern hochgezogen, seine Schritte schnell und hart mit der Energie eines gefangenen Tigers. »Ich habe dir vertraut! Ich habe alles, was du mir erzählt hast, geglaubt! Habe dir zugehört, habe dir ... Dinge von mir erzählt! Dich mit zu meiner Familie genommen!«

Bens Worte drangen verzerrt an mein Ohr. Mir schwirrte der Kopf, seine Schritte machten mich schwindelig.

»Beruhigen Sie sich doch«, sagte Emilia zu ihm, auch ihre Stimme war weit weg. »Das ist alles kein Grund, sich derart aufzuregen.«

Ben fuhr zu mir herum, seine Augen kalt, die Lampe hinter ihm wie ein wütender Heiligenschein hinter seinem Kopf.

Der Raum um mich herum begann, sich zu drehen.

»Sag … Sag mir die Wahrheit«, verlangte Ben, seine Pupillen wie schwarze Löcher, die mich einsogen. »War irgendwas zwischen uns echt?«

Ich öffnete den Mund, wollte antworten, aber meine Kehle war wie zugeschnürt. Alles um mich herum drehte sich in einem bunten Wirbel, als sei ich auf einem außer Kontrolle geratenen Karussell. Meine Lunge krampfte.

»Ich kriege keine Luft mehr«, keuchte ich.

Ben schnaubte, sein schönes Gesicht verzog sich. »Spar dir das, Sarah«, rief er. »Du brauchst mir nichts mehr vorzuspielen!«

Ich starrte ihn an und durch ihn hindurch. Mein Inneres eine einzige rebellierende Sturmfront von zu laut, zu hell, zu nah, zu schmerzhaft. Gleich würde das Drehen unerträglich werden und ich mich übergeben. Mit einer Hand krallte ich mich in den Kragen des Pullis und versuchte, mir Platz zum Atmen darin zu verschaffen.

Ich spürte eine Hand auf meinem Rücken. »Ist alles in Ordnung mit Ihnen?«, fragte Emilia. Ich zuckte zusammen.

»Ich muss weg«, japste ich und begann, mich an Schreibtisch, Bücherregalen und Wänden festhaltend, Richtung Ausgang zu taumeln. Ich musste hier raus, ich brauchte Luft! Es war zu viel, zu viel, zu viel.

»Sarah«, hörte ich Bens Stimme hinter mir. »Warte! Was ist …«

Aber ich war schon auf dem Weg zur Haustür, meine stolpernden Schritte in Socken lautlos auf dem kühlen Marmor der Eingangshalle.

An der Garderobe schlüpfte ich automatisch in meine nassen, verdreckten Schuhe, ihre Kälte ein Schock.

»Warten Sie, nehmen Sie das mit«, sagte Emilia, wieder neben mir, und drückte mir eine Tüte in die Hand.

Ich nickte, ohne sie anzusehen, ich konnte ihren Blick nicht ertragen. Ich nahm die Tüte entgegen und riss die Tür auf. Ein Schwall kalter Luft empfing mich und ich sog sie tief in meine Lungen. Ich hob den Kopf, und vor mir stand ein kleiner dicklicher Mann, wie eingefroren, mit einem komischen Ausdruck auf dem Gesicht, eine Hand zur Klingel ausgestreckt, in der Luft schwebend.

»Ah, Dengelmann«, sagte ich, packte ihn an der Schulter, als ich die Stufen zur Einfahrt hinunterstolperte. Ich zog ihn mit mir. »Gut, dass Sie hier sind. Die Karte ist eine Fälschung. Wir fahren ab.«

Das musste sein Auto sein in der Einfahrt, ich stolperte über den Kies zielstrebig darauf zu. Es hatte aufgehört zu stürmen, ich registrierte das Ausbleiben des Regens in irgendeinem Teil meines Hinterkopfs. Es war, als wäre das Gewitter stattdessen in mein Inneres gezogen.

»Wa… Was … Sarah? Fräulein … Ich meine, Frau von Richtershofen! Was machen Sie denn? Und was heißt das, eine Fälschung?«, hörte ich Dengelmann dumpf irgendwo in meiner Nähe. Ich sah an meinem Arm entlang und stellte fest, dass ich seine Schulter noch nicht losgelassen hatte. Ich versuchte, auf sein Gesicht zu fokussieren, während sich alles drehte, immer weiter drehte. Ich wollte den Kopf zwischen meine Schultern einziehen, mit meinen Armen bedecken und nichts mehr sehen, hören, sagen. Ruhe, ich brauchte Ruhe. Aber das ging jetzt nicht.

Ich holte tief Luft.

»Dengelmann«, sagte ich, »wir fahren nach Hause. Jetzt.«

Der kleine untersetzte Mann starrte mich mit großen Augen an, ich weiß nicht, wie lange. Dann legte er sanft eine Hand um meinen Ellenbogen.

»In Ordnung«, sagte er. »Ich rufe Ihre Schwester von unterwegs an, wenn Sie mir die Nummer geben.«

Ich nickte erschöpft, und er führte mich zum Auto, öffnete die Beifahrertür, und ich ließ mich in den Sitz sinken. Er beugte sich über mich, um mich anzuschnallen, bedacht darauf, mich nicht zu berühren.

Als wir die Einfahrt verließen, sah ich im Rückspiegel Bens Silhouette im Licht der Verandalampe in der offenen Tür des großen viktorianischen Hauses stehen.

Ich wusste, ich würde ihn nicht wiedersehen.

PARS *

Außerhalb der Karte

(Segment verloren)

»Did you ever see the way
the clouds love a mountain?«

Toni Morrison

»Hast du je gesehen,
wie die Wolken einen Berg lieben?«

Toni Morrison

58

Abschied

Ich fand Amalia im Garten, sie saß auf der Bank unter dem Apfelbaum.

»Amalia«, sagte ich, noch immer in Gedanken bei der Inkunabel, die ich gerade restaurierte. Einige Seiten waren beschädigt durch Wasser und Bücherläuse und ich hatte die Papierlösung schon angesetzt. An vielen Stellen musste ich auch die Lettern und die handgemalten Bilder nachkolorieren, die das alte Kräuterbuch aus der gutenbergschen Zeit zierten. »Hast du die Pigmente bestellt, die ich dir aufgeschrieben habe?«

Sie sah zu mir hoch. Sie war dick eingepackt in ihrer Winterjacke, um ihren Hals war ein leuchtend gelber Schal geschlungen, und ihre Füße steckten in geringelten Regenstiefeln. Sie trug sogar Handschuhe. Ich runzelte die Stirn, als Amalia nicht gleich antwortete. Die Luft war frisch und voller Feuchtigkeit, die schweren grauen Wolken am Himmel versprachen Regen, aber es war nicht besonders kalt.

Amalia schwieg immer noch. Dann klopfte sie mit der behandschuhten Hand auf die Bank neben sich. »Komm, setz dich einen Moment zu mir.«

Ich hatte zwar keine Jacke angezogen, weil ich eigentlich nur rasch nach den Materialien fragen wollte, aber ich ließ mich neben sie auf die Bank sinken. Noch immer hatte Amalia meine Frage nicht beantwortet und ich wurde ein bisschen ungeduldig. Hatte sie die Bestellung vergessen? In letzter Zeit war sie etwas schusselig gewesen.

»Was ist mit den Farben?«, fragte ich erneut. »Ohne Ocker Typ 5489 kann ich wirklich nicht weitermachen.«

Meine Füße raschelten in den Blättern des Apfelbaums, die sich bereits verfärbt hatten und in welken Haufen neben der Bank lagen. Wir sollten mal wieder das Laub rechen, dachte ich. Dazu waren wir in letzter Zeit mit der ganzen Arbeit, die anfiel, nicht gekommen.

Ich wandte mich zu Amalia, sie hatte immer noch nichts gesagt. Sie schien wie eingesunken in ihre Jacke. Sie sah mich an, ihr Gesichtsausdruck unlesbar.

»Sarah«, sagte sie, »gefällt dir die Arbeit hier noch? Mit den Büchern, den Sammlern, den vielen Stunden allein in der Werkstatt?«

Ich zog die Augenbrauen hoch. »Wieso fragst du?«

Amalia musterte mich sorgfältig. »Nur so«, sagte sie. »Manchmal mache ich mir Sorgen, dass es ein ziemlich einsamer Job ist für eine junge Frau wie dich, mit den Büchern als Freunden.«

Ich schnaubte. »Du weißt genau, dass ich mit Büchern besser kann als mit Menschen. Wie kommst du darauf, dass ich einsam sein könnte?«

Amalia lächelte. Sie streckte eine Hand aus und legte sie mir an die Wange, die raue Wolle ihres Handschuhs kratzte. Die Geste war ein bisschen merkwürdig, und sie ließ ihre Finger bald wieder sinken.

»Manchmal sorge ich mich einfach um dich. Das ist es, was Eltern tun«, sagte sie.

Ich zog die Schultern hoch, zuckte mit den Achseln. »Dabei bist du ja gar nicht meine Mutter.«

Jetzt war es Amalia, deren eine Augenbraue nach oben schnellte. »Ich hoffe, du und Milena wisst, dass ihr wie meine eigenen Kinder für mich seid.«

Amalia sagte selten so etwas, es fiel uns beiden schwer, Gefühle zu zeigen.

»Und dabei wolltest du nie welche«, scherzte ich daher und gluckste. Aber Amalia blieb ernst. Ihre Augen suchten mein Gesicht ab.

Sie zog langsam einen Handschuh aus und griff nach meiner Hand. Ihre Finger waren kalt und wirkten klein und zerbrechlich in meinen. Ich sah verwirrt darauf herab. Wann waren ihre kräftigen, zupackenden Hände so knochig und faltig geworden? Die Haut brüchig wie zerknittertes Pergament.

»Sarah«, sagte sie und wartete, bis ich aufschaute und ihr in die Augen sah, »ich hoffe, du weißt, wie sehr ich dich liebe. Dich und Milena. Ihr seid das Beste, was mir in meinem Leben passiert ist.« Ihre Lippen verzogen sich zu einem schwachen Lächeln. »Selbst wenn ich anfangs unsicher war und nicht gedacht hätte, wie wichtig ihr für mich werden würdet. Ihr habt euch einfach in mein Herz geschlichen und seid für immer geblieben.«

Ich spürte plötzlich einen Kloß im Hals.

»Wie Bücherläuse«, sagte ich, ein leichtes Kratzen in der Stimme, »die wird man auch kaum los.«

Amalia lachte, doch das Lachen ging in Husten über. Als sie sich beruhigt hatte, nahm sie ihre Hand aus meiner und klopfte mir ein paarmal aufs Knie. »Du wirst das schon schaffen«, sagte sie. Verwirrt öffnete ich den Mund, um sie zu fragen, was sie damit meinte, aber sie richtete sich auf und sprach weiter: »Die Farben habe ich schon letzte Woche bestellt.« Sie lächelte. »Wenn du den Briefträger nicht wieder verschreckt hast, sollten sie bald ankommen.«

Ich nickte, in Gedanken schon wieder bei der Inkunabel, und die Unterhaltung war bald aus meinem Bewusstsein verschwunden.

Zwei Monate später war Amalia tot.

59

Das Haus ist so still geworden

Ich öffnete die Haustür, die nicht abgeschlossen war, und sofort schallten mir das Geschrei und Lachen von Kindern entgegen, das Getrappel rennender Füße. Ich blieb auf der Schwelle stehen und hielt die Luft an. Einen kurzen Moment lang dachte ich, ich wäre im falschen Haus gelandet, was natürlich absurd war.

Zögernd betrat ich den Flur von Amalias Villa. Hier war es angenehm kühl im Vergleich zur teerig riechenden Sommerhitze draußen.

»Hallo?«, rief ich vorsichtig, die Jacke über den Arm gelegt, die Plastiktüte in der Hand. »Wer ist da?«

Milena kam aus der Küche, ein Geschirrtuch in den Händen und einen gestressten Ausdruck im Gesicht.

»Ah, gut, du bist zurück«, sagte sie, während ich sie anstarrte, als sähe ich einen Geist. Dann mussten es wohl meine Neffen sein, die irgendwo im Haus ihr Unwesen trieben. Ich überlegte, ob ich die Werkstatt abgeschlossen hatte.

Milena rollte mit den Augen, als ich sie weiterhin fragend ansah, und stemmte dann die Hände in die Hüften. »Thomas und ich haben uns getrennt. Ich bin mit den Kindern erst mal hierhergekommen«, sagte sie.

»Was … Wieso?«, fragte ich und kam mir im nächsten Moment reichlich blöd vor, aber in Schrecksituationen sind Menschen wohl nicht so eloquent.

Jetzt verschränkte sie die Arme vor der Brust, in der Rechten immer noch das Küchentuch. »Es ist auch *mein* Haus, weißt du«, sagte sie schnippisch.

»Ich meine gar nicht … Ich wollte gar nicht sagen …«, stotterte ich.

Milena sah mich durchdringend an, dann begann sie, auf ihrer Unterlippe zu kauen. Eine nervöse Geste aus ihrer Kindheit, die sie eigentlich schon lange abgelegt hatte.

»Wir können nirgendwo anders hin«, sagte sie und ihre Stimme klang mit einem Mal brüchig.

»Milena«, sagte ich, atmete tief durch und ließ Tüte und Jacke jetzt einfach zu Boden fallen, »was ist denn passiert?«

*

Die Fahrt zum Londoner Flughafen in der Nacht zuvor war vielleicht die längste Autofahrt meines Lebens gewesen. Es dauerte eine Weile, bis das Zittern verschwand, bis die Welt aufhörte, sich um mich herum zu drehen, und mein Herzschlag sich beruhigte.

Dengelmann sagte in der ganzen Zeit nichts – wer hätte das gedacht –, außer mich nach Milenas Telefonnummer zu fragen und dann im Flüsterton ein kurzes Gespräch mit ihr zu führen, als wir an einer Kreuzung standen. Er ließ mich einfach in Ruhe, während er mich über Landstraßen Richtung London kutschierte.

Ich starrte in die schwarze Dunkelheit, die an uns vorbeirauschte, nur selten durchbrochen vom Licht eines Ortes in der Ferne. Langsam kam ich wieder zu mir, tatsächlich hatten die Enge des Autos, die Dunkelheit und Stille das Ihre getan, um mich zu beruhigen. Dann merkte ich, wie Dengelmann mir regelmäßig Blicke von der Seite zuwarf. Ich war erschöpft, als hätte ich tagelang nicht geschlafen, und mir graute vor dem Gespräch mit ihm.

Ich seufzte, gab mir dann einen Ruck. »Dengelmann«, sagte ich, »warum haben Sie uns von der Straße abgedrängt? Das war ziemlich gefährlich, wissen Sie?«

»Was? Wie ...? Ich meine … Was?«, stotterte Dengelmann und ich seufzte erneut.

In der folgenden halben Stunde, die wir durch die Nacht brausten, erfuhr ich die ganze Geschichte um Karl Dengelmann und seine eigene Suche nach der Tabula Peutingeriana, die er begonnen hatte, nachdem er Ben und mich in meiner Werkstatt belauscht hatte, genau wie ich es vermutet hatte.

Er erzählte langatmig und wirr, aber ich verstand genug, um zu begreifen, dass Dengelmann uns zwar an dem Abend auf der leeren Landstraße überholt hatte, aber nicht von der Straße hatte abdrängen wollen – er hatte unseren Unfall nicht einmal bemerkt. Typisch. Überholt hatte er uns, damit uns nicht auffiel, wie er uns auf der einsamen Straße folgte – dabei kannte er den Weg gar nicht. Er dachte, er könnte vor uns herfahren und umdrehen, falls wir irgendwo abbogen. Aber dann waren wir im Graben beziehungsweise auf dem Feld gelandet, und er hatte sich daraufhin natürlich hoffnungslos verfahren. Das erklärte auch, warum er erst so viel später bei Emilia aufgetaucht war als Ben und ich. Er hatte gewendet, nachdem er nach einer Weile keine Lichter mehr im Rückspiegel gesehen hatte. Emilias Anwesen hatte er erst nach einigem Suchen überhaupt gefunden.

Davor hatte er uns in Saffron Walden erspäht, wo er, genau wie wir, zwei Tage zuvor mit seiner Recherche in einer Sackgasse gelandet war. Dann hatte er sich im Ort in einem Bed and Breakfast einquartiert. Kurz darauf hatte er Ben und mich durch die Stadt laufen sehen – was für ein Glücksfall für das Wiesel – und war uns prompt gefolgt.

Davor wiederum war er uns in London in dem Auktionshaus zuvorgekommen, weil ein ihm bekannter Sammler eine Einladung zu der geheimen Auktion des angeblich echten verlorenen Segments der Tabula erhalten und Dengelmann davon erzählt hatte. Nach allem, was ich verstand, schien er eine Art Telefonbaum mit halbseidenen Kontakten zu besitzen, was praktisch war. Die Adresse des

Auktionars, die Dengelmann aus dem Auktionshaus gestohlen hatte, war dann schließlich die von Audley End – wahrscheinlich hatte Emilias Bruder diese Adresse angegeben, was natürlich nicht besonders clever war, aber Emilia hatte ja auch gesagt, er sei ein Idiot.

Aus Dengelmann sprudelte es nur so heraus, das Ganze wirkte wie eine lange und verworrene Entschuldigung für den Unfall, den er verursacht hatte. Ich winkte müde ab.

Die Tatsache, dass er uns vorher belauscht und ausgestochen hatte und uns heimlich hinterhergefahren war, ließen sowohl Dengelmann als auch ich unter den Tisch fallen. Das war einigermaßen normales Verhalten in unserer Branche und ich wollte mich nicht streiten, wo er mich schon zum Flughafen brachte.

Ich war dankbar, dass er mir meine Worte, dass die Karte eine Fälschung war, abgenommen und keine Fragen gestellt hatte und wir sofort losgefahren waren. Als ich ihn darauf ansprach, zuckte er mit den Schultern und meinte, er sei von mir keine Lügen gewohnt, und das sei ja wohl Ehrensache unter Bücherjägern, dass er mich nach Hause brachte. Wo ich praktisch unzurechnungsfähig gewesen sei. An der Stelle warf ich ihm einen ungläubigen Seitenblick zu, aber er grinste nur. Das war das erste echte Gespräch, das wir je miteinander geführt hatten.

Als ich auf dem Kurzzeitparkplatz von London Heathrow die Autotür aufstieß und mich verabschieden wollte, sah Dengelmann mich mit seinem Hundeblick an.

»Passen Sie auf sich auf, Sarah, ja? Ohne die Frauen von Richtershofen ist die Welt der Bücherjäger nur halb so spannend und abwechslungsreich. Selbst wenn sie einen ab und zu auf die falsche Fährte locken.« Er lächelte schwach.

Ich schnaubte, stieg aus und bevor ich die Tür zufallen ließ, beugte ich mich noch einmal zu ihm ins Innere des Leihwagens, den er noch abgeben musste, bevor er sich in den nächsten Tagen auch auf den Heimweg machen wollte. Er habe noch etwas anderes in London zu erledigen, hatte er gesagt. Ich fragte lieber nicht genauer nach.

»Danke, Karl«, sagte ich zu ihm und meinte damit die Fahrt, sein Schweigen, als ich es brauchte, und die Tatsache, dass er mich, ohne zu zögern, aufgelesen hatte, als ich ihm auf Emilias Türschwelle entgegengestolpert war.

Dengelmann nickte. »Wissen Sie, ich vermisse sie wirklich, Ihre Tante. Amalia war etwas Besonderes. Aber Sie sind es ebenfalls«, sagte er mit einer Denkfalte auf der Stirn. »Manchmal auch einfach besonders anstrengend.«

Ich grinste. »Bis bald«, sagte ich und hob kurz die Hand. »Wir sehen uns bei der nächsten Jagd. Möge die Bessere gewinnen.«

Dann ließ ich die Tür ins Schloss fallen und betrat den Flughafen.

*

Milena und ich hatten uns auf eine Decke auf die Wiese hinter dem Haus gesetzt, die dringend gemäht werden musste. Ich spürte die Hubbel des unebenen Rasens unter meinem Po. Milenas Jungs tobten durch den Garten, lautes Gelächter und Geschrei begleiteten ihr Spiel, bei dem offenbar irgendeine Festung eingenommen werden musste.

Milena beobachtete die beiden aus den Augenwinkeln. Sie lächelte, wenn sie ihr etwas zuriefen, und antwortete heiter. Trotzdem konnte ich die Falte zwischen ihren Brauen sehen, sobald sie sich unbeobachtet fühlte. Mit den Händen umschloss sie die Tasse Tee mit Minze aus dem Garten, die ich aufgebrüht hatte.

Nachdem ich die Nacht am Flughafen verbracht hatte, um auf den ersten Flug am Morgen zu warten, war ich völlig erledigt. Durch die Müdigkeit und den schnellen Ortswechsel kam mir die ganze Reise unwirklich vor, als könnte meine Seele mit dem Tempo nicht mithalten und würde irgendwo über den Gewässern des Ärmelkanals hinterherbaumeln wie ein verlorener Luftballon an einer viel zu langen Kordel.

Milena und ich schwiegen beide und ich sehnte mich nach einer

Dusche und ein paar Stunden Schlaf. Das letzte Mal geduscht hatte ich in Emilias Anwesen, während es draußen stürmte, aber daran wollte ich jetzt nicht denken. Das war erst gestern gewesen.

Milena seufzte schwer und ich sah sie abwartend an. Sie würde schon irgendwann zu reden anfangen, so war es immer gewesen.

Diesmal jedoch schwieg sie.

Also holte ich Luft. »Ich wusste gar nicht, dass es so schlecht stand mit dir und Thomas«, sagte ich.

Milena verzog das Gesicht und konzentrierte sich auf ihren Tee. Dann sagte sie: »Wir haben ja auch in letzter Zeit kaum miteinander geredet.«

Das tat weh, aber es stimmte. Seit Amalias Tod hatte ich an wenig anderes denken können. Und davor waren Amalia und ich zu beschäftigt gewesen mit der nächsten Auktion, der nächsten Haushaltsauflösung, der nächsten Restauration. Wann hatte ich das letzte Mal wirklich ein Ohr für Milena gehabt?

Ich zupfte das Gras neben der Decke ab und dachte plötzlich an einen anderen Moment, in dem meine Finger nervös mit Grashalmen gespielt hatten. Mit Ben an meiner Seite, seine Hand auf meinem Arm. Schnell sah ich auf, in Milenas Gesicht mit der Falte zwischen den Augenbrauen.

»Aber du hättest mir doch sagen können, dass etwas nicht stimmt«, sagte ich. »Wenn ich gewusst hätte, dass es so ernst ist …«

»Nach Amalias Tod …«, unterbrach sie mich. »Du warst so … so vernichtet«, sagte sie leise und ich spürte den vertrauten Stich in der Brust. »Ich hatte nicht das Gefühl, dass ich dir da mit meinen Problemen kommen konnte.«

Ich nickte und wir schwiegen wieder.

»Milena, es tut mir so leid«, sagte ich schließlich. Es stimmte, es tat mir leid. »Was ist passiert?«, fragte ich dann und fast fürchtete ich ihre Antwort.

Aber Milena zuckte bloß mit den Schultern.

»Nichts«, sagte sie und ihr Blick fiel wieder auf die Tasse in ihren

Händen. In diesem Moment entbrannte lautstarker Geschwisterstreit, der Ältere schöpfte mit beiden Händen Wasser aus dem Teich und spritzte seinen Bruder nass, dann wieder hörte man sie fröhlich miteinander lachen. Ich zog fragend die Augenbrauen hoch.

»Was soll das heißen, nichts?«

Milena hob die Schultern und ließ sie wieder sinken. »Genau das: nichts. Das war ja das Problem«, seufzte Milena. Wieder schwieg sie einen Moment lang, fuhr dann aber fort: »Weißt du, als ich Thomas geheiratet habe, haben wir uns so ein schönes Leben ausgemalt. Ein eigenes Haus, zwei Kinder, tolle Jobs, jedes Jahr Urlaub an einem anderen Ort, gemeinsame Hobbys. Wir hatten beide so viel zu tun, dann kam erst das Haus, dann die Kinder. Und als ich Thomas bat, in Elternzeit zu gehen, hat er mich vertröstet, das sei ein Karrierekiller. Er hat immer so viel gearbeitet. Am Anfang dachte ich noch, es würde irgendwann besser werden. Aber es wurde nur schlimmer, nie hatte er Zeit. Als ich wieder in den Job einsteigen wollte, hielt er dagegen, dass wir das Geld für die Kinderbetreuung lieber sparen sollten, er verdiene schließlich gut – und eine Mutter gehöre nach Hause zu ihren Kindern.«

Milena schluckte. Ich betrachtete ihr Gesicht, die Züge, die ich einmal so gut gekannt hatte.

»Ich dachte immer, das stört dich nicht«, sagte ich leise, »dass du es so wolltest.«

Milenas Hände krampften sich um die Tasse, sie lachte trocken auf. »Ich hätte ja auch nie zugegeben, dass das nicht das Leben war, das ich mir gewünscht hatte. Ich meine, wie traurig ist das denn, früh zu heiraten und dann die unzufriedene Hausfrau zu spielen! So wie du und Amalia es immer vorausgesagt habt. Ihr habt Thomas nie gemocht, habt immer gesagt, dass er zu dominant ist. Ich hatte das Gefühl, ihn und meine Lebensweise verteidigen zu müssen. Ich meine, wer möchte schon als komplette Versagerin dastehen?«

»Verdammt, Milena«, platzte es aus mir heraus, »du bist doch keine Versagerin! Hat Thomas dir das eingeredet?«

Sie zuckte die Schultern. »Das brauchte er nicht«, sagte sie mit belegter Stimme und ein Kloß bildete sich in meinem Hals. Was war nur aus meiner selbstbewussten Schwester geworden?

Eine Weile beobachteten wir schweigend ihre beiden Kinder, die inzwischen vergeblich versuchten, über die Bank auf den Apfelbaum zu klettern.

»Amalia und ich haben es dir nicht leicht gemacht, weil wir Thomas nicht besonders mochten«, stellte ich fest, als ihre Worte langsam begannen, sich in meinem Kopf richtig anzuordnen. »Du hättest Verbündete gebraucht, keine Nörglerinnen, die dir immer wieder vorhalten, dass du einen Fehler gemacht hast.«

»Er hat mich verraten«, sagte sie plötzlich. »Er hat den Menschen verraten, der ich sein wollte, die, die ich hätte werden können. Er hat unsere Träume verraten und mir ins Gesicht gelacht, als ich ihm das gesagt habe.«

Jetzt liefen Tränen über Milenas Wangen, und ich konnte nicht glauben, dass sie mit alldem allein gewesen war. Dass Amalia und ich es nie gesehen, ihr nie zur Seite gestanden hatten.

Ich streckte ihr meine Hand entgegen. Sie sah mich mit tränennassen Augen an und zögerte kurz, dann ergriff sie sie.

»Jetzt bist du ja zu Hause«, sagte ich. »Jetzt kannst du in Ruhe der Mensch werden, der du sein willst.«

Milena lächelte, ein kleines und zitterndes Lächeln, und ich drückte ihre Hand ganz fest.

»Gut, dass du wieder da bist, Sarah, das Haus war so still ohne dich und Amalia«, sagte Milena schniefend.

Im Hintergrund hörte man es platschen. Die Jungs standen am Teich und versuchten, Steine über die Wasseroberfläche springen zu lassen. Da schien Milena etwas einzufallen. »Wo sind eigentlich Bonnie und Clyde? Du hast sie doch nicht einfach in Frankreich vergessen, oder?«

Ich seufzte. »Das ist eine lange Geschichte.«

60

Verrat

Nachdem Amalia auf den letzten Stufen der Treppe zusammengebrochen und der Krankenwagen unterwegs war, hatte ich überprüfen müssen, ob sie überhaupt noch lebte, wie es mir die Frau von der Notrufzentrale gesagt hatte. Meine zitternden Finger hatten auf der dünnen Pergamenthaut ihres Handgelenks nach ihrem Puls gesucht, während mein eigenes Herz hart gegen meinen Brustkorb trommelte und das Blut in meinen Ohren rauschte. Ihr Herz schlug noch, wenn auch schwach. Ich beugte mich über sie, hielt mein Ohr an ihren Mund, um nach ihrem schwachen Atem zu horchen. Dann hatte ich mich neben sie auf den bunten Orientteppich am unteren Ende der Treppe gehockt. Ihr Körper war so klein, so zart und leicht geworden. Ich erschrak. Wie dünn sie war, unter ihren weiten Kleidern nur noch Haut und Knochen.

Die Momente, bis der Krankenwagen kam, waren die schlimmsten meines Lebens. Und es waren nur Augenblicke – nicht weil es so schnell ging, obwohl die Rettungssanitäterinnen trotz Schnee und Eis alles gaben und bald da waren, wie man mir später sagte. Aber das meine ich nicht. Ich verlor in jenen Augenblicken jegliches Zeitgefühl, jeder Augenblick gedehnt in eine Unendlichkeit. Ich saß da, am Fuß der Treppe neben Amalia, und ließ ihr Handgelenk nicht los, um ihren Puls weiterhin zu fühlen. Ich wartete mit angehaltenem Atem auf jedes noch so schwache, langsame Pulsieren unter meinen Fingern, das mir sagte, dass sie noch lebte. Einen Schlag länger und noch einen und noch einen. So fanden uns die Sanitäterinnen, die die Haustür aufbrechen mussten, da ich trotz ihres Klingelns und der Rufe nicht aufstehen konnte, um sie reinzulassen. Ich lebte nur im Augenblick, von einem Herzschlag zum nächsten.

Ich wollte im Rettungswagen mitfahren, aber eine Sanitäterin nahm mich zur Seite, sagte mit leiser, beruhigender Stimme, ich solle Amalias Sachen packen und zum Krankenhaus nachkommen.

Amalia hatte das Bewusstsein noch nicht wiedererlangt, als sie sie in den Krankenwagen verluden. Ich stand auf der Treppe zur Haustür und sah der Ambulanz nach, sah den Schnee, der weiter fiel, als sei nichts passiert, und alle Geräusche dämpfte, wie eine Grabdecke über meinem Herzen.

Wahllos stopfte ich Kleider in eine Tasche, dachte an Nachtzeug und Zahnbürste. Als ich mein Gesicht im Badezimmerspiegel entdeckte, erschrak ich vor dem Gespenst mit wirrem Haar und roten, verquollenen Augen. Ich hatte gar nicht gemerkt, dass ich geweint hatte.

Die Welt war weit weg und abgedämpft wie hinter einer Watteschicht, als ich mit Amalias altem Armeejeep, der da noch funktionierte, über die schneebedeckten Straßen zum Krankenhaus fuhr. Die Abdeckung des Wagens flatterte im Wind, es musste kalt sein, aber ich spürte es nicht.

Im Krankenhaus brauchte der Mitarbeiter am Empfang ewig, um herauszufinden, wo Amalia überhaupt war und wohin ich gehen musste. Zuvor fragte er nach allerlei Daten, nach ihrer Krankengeschichte und Versichertenkarte. Irgendwann zwischendurch dachte ich daran, Milena anzurufen, deren erschrockene Schluchzer wie aus weiter Ferne durch das Handy bei mir anzukommen schienen. Ich war wie entrückt, eingefroren.

Ein Pfleger nahm mich schließlich am Arm und führte mich zu einem Stuhl. Eine Frau drückte mir ein heißes Getränk in einem Pappbecher in die Hand. Erst da merkte ich, wie sehr ich zitterte, als die Hälfte davon zu Boden schwappte. Ich starrte meine Hände an, als seien es die einer Fremden.

Schließlich fand der Rezeptionist heraus, wo meine Tante lag. Sie war von der Notaufnahme inzwischen auf ein Zimmer verlegt worden, die Nummer 403. Ich war erleichtert. Wenn sie nicht in einer Not-OP war, sondern direkt auf ein Zimmer verlegt, musste es ihr bereits besser gehen.

Hastig lief ich durch die Gänge und Korridore der Klinik, den unverwechselbaren Geruch von Krankheit, Trauer und Abschied in der Nase, und fand das Zimmer 403.

Amalia sah klein aus, klein und zerbrechlich in diesem großen weißen Bett, wie sie unter dem Laken lag, die Hände von irgendjemandem über die Decke gelegt, wie sie es selbst nie tun würde. Ich ging langsam näher, als sei sie ein wildes Tier, das sich erschrecken könnte.

»Sie ist noch nicht wieder bei Bewusstsein«, sagte eine Stimme schräg hinter mir. Ich drehte mich um und sah eine Krankenschwester, deren Anwesenheit ich gar nicht bemerkt hatte.

Ich setzte mich neben Amalia auf den einzigen Besucherstuhl und wartete. Ihr Gesicht war so verknittert, es wirkte unruhig im Schlaf, und wann hatte sie so viele Falten bekommen? Ich hatte sie noch nie so verletzlich gesehen, ihr sonst so beweglicher, lächelnder Mund schlaff, die Mundwinkel nach unten gerutscht.

Dann gibt es einen Schnitt wie in einem Film und meine Erinnerung setzt erst wieder ein, als ich im Büro der Ärztin sitze.

Dr. Arun, die dunklen Haare zu einem strengen Knoten geschwungen, sieht mich an, ihre Lippen zu einem schmalen Strich gezogen, einen Ausdruck auf dem Gesicht, den ich nicht lesen kann.

»Was?«, frage ich. Sie hat gerade etwas Wichtiges gesagt oder mich etwas gefragt und ich habe es nicht mitbekommen.

»Wir können es ihr jetzt nur noch leichter machen bis zum Ende«, sagt Dr. Arun mit einer Stimme, die darauf hindeutet, dass sie sich wiederholt. »Wussten Sie, dass sie die Chemotherapie diesmal verweigert hat?«

»Wieso diesmal?«, frage ich dumpf, meine eigene Stimme wie aus großer Tiefe kommend.

Schnitt.

Ich sitze an Amalias Bett im Krankenhaus. Es ist nicht ihr Bett, es ist nicht ihr Haus, und es tut mir weh zu sehen, wie unruhig sie ist, weil sie nicht zu Hause ist. Sie wirft sich hin und her, ihre Finger krallen sich mal in meine Hand, mal in die Decke, das Bett. Sie wacht nicht auf, aber sie ist ruhelos. Als wüsste sie nicht, wohin mit sich. Meine Finger sind mit ihren verschlungen, ihren dünnen papiernen Fingern.

Milena kommt und geht, spricht mit mir, ich höre ihr nicht zu. Manchmal halte ich Essen oder ein Getränk in meinen Händen. Mal bin ich zu Hause unter der Dusche oder dabei, einen Papierstapel zu ordnen, und kurz denke ich, gleich muss ich Amalia wegen der Ankunft des nächsten Auftrags Bescheid sagen, dann bin ich wieder im Krankenhaus. Ich weiß nicht, welche Momente ich träume und wann ich wach bin.

Amalia braucht drei Tage, um zu sterben. Sie wälzt sich, manchmal wacht sie auf und ich glaube, in ihren wässrigen Augen zu sehen, dass sie mich und Milena erkennt. Manchmal sehen ihre Augen durch uns hindurch und ihre Hände greifen ins Leere, nach denen, die nicht da sind. Ich würde alles geben, um in den Momenten der Mensch sein zu können, den sie so verzweifelt sucht. Manchmal murmelt sie im Delirium und ich beuge mich ganz dicht mit dem Ohr über ihre rauen Lippen, um ihre Worte zu verstehen wie kostbare Geheimnisse. Ich halte ihre kleine Hand in meinen Händen, sitze am Bettrand und rede mit ihr. Ich streiche ihr das rot gefärbte Haar aus der Stirn, wieder und wieder.

Ich sage zu ihr: »Amalia, später müssen wir noch die Buchbeschläge für Frau Demmel reparieren, sie zahlt immer so gut.«

Ich sage: »Wir nehmen später besser ein Taxi nach Hause, dein offener Jeep ist im Winter viel zu kalt und die Plane ist auch zugeschneit.«

Ich sage: »Ich liebe dich, das weißt du, oder?«

Ich sage: »Ich weiß nicht, wie ich das ohne dich schaffen soll. Du hast dafür gesorgt, dass wir es schaffen. Du hast gesagt, wir würden es schaffen.«

Ihr Atem geht so schwer, als würde alle Last ihres Lebens auf ihrer Brust liegen.

Ich frage: »Amalia, warum hast du uns nie gesagt, dass du Krebs hast?«

Ich sage: »Es tut mir so leid, dass ich dir nie gesagt habe, wie viel du mir bedeutest. Du hast die Welt zu einem Ort gemacht, in dem ich leben kann.«

Ich frage: »Wie konntest du uns das antun, uns so zurückzulassen? Warum hast du nicht gekämpft? Warum hast du uns nichts gesagt?«

Ihre Brust hebt und senkt sich noch ein Mal, dann wird es still.

Ich sage: »Milena, Amalia ist gestorben.«

Milena sagt: »Jetzt sind wir ganz allein.«

Amalias kleiner, eingefallener Körper sah anders aus, nachdem sie gestorben war. Ich hätte ihren toten Körper nicht mit ihr verwechseln können, diese wächserne, bleiche Hülle. Das hier war nicht Amalia.

Amalia war fort.

»Sarah, du musst was essen, hier, nimm«, sagte Milena und drückte mir nach der Trauerfeier eine belegte Brötchenhälfte in die Hand.

»Ich habe keinen Hunger«, murmelte ich.

»Sarah, bitte, du kannst so nicht weitermachen!«

»Ich habe einfach keinen Hunger.«

»Hier, iss wenigstens ein bisschen Suppe.«

»Später.«

»Sarah, wenn du so weitermachst, rufe ich den Arzt. Du musst etwas essen! Ich mache mir wirklich Sorgen.«

»Amalia ist gestorben.«

»Das ist jetzt fast eine Woche her. Du musst essen.«

»Lass mich in Ruhe, Milena.«

»Sarah, lass mich nicht im Stich.«

»Lass mich, Milena. Lass mich einfach in Frieden.«

Und dann Stille für eine lange, lange Zeit.

61

Alle Vögel unter dem Himmel

Es brauchte ein bisschen, bis ich mich wieder an das Zusammenleben mit Milena gewöhnte.

Ein paar Tage nach meiner Rückkehr aus England stand ich in der Küche am Herd und wärmte Milch auf für den Kakao der Kinder. Die beiden saßen am Küchentisch, den Milena von Papieren und Büchern befreit hatte. Ich war ein klein wenig beunruhigt, weil ich nicht wusste, wo sie die Bücher hingeräumt hatte, aber das war im Moment meine geringste Sorge.

»Tante Sarah, bekommt Batman auch Frühstück?«, krähte Lukas hinter mir. Er saß am Tisch und spielte mit einer kleinen schwarzgelben Figur, die er gerade kopfüber in die Butter tauchte, als ich mich zu ihm und Florian umdrehte.

Ich seufzte. »Nein, deine Puppe bekommt kein Frühstück, sie ist aus Plastik und kann nichts essen.«

Lukas zog eine Schnute. »Das ist keine Puppe, das ist Batman!«, rief er. »Nur Mädchen spielen mit Puppen!«

»Wer hat dir denn so einen sexistischen Unsinn erzählt?«, fragte ich streng.

»Was heißt sesssistisch?«, nuschelte Florian, der seinen Joghurt inzwischen über seinen Pulli, die Tischplatte und die gesamte Fläche um seinen Mund herum verteilt hatte.

»Es heißt sexistisch«, sagte ich, »und es bedeutet, dass man auf eine Person aufgrund ihres Geschlechts herabsieht.«

Lukas' Kinderstirn runzelte sich in zahlreiche Falten. »Aber Papa hat gesagt, Puppen sind nur für Mädchen.«

»Natürlich hat er das gesagt«, murmelte ich leise und rührte etwas zu heftig in der Milch, die dadurch aufschäumte.

»Was heißt Geslest?«, nuschelte Florian.

Ich seufzte tief.

Dann wandte ich mich an Lukas. »Da hat dir dein Vater einen Bären aufgebunden«, sagte ich, »Puppen sind für alle, für Jungs und für Mädchen und für solche, die beides oder keins von beidem sind.«

Lukas' Stirnfalten wurden noch tiefer, falls das möglich war.

»Was soll das heißen, Tante Sarah?«, fragte er.

Florian hieb seinen Löffel auf die Tischplatte, sodass der Joghurt nur so spritzte.

»Was heißt Geslest?«, kreischte er, die kleinen Hände voller Energie, die ich weiß nicht woher kam – sicher nicht vom Essen, das er überall, nur nicht in seinem Mund verteilt hatte.

In diesem Moment segelte Milena in die Küche. »Sarah, du weißt doch, dass Lukas eine Laktoseintoleranz hat!«

Ich sah auf die aufgewärmte Milch auf der Herdplatte. »Ach ja?«

Milena stöhnte. »Das habe ich dir doch schon tausendmal gesagt!«

Ich griff nach der Milchpackung neben mir. Hafermilch, huh. Die musste Milena gekauft haben. »Schau, es ist Hafermilch, ist also kein Problem.«

Milena stemmte die Hände in die Hüften. »Du *wusstest* nicht einmal, dass es Hafermilch war, als du sie aufgemacht hast!«

»Intoleranz fängt bei Laktose an«, murmelte ich leise vor mich hin.

»Was hast du gesagt?«, fragte Milena und bedachte mich mit einem strengen Blick.

Zum Glück wurden wir von Florian unterbrochen. »Mama, was heissst Geslest?«, fragte er nun an Milena gewandt, während er mit dem Löffel auf den Tisch hämmerte.

»Mama, wann fahren wir nach Hause?«, fragte Lukas.

»Ihr seid jetzt hier zu Hause, wo es ganz sicher nie wieder echte Milch gibt«, sagte ich.

»Sarah, also ehrlich, so was kannst du doch nicht sagen!«, rief Milena.

»Warum?«, fragte ich. »Liege ich etwa falsch?«

Milena stöhnte, warf die Hände in die Luft und verschwand aus der Küche.

Ich wandte mich an die Jungs, die ihr hinterhersahen.

»Euer Kakao ist gleich fertig«, sagte ich.

»Ist Mama okay?«, fragte Lukas mit kleiner Stimme.

Erneut seufzte ich. »Das wird sie sein. Gib ihr ein bisschen Zeit, Lukas. Wir kriegen das schon hin.«

*

Einen Tag später beugte ich mich über das Beet vor der Küchentür und versuchte, ein paar der unkontrolliert wuchernden Kürbisranken auszureißen, damit man ohne zu stolpern vom Garten ins Haus kam. Ich hatte meine Hand um eine besonders dicke Ranke geschlungen und zog mit aller Kraft daran. Währenddessen versuchte ich, nicht an Ben zu denken. Das klappte nur mäßig gut. Ich versuchte morgens unter der Dusche, nicht an ihn zu denken. Ich versuchte, nicht an ihn zu denken, wenn ich mich abends ins Bett legte. Ich versuchte, nicht an ihn zu denken, als ich einen einzelnen Band des *Oxford English Dictionary* fand. Wenn ich in die Werkstatt kam und die geordneten Papierstapel sah. Wenn ich in der Küche stand und es einen kurzen Moment still war, bevor die Kinder hereinstürmten. Ich versuchte, nicht an das elektrisierende Gefühl zu denken, wenn wir uns flüchtig berührt hatten. Wenn meine Hand in seiner lag. Aber je mehr ich versuchte, nicht an ihn zu denken, desto häufiger dachte ich an ihn. Ich hatte Milena in den ersten Tagen alles erzählt, spätabends, während die Kinder in unseren alten Betten auf dem Dachboden schliefen. Milena wollte nicht über Thomas reden, noch nicht, und stattdessen alles über Bens und meine Reise wissen. Also hatte ich die ganze Geschichte erzählt, von Bens Auftauchen in der Villa, unserem Besuch bei Jean, der immer noch auf Bonnie und Clyde aufpasste, unserer Odyssee nach London und Saffron Walden.

Von unserer Entdeckung über Amalia.

Milena hatte zugehört und nachgefragt, gestichelt und gelacht. Sie hatte mich mit großen Augen angesehen und weniger zu Bens und meinem Zerwürfnis gesagt, als ich erwartet hatte.

Wie meistens kehrten meine Gedanken schließlich zu Ben und unserem verhängnisvollen Streit zurück. Ich dachte daran, wie seine sonst so warmen braunen Augen mich angeblickt hatten. An die Wut in seiner Stimme. Seitdem war keine Nacht vergangen, in der ich nicht von ihm geträumt hatte.

Die Ranke kam mit einem Ruck aus der Erde frei und ich landete unsanft auf dem Hintern. Neben mir lachte eine Elster, die den Kopf schief legte und mich mit einem ihrer schwarzen Augen vorwurfsvoll ansah. Hinter ihr hockte ein weiterer schwarz-weißer Vogel, der wild im Kompost pickte.

»Mach du es erst mal besser«, murmelte ich an die keckernde Elster gewandt. »Du hast ja noch nicht mal Hände.«

»Das ist spezizistisch«, sagte Milena hinter mir.

Ich wandte mich um. Sie hatte die Arme vor der Brust verschränkt und sah auf mich herunter.

»Was?«, fragte ich.

»Es ist spezizistisch, einer Elster vorzuwerfen, dass sie keine Hände hat. Damit stellst du deine Spezies mit Händen über ihre«, sagte Milena.

»Gut zu wissen«, sagte ich. Dann wandte ich mich an die Elster, die näher herangehüpft war. »Es tut mir leid, du bist mit deinen Flügeln genauso toll, wie du es mit opponierbaren Daumen wärst, keine Sorge.«

Milena rollte mit den Augen, als ich zu ihr hochsah, und seufzte laut. »Sarah, hast du meinen Jungs irgendwas über Geschlecht erzählt?«

»Gestern beim Frühstück ging es um Sexismus, warum?«, fragte ich.

Milena starrte mich an. »Warum?«

»Was, warum?«, fragte ich verwirrt zurück.

Milena stöhnte. »Warum ging es um Sexismus?«

»Weil Lukas gesagt hat, Puppen seien nur für Mädchen. Also habe ich ihm und Florian, als du weg warst, um zu schmollen, den Unterschied zwischen biologischem und sozialem Geschlecht erklärt. Sowie die Tatsache, dass es Menschen gibt, die ein anderes Geschlecht als ihr biologisches haben oder beide Geschlechter oder keins«, antwortete ich.

»Arrgh, Sarah!«, rief Milena. »Lukas ist fünf!«

»Ein guter Zeitpunkt, um etwas zu lernen«, sagte ich.

»Ich musste gerade eine halbe Stunde googeln, um Lukas' Fragen dazu zu beantworten, was ›trans‹ heißt!«, blaffte sie und stemmte ihre Hände in die Hüften.

Die Elster neben mir machte sich mit einem vorwurfsvollen Keckern davon. Ich hätte es ihr gerne gleichgetan, hatte ja aber leider nur Hände und keine Flügel.

»Es tut mir leid«, sagte ich so ruhig wie möglich, »aber seit wann ist Googeln eine schlechte Sache? Schneller Zugang zu Informationen ist immer gut, wenn man nicht weiterweiß. Und da du gerade keinen Job hast, bis du deine Bewerbungen abschickst, hast du ja Zeit dafür.«

»Du bist einfach unmöglich!«, rief Milena, warf die Hände in die Luft und stürmte ins Haus.

*

Wir saßen auf dem Sofa, Milena und ich, die Fenster standen offen und die Grillen zirpten im Garten. Es war endlich etwas abgekühlt, nachdem die Sonne gesunken war. Die Jungs schliefen in ihren Betten, was ein komplettes Unterhaltungsprogramm aus Singen, Erzählen und Vorlesen erfordert hatte. Ich war erschöpft und Milena hatte eine Flasche Weißwein aufgemacht.

»Was, wenn ich nie herausfinde, was ich wirklich will? Wer ich bin oder sein kann?«, fragte sie mich leise. »Was, wenn es ein Fehler war, Thomas zu verlassen?«

Sie begann plötzlich zu schluchzen und ich wusste nicht, was ich machen sollte. Schließlich zog ich sie in meine Arme. Erst war sie ganz steif, verkrampft, dann ließ ihre Muskelspannung nach. Ich strich ihr über den Rücken. Auf keine ihrer Fragen kannte ich die Antwort.

Was hätte Amalia gesagt?

»Vielleicht musst du nicht gleich wissen, wer du bist oder sein willst und was du machen möchtest. Es ist in Ordnung, sich Zeit zu nehmen, um das herauszufinden«, sagte ich.

»Aber wovon sollen wir leben, die Jungs und ich?«, schluchzte sie.

Ich starrte sie an. »Milena, wir haben doch Amalias Antiquitätenhandel. Das Geschäft, das Haus, der Garten – das alles gehört dir genauso wie mir.«

»Aber … Aber«, hickste sie, »ich habe mir die Zahlen angesehen. Das Business läuft schlecht. Die Ausgaben für die Ankäufe von Büchern und Restaurationsmaterialien sind höher als die Gewinne durch die Verkäufe. So machst du nur Verlust.«

Ich wischte ihr die blonden Haare, die so viel ordentlicher und glatter waren als meine, aus ihrem Gesicht, das auf meinem Schoß lag, um sie anzusehen.

»Milena«, sagte ich vorsichtig zu dem grünen Auge, das ich sehen konnte, »was hältst du davon, erst mal in die buchhalterische Seite von Amalias Geschäft einzusteigen?«

Milenas eines Auge sah mich an. »Welche buchhalterische Seite?«, fragte sie.

»Na, ich meine die Rechnungen, Bestellungen, Kalkulationen …«

»Nein, ich meine, *welche Buchhaltung*?«, sagte Milena. »Das System besteht bisher aus losen Zetteln, die irgendwer chronologisch geordnet hat, und das warst bestimmt nicht du, denn *du* hast im letzten halben Jahr gar nichts dokumentiert!«

Beides stimmte. Die Ordnung der Rechnungen … Das war Bens Verdienst, aber daran wollte ich jetzt nicht denken.

»Na, und was hältst du jetzt davon, mit einzusteigen?«

Milena setzte sich auf, musterte mich stirnrunzelnd.

»Du bist unmöglich, Sarah«, sagte sie.

Ich zuckte mit den Schultern.

»Und mir gehören dann fünfzig Prozent des Business?«, fragte sie.

»Klar«, sagte ich.

Das Business bestand aktuell aus einem Berg Schulden, aber das wusste Milena besser als ich. Warum sollte sie also nicht ihr Glück damit versuchen, schlimmer konnte es ohnehin nicht werden.

»Mhhh«, machte sie. »Ich hätte schon ein paar Ideen, wie man es lukrativer machen könnte …«

Dann legte sie sich wieder aufs Sofa, eng an mich gelehnt. Eine Weile tranken wir schweigend unseren Wein.

»Und was ist mit Ben?«, fragte sie dann.

»Was?«, fragte ich, überrascht vom Themenwechsel.

»Na, Ben, dein Bibliothekar.«

Mein Herz machte einen komischen Hüpfer wie ein Fisch auf dem Trockenen.

»Er ist nicht *mein* Bibliothekar!«, sagte ich.

Milena schnaubte. »Bitte! Du redest seit Tagen nur noch von ihm. Ben dies, Ben das. Ben hat dies gesagt, Ben hat jenes gesagt. So habe ich dich noch nie über jemanden reden hören. Wann rufst du ihn also endlich an?«, fragte sie.

»Es ist kompliziert …«, seufzte ich.

»Ist es nicht. Ihr habt euch gestritten, er hat sich unmöglich benommen, jetzt musst du ihn anrufen, damit er sich bei dir entschuldigen kann, denn eigentlich ist er ein guter Kerl, und dann – bam! – Happy End!« Milena grinste.

»Er lebt in London und wir kennen uns erst seit ein paar Tagen«, murmelte ich. »Was soll er denn denken, wenn ich ihn plötzlich anrufe? Außerdem habe ich seine Nummer gar nicht.«

In den fünf Tagen, die inzwischen so weit weg wie aus einem anderen Leben wirkten und in denen so viel passiert war, hatten wir tatsächlich nie unsere Nummern ausgetauscht.

»Ach, papperlapapp! Dann musst du eben hinfahren. Heutzutage ist das doch praktisch nebenan! Denk mal, in der Zeit der Römer, wie viele Tagesritte das waren, und sie haben es trotzdem auf einer Karte aufgezeichnet, auf der die Distanz kaum eine Handbreit ist. Ein Katzensprung quasi.«

Ich rollte die Augen über Milenas seltsame Logik und ich dachte an Ben. Wie er mich auf dem Dachboden eines verwunschenen französischen Schlosses getröstet hatte, wie wir getanzt hatten mit genau der richtigen Distanz zwischen uns. Wie er mir zugehört und meinen Instinkten vertraut hatte. Wie er diskutierte und erzählte und dabei leuchtete. Wie er als kleiner Junge aussortierte Bibliothekskarten gesammelt und eine Welt Tolkiens erträumt hatte, in der die Elben nicht alle weiß waren. Wie er einem Vogel den Flügel geschient hatte, trotz seiner Angst, und einen großen Uhu im Kofferraum mitgenommen, als der Hilfe brauchte. Wie er ein Buch zerrissen hatte, um seine Schwester zu schützen.

Wie alles in mir kribbelte, wenn er meine Hand hielt in einem dunklen Wald oder über die Distanz zwischen zwei Betten hinweg.

Wie sehr ich seine braunen Augen, seine gerade, elegante Haltung, seine Achtsamkeit, wenn er sprach, seinen Anstand und seinen Witz vermisste.

Wie weh es getan hatte, als er mich des Verrats beschuldigt hatte. Ich dachte daran, wie Amalia mal gesagt hatte, dass Liebe und Schmerz unsere kompliziertesten Gefühle sind, und wie gerne ich Ben fragen würde, ob er das auch so sah.

Ob er mich überhaupt noch wiedersehen wollte, nach allem, was passiert war. Ob er überhaupt noch an mich dachte.

Und in allen meinen Träumen sah ich ihn in der offenen Tür eines Anwesens stehen, eine Silhouette vor dem Licht aus dem Gang, und er sah mich nicht an.

62

Vom Ende her gedacht

Ich stieß das Tor auf und Milena und ich liefen schweigend den Kiespfad zwischen den Gräbern entlang. Die alten Bäume spendeten Schatten in der Mittagshitze, als wir am berühmten Sensenmann des Melaten-Friedhofs vorbeigingen.

Wir kamen zuerst zu den zwei Gedenksteinen für unsere Eltern, deren Gräber leer geblieben waren. Milena legte einen Strauß weiße Rosen darauf, dann gingen wir weiter.

Amalias Grab lag unter einer Buche. Ich konnte mich nicht mehr an die genaue Lage erinnern und hätte es ohne Milena sicher nicht so schnell gefunden. Es kam mir fremd vor, nicht nur weil jetzt Sommer war und ich zum letzten Mal vor sechs Monaten hier gewesen war, als der Schnee die Wege und Büsche bedeckt hatte und die Bäume kahl gewesen waren. Bei Amalias Beerdigung war ich zu betäubt gewesen, um die Umgebung wahrzunehmen. Seitdem war ich nicht mehr hergekommen.

Milena und ich traten auf das moosige Gras. Amalias heller Grabstein in der Form eines aufgeschlagenen Buches mit ihrem Namen, ihrem Geburts- und Sterbedatum kam mir im Licht des Tages viel zu kitschig für sie vor, sie hätte sich darüber sicher lustig gemacht. Zu Amalia hätte ein Naturstein besser gepasst oder gleich ein Baum in einem Friedwald. Aber als wir uns entscheiden mussten, hatte ich nicht denken können. Ihr Grab war mit kleinen Bodendeckern und Efeu bedeckt, junge Pflanzen, die noch Zeit zum Wachsen brauchten.

Meine Hand krampfte um den Griff der Plastiktüte, die ich hielt. Es war dieselbe Tüte, die Emilia mir beim Verlassen ihrer Villa in die Hand gedrückt hatte. Dieselbe Tüte, in die ich erst bei der Sicherheitskontrolle am Flughafen hineingeschaut und in der ich einen Packen Briefe gefunden hatte. Die Briefe, die ich auf dem kurzen Flug von London Heathrow nach Köln/Bonn gelesen hatte, bis ich durch den Schleier meiner Tränen nichts mehr entziffern konnte. Die Briefe, die Matthieu Ricard an Amalia über all die Jahre, die sie getrennt gewesen waren, geschrieben und nie abgeschickt hatte.

Milena bückte sich, wischte mit der Hand ein paar Ästchen und Blätter zur Seite und legte den großen Strauß Sonnenblumen aufs Grab, den wir Amalia mitgebracht hatten. Dann begann sie, mit beiden Händen in der Erde zu graben.

Wir legten den Stapel Briefe in die kleine Kuhle, eine Brücke aus Papier zwischen den Lebenden und den Toten.

Milena und ich bedeckten die Umschläge mit der trockenen Erde, klopften sie mit staubigen Fingern fest und legten die Blumen darüber.

Schließlich standen wir auf und sahen auf das Grab hinunter.

»Denkst du, sie hat gewusst, dass Matthieu vor ihr gestorben ist?«, fragte ich.

Milena zuckte mit den Schultern. Die Blätter der Buche warfen ein Schattenmuster auf ihr Gesicht mit der Sonnenbrille, die ihre verquollenen Augen verbarg.

»Ich weiß es nicht«, antwortete sie, »aber ich denke nicht. Was meinst du?«

In meinem Magen zog es. Ich sah wieder auf die gelben Sonnenblumen herab, fröhliche Blumen, so wie Amalia es sich gewünscht hätte.

»Ich bin immer wieder zu der Frage zurückgekommen, über die Ben und ich uns am Ende gestritten haben: Warum hat Amalia ihn überhaupt kontaktiert, wenn sie wusste, dass die Karte eine Fälschung war? Hat sie sich gefragt, wie die Karte plötzlich in einer

Auktion auftauchen konnte? Warum hat sie ausgerechnet ihn angeschrieben?« Ich seufzte.

Milena wandte sich zu mir. »Und?«

»Ich habe in ihren Unterlagen die ersten Seiten von Bens Doktorarbeit gefunden«, sagte ich, »und er widmet seine Arbeit Matthieu Ricard, der in ihm die Leidenschaft für alte Landkarten geweckt hat. Als wir bei Emilia waren, sagte er, dass er zu Anfang seines Studiums ein Seminar bei Ricard besucht habe.«

Neben mir lachte Milena auf.

»Was denn?«, fragte ich.

»Das ist es also. Amalia hat Ben wegen seiner Verbindung zu ihrer großen Liebe kontaktiert. Wahrscheinlich wollte sie durch ihn herausfinden, wie die Karte überhaupt auf den Markt gekommen ist. Vielleicht hat sie gehofft, dass er die Karte für sie abholt und ihr übergibt, nachdem er festgestellt hätte, dass es eine Fälschung war. Oder sie wollte über ihn Kontakt zu Matthieu aufnehmen, weil sie noch nichts von seinem Tod wusste«, sagte Milena.

»Denkst du, dass es das war?«, fragte ich, ein Zittern in meiner Brust. »Dann hätte Ben ja doch recht damit gehabt, dass sie ihn irgendwie für ihre Zwecke benutzen wollte.«

Ich schaute Milena an, sie zuckte die Achseln. »Möglich«, sagte sie, und ein Stein senkte sich in mich hinab. Ich schluckte.

»Aber wir werden es nie erfahren. Ich weiß nur, dass Amalia alles für dich, für uns getan hätte. Selbst einen Betrug, um uns aus der finanziellen Patsche zu helfen«, fuhr sie fort.

Mein Inneres sträubte sich gegen den Gedanken, aber ich wusste, dass sie recht hatte.

Milena nahm ihre Sonnenbrille ab, wischte sich über die Augen und senkte dann ihren grünen Blick in meinen. »Aber was sie mit der Karte vorhatte, ist vielleicht nicht so wichtig. Wichtig ist, dass Ben jedes Recht hatte, auf sie sauer zu sein, auch wenn er sich dir gegenüber wie ein Arsch verhalten hat. Aber alle Menschen machen Fehler, das ist kein Grund, ihnen nicht ab und an zu verzeihen.«

Ich sah sie fragend an und sie rollte die Augen. »Das heißt, du solltest ihm noch eine Chance geben, Sarah.«

Mein Puls beschleunigte sich.

»Was sollte das bringen?«, fragte ich. »Er wohnt in London und ich in Köln. Und ich weiß ja nicht mal, ob er …« Auch etwas für mich empfindet, hatte ich sagen wollen, doch ich hielt inne. Die Erkenntnis überraschte mich – dass ich etwas für ihn empfand. Auf leisen Pfoten war das Gefühl zu mir gekommen, schnell und unbemerkt.

Ich war eine Idiotin.

Milena schüttelte den Kopf. »Man muss nicht immer alles zerdenken. Manchmal muss man auch etwas machen, weil es sich richtig anfühlt.«

Ich schwieg, sah hinab auf Amalias Grabstein. Unter ihrem Namen stand ein Satz in den Stein graviert, in geschwungener Schrift:

»Dies sind nicht die letzten Seiten meines Buches.«

Ich weiß nicht mehr, wie wir diesen Satz ausgesucht hatten, aber es war eine gute Entscheidung gewesen.

Darauf kam es am Ende an, gute Entscheidungen zu treffen. War es eine gute Entscheidung von Matthieu gewesen, Amalia seine Erkrankung zu verschweigen und ihr die Entscheidung abzunehmen, ihn irgendwann zu pflegen, indem er sich von ihr getrennt hatte? War es eine gute Entscheidung von Amalia gewesen, mit Milena und mir das Gleiche zu machen und die Chemotherapie abzulehnen, als ihr Krebs zum zweiten Mal gestreut hatte?

Das hatte so wehgetan, dass ich ihr lange nicht hatte verzeihen können. Sie hatte mir die Zeit des Abschieds mit ihr geraubt. Ich hatte mich so verraten gefühlt wie noch nie in meinem Leben.

Als ich nun auf die Erde hinuntersah, in die wir die Briefe des Mannes versenkt hatten, der sie ebenso um die letzte Zeit mit ihm betrogen hatte, wunderte ich mich über diese Parallele in ihrer beider Leben. Dass sie beide ihren Schmerz, ihre Einsamkeit in der ausweglosen Situation und ihre Angst vor dem Tod willentlich mit sich alleine ausgemacht hatten.

Sie hatten ihren Liebsten die Chance genommen, ihren Frieden mit der Sache zu machen, sie hatten ihnen eine Entscheidung abgenommen, um sie zu schützen, und sie damit doch mehr verletzt.

Aber es war ihre Entscheidung gewesen und für sie beide vielleicht das, was sich in dem Moment richtig angefühlt hatte.

Vielleicht war das die eine Sache, die sich daraus lernen ließ: dass Liebe auch bedeutete, dem anderen etwas anzutun. Dass wir alle Fehler machten und Liebe ebenfalls hieß, manche davon verzeihen zu können.

Die Entscheidungen von Amalia lebten in uns weiter, wir schrieben das Buch fort, das sie begonnen hatte. Zeit, etwas daraus zu lernen.

Ich holte tief Luft und sah zu Milena.

»Es tut mir leid, dass ich dich mit allem alleingelassen habe«, sagte ich.

Sie lächelte ein zittriges Lächeln. »Ist schon okay, du und Amalia, ihr hattet eine besondere Verbindung.«

Ich schüttelte heftig den Kopf. »Das ist es nicht. Ihr wart genauso verbunden, nur anders. Aber ich war so blind in meiner Trauer, dass ich nicht sehen konnte, wie *du* gelitten hast unter Amalias Tod, der Situation mit Thomas.«

Milena griff nach meiner Hand, drückte sie. »Ich hätte dich über vieles auch nicht so im Dunkeln lassen sollen. Ich habe mich zurückgezogen, statt dir zu vertrauen«, sagte sie.

»Lass uns das in Zukunft anders machen, besser«, sagte ich. »Ich weiß, ich werde Fehler machen, aber ich will mein Bestes tun.«

Milena zog schniefend die Nase hoch, aber sie lächelte. »Wir kriegen das schon hin«, sagte sie und wischte sich mit dem Handrücken übers Gesicht. »Lass uns nach Hause gehen.«

Wir verließen den Friedhof, und während der Kies unter unseren Füßen knirschte, sah ich hoch in den blauen Himmel. Meine Brust fühlte sich leichter an, freier, als sei etwas von mir abgefallen.

Mein Blick folgte den Schäfchenwolken im sonst klaren Blau über uns. Es fühlte sich so an, als hätte etwas sein Ende gefunden. Ein notwendiges Ende, das einen Neuanfang erlauben würde.

Es fühlte sich an, als hätte ich endlich begonnen, Abschied zu nehmen.

63

Das verräterische Herz

Ich warf auf gut Glück Kleidung in die Reisetasche. Der Großteil meiner Reisekleidung lagerte noch irgendwo bei Bens Eltern, das beschränkte meine Auswahl.

»Soll ich dich nicht doch fahren?«, rief Milena von unten, wo Lukas und Florian, dem Klang nach zu urteilen, einen mittleren Streit miteinander austrugen.

»Nein«, schrie ich zurück, »ich nehme die Bahn!«

»Bist du sicher?«, schrie Milena nach oben.

»Ja, bin ich«, rief ich.

Ich hielt einen kleinen Reiseatlas in den Händen und zögerte. Sollte ich ihn einstecken? Für den kurzen Flug schien er unnötig, und ich konnte die Pilotin ohnehin nicht damit navigieren, falls sie sich verflog. Aber es fühlte sich falsch an, ohne wenigstens *einen* Atlas aufzubrechen. Seufzend ließ ich das Buch in die Tasche gleiten.

»Es macht mir wirklich keine Umstände, dich am Flughafen abzusetzen, bevor ich die Jungs in den Kindergarten bringe«, sagte Milena plötzlich hinter mir.

Als ich mich umwandte, stand sie in der Tür zu meinem Zimmer. Der Lärm der Kinder hatte ihre Schritte auf der knarzenden Holztreppe verschluckt.

Ich schüttelte den Kopf, meine Reisetasche in den Händen, und starrte Milena einen Augenblick lang an.

Sie legte den Kopf schief. »Was ist?«, fragte sie.

Nach einem kurzen Zögern sprudelte es aus mir heraus: »Was, wenn ich einen Fehler mache? Wenn Ben mich gar nicht sehen will oder gar nichts für mich empfindet? Ich bin so schlecht darin, Menschen richtig einzuschätzen.« Ich senkte den Kopf und spielte mit dem Griff der Reisetasche in meinen Händen.

Milena kam näher. »Sarah«, sagte sie und wartete, bis ich ihr wieder in die Augen schauen konnte. »Selbst wenn Ben nichts für dich empfindet, ist es besser, das jetzt herauszufinden. Sonst wirst du dich für den Rest deines Lebens fragen: Was wäre gewesen, wenn? Und wenn er nichts mit dir zu tun haben will, dann verbringst du ein paar schöne Tage in London und es ist sein Verlust. Rede mit ihm.«

Meine Hände krampften um den Stoff in meinen Fingern. »Und was ist, wenn ich mich in ihm genauso täusche wie in Philip?«

Milena trat noch einen Schritt näher, löste vorsichtig meine Finger und nahm mir die Tasche aus den Händen.

»Hey«, sagte sie sanft, »wo kommt das jetzt her? Alles, was du mir bisher von Ben erzählt hast, spricht dafür, dass er ein komplett anderer Typ ist als Philip.«

»Aber am Ende, als wir uns gestritten haben … war er ganz anders als sonst«, sagte ich leise und sah auf meine Socken hinab, die ein Loch hatten. Ich krümmte die Zehen, um das Loch zu verstecken.

Milena legte zwei Finger unter mein Kinn und hob meinen Kopf an. »Sarah«, sagte sie, »es stimmt, er war rücksichtslos und hat dich in dem Moment verletzt. Aber zwischen ihm und Philip gibt es einen himmelweiten Unterschied. Philip hat von Liebe gesprochen und dich dann hintergangen. Ben und du, ihr habt euch gestritten, aber es klingt nicht so, als ob er dich je getäuscht hätte. Er war ja so wütend, weil er dachte, dass *du ihn* getäuscht hast. Und dann bist du abgehauen, ohne das aufzuklären. Ich meine, es ist verständlich, dass du dich überfordert gefühlt hast – aber denkst du nicht, dass du es euch schuldest, das zu klären? Es wenigstens zu versuchen?«

Milenas grüne Augen sahen mich erwartungsvoll an. Augen, die Amalias so ähnlich waren. Es war wirklich erstaunlich, wie klar sie in so vielen Angelegenheiten sehen konnte, die nicht sie und Thomas betrafen, dachte ich. Aber da hatte sie ja zum Glück inzwischen auch Klarheit gefunden.

Ich nickte langsam. Milena ließ mein Kinn los und seufzte.

Ich sah wieder auf meine Socken hinab. »Ich denke die ganze Zeit an ihn«, sagte ich leise. »Mir fallen immerzu Dinge ein, die ich ihm erzählen möchte, und ich frage mich, was er darauf sagen würde. Ob er immer noch denkt, dass ich ihn verraten habe. Ob ihm der Streit genauso leidtut wie mir.« Aus irgendeinem Grund war es schwer, Milena dabei anzusehen. Als ich es schließlich tat, lächelte sie breit.

»Du vermisst ihn«, sagte sie. »Worauf wartest du dann noch? Go get them, tiger, wie die Briten sagen würden!«

Ich rollte mit den Augen. Unten begann plötzlich genau in diesem Augenblick die Kuckucksuhr zu rufen. Milena runzelte die Stirn. »Die funktioniert wieder?«, fragte sie, als von unten Lukas' Stimme rief: »Mamaaa! Mamaaa, in der Uhr ist ein Vogel!«

Wenig später hatte Milena die Jungs so weit, dass wir zusammen das Haus verlassen konnten. Florian suchte noch sein Kuscheltier zwischen den Bücherstapeln, als ich einen letzten Kontrollblick in meine Handtasche warf. Pass, Flugtickets, Schlüssel und Handy – alles da.

In diesem Moment klingelte es an der Tür. Das vertraute Läuten von Big Ben erklang.

»Mama! Wer ist das?«, fragte Florian im Wohnzimmer, wo Milena ihm suchen half.

»Sarah, kannst du kurz an die Tür gehen? Ist bestimmt der Postbote«, rief Milena und ich stöhnte innerlich. Warum waren Aufbrüche in diesem Haus eigentlich immer so hektisch und chaotisch?

Die Tasche in der Hand machte ich mich auf den Weg zur Haustür und riss sie energisch auf, einen Spruch für das schlechte Timing des Paketboten auf den Lippen.

Ich erstarrte, den Mund noch geöffnet. Mein Herz machte einen Satz, dann begann es zu galoppieren.

Vor mir stand Ben, seine braunen Augen von Müdigkeit umschattet, mit einem vorsichtigen Lächeln auf den Lippen.

Ich starrte ihn an.

»Sarah«, sagte er, sein Blick in meinem verfangen.

Hinter mir erschien plötzlich Lukas im Türrahmen und quetschte sich neben mein Bein. »Wer ist das, Tante Sarah? Ist das der Briefträger?«

Ben hob die Augenbrauen, als auch Florian auftauchte und versuchte, seinen älteren Bruder zur Seite und sich an mir vorbei nach draußen zu schieben. Ich blockierte seinen Weg mit meinen Beinen, ohne den Blick von Ben abwenden zu können. Irgendein Kampf entbrannte auf Kniehöhe hinter mir, aber ich hatte nur Augen für Ben.

»Aua!«, schrie Lukas und auch Florian fing an zu kreischen.

»Jetzt reichts«, erklang Milenas Stimme. »Wir müssen jetzt wirklich los!«

Sie erschien hinter mir und legte mir eine Hand auf den Rücken, sah über meine Schulter. Dann holte sie hörbar Luft.

»Sie müssen Ben sein!«, rief sie. »Sarah hat mir schon *so viel* von Ihnen erzählt!«

Bens Augenbrauen wanderten höher, ohne dass er den Blick von mir abwandte. »Hat sie das?«

Ich wurde ein bisschen rot und knuffte meine Schwester mit dem Ellenbogen in die Seite, während sie auflachte und dann versuchte, ihr Lachen hinter einem Hüsteln zu verstecken.

Sie wandte sich an Florian und Lukas. »So, Schuhe anziehen! Tante Sarah und ihr Bibliothekar müssen sich einen Moment in Ruhe unterhalten.«

Dann zog Milena ihre Kinder zurück und schob mich zur Tür hinaus, die sie hinter mir ins Schloss fallen ließ, bevor ich noch ein Wort hervorbringen konnte, die Verräterin.

Ich stand auf der obersten Stufe der Treppe, Ben ein paar Schritte unter mir. Ich konnte den Blick nicht von seinen markanten Gesichtszügen, seinen Lippen und seinen Augen lösen.

Ich öffnete den Mund, schloss ihn wieder, öffnete ihn erneut. »Was machst du hier?«, fragte ich schließlich.

Ben strich sich mit einer Hand über das kurze Haar. »Eine kluge Frau hat mir mal gesagt, dass Angst ein schlechter Berater ist.«

Ich starrte ihn wortlos an. Das Lächeln verschwand von seinen Lippen, als ich nichts sagte.

»Sarah, es tut mir leid, hier einfach so aufzutauchen. Ich habe deine Sachen im Auto, willst du kurz mitkommen …?«

Mein Herz sank bei seinen Worten. Richtig, mein Koffer, der bei seinen Eltern geblieben war. Deshalb war er also gekommen. Ich nickte stumm und folgte ihm mit klopfendem Herzen zu seinem Vauxhall, der an der Straße stand.

Ben hatte im Schatten einer Linde geparkt, die sein Auto in kürzester Zeit mit ihren klebrigen Blüten bedecken würde. Beim Anblick des vertrauten Wagens machte mein Herz einen weiteren schmerzhaften Sprung. Nur fünfeinhalb Tage waren Ben und ich gemeinsam unterwegs gewesen, auch wenn es sich wie ein ganzes Leben anfühlte. Ben, zuvorkommend, wie er war, wollte mir nur meine Sachen vorbeibringen. Was hatte ich auch anderes erwartet?

Er sah mich an, und als ich weiterhin stumm blieb, die Worte einfach nicht aus meinem Mund kommen wollten, öffnete er kurzerhand den Kofferraum und stellte meinen Koffer neben mich auf den Bürgersteig.

Ich straffte die Schultern. »Danke«, krächzte ich heiser.

Ben seufzte. »Sarah … es tut mir wahnsinnig leid, was bei Emilia geschehen ist. Ich war so sauer und ich habe völlig ignoriert, wie aufgewühlt du warst. Ich hätte niemals so die Fassung verlieren dürfen. Bitte … Bitte entschuldige.«

Mein Herz setzte einen Schlag aus, nur um sich dann aufzuraffen und loszurasen. Idiotisches Organ.

»Es … Es ist schon in Ordnung«, sagte ich zu Ben.

»Nein, ist es nicht. Ich hätte dich nicht so mies behandeln dürfen, dass du mitten in der Nacht die Flucht vor mir ergreifst!« Bens Gesichtsausdruck wirkte gequält.

»So war es nicht, ich bin nicht vor dir geflohen, ich war nur … von der Gesamtsituation überfordert«, sagte ich schnell. »Manchmal werden die Gefühle und alles andere einfach zu viel … und dann laufe ich eben weg. Es tut mir auch leid, dass ich dich so bei Emilia habe sitzen lassen.«

Ben grinste reumütig. »Das hab ich wohl verdient.« Er zögerte. »Was deine Tante anbelangt, bin ich mir immer noch nicht ganz sicher, was ich denken soll.«

»Ich auch nicht. Es ist nicht unwahrscheinlich, dass sie dich wegen deiner Verbindung zu Matthieu Ricard kontaktiert hat«, gestand ich.

Ben nickte. »Das ist mir später auch eingefallen. Aber das hatte nichts mit dir zu tun.« Er senkte den Blick, seine Finger spielten mit seinem Ärmel. »Mir tut es wahnsinnig leid, dass ich dich beschuldigt habe, mich hintergangen zu haben.«

Ich schluckte. »Ja«, sagte ich, »das hat wehgetan.«

Ben sah hoch, mir in die Augen. »Ich war aufgewühlt, aber das ist keine Entschuldigung, so was zu sagen. Ich weiß, dass du so etwas nicht tun würdest, dass du jemand bist, dem ich vertrauen kann. Bitte verzeih mir.«

Sein Blick, ernst und ehrlich, wich mir nicht aus und eine Welle der Erleichterung durchströmte mich.

Ich nickte, einen Kloß im Hals, an dem keine Worte vorbeipassten.

Wir starrten einander wieder einen Moment lang schweigend an. Jetzt, da er vor mir stand, wollte ich nur die Hände nach ihm ausstrecken, ihn bei seinem Hemdkragen packen und an mich ziehen.

Da wandte er sich ab und öffnete die hintere Tür seines Autos.

»Ich habe dir noch etwas mitgebracht«, sagte er und machte eine einladende Bewegung ins Innere des Wagens.

Ich beugte mich vor und sah etwas großes Viereckiges, in eine Decke geschlagen. Nun begann mein verräterisches Herz noch schneller zu schlagen.

Langsam beugte ich mich ins Auto und zog den Stoff zur Seite. Darunter kam der Glasrahmen zum Vorschein, dahinter das Segment der Tabula Peutingeriana, das Amalia zusammen mit Matthieu angefertigt hatte. Eine Landkarte der verschlungenen Wege ihrer Liebe.

Ich richtete mich auf und fand Bens Blick.

»Ben«, sagte ich, den Kloß in meinem Hals herunterschluckend. »Du weißt gar nicht, was mir das bedeutet. Danke.« Und ich meinte es.

»Ich habe Emilia überredet, mir die Karte zu überlassen. Sie meinte, sie habe sie lange genug besessen, jetzt seist du an der Reihe.«

Bens vorsichtiges Lächeln war zurück.

Dann holte er tief Luft. »Aber das ist nicht der einzige Grund, warum ich hergekommen bin«, sagte er. Er zögerte einen Augenblick und ich hielt den Atem an. Dann sah er mir direkt in die Augen. »Sarah, würdest du mit mir essen gehen?«, fragte er.

Ein Lachen quoll in mir nach oben, das ich nicht aufhalten konnte. Bens Lächeln verschwand und er sah so gekränkt aus, dass mir das Lachen in der Kehle stecken blieb.

»Nein, nein, ich lache nicht über dich«, sagte ich hastig und griff unwillkürlich nach seiner Hand. Konnte ich mich noch schlimmer anstellen? »Ich bin nur so erleichtert.« Ich sah kurz hinunter auf unsere Hände. Seine Finger hatten sich um meine geschlossen. Dann schaute ich ihm wieder ins Gesicht. »Weißt du, ich wollte gerade aufbrechen. Nach London, um mit dir zu sprechen.«

Verschiedene Emotionen huschten über Bens Züge, zu schnell, als dass ich irgendeine Chance gehabt hätte, sie zu entschlüsseln. Schließlich bogen sich seine Mundwinkel ein wenig nach oben.

»Nach London? Wirklich? Aber du fliegst doch nicht gern.« Seine Augen funkelten.

»In wichtigen Fällen mache ich eine Ausnahme«, grummelte ich.

Ben nickte langsam. »In dem Fall: Was ist deine Antwort?«

»Worauf?«, fragte ich, abgelenkt von den Bewegungen seiner Lippen.

»Ob du mit mir essen gehen willst?«, hakte Ben nach.

Ich blinzelte. »Ist das ein Date?«, fragte ich, nur um ganz sicherzugehen.

Ben nickte. »Wenn du es erlaubst.«

Ich sah an mir herab, an meiner Jeans, dem T-Shirt mit dem Raben aus Edgar Allen Poes Gedicht darauf, bis auf meine ausgetretenen Sneaker.

»Und was soll ich anziehen? Ich war schon seit Jahren nicht mehr bei einem richtigen Date«, sagte ich.

Bens Lächeln wurde breiter. »Was immer du willst. Ich mag dich genau so, wie du bist, Sarah«, sagte er.

Ich schluckte und Bens Blick verfing sich in meinem. Ich fragte mich, was er darin lesen konnte und ob meine Gefühle ein offenes Buch für ihn waren, meine ganze Hoffnung, Wärme und Zuneigung für ihn. Das hier konnte etwas Großes werden, dachte ich.

»Das würde mich freuen.«

»Mhh?«, machte Ben, dessen Augen zu meinen Lippen gehuscht waren. Die sich jetzt zu einem Lächeln verzogen. Anscheinend war er genauso abgelenkt wie ich.

»Ich würde mich sehr über ein Date mit dir freuen«, erklärte ich und Ben begann zu strahlen.

Er hob eine Hand, langsam, vorsichtig, sodass ich hätte ausweichen können, wenn ich gewollt hätte. Sanft legte er sie an meine Wange. Seine Augen musterten mich, folgten jeder meiner Regungen.

»Sarah«, sagte er leise, »darf ich dich küssen?«

Mein Fisch-Herz-Ding machte dieses seltsame, hilflose Außerhalb-des-Wassers-Floppen.

»Vor dem ersten Date?«, scherzte ich atemlos.

»Na ja, ich fühle mich, als würde ich dich schon ewig kennen«, sagte Ben, »aber wenn du lieber warten willst …«

»Nein!«, sagte ich ein bisschen zu laut und hastig und beugte mich vor.

In Bens Augen tanzte ein Licht.

»Weißt du, ich hoffe, du bist meiner Tante nicht mehr böse, dass sie uns auf diese Odyssee geschickt hat. Denn ich habe etwas viel Wertvolleres gefunden als eine alte Landkarte«, sagte ich.

Bens Gesicht war ganz nah an meinem, sodass ich die Wärme seines Atems spüren konnte. Die kleinen Falten um seine funkelnden Augen vertieften sich.

Ich weiß nicht, wer sich zuerst vorbeugte, aber dann waren seine Lippen auf meinen und meine auf seinen und alles andere war plötzlich nebensächlich. Der Kuss war warm und weich und leidenschaftlich, ein Versprechen.

Als wir uns voneinander lösten, starrten wir uns wieder an, ein bisschen atemlos und durcheinander, wir alle beide.

»Sag mal, was ist eigentlich mit Bonnie und Clyde?«, fragte Ben dann unvermittelt, während seine Finger nicht aufhören konnten, über meine Wange zu streichen.

Ein Grinsen breitete sich auf meinen Zügen aus. »Gut, dass du fragst. Milena und die Kinder haben sie auch schon vermisst. Was hältst du von einer kleinen Reise nach Frankreich? Wo du schon mit dem Auto da bist. Ich hab den Atlas bereits eingepackt.«

Und das war also der Anfang.

Nachwort

Vieles in diesem Buch ist erfunden, das meiste sogar, aber einige der Dinge, die hier vorkommen, finden sich tatsächlich in unserer Welt.

So kann man sowohl Saffron Walden mit seinem Turf Maze als auch Audley End House wirklich besuchen, wie auch die Britische Bibliothek mit einer der größten Mediensammlungen der Welt.

Vielleicht noch erstaunlicher: Die Tabula Peutingeriana gibt es auch tatsächlich in der Wiener Hofbibliothek, bis auf das fehlende erste Segment, das bis heute nicht wiedergefunden wurde.

Aber vielleicht haben Sarah und Ben beim nächsten Versuch mehr Glück.

Für eventuelle Fehler in der Beschreibung der Karte oder anderer Fakten möchte ich mich entschuldigen. Manches ist künstlerischer Freiheit, anderes schlicht der Tatsache geschuldet, dass ich trotz meiner Recherchen keine Expertin in Sachen Kartografie, Restauration oder Altertums- und Mittelalterforschung bin. Ich hoffe, dass das den Spaß beim Lesen nicht mindert.

Andere Dinge wie Rassismus, Homophobie, Sexismus und die Diskriminierung von Menschen mit psychischen oder körperlichen Besonderheiten sind natürlich ebenfalls leider Tatsachen in unserer Welt. Der Umgang damit in einem Unterhaltungsroman ist mir schwergefallen und ich habe versucht, sie vorsichtig als Themen, die mich und meine Figuren beschäftigen, anklingen zu lassen, um nicht einfach so zu tun, als gäbe es sie nicht. Sollte ich dies in einer Form getan haben, die Betroffene verletzt, bitte ich dafür um Entschuldigung. Für Hinweise dazu bin ich dankbar, gerne zu Händen meines Verlags, sodass ich solche Stellen gegebenenfalls überarbeiten kann.

Rassismus, Sexismus, Homophobie und Diskriminierung sind nicht Sache der Betroffenen, derjenigen, die darunter leiden, sondern unser aller Sache.

Wie Amalia sagte: Es ändert sich nichts zum Guten, wenn wir es nicht selbst angehen.

* Kleine Fußnote zum Thema Gendern: Ich habe mich entschieden, in diesem Text das generische Femininum, das generische Maskulinum, eine Form mit Binnen-I und eine gegenderte Form mit Sternchen abwechselnd zu verwenden, wenn von Personengruppen die Rede ist. Natürlich möchte ich non-binäre, diversgeschlechtliche, inter und trans Personen nicht ausschließen und hoffe, durch die Verwendung verschiedener Formen fühlen sich alle gleichermaßen angesprochen. Ich wechsele die Formen schlicht ab, damit sich sprachliche Diversität im Text wiederfindet. Ich glaube daran, dass es wichtig ist, Unterschiede in der Sprache sichtbar zu machen, denn unsere Sprache ist unsere Realität. Wenn die Grenzen unserer Sprache die Grenzen unserer Welt sind, wie Wittgenstein sagte, dann sollten wir besser daran arbeiten, sie zu erweitern.

Danksagung

Zu Beginn der Reise, die dieses Buch für mich war, habe ich überlegt, mit der Hauptfigur Sarah einen autistischen Charakter darzustellen. Aus verschiedenen Gründen habe ich die Idee wieder verworfen, unter anderem weil der Versuch einer authentischen Darstellung von weiblichem Autismus im Rahmen des Stils dieses Buches mir zu heikel erschien. Was auch immer an Sarah besonders ist, ist also nicht der Versuch, realistisch über weiblichen Autismus zu sprechen, auch wenn sie vielleicht Züge davon trägt.

Bedanken möchte ich mich bei Dr. Imke Heuer und Anna Zickert, die mich mit wunderbarer Offenheit und fundierter Expertise zum Thema weiblicher Autismus beraten haben.

Danken möchte ich meiner Agentin Eva Semitzidou sowie meiner Lektorin Leonora Tomaschoff für ihre wunderbare Arbeit am Roman und ihre Leidenschaft, mit der sie dieses Buch überhaupt möglich gemacht haben. Sowie all den wunderbaren Mitarbeiter*innen meiner Agentur und meines Verlags, ohne die es dieses Buch in der Form nicht gäbe.

Danken möchte ich besonders Andrea Vogel und Jessica Guaia für ihre unfassbar wertvolle Hilfe bei diesem Text sowie ihre unschätzbare Freundschaft, die mir so viel bedeutet.

Danken möchte ich jenem Schwesternpaar, dessen Namen ich hierfür geklaut habe, dass es sie gibt und dass sie so wunderbar sind – ich bin dankbar, eure Freundin sein zu dürfen.

Danken möchte ich meiner Familie und meinen Freund*innen für ihre Ideen, Korrekturen und Vorschläge zu meinem Text, auch wenn nicht alles einfließen konnte. Ich bin froh und dankbar über eure Unterstützung in Roman- und ganz anderen Fragen und dafür, dass ich euch in meinem Leben habe.

Bei der Entstehung dieses Romans kamen keine Tiere zu Schaden.

Inhalt